Zur Erinnerung an die [illegible]

Achterbahnfahrt auf Sylt

Bettina Dethloff

Für [illegible]

Sylt, 23. Juli 2015
Bettina Dethloff

Achterbahnfahrt auf Sylt

Bettina Dethloff

WAGNER VERLAG®
www.wagner-verlag.de

Ein Buch aus dem WAGNER VERLAG

Lektorat: www.marianne-glasser.de
Umschlaggestaltung: post@kayserdesign..de

1. Auflage

ISBN: 978-3-86683-543-6

Bibliografische Information der Deutschen Bibliothek
Die Deutsche Bibliothek verzeichnet diese Publikation in der Deutschen Nationalbibliografie; detaillierte bibliografische Daten sind im Internet über http://dnb.ddb.de abrufbar.

Druck: Heimdall Verlagsservice, Rheine, info@lettero.de

Ein Dreimädelhaus ist keine leichte Aufgabe:

Meinen Eltern –
danke für alles!

Die Schüler der elften Klasse des Gymnasiums waren nicht ganz bei der Sache. In zwei Tagen stand ihre Jahrgangsfahrt bevor, und momentan war dies natürlich Thema Nummer eins, der Unterrichtsstoff dagegen interessierte sie herzlich wenig.
Ihr Klassenlehrer, Norbert Meldorf, verstand dies zwar sehr gut, versuchte aber dennoch, den jungen Leuten vorher noch ein wenig Wissen zu vermitteln.
„Hallo, meine Damen und Herren! Wenn ich um Ihre Aufmerksamkeit bitten dürfte?“, rief er lachend und doch energisch genug, dass die Gesichter der jungen Leute sich ihm zuwandten.
„Falls es jemandem entfallen sein sollte, wir stecken gerade in der Physik-Stunde.“
Hier und da hörte man verstohlenes Gekicher.
Gemächlich ließ Norbert seinen Blick durch die Klasse schweifen.
„Thema Albert Einstein. Wer möchte dazu etwas beitragen? Wer sich zuerst meldet, hat noch die freie Auswahl, Unfreiwillige müssen den undankbaren Rest erledigen.“
Wieder Gelächter.
Sie hatten am Abend zuvor den Vortrag eines Hamburger Professors in der Sylt-Quelle besucht, und nun nutzten die Freiwilligen schnell die Chance, die origineller en Themen zur Sprache zu bringen.
„Bezüglich fünf Prozent des Universums wissen die Physiker genau Bescheid, über den Rest gar nicht.“
„Laserstrahlen werden benötigt, um CDs zu brennen.“
„Jeder Forscher baut auf den Erkenntnissen anderer auf.“
„Um Einstein zu begreifen, braucht man nur zu beachten, dass die Ampel doppelt so lange Rot zeigt wie Grün, dass aber beide Phasen gleichermaßen zwanzig Sekunden

dauern."
Norbert lachte. „Nina, wo hast du das her? Das ist gestern nicht zur Sprache gekommen, daran könnte ich mich erinnern."
„Hab' ich im Internet gelesen. Übrigens stand da noch etwas: Es heißt, es gäbe keinen Nobelpreis für Mathematik, da die Frau von Nobel mit einem Mathematiker durchgebrannt ist. Stimmt das?"
Norbert kratzte sich am Kopf. „Da muss ich passen. Ich weiß nicht, ob das stimmt. Und ich halte es für sehr unwahrscheinlich, dass man dies irgendwo ernsthaft recherchieren kann."
Er blätterte in seinen Unterlagen.
„Wann hat Einstein den Nobelpreis für Physik bekommen? – Holger?"
„1921."
„Genau."
Freundlich lächelnd betrachtete der Pädagoge die jungen Gesichter ihm gegenüber. Er wusste natürlich, wer jetzt bangte, etwas sagen zu müssen, doch heute war deren Sorge unbegründet. Gnädig wandte Norbert sich wieder Holger zu.
„Gestern wurde unter anderem ausgiebig erzählt, woraus der Mensch in physikalischer Hinsicht besteht?"
„Aus Quarks und Elektronen", antwortete der Schüler, ohne zu zögern.
„Ja", bestätigte Norbert wiederum. „Das kann man sich leicht merken, indem man sich einen Frosch mit ein paar Stängelchen auf dem Kopf vorstellt."
Lautes Lachen erfüllte den Raum, er hatte es wieder mal geschafft, die Aufmerksamkeit der jungen Leute zu gewinnen.

Am Westerländer Bahnhof herrschte ein buntes Durcheinander.
Anna stand etwas abseits und beobachtete lächelnd die Schüler und Schülerinnen ihres Mannes. Einige Mütter waren zum Abschied gekommen, und zwei Väter. Die Kinder reagierten darauf sehr unterschiedlich. Ein großes, schlankes Mädchen stand unbekümmert Arm in Arm mit seiner Mutter, ein Klassenkamerad hätte es ihr offensichtlich gern gleich getan, schämte sich aber vor den anderen. Verstohlen schaute er immer wieder seine Mutter an und diese verstand: Sie drückte einmal kurz seinen Unterarm und verabschiedete sich mit einem knappen Gruß.
Einige der Mütter standen in kleinen Grüppchen und scherzten miteinander; sie eilten erst zu ihren Kindern, als diese in den Zug steigen mussten. Ein paar gute Ratschläge entwichen ihren Mündern trotz aller guten Vorsätze, woraufhin die Teenager das Gesicht schmerzvoll verzogen. Überraschenderweise drehte sich ein großer, dunkelhaariger Junge zu seiner Mutter um, kehrte zu ihr zurück und drückte sie mit einem lässigen „Tschüss, Mutter“ kurz an sich. Der ist ja selbstbewusst, dachte Anna amüsiert und zugleich ein wenig neidisch.
Als der Zug anfuhr, sah sie dann erstaunlich viele Hände munter hinter den Glasscheiben winken.
Auch Norbert winkte lachend, dann ging er zu seinem Platz, erleichtert, dass es endlich losging.
Lächelnd ließ er die letzten Stunden zu Hause Revue passieren. Anna hatte tapfer versucht, ihre Unsicherheit zu verbergen. Sie war in großer Sorge, er könnte dem Werben eines der jungen Mädchen nachgeben. Welch ein Unsinn! Amüsiert hatte er versucht, ihre Sorgen zu zer-

streuen. „Ja, wir haben hübsche Mädels in der Klasse. Na und? Du bist schöner. Keine kann dir das Wasser reichen.“

Mit diesen Worten hatte er sie fest an sich gedrückt. Er hatte es ehrlich gemeint. Anna hatte vor kurzem ihren vierzigsten Geburtstag gefeiert, und sie sah in der Tat sehr attraktiv aus. Ihre langen, dunklen Haare reichten tief den Rücken hinunter, ihre dunklen Augen schienen jedermann freundlich anzulächeln und ihre Figur brauchte keinen Vergleich mit Jüngeren zu scheuen.

Außerdem war da ja auch noch Anita, eine quirlige, rothaarige Frau mit ein paar Zentimetern zu wenig für ihr Gewicht, wie sie selber stets zu scherzen pflegte.

Anita war ein paar Jahre älter als Anna, redete viel, lästerte fast nie, und – sie war Norberts Kollegin. Beruflich kamen sie bestens miteinander aus und privat verband sie seit langem eine innige Freundschaft, die Anna mit einschloss. Anita hatte ihre Zunge selten unter Kontrolle. Immer wieder hatte sie Norbert mit Fragen bombardiert, weshalb seine Schwiegereltern ihn so ablehnten. Er hatte jedes Mal nur mit den Schultern gezuckt. Selbst nach fünfzehn Ehejahren hatten die Richards ihren Schwiegersohn nicht ins Herz geschlossen, obwohl dieser sich alle Mühe der Welt gab, ihnen zu gefallen. Anita hatte den Grund für ihr Verhalten nie herausgefunden, und das, obwohl sie quasi zur Familie gehörte.

Anna hatte sich offenbar mit der Situation arrangiert.

Norbert und sie führten eine harmonische Ehe, die nur dadurch getrübt wurde, dass Anna keine Kinder bekommen konnte. Sie selbst hatte das als Katastrophe empfunden, denn beide hatten sich so sehr Kinder gewünscht. Anna zog sich immer mehr zurück, wirkte von Tag zu

Tag bedrückter und eine Zeit lang hatte Norbert kaum noch Hoffnung, dass sie aus ihrer Depression jemals wieder herauskäme. Seine Frau verlor jegliches Interesse, weinte bei nichtigen Anlässen und schließlich ging es ihr körperlich und seelisch so schlecht, dass sie nicht mehr genug Kraft hatte, ihrer Arbeit nachzugehen. Wenn sie es gar nicht mehr aushielt, betrank sie sich.
Anna war gefangen in ihrem Elend, und ihre Mutter verschlimmerte die Lage noch, indem sie wetterte, sie hätte ja immer gewusst, dass dieser Mann ihre Tochter nicht glücklich machen würde.

*

Norbert war froh, dass Anita die weibliche Begleitperson der Truppe war. Zum einen aufgrund ihres fröhlichen Wesens, das sich auch auf ihre Schüler übertrug, zum anderen hoffte er, dass es Anna ein wenig beruhigen würde, ihre gemeinsame Freundin an seiner Seite zu wissen.
„Warum schüttelst du den Kopf?“, fragte Anita amüsiert.
„Hab’ ich den Kopf geschüttelt?“
„Ja.“
„War mir gar nicht bewusst.“
„Das glaube ich.“
„Was?“
„Dass es dir nicht bewusst war.“
„Was war mir nicht bewusst?“
Sie zog die Nase kraus. „Spuck’s aus! Was ist los?“
Er wusste, sie würde keine Ruhe geben, ehe er ihr nicht gesagt hatte, was ihn beschäftigte. Nachdem er sich kurz vergewissert hatte, dass keiner der Schüler lauschte, nuschelte er: „Es ist wegen Anna.“

Anita nickte bedächtig.
„Sie macht sich Sorgen wegen der Mädchen."
Anita nickte wieder, mit krauser Stirn und herabgezogenen Mundwinkeln.
Sein Kopf ruckte hoch und er sah sie empört an. „Hör auf mit dem Unsinn. Anna macht sich wirklich Sorgen."
„Nicht ganz unberechtigt."
„Blödsinn!"
„Du bist zwar ein Mann und Männer sind manchmal schwer von Begriff. Doch es dürfte selbst dir nicht entgangen sein, dass die ein oder andere kleine Schönheit für ihren Lehrer schwärmt."
„Ihr spinnt doch!", schimpfte er, und als er merkte, dass einige der Schüler herüberschielten, nahm er sich schnell die Zeitung und verschanzte sich dahinter.
Als er einen Augenblick später über deren Rand spähte, sah er direkt in Anitas breit grinsendes Gesicht.
Mit übertriebenen Mundbewegungen formte er stumm die Worte: ‚Ich liebe Anna', so dass sie auch noch die Augenbrauen hochzog und dümmlich mit dem Kopf hin und her wackelte.
Er schüttelte den Kopf und vertiefte sich ungeachtet des Lärmpegels um ihn herum in die Zeitung. Diese Frau war wirklich ganz und gar unmöglich.
Erstaunlich, dass die Kinder sie überhaupt respektierten. Anita alberte stets herum, hatte meist einen frechen Spruch auf den Lippen, der so manchem Kollegen die Schamesröte ins Gesicht trieb, und dazu sah sie auch noch sehr merkwürdig aus. Ihre T-Shirts waren „hip", das hatte er einigen Gesprächen der Mädchen entnommen. Nun, das konnte schon sein, doch ob dermaßen „hippe" Kleidung einer kleinen, übergewichtigen acht-

undvierzigjährigen Lehrerin wirklich stand, darüber ließe sich streiten. Ihre Frisur war stets hervorragend auf die Klamotten abgestimmt, die Farbe wechselte ständig.
Die Schüler mochten sie, denn neben ihrem ausgeprägten Humor verfügte sie über eine erstaunliche Portion Autorität, so dass ihre Schützlinge gar nicht erst in Versuchung gerieten, ihr seltsame Streiche zu spielen, worum sie so mancher der Kollegen beneidete.
Norbert hatte häufig über dieses Phänomen nachgedacht. Wieso waren Lehrer, die sich in der Klasse durchsetzen konnten, meist beliebter als ihre unglücklichen, minder selbstbewussten Kollegen, die oftmals so freundlich und mit Eifer bei der Sache waren?
Anita hatte diesbezüglich jedenfalls keine Probleme, und wenn sie noch so sehr einem Paradiesvogel glich.
Kurzum, die Klasse 11 b des Gymnasiums hatte einen Volltreffer gelandet, was die Aufsichtspersonen dieser Klassenfahrt betraf.

Während Norbert sich wieder in seine Zeitung vertiefte, herrschte reges Treiben im Waggon. Gummibärchentüten flogen hin und her, in einer Ecke wurde Karten gespielt, einige der Schüler schwatzten aufgeregt, andere hörten so laut Musik, dass zumindest die Bässe auch außerhalb der Kopfhörer zu hören waren.
„Kannst du dieses dämliche Blatt mal weglegen?“, ertönte eine Stimme von der anderen Seite der Zeitung.
„Natürlich.“
Er faltete sie umständlich zusammen.
„Entspann dich“, meinte Anita. „Anderes Thema.“
Er grinste sie kläglich an. „Ich hoffe nur, Anna macht

sich nicht allzu viele Sorgen."
„Sie kommt schon zurecht."
Er nickte. Schließlich war seine Frau wieder ganz und gar genesen. „Was meinst du, wie wird unsere Bande Tschechien finden?", fragte er.
Anita zuckte mit den Schultern. „Wir werden es ihnen schon schmackhaft machen."
Natürlich. Typisch Anita, dachte er und eine Welle der Sympathie durchlief ihn.
„Habe ich dir eigentlich schon mal gesagt, dass ich ein unverschämtes Glück habe, dich als Kollegin und als Freundin an meiner Seite zu wissen?"
Die ansonsten so unerschütterliche Anita errötete doch tatsächlich! „Keine Ahnung", murmelte sie.
„Dann mache ich es hiermit", sagte er schmunzelnd und neigte den Kopf.
„Danke."
„Ich bin gespannt, ob alle Ski laufen werden", überlegte Norbert.
„Natürlich. Wann haben sie schon mal die Gelegenheit dazu? Es sei denn, sie rutschen die Uwe-Düne hinunter."
Das stimmte.
Man muss als Sylter schon eine ziemlich lange Anfahrt in Kauf nehmen, um in die Berge zu gelangen. Einige der Eltern hatten deshalb ein Skigebiet für die Klassenfahrt ausgesucht. Die Idee kam gut an, doch die Kosten waren immens hoch, so dass die weniger betuchten Eltern schließlich protestierten.
Norbert war schon mehrfach in Tschechien gewesen und schlug das Erzgebirge als Reiseziel vor. Es folgten Proteste von Seiten einiger Schüler, die Berge dort seien da ja nur Hügelchen und in Tschechien sei doch „tote Hose".

Nun, sie waren sechzehn, siebzehn oder achtzehn Jahre alt und Norbert sah ihnen diese Sprüche nach. Er lockte sie, indem er versprach, sie würden in einem Hotel wohnen statt in einer Jugendherberge, es würde in diesem Hotel einen Kinosaal geben und der Besitzer würde eigens für sie kochen.
Als die Mädchen erfuhren, dass es dort überall Märkte gab, wo man Kleidung und CDs extrem günstig erstehen konnte, war die Entscheidung schnell gefallen.
Norbert hatte in besagtem Hotel schon mehrfach seinen Urlaub verbracht, sie konnten Zimmer und Verpflegung zu einem sehr passablen Preis bekommen.
Der Ort lag nur einen Steinwurf entfernt von der deutschen Grenze, und in unmittelbarer Nähe, im sächsischen Ort Bärenstein, gab es eine Apotheke und einen Arzt.
Das beruhigte.
In Chemnitz mussten sie in die Erzgebirgsbahn umsteigen, von dort konnten sie dann direkt bis nach Veiprty fahren.
Eine der Schülerinnen setzte sich auf die Armlehne seines Sitzes. Es war Nina, die Klassensprecherin.
Sie nickte ihrer Lehrerin freundlich zu und wandte sich dann an Norbert: „Wann sind wir in etwa da?“
„Gegen achtzehn Uhr sind wir am Bahnhof und von dort sind es nur ein paar Minuten. – Und wir werden ja abgeholt“, fügte er rasch hinzu.
Nina schaute auf ihre Uhr. „Dann ist ja noch Zeit.“
„Zeit – wofür?“, fragte Norbert und Anita schaute interessiert auf.
„Sich zu einigen.“
„Worüber müsst ihr euch denn noch einigen?“, fragte Norbert scheinbar gelassen, doch innerlich höchst alar-

miert.
„Über die Zimmeraufteilung."
Nun konnte er ein Aufstöhnen nicht verhindern. „Nicht schon wieder!"
Anita verdrehte die Augen.
Es gab Zwei- und Dreibett-Zimmer, bedachte man, dass es um eine Klassenfahrt ging, der wahre Luxus. Doch die Mädels brachten es fertig, die längst beschlossene Belegung alle zwei Tage zu verwerfen, um sie in erbitterten Wortgefechten neu auszuhandeln.
„Das ist jetzt also der Last-Minute-Plan", seufzte Norbert. „Schafft ihr es, ihn auszuarbeiten, bis wir da sind, und dazu ohne Verletzte?"
„An mir soll es nicht liegen", meinte Nina gleichmütig und gesellte sich wieder zu Ihresgleichen.
„Ich weiß", erwiderte Norbert, doch sie hörte es nicht mehr.
Wenn alle seine Schülerinnen wie Nina wären, gäbe es keine Probleme. Das auffällig große Mädchen mit dem dunkelbraunen, lockigen Haar war nicht nur blitzgescheit, sie hatte auch einen ausgeprägten Gerechtigkeitssinn, und das machte sie jedem deutlich, der sich ihrer Meinung nach unfair verhielt. Sie war sehr selbstbewusst, hatte dabei aber ein offenes, freundliches Wesen. Nina fehlen die weiblichen Zickenallüren, hatte Anita einmal nüchtern festgestellt und dies als Erklärung genommen, warum das Mädchen sich lieber den männlichen Altersgenossen anschloss.
Nun saß diese aber wieder im Kreis der aufgeregt schnatternden Mitschülerinnen und versuchte, einen Krieg zu verhindern.
Schmunzelnd beobachtete Norbert die Grüppchen der

Klasse. Bei den Jungs schien alles geregelt, sie hatten sich zurückgezogen und schienen klugerweise zu beschäftigt, um zu registrieren, was bei den Mädels los war.
„Sie werden sich schon einigen“, meinte Anita gelassen, doch in Norberts Gesicht schlich sich ein gequälter Ausdruck. „Das hoffe ich.“

Am Reiseziel angekommen staunten sie nicht schlecht, dass der junge, fröhliche Mann, der sie mit dem Bus abgeholt hatte, der Hotelchef war. Sein Name war Marek.
Als die Schüler zum Teil schwatzend, zum Teil sehr ruhig ihr Gepäck hineintrugen, flüsterte dieser zu Norbert gewandt: „Und? Was hast du für ein Gefühl?“
Norbert zuckte mit den Schultern und Marek erwiderte: „So schlimm?“
„Unsinn!“, fuhr eine forsche Stimme dazwischen und die beiden Männer stoben erschrocken auseinander. „Norbert, nun mach dem armen Mann keine Angst, wir haben die Horde schon unter Kontrolle.“
Na, das will ich glauben, dachte Marek und schüttelte ihr herzlich die Hand, wobei er sich nicht anmerken ließ, wie sehr ihn ihre Aufmachung erstaunte.
Als sie eine Stunde später alle um die Tische versammelt standen, entbrannten erneut erbitterte Diskussionen, wer mit wem am Tisch sitzen durfte.
Marek verschwand eiligst in der Küche, seine junge Bedienung hinter den Tresen und Norbert hinter Anita. Die guckte sich das Theater genau eine Minute lang an, dann brüllte sie in die Runde. „Ruhe!“
Sofort herrschte Totenstille.
So kannten sie Anita nicht. Die Schüler hatten einstimmig

beschlossen, dass die Lehrer sie weiterhin duzen sollten, also wirkte die kommende Moralpredigt besonders.

Mit betont leiser Stimme fuhr Anita fort. „Ich kann es nicht glauben, meine Damen und Herren, was ihr hier für eine Show abzieht! Falls ihr es immer noch nicht bemerkt habt: Wir sind hier nicht in einer Jugendherberge! Macht ruhig weiter so, dann wird das ein herrlicher Wanderurlaub. Ihr wisst allesamt, dass wir beide (sie neigte den Kopf in Richtung Norbert) vorhatten, das Freizeitprogramm recht großzügig zu gestalten. Aber ihr könnt es auch anders haben. Es gibt hier sehr schöne Museen und Karlsbad hat nicht nur die Thermalquellen zu bieten, sondern viele Sehenswürdigkeiten, von den wunderbaren Gelegenheiten, Ausflüge per pedes zu machen, ganz zu schweigen. Also überlegt euch, was ihr wollt. Auf so einen Auftritt habe ich verdammt noch mal keinen Bock!"

Wenn ihre Wortwahl auch sehr wenig lehrerhaft war, so verfehlte sie dennoch, oder gerade deswegen, ihre Wirkung nicht.

Nun verstand Norbert, warum die Schüler so einen Respekt vor ihr hatten. Wie von Zauberhand geführt saßen plötzlich alle einträchtig am Tisch.

Marek steckte den Kopf durch die Tür, nickte Anita anerkennend zu und winkte begeistert mit dem ausgestreckten Daumen.

Anita schlenderte zum Tresen und bestellte flüsternd einen Schnaps, huschte hinter einen Pfeiler und trank ihn in einem Zug leer. Als sie Norberts verdutztes Gesicht sah, meinte sie stöhnend: „Den hab' ich mir doch wohl verdient, oder?"

Ein breites Grinsen überzog sein Gesicht und er nickte.

Nach dem Essen rief Norbert zu Hause an. Beim zweiten

Klingeln wurde abgehoben.
„Hallo“, rief er fröhlich in den Hörer, „ich wollte dir deinen Gute-Nacht-Kuss schicken.“
„Ich brauche tausend, damit ich schlafen kann“, kam es gequält zurück.
„Was ist los?“
„Meine Mutter kommt morgen zu Besuch.“
„Na, da freust du dich aber, mein Schatz.“
„Ha!“
„Sei nicht so streng“, mahnte er gutmütig, obwohl er wusste, dass er seine Schwiegermutter auch nach all den Jahren nicht von seinen Qualitäten als Ehemann ihrer Tochter überzeugt hatte.
„Geh mit ihr an den Strand“, schlug er vor, „dann ist sie eine Weile außer Puste.“
Anna verschlug es die Sprache. Sie konnte sich nicht erinnern, dass ihre Mutter jemals an den Strand gegangen wäre, obwohl sie diesen quasi vor der Nase hatte.
„Ich glaube, dafür hat sie keine passenden Schuhe“, sprach Anna mehr zu sich selbst als in den Hörer.
„Wunderbar, dann geht erst shoppen, das hebt ihre Laune, und hinterher scheuch sie an den Strand.“
Anna lachte herzlich. „Keine schlechte Idee.“
Norbert berichtete von Anitas Auftritt, was wiederum Lachanfälle am anderen Ende der Leitung hervorrief, und kehrte dann entspannt und fröhlich zu den anderen zurück.

Das Hotel war wirklich gemütlich. Dem Tresen gegenüber war eine Sofaecke eingerichtet und weiter hinten standen blaue Tische und Stühle. Der Raum war liebevoll

dekoriert mit allerlei getöpferten Vasen und Kerzenhaltern.
Einige der Schüler würden das Angebot des Hauses nutzen, an einem Töpferkurs teilzunehmen. Die Übrigen hätten währenddessen Gelegenheit, Tischtennis zu spielen oder den kostenlosen Internet-Zugang zu nutzen.
In einträchtiger Runde genossen sie die Mahlzeit.
„Ich will ja nicht unken“, sinnierte Anita, „aber es hat sich nicht ein Einziger über das Essen beklagt.“
„Wie könnte man sich auch über so ein Essen beklagen?“; erwiderte Norbert und strich sich über den Bauch.
Es hatte Gulasch mit Knödeln gegeben, vorweg einen köstlichen Salat und zum Abschluss selbstgebackenen Apfelstrudel.
„Mann, war das lecker“, meinte auch Nico und nickte bekräftigend mit dem Kopf.
„Oberlecker“, stimmte sein Freund Mike ihm zu und seufzte. „Wahrscheinlich werde ich hier noch mehr zunehmen.“
Mike war einen halben Kopf kleiner als Nico und litt sehr unter seinen überflüssigen Pfunden, die er mit sich trug.
Nico hatte diese Probleme nicht, er war einen Meter neunzig groß, hatte dunkles, sehr kurz geschnittenes Haar und sah einfach umwerfend gut aus. Der optische Unterschied tat der innigen Freundschaft jedoch keinen Abbruch.
„Ach was“, tröstete Nico seinen Freund. „Wenn wir den ganzen Tag Snowboard fahren, dann kannst du ruhig ordentlich essen.“
Mike schielte zum Nebentisch. „Wenn der Zickenalarm uns nicht alles vermasselt.“
„Meinst du, Schicki-Nita würde uns im Ernst zum Wan-

dern verdonnern?", überlegte Nico.
„Ich würde es nicht darauf ankommen lassen, sie war ganz schön sauer."
„Ich kann's verstehen."
Beide nickten.
„Ist was?", fragte Annette herüber.
Mike wurde rot, erwiderte aber schulterzuckend: „Nö, wieso?"
„Weil ihr immer 'rüberglotzt."
„Keine Sorge", erwiderte Nico lässig. „Wir gucken nicht wegen dir."
Nun errötete Annette. „Blödmann."
Mike drehte sich schnell von ihr weg und verdrehte die Augen. „Und mit der warst du zusammen. Ich kann es nicht glauben!"
„War ja nur ein Kurztrip."
„Trotzdem."
„Mensch, gerade mal eine Woche. Jeder macht mal Fehler!"
„Diesen hoffentlich nur einmal."
„Worauf du wetten kannst."
„Sie würde dir die Augen auskratzen und die Gurgel umdrehen, wenn sie uns hören würde."
„Ach was, die ist in den Meldorf verknallt."
Mike verschluckte sich an seiner Cola. „Echt?"
„Na klar."
„Oh Mann, der Arme."
Annette hätte ihn spätestens jetzt getötet, wenn sie nur einen Bruchteil des Gesprächs geahnt hätte.
Sie war ein attraktives Mädchen, sechzehn Jahre alt, bald siebzehn, mit langen, blonden Haaren und sehr reichen, einflussreichen Eltern, die zwar geschieden waren, aber

doch eines gemeinsam hatten: Sie liebten ihr einziges Kind über alles.
Annette selbst fand sich schlichtweg toll. Diese Meinung teilten allerdings nur ihre beiden Freundinnen, Julia und Merrit. Alle anderen hielten Abstand von diesem Trio.
Julia war Annette sehr ähnlich, selbstbewusst und verwöhnt, gut aussehend und berechnend.
Merrit war mehr ein Mitläufer, sie hatte sich den beiden angeschlossen, als sie neu in die Klasse kam. Sie war sehr unsicher, was Annette stets für sich zu nutzen wusste.
Merrit war zierlich, hatte raspelkurze Haare und kein Modebewusstsein, wie sie selber wiederholt feststellte. Da war es doch gut, dass sie Freundinnen hatte, die sie ein wenig berieten, und zwar nicht nur, was die Klamotten betraf.
Bewundernd schaute sie auch diesmal auf, als Annette aufstand. Diese trug einen engen Minirock, der auch als breiter Gürtel durchgehen würde, und ein kurzes Stretchtop. Dazwischen konnte man 20 Zentimeter nackte, gebräunte Haut besehen.
„Du solltest als Model arbeiten“, hauchte Merrit bewundernd.
Mit schwingenden Hüften stolzierte Annette durch den Raum „Ich werde darüber nachdenken.“
Julia und Merrit folgten ihr eilig.

Vor dem Flur wurden sie von Marek aufgehalten. „Moment bitte, meine Damen!“ Er stellte sich ihnen in den Weg und erklärte: „Ich wollte nur kurz erwähnen, Sie dürfen heute noch den Kinosaal einweihen, wenn Sie nicht zu müde sind.“

Es folgte Klatschen und Gejohle. Zu müde? Wovon denn?
Wenig später saßen sie einträchtig in besagtem Saal, nicht in Sitzreihen, sondern an kleinen Tischen, und Marek brachte ihnen Getränke. Selbst die ärgsten Skeptiker waren beeindruckt.
Norbert entspannte sich. Er hatte gewusst, dass das Hotel allen gefallen würde. Es gab zwar kein Schwimmbad und keine Sauna, wie Annette festgestellt hatte, doch das schien niemand anderen zu stören.
„Die Jugendherberge hätte auch kein Schwimmbad gehabt", war Ninas Kommentar dazu.
Und Anita puffte Norbert in die Seite. „Es ist toll hier."
Beide waren völlig ahnungslos.
Der Teufel in Engelsgestalt plante sein Spiel. Und zwar bis ins kleinste Detail und ohne jegliche Chance, ihm zu entkommen.

*

Am nächsten Morgen wartete die Truppe fröhlich vor dem Hotel. Julia spähte zum gegenüberliegenden Markt. Die Händler riefen herüber, scherzten und priesen ihre Waren an.
„Hoffentlich sind wir rechtzeitig zurück, ich möchte mich unbedingt noch ein bisschen umschauen", erklärte Julia.
Vor den großen Eingängen hingen Jacken, Pullover, Reisetaschen und Rücksäcke und ließen erahnen, was sich im Inneren des Gebäudes noch für Schätze verbargen.
Annette zuckte scheinbar gleichgültig mit den Schultern. Sie trug maßgeschneiderte Ski-Kleidung und hatte es natürlich nicht nötig, so preiswerte Klamotten zu kaufen.

Aber es ging ja auch nicht darum, ob sie etwas brauchte, natürlich hatte auch sie Lust zu stöbern.
„Habt ihr alle Mützen und Handschuhe mit?“, fragte Norbert. „Oben auf dem Keilberg ist es kälter und windiger.“
Einige feixten, jemand meinte: „Wie bei Muttern“, und aus der Menge ertönte eine Stimme: „Wir sind doch keine Babys.“
„Ach ja?“, meinte Anita trocken, woraufhin sämtliche Kommentare abrupt verstummten.
Nina gesellte sich zu den Lehrern. „Ist das dort drüben der Grenzübergang nach Bärenstein?“
Sie schauten alle hinüber.
„Ja“, meinte Norbert. „Aber man kommt nur zu Fuß ’rüber. Mit dem Auto nicht.“
„Wieso nicht? Dort ist doch eine Straße.“
„Ja, aber die Bärensteiner wehren sich bisher erfolgreich dagegen, den Übergang für Autos freizugeben. Es würde ein wahnsinnig hohes Verkehrsaufkommen mit sich bringen, denn natürlich kämen scharenweise Deutsche nach Tschechien zum Einkaufen. Sie ärgern sich so schon, denn viele gehen auch zu Fuß herüber, und sei es nur zum Sonntagsessen.“
„Na, verstehen kann man es. Wo sonst bekommt man für vier Euro solch köstliches Essen?“
„Ja, aber für die Gaststätten auf der deutschen Seite ist es nicht so witzig.“
„Tja, hat alles zwei Seiten“, überlegte Nina und spekulierte, ob sich da jemand ungerecht verhielt.
Der Bus fuhr vor und es ging los. Je weiter sie fuhren, desto weißer wurde die Landschaft. Rechts neben ihnen ragten steile Schneewände auf, hervorgerufen durch die

großen Räumfahrzeuge, die sich immer wieder den Berg hinaufquälten, um die Straßen für die PKWs passierbar zu machen. Trotzdem rutschte der Bus immer wieder, mal nach links, mal nach rechts. Die Schüler waren für ihre Verhältnisse sehr still. Einige bewunderten die Landschaft, andere überlegten, ob sie heil oben ankommen würden.

„Ich bin froh, dass ich hier nicht fahren muss“, stellte Anita fest.

„Das kommt nur, weil wir ungeübt sind, in Bergen und Schnee zu fahren“, erwiderte Norbert, der die Male zuvor immer mit dem Auto nach Tschechien gefahren war. „Man gewöhnt sich schnell daran.“

Sie zuckte mit den Schultern und schaute skeptisch zum Fahrer. Einige der Schüler hatten sich vorn versammelt. „Hauptsache, die Jungs lenken ihn nicht ab.“

Norbert lachte. „Keine Sorge. Der ist einiges gewohnt.“

In der Tat schien der Busfahrer guter Dinge zu sein.

Er entsprach genau dem Geschmack junger Leute: Sehr lange, dunkle Haare und fast schwarze Augen ließen ihn verwegen aussehen. Aus den Lautsprechen ertönte tschechische Popmusik und der nicht mehr ganz junge Mann nickte lässig mit dem Kopf im Takt, ohne dabei den Blick auch nur eine Sekunde lang von der unwegsamen Straße zu nehmen.

Er ließ sich auch nicht aus der Ruhe bringen, als sie am Ziel ankamen und sich plötzlich inmitten von Scharen Parkplatz suchender Autos fanden. Dazwischen stiefelten Touristen und Tschechen durch den Schnee. Beladen mit Skiern oder Snowboards schlängelten sie sich durch die Autos und es erschien den Ankömmlingen wie ein Wunder, dass alle unversehrt blieben. Der Busfahrer hielt ungerührt mitten in diesem Durcheinander an und ließ sie aussteigen.

Anita schaute sich verwundert um. „Keiner regt sich auf. Keiner hupt."

Norbert zog sie mit sich. „Los, komm! Wir müssen es ja nicht herausfordern."

Es dauerte geraume Zeit, ehe alle Schüler mit Ski oder Snowboard ausgerüstet waren, wobei die Snowboardfahrer zahlenmäßig unterlegen waren. Zwei Skilehrer führten sie zum Anfängerhang. Dort konnten beide Truppen gleichermaßen zu üben beginnen.

Anita schaute skeptisch hinunter. „Das soll der Anfängerberg sein? Dann möchte ich die anderen Pisten gar nicht erst sehen."

Norbert lachte.

„Ich meine es ernst", konterte sie. „Du glaubst doch nicht wirklich, dass ich es hier in einem Stück und ohne Brüche hinunter schaffe, und schon gar nicht auf Brettern!"

„Doch, du schaffst das. Wer mit einer Horde Halbstarker spielend fertig wird, der bewältigt auch so einen klitzekleinen Berg."

„Toller Vergleich", schnaubte sie und verstummte für die nächsten Stunden.

Tatsächlich vollbrachten die erfahrenen Skilehrer Wunder. Am Ende des Tages gelang es allen, den Abhang hinunterzukommen. Sogar Anita. Es sah zwar nicht gerade elegant aus, sie sah ja niemals elegant aus, doch sie bewältigte ihre beiden „Hölzer an den Füßen", wie sie es nannte, so weit, dass diese immerhin während der Abfahrt auf dem Boden blieben und nicht irgendwo wild über ihr herumwedelten.

Annette und ihre beiden Anhänger waren nur so lange in der Truppe geblieben, wie sie aufgetragen bekommen hatten. Sobald es erlaubt war, setzten sie sich in die kleine Skihütte ab. Merrit ging nur mit Bedauern mit. Von Herzen gern wäre sie bei den anderen geblieben und hätte sich weiterhin im Schnee vergnügt. Doch als Annette erklärte, diese Babypiste sei ihr zu langweilig, widersprach sie nicht, obwohl sie beobachtet hatte, dass hier sehr wohl auch erfahrene Skifahrer hinuntersausten und den Anfängern geschickt auswichen. Von den Snowboardfahrern ganz zu schweigen. Schon allein das Zuschauen bereitete ihr großes Vergnügen, doch auch das erwähnte sie natürlich nicht.

Zurück im Hotel machten sie sich über das gute Essen her. Es gab Suppe nach einem geheimen Rezept, das Marek nicht verraten wollte, Schnitzel mit Kartoffelbrei, Salat und einen himmlischen Pudding.

Nach sieben Stunden an der frischen Luft und diesem ausgiebigen Essen sanken alle in ihre Betten.

*

„Ach komm schon, Mama! Stell dich nicht so an!“ Anna lachte herzlich und reichte ihrer Mutter das vierte Paar Gummistiefel.

Diese probierte sie nur widerwillig an. „So ein Quatsch! Ich brauche diese Dinger nicht!“

„Hör auf, du kannst mit deinen Nobelschuhen nicht an den Strand.“

„Natürlich kann ich das.“

„Ja, natürlich kannst du das“, seufzte Anna. „Aber dann kannst du sie hinterher wegschmeißen.“

„Wir müssen ja auch nicht an den Strand."
„Nein, wir müssen nicht. Aber du hast es mir zugesagt, und meine Güte – es wird dir gut tun!"
„Wieso mir? Du willst dir doch unbedingt den Kopf freipusten lassen."
„Ja, aber du wolltest mich besuchen. Und nun kommst du mit!"
Es war immer noch besser, mit ihrer Mutter an der Seite durch den tiefen Sand zu laufen, als diese an ihrem Küchentisch sitzen zu haben. Anna hasste es, tiefsinnige Gespräche mit ihrer Mutter zu führen.
„Diese passen", brummelte es von der Seite.
„Prima", meinte Anna und war fest davon überzeugt, dass die anderen Paare vorher auch schon gepasst hatten.
Sobald sie den Strandübergang erreichten, entspannte sie sich. Ihre Mutter lief zunächst schmollend neben ihr, doch nach einigen Minuten Spaziergang am Flutsaum entlang wurden ihre Züge weicher und ihre Schritte trotz der ungewohnt groben Stiefel erstaunlich energisch.
„Lass uns zuerst gegen den Wind laufen", schlug Anna vor und Ella nickte. „Natürlich, man läuft immer erst gegen den Wind."
Verblüfft wandte Anna sich ihrer Mutter zu.
Diese zuckte mit den Schultern. „Früher sind dein Vater und ich jeden Sonntag am Strand spazieren gegangen. Jedenfalls im Winter, im Sommer waren ihm hier zu viele Menschen."
Ihre Eltern waren früher oft am Strand?
Ihr lieber, großer Vater mit seinem runden Bauch, der heute wahrscheinlich nicht einmal die Düne zum Strand hinüber bewältigen würde, und ihre stets stilvoll und unpraktisch gekleidete Mutter? Komische Vorstellung.

„Wie lange ist das her?“, wollte sie wissen.
Ihre Mutter sah auf das Meer und murmelte: „Keine Ahnung … Ein ganzes Leben.“
Schweigend liefen sie weiter. Bald mussten sie ihre Schritte verlangsamen, denn Ellas Kräfte waren nur von kurzer Dauer.
Sie blieb immer wieder stehen, um sich ein wenig zu erholen, gab aber dennoch erstaunlicherweise zu, dass es eine gute Idee gewesen war, ans Wasser zu gehen.
Vor ihnen lief eine Familie mit zwei kleinen Kindern. Sie warfen Brotstückchen in die Luft und beobachteten gebannt die kreischenden Möwen, die sich ein erbittertes Gefecht lieferten.
Wiederum wurde Anna überrascht, als ihre Mutter herzhaft lachte und meinte: „Das hast du früher auch immer gemacht.“

*

„Oh Mann, ich glaube, ich lag im Koma“, behauptete Anita am nächsten Morgen. Sie strich sich mit schmerzerfülltem Gesichtsausdruck über Rücken und Po und fügte hinzu: „Und zwar wochenlang, denn meine Muskeln sind kaputt gelegen. Warum sind wir nicht an das Meer gefahren?“
Norbert puffte sie in die Seite. „Keine Schwäche zeigen, los, komm schon!“
Tapfer nickte sie und ging sehr aufrecht zu ihrem Tisch. „Bringst du mir einen Kaffee?“
„Natürlich, meine Liebe.“
Annette kam an den Tisch geschlendert. „Haben wir heute Zeit, um in den Hallen dort drüben ein wenig zu

stöbern?“

Bevor Norbert etwas erwidern konnte, meinte Anita: „Ja, wir fahren etwas früher zurück, dann bleibt Zeit genug.“

„Toll!“ Annette strahlte und kehrte zu ihren Freundinnen zurück.

„Hey, so war das nicht geplant!“, schimpfte Norbert.

„Gib mir eine Chance, bitte“, stöhnte sie. „Ich bin total alle.“

Und als er das Gesicht verzog, fügte sie mit all ihrem Charme hinzu: „Wir waren uns doch einig, dass die Mädels bei Laune gehalten werden müssen.“

Resigniert hob er beide Hände. „Okay, okay.“

Gegen so viel weibliche Überzeugungskraft kam er sowieso nicht an.

*

„Wow, du siehst echt heiß aus“, stellte Julia fest.

Überall im Zimmer lagen Kleidungsstücke herum. Nylonstrümpfe und Tangas neben Ski-Pullovern und Boots. Auf einer kleinen Kommode standen Unmengen von Make-up, Lippenstiften und Parfüms. Mittendrin lagen ein Fön, eine riesige Bürste und mehrere Lockenwickler.

Annette stolzierte durch das Zimmer und zeigte ihre Einkäufe: Sie trug ein paar hochhackige Stiefeletten, einen Slip mit einem neckischen Bändchen an der rechten Seite und einen knappen Büstenhalter, der in der Mitte mit funkelnden Strass-Steinchen verziert war.

„Was sagst du dazu?“, fragte sie Merrit.

Diese hatte gerade auf den unglaublich sexy aussehenden BH geblickt und lief puterrot an.

„Wahnsinn“, hauchte sie. „Aber ich würde mich niemals

trauen, so was anzuziehen.“
Annette zuckte mit den Schultern und verzog die leuchtend rot geschminkten Lippen zu einem Kuss.
„So werde ich heute Nacht den lieben Norbert beglücken.“
Merrit starrte sie mit offenem Mund an.
Julia grinste. „Im Ernst?“
Annette schaukelte ihren braungebrannten Körper hin und her und warf ihr Haar zurück. „Warum nicht?“
Ihre Freundinnen lachten und glaubten ihr kein Wort.

*

Norbert seufzte. Eine Hand streichelte sanft über seinen Bauch. Sie wanderte weiter, zunächst über seine behaarte Brust, den empfindlichen Hals entlang und dann wieder weiter hinunter. Schlaftrunken räkelte er sich und wollte gerade anfangen, die Zärtlichkeiten zu erwidern. Doch irgendetwas stimmte nicht, sein halbwacher Geist wusste nur noch nicht so richtig, was es war.
Er war so müde und hätte die Hand gern weitermachen lassen, es war angenehm. Doch etwas in ihm sträubte sich.
Der Geruch. Plötzlich wusste er es! Es war nicht Annas vertrauter Geruch. Er fuhr hoch und erkannte geschockt, dass er gar nicht in seinem eigenen Bett lag.
Noch ganz benommen wollte er nach der Lampe auf dem Nachttisch greifen, doch da war keine Lampe. Was war bloß los?
Die weichen Hände griffen mit erstaunlicher Kraft zu und hielten ihn an der Hüfte fest. „Komm schon“, murmelte eine leise Stimme.

Woher kannte er nur diese Stimme?
Endlich war er richtig wach. Und, ja – jetzt wusste er auch, aus wessen Mund die Worte kamen.
„Lieber Gott, hilf mir!“, flehte er in Gedanken.
Er sprang aus dem Bett und knipste die Deckenlampe an. Auf dem Bett saß Annette und blinzelte gegen das Licht. Er musste zugeben, dass sie außerordentlich verführerisch aussah, doch er wünschte sie überall hin, nur nicht in sein Bett!
Verletzt schaute sie zu ihm auf und er überlegte fieberhaft, wie er sie loswerden könnte, ohne dass sie einen Aufruhr veranstalten würde und die anderen etwas mitbekämen. Er hörte schon Anitas verächtlichen Kommentar und sah ihre innige Freundschaft in Luft aufgelöst in die Berge verschwinden.
Unfähig, eine Entscheidung zu treffen, stand er an der Tür. Sie kam und schmiegte sich an ihn. Er rührte sich nicht, sie fühlte sich gut an und er verachtete sich für diesen Gedanken. Sanft schob er sie von sich. „Bitte nicht“, flüsterte er.
Sie sagte nichts.
„Bitte, Annette, geh!“
Sie kam wieder näher. „Es gefällt dir doch.“
Er ging nicht darauf ein. Wahrscheinlich hatte sie sogar Recht, er wollte gar nicht darüber nachdenken.
„Bitte“, flehte er sie nochmals an.
Sie gab nach. Für den Anfang war sie zufrieden. Ganz zart streichelte sie sein verstörtes Gesicht, hauchte ihm einen Kuss auf die Wange und öffnete die Tür.
Dann drehte sie sich noch einmal lächelnd um. „Gute Nacht.“
Er nickte stumm, schloss die Tür und sperrte sie diesmal

ab.
An Schlaf war nicht mehr zu denken.

„Bist du heute Nacht einem Gespenst begegnet?“, witzelte Anita beim Frühstück. Er winkte nur müde ab und nickte.
„So siehst du auch aus.“
„Ja, ja“, erwiderte er und fuhr sich durch das Haar. Langsam ließ er sich auf einen Stuhl sinken, brauchte einen Moment, um sich zu sammeln, und sah sie dann endlich an.
„Na, das war aber ein ganz besonders böses Exemplar“, stellte Anita fest und sah ihn prüfend an.
Er nickte abermals.
Marek kam an ihrem Tisch vorbei und konnte sein Erstaunen nicht ganz verbergen. Verschwörerisch zwinkerte er Norbert zu. Dieser erschrak zu Tode, begriff dann aber, dass sein Freund nichts anderes als Anitas Aufmachung meinte. Sie hatte dem Angebot der Märkte nicht widerstehen können. Eine ausgewaschene Jeans mit lauter Nähten, Knöpfen und Schlaufen rundum machte die Bekanntschaft eines hautengen, sehr kurzen Shirts in Schwarz und Rot. Beides hätte einem jungen Mädchen sehr gut gestanden. Auch einer achtundvierzigjährigen Frau, welche die passende Figur dafür gehabt hätte.
Keinesfalls aber einer übergewichtigen achtundvierzigjährigen Frau. Dafür passte die Frisur wie immer perfekt: Die Haare standen hoch wie bei einem Igel die Stacheln, und einige Stellen waren, abgestimmt auf das Shirt, schwarz und rot getönt.
Während Norbert sie so anschaute, musste er lächeln. Wenn er nicht wüsste, welch ein feiner und kluger

Mensch sie war, dann würde er einen großen Bogen um diese Frau machen. Sie war das genaue Gegenteil von Anna. Nicht nur äußerlich. Vielleicht verstanden sie sich deshalb so gut.
„Hattest du Albträume heute Nacht?“, fragte sie mitfühlend.
„Ja“, erwiderte er mit fester Stimme. „Das kann man wohl sagen.“
„Willst du sie mir erzählen?“
„Nein.“
Er stand auf. „Ich hole uns lieber einen starken Kaffee.“
„Auch schön“, meinte sie gleichmütig.

*

„Und? Nun erzähl schon!“
Während Annette sich ihren Ski-Overall anzog, schlich Julia wie eine Raubkatze um sie herum. „Wie ist es gelaufen?“
Annette zögerte kurz mit der Antwort und erwiderte dann betont leise: „Na, sah er vielleicht ausgeschlafen aus heute Morgen?“
Julia lachte laut auf. „Ganz bestimmt nicht.“
Merrit sah die beiden mit weit aufgerissenen Augen an und hauchte: „Er hat mit dir geschlafen?“
Sie bekam keine Antwort.
Julia packte Annette bei den Schultern und grinste. „Nun mach es nicht so spannend! Hat er?“
„Was denkst du?“ Annette genoss die Spannung und die Aufmerksamkeit, die ihr zuteil wurde.
„Ich sag – ja“, sinnierte Julia und wandte sich am Merrit. „Was meinst du?“

Diese fuhr erschrocken zusammen und stammelte: „Keine Ahnung."
„Komm schon, sag was!"
Gespannt warteten sie. Merrit überlegte. „Na ja, er ist immer so anständig. Ich kann es mir nicht vorstellen …"
Als sie merkte, dass Annette diese Antwort ganz und gar missfiel, fügte sie rasch hinzu: „Aber er ist auch nur ein Mann, und wer könnte dir schon widerstehen?"
„Eben, Mädels." Annette legte den Kopf kokett zur Seite und sah die beiden anderen triumphierend an.
„Wow", entfuhr es Julia.

*

Am Abend war ein Ausflug zur Bowling-Bahn geplant. Marek hatte zu seinem Kleinbus einen weiteren, größeren organisiert und seinen Vater als Fahrer gleich dazu. Sie mussten etwa dreißig Kilometer fahren und Norbert sah, wie angespannt sein Freund am Lenkrad saß.
„Ist es so glatt? Soll ich dich vielleicht ablösen? Du hast ja schon einen langen Arbeitstag hinter dir!"
Marek schüttelte den Kopf. „Nein, nein! Ist schon okay. Ich muss nur Acht geben, hier laufen so viele Rehe herum und ich möchte keines erwischen. Da, schau!"
Er zeigte an den Fahrbahnrand. Überall waren Spuren von Wild zu sehen.
Norbert nickte und war froh, als sie eine ganze Weile später endlich an der Bowling- Halle ankamen.
Über jeder Bahn hing ein Bildschirm. Er zeigte die Namen der Spieler, nach jedem Wurf die Restpins und auch noch, welche Technik man anwenden sollte, um diese zu erwischen.

„Ich bin beeindruckt", erklärte Nina. „Wer hätte hier so einen modernen Kram erwartet?"
„Wer hätte denn einen vierundzwanzigstündigen Internetzugang erwartet in dem Dörfli? Oder einen Kinosaal?", konterte Nico.
„Ja, du hast Recht. Also, mir gefällt es hier!"
Nico wollte ihr gerade beipflichten, stutzte aber und bemerkte: „Etwas anderes gefällt mir ganz und gar nicht."
Annnette hatte sich eine Kugel genommen, drehte sich dann aber zu den Tischen um, sah Norbert in die Augen und zwinkerte ihm mit verliebtem Blick zu.
Anita sah diesen fragend und leicht verwirrt an: „Kann es sein, dass dein Gespenst heute Nacht real war?"
Geschockt sah Norbert sie an. „Das ist nicht dein Ernst, oder?"
Sie legte ihre Hand auf die seine. „Entspann dich. Ich kenne doch unsere Ladys."
Doch er registrierte ihren sorgenvollen Blick sehr wohl und sie hatte ja verdammt Recht. Er machte sich selber große Sorgen. Niemals hatte er mit einer seiner Schülerinnen auch nur geflirtet. Wie kam Annette bloß auf die Idee, sich in sein Zimmer zu schleichen? Und er stellte sich wieder und wieder die bange Frage, wer alles davon wusste.
Von allen anderen Konsequenzen einmal abgesehen, würde diese Geschichte seine Freundschaft zu Anita auf eine sehr harte Probe stellen.
Den ganzen Tag lang war er in seine Gedanken vertieft. Er ging auf keinen Scherz ein, sondern zog sich zurück, wann immer es ging. Und dies blieb Anita natürlich nicht verborgen.

Am Abend wollte Norbert ein wenig in den Märkten bummeln, um etwas Schönes für Anna auszusuchen.
„Soll ich mitkommen, um dich zu beraten?“, bot Anita an.
Er schüttelte den Kopf. „Danke, lieb von dir, aber ich will mich ja erst mal nur umschauen.“
Nun war Anita endgültig perplex. Er wollte allein ein Geschenk für Anna suchen gehen? Vor jedem Geburtstag und jedes Jahr zu Weihnachten kam er panisch zu ihr gerannt mit den Worten: „Anita, du musst mich retten. Ich finde einfach nichts!“
Und nun das.
Es gefiel ihr nicht. Es gefiel ihr ganz und gar nicht.
Und noch weniger gefiel ihr, dass sie einen Augenblick später Annette aus dem Hause huschen sah. Allein. Das Mädchen hatte ihr Gefolge normalerweise zu jeder Zeit bei sich. Da stimmte etwas nicht.
Sie schüttelte den Kopf. Sie hätte doch mitbekommen, wenn Norbert sich in Schwierigkeiten gebracht hätte, oder etwa nicht? Er hatte Anna in ihrer Krise unerschütterlich zur Seite gestanden, er war ihren Eltern über all die Jahre immer freundlich gegenübergetreten, und das, obwohl zumindest Annas Mutter es wahrhaftig nicht verdient hatte.
Und sie waren ein harmonisches und attraktives Paar. Da war er wieder, der Stachel. Anna war eine schöne Frau, aber Norbert eben auch ein sehr ansehnlicher Mann. Vielleicht lockte ihn ja doch die Unbekümmertheit der Jugend. Sie verwarf den Gedanken sogleich wieder. Ausgerechnet Annette, das konnte einfach nicht sein. Sie war ein durchtriebenes Mädchen und Norbert wusste das.

Aber sie hatte langes, glänzendes Haar, ein hübsches Gesicht und eine Figur, die Männer schwach werden ließ. Und Norbert gehörte nun mal auch zu dieser Spezies.
„Alles okay bei Ihnen?"
Anita fuhr zusammen. Als sie sich umdrehte, sah sie in Ninas fragende Augen.
„Ja, warum?"
Das Mädchen zuckte mit der rechten Schulter. „Na, weil Sie hier stehen und die ganze Zeit auf die Tür starren."
Anita rieb sich die Augen. „Ich war ganz in Gedanken, ich habe es gar nicht bemerkt."
Nina streichelte ihr kurz über den Arm. „Ich mache mir auch Sorgen", murmelte sie.

Es sollte sich bald herausstellen, dass diese Sorge berechtigt war. Norbert war um 22.00 Uhr noch nicht zurück. Die Märkte hatten längst geschlossen und selbst Annette war seit einer Stunde wieder im Hotel.
Anita lief zu Marek. „Sag mal, hat Norbert sich bei dir gemeldet?"
„Nein, ich wundere mich auch."
„Ich habe es schon auf seinem Handy versucht, aber er geht nicht 'ran. Komisch, oder?"
Marek nickte.
Anita eilte zu den Mädchen. Sie musste mit Annette sprechen, klopfte kurz an und ging dann einfach hinein. Das angeregte Gespräch verstummte.
Anita war ebenfalls sprachlos. Man konnte den Fußboden nicht mehr sehen, es war kein Zentimeter frei. „Sind die Schränke mit Liebhabern belegt, oder warum liegen eure Sachen auf dem Boden?"

Julia saß mit gekreuzten Beinen auf dem Bett und grinste. „Nein, drei Exemplare können wir leider nicht vorweisen."

„Womit wir beim Thema wären." Anita schaute einer nach der anderen ins Gesicht, ihr Blick verweilte bei Annette. „Hast du eine Ahnung, wo euer Klassenlehrer steckt?"

Annette sah ihr direkt in die Augen. „Sollte ich?"

Anita verspürte den Drang, das Mädchen zu schütteln, ging aber nur langsam auf sie zu, wobei sie sich vergeblich bemühte, auf keine Kleidungsstücke zu treten. „Ich weiß es nicht?"

„Wieso sollte ausgerechnet ich wissen, wo sich der brave Mann aufhält?"

„Es könnte ja durchaus der Fall sein."

„Aber, aber, Frau Mahler! Was trauen Sie Ihrem Freund und Kollegen denn da zu?"

„Das ist hier nicht die Frage, sondern lediglich, ob du weißt, wo er sein könnte."

„Ist er verschwunden?", fragte Merrit und hatte vor Aufregung rote Flecken im Gesicht.

„Ja, so könnte man es nennen."

Julia verzog das Gesicht. „Also wirklich, Frau Mahler! Herr Meldorf ist ein erwachsener Mann, und es ist gerade mal zweiundzwanzig Uhr. Finden Sie das alles nicht ein wenig lächerlich?"

„Wie kann es lächerlich sein, sich um einen Freund zu sorgen?", konterte Anita. „Und schließlich sind wir ja nicht privat hier, er hat Verpflichtungen, und wie wir alle wissen, ist Herr Meldorf ein verantwortungsbewusster Mensch."

„Oh ja, er kümmert sich mehr als jeder andere Lehrer um

seine Schüler“, kicherte Annette.
Anita erstarrte. „Was soll das denn heißen?“
„Nichts, nichts. Der gute, verantwortungsvolle Herr Meldorf würde niemals etwas Unrechtes tun. Um Himmels willen!“
„Lasst diese Spielchen, Mädels. Ich verliere langsam die Geduld.“
„Vielleicht ist er einfach mal einen bechern gegangen, meine Güte“, meinte Julia gleichmütig.
„Ja, gewiss.“ Anita war es leid. Sie stakste über eine Jeans und ein paar Shirts und verließ eilig das Zimmer.

Um Mitternacht war Norbert noch immer nicht zurück. Marek und Anita saßen im Essraum und warteten. „Was meinst du, Marek, ob er vielleicht doch irgendwo einen getrunken hat und eingeschlafen ist?“
„Wo denn? Wenn Norbert Lust auf ein paar Bier gehabt hätte, dann hätte er sie hier getrunken.“
„Vielleicht wollte er das nicht vor den Schülern.“
„Ach was! Die sind doch keine Babys mehr. Und er ist auch kein Moralapostel.“
„Nein.“
Beide schwiegen.
„Ist dir auch aufgefallen, dass er seit letzter Nacht so komisch war?“, fragte Anita.
Marek nickte.
„Hast du eine Ahnung, warum?“
„Nein, keinen Schimmer.“
Sie zögerte und fühlte sich wie eine Verräterin. „Ist da was mit einer seiner Schülerinnen?“
Marek fuhr zusammen. „Wie kommst du denn darauf?“

„Ach, vergiss es bitte. Ich dachte, ich kenne ihn nach so vielen Jahren, aber momentan verstehe ich die Welt nicht mehr."
Inzwischen war es weit nach Mitternacht, das Telefon blieb still und sie hatten keine Ahnung, ob es ein gutes oder ein schlechtes Zeichen war.
Um drei Uhr morgens erhob sich Anita und reichte Marek die Hand. „Komm, du Armer. Geh wenigstens du noch ein bisschen schlafen. Wenn er morgen früh nicht hier ist, verständigen wir die Polizei."

Sie brauchten keine Vermisstenmeldung zu machen, denn am nächsten Morgen läutete das Telefon. Die Polizei wusste genau, wo Norbert war. Nämlich bei ihnen.
Marek schrie in der Landessprache in den Hörer, wobei er mit der freien Hand wild gestikulierte. Es dauerte eine ganze Weile, und als das Gespräch zu Ende war, schwieg er erschüttert.
Anita zerrte an seinem Arm. „Was ist los? Marek! Sag mir, was los ist!"
Verstört drehte er sich zu ihr um. „Norbert ist im Gefängnis."
Anitas Gesichtszüge entgleisten. „Bitte?"
„Ich verstehe es auch nicht."
Marek ließ sich auf einen Stuhl fallen und hätte sich beinahe danebengesetzt.
„Jetzt brich dir bloß nicht den Hals."
Er schüttelte den Kopf. „Herrje! Wie kann das sein?"
Anita überlegte fieberhaft. „Wir müssen hin!"
„Ja."
„Aber ob sie nun fast erwachsen sind oder nicht, wir dür-

fen die Schüler nicht ohne Aufsicht lassen."
Marek nickte und biss sich auf die Unterlippe.
„Und jetzt?"
Marek hatte sein Gesicht in seine großen Handflächen gelegt und zuckte mit den Schultern. „Ich muss überlegen."
„Wo ist denn das Gefängnis?"
„In Karlsbad."
„Ach du meine Güte, das liegt dreißig Kilometer entfernt, oder?
„Ja."
Sie schaute aus dem Fenster. Draußen schneite es wie zu Frau Holles Glanzzeiten und es dürfte ein beschwerlicher Weg werden.
„Meinst du, man kommt momentan überhaupt durch?"
„Wir sollten es zumindest versuchen."
„Bleibt die Frage, was sagen wir den Schülern, und vor allem, wo lassen wir die Horde? Wenn sie irgendetwas anstellen, dann habe ich ein großes Problem."
„Das hast du auch so schon."
Marek stand auf. „Ich rufe meine Eltern an. Mein Vater muss sich um das Hotel kümmern, der Koch kommt zum Glück auch gleich, und meine Mutter kann einen Töpferkurs anbieten."
Anita staunte. „Und das können deine Eltern alles mal eben so?"
„Ja, sie haben es schließlich lange Zeit gemacht. Ich leite das Hotel erst seit einigen Jahren."
Sie atmete einmal tief ein und aus.
„Okay, dann hole ich jetzt meine Sachen."
„Was soll mein Vater denn antworten, wenn sie fragen, was los ist?"

„Er soll sagen, wir wissen es nicht. Stimmt ja sogar. – Und er soll sie alle bitten, im Haus zu bleiben, sonst müssen wir am Ende noch Schüler ausbuddeln."
Marek nickte und schaute hinaus. Es schneite und schneite.
„Zieh dich warm an!", warnte er sie.
„Aber ganz bestimmt!"

Sie fuhren in Mareks kleinem Bus. Hinten klapperten zwei Schaufeln, die er vorsorglich mitgenommen hatte.
Im Ort selber kamen sie noch recht gut voran, doch die Straße Richtung Karlsbad führte über einige Berge, und wenn tausend Meter Höhe von den Schülern auch als Hügelchen bezeichnet wurden, so wurde die Fahrt immer schwieriger, je höher sie kamen.
Anita wurde es mulmig, und auch Marek saß angespannt hinter dem Lenker. Die Scheibenwischer kämpften gegen den Schnee, die Sicht war mehr als schlecht und die Straßen wurden immer weniger passierbar. Mehrmals rutschte das Fahrzeug über eingefahrene Spurrillen, so dass Marek stets auf der Hut sein musste, damit sie nicht auf die Gegenfahrbahn gerieten. Dann ging es bergab und das fand Anita noch grässlicher.
„Oh bitte, geht es ein bisschen langsamer?", bettelte sie.
Marek schüttelte den Kopf. „Ich darf nicht stehen bleiben, da vorn geht es wieder bergauf und ich brauche zumindest ein klein wenig Schwung, sonst kommen wir nicht hoch."
„Oh Gott!"
„Wir schaffen das schon."
Das wünschte sie sich von Herzen, denn weit und breit

war keine Menschenseele zu sehen, die ihnen hätte helfen können.
Etwas später wurden die Straßen wieder besser, zumal sie jetzt immer weiter hinunter fuhren.
Völlig zermürbt kamen sie in Karlsbad an und stärkten sich zunächst einmal mit Kaffee. Anita wusste nicht, wovor sie einen größeren Horror hatte, vor der Begegnung mit Norbert oder vor der Rückfahrt.
Trotz aller Anspannung bewunderte sie die alten Häuser der Stadt. Sie liefen durch einen überdachten Gang und Anita staunte nicht schlecht, als einige Leute mit seltsamen Schnabeltassen in der Hand an ihr vorbeiliefen. Solche Tassen kannte sie nur aus Krankenhäusern. Man gab sie sehr geschwächten oder alten Menschen, die nicht in der Lage waren, aus einem Glas oder einer normalen Tasse zu trinken.
Doch diese hier waren aus edlem Porzellan. Dann sah sie auch, wofür sie benutzt wurden. Sie kamen an zwei Quellen vorbei. Die Leute füllten dort ihre Tassen und tranken das Wasser. Staunend blieb sie stehen.
„Ja“, meinte Marek. „Karlsbad ist nicht umsonst ein bekanntes Kurbad. Es ist für seine Heil-Quellen bekannt.“
Er zeigte auf eine Anhöhe: „Und da oben ist ein Thermalbad. Dort kann man zum Beispiel in Calciumquellen baden.“
Anita nahm sich fest vor, diese Stadt später noch einmal zu besuchen.
Sie kamen an einem Delikatessengeschäft vorbei. Draußen lagen mehrere lebendige Hummer, die Scheren zusammengebunden.
„Wie schrecklich“, entfuhr es Anna. „Das ist ja wie lebendig begraben!“

Sie war nicht im Stande, den Blick von den Tieren zu lösen.
„Jetzt komm schon!“, drängte Marek.
Tränen schossen ihr in die Augen. „Ich möchte sie am liebsten befreien.“
Er zog sie am Arm mit sich fort. „Du kannst nicht alle Gefangenen auf einmal befreien! Lass uns lieber unseren Freund retten, das muss jetzt doch wohl Vorrang haben!“
Sie ließ sich mitziehen. „Du hast ja Recht.“
Bedauernd drehte sich noch mehrmals um.
An der Polizeiwache angekommen, wurden sie durch lange Flure und dann in einen kleinen Raum geführt. Dort wurden ihnen die Taschen abgenommen und sie wurden abgetastet.
„Aber ausziehen muss ich mich nicht?“, fragte Anita schnippisch, wobei sie Marek einen schiefen Blick zuwarf.
Sie zuckte erschrocken zusammen, als der tschechische Polizist auf Deutsch antwortete: „Nein, keine Sorge.“
Sie drehte sich zu diesem um. „Danke sehr.“
Marek stellte ihm in der Landessprache einige Fragen und erfuhr verblüfft, dass Norbert einen jungen Mann schwer verletzt hatte.
Dann durften sie zu ihm. Ihr Freund saß kerzengerade auf einem Holzstuhl, sein Gesicht war fahl und unter seinen Augen waren dunkle Schatten. Vor ihm standen ein Tisch und ein Stuhl, ansonsten gab es kein einziges Möbelstück. In der Ecke des Raumes befand sich ein junger Mann in Uniform und nickte ihnen zu. Jemand brachte ihnen einen weiteren Stuhl und sie setzten sich.
Anita griff nach Norberts Hand. Sogleich kam der Polizist, zeigte auf die Hände und schüttelte den Kopf.

Wütend blitzte Anita ihn an.
„Meine Güte, du wirst ja wie ein Schwerstverbrecher behandelt", meinte sie dann an Norbert gewandt. „Was ist nur passiert?"
„Lass ihn, er tut nur seine Pflicht. Sie sind ansonsten sehr anständig zu mir."
Anita schluckte.
„Erzähl, was ist hier los?"
Norbert rieb sich die Schläfen. „Ich weiß nicht, wie das passieren konnte."
„Wie *was* passieren konnte?"
Norbert schwieg.
„Du machst mich wahnsinnig!" Die ansonsten so patente Anita verlor die Nerven. „Sag mir bitte, dass alles ein Irrtum war und wir dich gleich mitnehmen können."
Er schüttelte den Kopf.
„Ich glaube es einfach nicht. Ich kann es nicht glauben! Du hast jemanden schwer verletzt?"
Er nickte.
Erschüttert schwieg sie. Dann sah sie flehend zu Marek. „Sag du doch mal etwas!"
Dieser holte tief Luft. „Also, okay. Erzähl uns in Ruhe, was passiert ist. Es wird schon eine Erklärung geben."
„Wie ich schon sagte, ich weiß nicht, wie das alles passieren konnte. Ich war in einem der Märkte und suchte eine Kleinigkeit für Anna. Als ich hinausging, kam eine Gruppe junger Männer gerade über den Grenzübergang. Einer rempelte mich an, der Nächste schubste mich gegen einen anderen. Ich fing an, mich zu wehren, ich glaube, ich habe jemandem ein blaues Auge verpasst."
„Dafür kommt man aber nicht ins Gefängnis", stellte Anita fest.

„Nein, dafür nicht. Aber wenn man jemanden mit einem Messer verletzt."

„Was du mit Sicherheit nicht getan hast."

„Dachte ich auch, aber einer der Männer hatte eine Stichwunde im Bein."

„Und die sagen, du warst es?"

„Ja. Die Vietnamesin, die mir vorher eine Kette verkauft hat, sagte aus, sie wäre hinausgerannt, als sie Schreie hörte. Sie hat gesehen, dass ich in eine Prügelei mit zwei Tschechen und zwei Deutschen verwickelt war. Dann soll ich in meiner Verzweiflung einem der Männer das Messer entrissen haben, das er an seinem Gürtel in einem Schaft trug, und auf ihn eingestochen haben. Wer angefangen hat, das wusste sie natürlich nicht."

„Ich verstehe das alles nicht. Was wollten die von dir?"

„Keine Ahnung!"

Anita dachte an sein seltsames Verhalten am Vortag. Norbert war regelmäßig in Tschechien. War er etwa in unseriöse Geschäfte verstrickt?

Es sah beinahe so aus.

„Und du hast wirklich das Messer genommen?"

Norberts Stimme zitterte. „Ich bin mir nicht sicher. Ich war in einer verzweifelten Lage, sie schlugen auf mich ein. Aber ich kann mich nicht erinnern, dass ich ein Messer in der Hand hatte."

„Und weitere Zeugen gibt es nicht?"

„Nein. Und wenn, dann sind sie zumindest nicht bereit, etwas auszusagen."

„Na prima. – Was machen wir jetzt?"

Er zuckte stumm mit den Schultern.

„Du brauchst einen Anwalt!"

„Ja."

„Und wir müssen Anna Bescheid sagen."
Er stöhnte auf.
„Das übernehme ich"; entschied Anita, die ihre Fassung wiedergewonnen hatte. „Welchen Anwalt soll ich anrufen?"
„Keine Ahnung. Wir brauchten bisher keinen. Am besten, du fragst Anna."

Zwei Stunden später machten sie sich auf den Rückweg. Diesmal fing der Wagen an zu schlingern, einen Augenblick später blieben sie in einer Schneewehe stecken.
Es war bereits fast dunkel. Unmittelbar hinter ihnen fuhr ein einheimisches Fahrzeug und hielt sofort an.
Der Fahrer hatte ebenfalls eine Schaufel mit und so machten sie sich gemeinsam daran, das Auto wieder auf den rechten Weg zu bringen. Als Anita dem fremden Mann eine Kleinigkeit geben wollte, schüttelte er den Kopf, stieg wieder in seinen eigenen Wagen und fuhr winkend davon.
„Das würde hier jeder so machen", erklärte Marek.
Erschöpft kamen sie wieder im Hotel an und wurden sogleich mit Fragen bombardiert.
Anita winkte ab. „Ich geh jetzt duschen, dann esse ich etwas und in einer Stunde treffen wir uns alle wieder hier."
Als die Schüler weiterhin auf sie einredeten, antwortete sie knapp: „Vorher gibt es keinen Kommentar."
Marek tuschelte mit seinen Eltern und winkte Anita zu sich. Vor ihm standen vier Gläser, gefüllt mit Cognac, er schob ihr eines zu.
Sie zögerte nicht lange, sondern trank es in einem Zug

leer.
Plötzlich brach sie in Tränen aus. Marek legte tröstend einen Arm um sie. Sie suchte nach einem Taschentuch, doch ihre Hose hatte keine Taschen. Bevor jemand reagieren konnte, griff sie nach einer Serviette, die auf einem der Tische lag, und schnäuzte sich laut die Nase. Während ihr weiterhin Tränen über das gerötete Gesicht liefen, sah sie zu Marek auf.
„Weißt du, was mich so fertig macht? Der Grund ist nicht, dass Norbert im Gefängnis sitzt. Da holen wir ihn schon wieder 'raus."
Das klang nach der alten Anita. Doch dann stockte sie.
„Das Problem ist ein ganz anderes."
Die Worte drohten ihr im Halse stecken zu bleiben. Ihr Brustkorb hob und senkte sich hektisch, doch dann fuhr sie rasch fort. „Ich weiß nicht, was ich denken soll. Ich weiß nicht, ob ich ihm glauben soll. Norbert ist seit vielen Jahren mein bester Freund. Ich hätte zu jeder Zeit und ohne Zögern für seine Loyalität und Ehrlichkeit gebürgt. Doch in den letzten Tagen war er sehr merkwürdig. So kenne ihn gar nicht! Da ist eine schwarze Wolke inmitten unserer Freundschaft. Ich weiß nicht mehr, was ich denken soll. Und ich hasse mich dafür!"
Einen Augenblick schwiegen alle erschüttert. Dann meinte Marek leise: „Er ist auch mein Freund."

*

Unnatürlich ruhig saßen die Schüler an den Tischen. Marek lehnte mit verschränkten Armen am Tresen und beobachtete das Geschehen mit versteinertem Gesicht.
Anita stand auf und stellte sich in die Mitte des Raumes.

„Ich rede erst gar nicht um den schleimigen Brei herum! Wie ihr alle wisst, geht es um Herrn Meldorf."
Einige Schüler fingen aufgeregt an zu tuscheln.
„Ruhe!"
Augenblicklich herrschte Totenstille.
„Ich habe keine Ahnung, wie das geschehen konnte, aber wir müssen den Tatsachen ins Auge sehen und vor allem müssen wir überlegen, was zu tun ist."
Sie holte tief Luft und schaute gequält in die große Runde. „Herr Meldorf ist verhaftet worden."
„Waas?" Nina sprang von ihrem Stuhl auf, und nicht nur sie.
Alle redeten durcheinander, völlig verstört und aufgebracht. Alle außer Nico. Der saß ganz ruhig da und starrte Anita an.
Nina stieß ihn an. „Nico?"
„Hmm?"
„Hast du einen Schock oder so was?"
„Auch."
„Sag was!"
Nico sah ruhig zu ihr hoch. „Da ist was faul."
Nina ließ sich neben ihn fallen. „Natürlich ist da was faul."
Beide sahen zu Annette. Aber auch diese redete und gestikulierte mit bleichem Gesicht. Sie sah genauso geschockt aus wie alle anderen.
„Wahnsinn! Hast du eine Ahnung, wie es heutzutage im Gefängnis ist?", fragte Nina.
„Ja, habe schon mehrfach gesessen."
„Spar dir deine Ironie!"
„Mensch, Nina. Ich habe keine Ahnung, was in deutschen Gefängnissen abgeht, und ich will mir schon gar

nicht vorstellen, wie es im tschechischen Knast ist!“
Ein Mädchen am Nebentisch fing an zu weinen. Nina eilte zu ihr und legte tröstend einen Arm um sie.
Anita hob die Hand. „Es reicht, Kinder. Jetzt hört mal zu!“
Normalerweise hätte die Betitelung „Kinder“ zu wilden Protesten geführt, doch heute kümmerte es niemanden.
„Ich musste zunächst meine Fassung wiedergewinnen, bevor ich mit euch reden konnte.“
Das allein war schon höchst alarmierend. Anita verlor niemals die Fassung.
„Zuallererst werde ich natürlich Frau Meldorf informieren, das ist ja klar. Dann muss ein Anwalt eingeschaltet werden. Es bleibt die Frage, was machen wir mit euch? Ich bin wirklich ratlos und denke, einige Elternteile werden darauf bestehen, dass ihre Kinder sofort die Heimreise antreten. Andere sind vielleicht gegenteiliger Meinung, denn schließlich ist diese Klassenfahrt bezahlt. Ihr seid größtenteils noch nicht volljährig und wir müssen eine Lösung finden, um den Schaden so niedrig wie möglich zu halten. Bitte setzt euch in Ruhe zusammen und denkt darüber nach. Ich gehe inzwischen telefonieren.“
Sie nickte ihnen zu und schlurfte zum Telefon in der Hoffnung, dass Anna noch nicht zu Hause war und sie selbst eine Gnadenfrist hätte. Doch schon beim dritten Klingeln wurde abgenommen.
„Hallo, Anna, hier ist Anita.“
„Hallo“, kam es freudig zurück. „Wie geht es euch?“
„Wie geht es dir?“, stellte Anita die Gegenfrage. „Bist du krank? Du hättest doch heute keinen freien Tag, oder?“
„Ach, ich habe mir den Fuß ein wenig verdreht. Ist aber nicht so schlimm.“

„Dann ist ja gut.“
Als Anita schwieg, fragte Anna zaghaft: „Anita? Was ist?“
Es gab kein Entrinnen.
„Ich muss dir etwas sagen.“
„Dann tu es um Himmels willen!“
„Jaa …“
„Anita!“
„Norbert ist im Gefängnis.“
Anna war sprachlos.
„Bist du noch dran?“
„Natürlich bin ich noch dran!“, schrie Anna in den Hörer.
„Dann sprich mit mir! Ich dachte schon, du wärst in Ohnmacht gefallen!“
„So abwegig wäre das ja auch nicht, oder?“ Die Stimme von der deutschen Seite bahnte sich ihren Weg jetzt nur noch ganz leise durch die Leitung.
„Nein. – Bleib aber bitte ruhig. Es wird sich alles aufklären. Es muss ganz einfach ein Irrtum sein.“
Zumindest war dies gerade ihr sehnlichster Wunsch.
„Geht … es ihm gut?“
„Ja. Marek und ich waren schon bei ihm. Es geht ihm gut. Er ist geschockt, ansonsten aber in Ordnung.“
„Was ist passiert?“
„Er soll einen jungen Mann mit einem Messer verletzt haben.“
„Das ist ein schlechter Witz.“
„Dachte ich auch. Aber er sagt selbst, er wäre angegriffen worden und er war ziemlich verzweifelt.“
„Wieso sollte jemand Norbert angreifen?“
„Das wüsste ich auch gern. Ich habe keinen Schimmer.“
„Ich komme.“

„Bitte was?"
„Ich komme zu euch."
Anita schwieg, was Anna noch mehr beunruhigte. „Verschweigst du mir etwas?"
„Nein, ich schwör's. Ich weiß nicht mehr, als ich gesagt habe."
„Du würdest an meiner Stelle auch sofort losfahren."
„Stimmt."
Trotzdem gefiel ihr der Gedanke nicht hundertprozentig. Anna fühlte sich auch nach all den Jahren schuldig, weil sie keine Kinder bekommen konnte. Und sie stand ständig unter Druck, da ihre Eltern Norbert ablehnten. Warum auch immer, das wusste niemand. Und nun diese Misere. Würde Anna ihnen eine Hilfe sein oder eher ein weiteres Nervenbündel vor Ort, eine zusätzliche Belastung?
„Erzählst du es deinen Eltern?", fragte Anita die Freundin.
Anna lachte gequält auf. „Wenn dich jemand hört, denkt er, am anderen Ende der Leitung sei ein Kind."
„Man bleibt immer das Kind seiner Eltern."
„Ja."
„Anna, ich gehe also davon aus, dass du deinen Vater nicht um juristische Unterstützung bitten wirst?"
„Da kannst du sicher sein! Solange ich nicht weiß, was los ist, erfahren meine Eltern kein Sterbenswörtchen. Sie verurteilen ihn ja schon, ohne dass er ihnen oder mir jemals etwas angetan hat."
„Dann kümmere ich mich um einen Anwalt, okay?"
„Ich wäre dir sehr dankbar. Diejenigen, die ich kenne, sind auch meinen Eltern vertraut. Das lassen wir also lieber."

„Gut."
„Anita?"
„Ja?"
„Ich weiß, es ist Quatsch, dies überhaupt zu erwähnen, aber du tust doch, was immer möglich ist, oder?"
„Du hast Recht, es ist Quatsch, dies zu erwähnen!"
„Danke. Ich melde mich, sobald ich weiß, wann ich bei euch ankomme."
„Ist gut."
„Bis bald."

*

Anita kehrte zu ihren Schülern zurück. Eine junge Frau, die sie noch nicht kannte, brachte ihnen gerade ein Tablett voll mit Mineralwasser und Cola.
Marek stellte sie als seine Lebensgefährtin vor. Sie hieß Ute, war sechsundzwanzig Jahre alt und gerade zurück von einem Besuch bei ihren Eltern in Bayern.
Ute begrüßte sie herzlich und stellte mit Blick auf Anitas Aussehen ungehemmt fest: „Na, das nenne ich mal eine interessante Lehrerin."
Marek errötete. Sein rechter Ellenbogen landete unsanft an Utes Oberarm.
„Oh", konterte Anita ungerührt. „Sie sollten mich mal in voller Pracht sehen. Heute habe ich mich dezent zurückgehalten."
Beide lachten.
Anita straffte die Schultern. „Ich zitiere immer gern Günter Grolla. Er sagt: ‚Humor ist der Schwimmgürtel auf dem Strom des Lebens.' Ohne ihn würde man untergehen … Doch jetzt wird es Zeit, dass wir unseren

Freund und Kollegen aus dem Kittchen holen."
Ute staunte über diese Ausdrucksweise, unterließ aber vorsichtshalber jeglichen Kommentar.
Die Schüler verstummten, als Anita sich zu ihnen gesellte. Nina stand auf und erklärte: „Wir haben beschlossen, hier zu bleiben. Sofern es von zu Hause aus keine Einwände gibt, möchte kein Einziger vorzeitig abreisen. Allerdings wissen wir, dass es eine gesetzliche Vorschrift gibt, die uns eine Aufsicht aufzwingt. Da Sie sicher anderweitig beschäftigt sind, wäre die Lösung vielleicht, dass ein Kollege oder ein Elternteil oder wer auch immer von zu Hause weg kann, sich zu uns gesellt. Damit wären wir aber nur einverstanden, wenn es kein Idiot und kein Miesmacher ist, doch wir vertrauen Ihrem Urteil und legen unser Schicksal in Ihre Hände." Nina ließ sich auf den Sitz plumpsen. Einige klatschten leise.
Anita staunte. Nina hatte den Titel der Klassensprecherin wirklich verdient. Alle Achtung! Aber noch mehr wunderte sie sich über den plötzlichen Zusammenhalt dieser ansonsten eher schwierigen Klasse.
„Danke, Nina. Danke euch allen. Somit sind wir schon ein gutes Stück weiter. Jetzt muss ich noch schleunigst einen Anwalt finden."
„Da könnte ich weiterhelfen", meinte Annette. Sie sah heute richtig züchtig aus, jedenfalls im Gegensatz zu sonst. Sie trug ein rotes Shirt, das beinahe bis zum Gürtel ihrer Jeans reichte. Ihr Haar war zu einem Zopf geflochten und ihr Gesicht nur leicht geschminkt.
„Ich habe meinen Vater angerufen."
Anita verstand nicht. Soweit sie informiert war, lebte Annette allein mit ihrer Mutter in Kampen auf der Insel.
„Dein Vater ist Anwalt?"

Annette nickte. „Er wohnt in der Nähe von Berlin, also nicht so extrem weit entfernt."
Anita nickte. Die tiefe Betroffenheit der Schüler rührte sie.
„Na ja, auf jeden Fall nicht so weit entfernt wie Sylt", fügte Annette hinzu. „Und er hat gesagt, er würde uns gern helfen."
Anita wechselte ein paar Worte mit Marek und dieser nickte verhalten.
„Okay, gib mir bitte seine Nummer. Kann ich ihn jetzt gleich telefonisch erreichen?"
„Ja."
Außerdem konnte sie ein anderes Gespräch nicht länger vor sich her schieben. Es war an der Zeit, die Schule zu informieren.
Der Direktor reagierte, wie jeder andere es in seiner Lage getan hätte. Zunächst ungläubig, dann entsetzt und schließlich unschlüssig, was zu tun wäre.
Sie wollten noch einen Tag abwarten. Falls Norbert sich dann immer noch zwangsweise in Karlsbad aufhalten müsste, würde eine andere Aufsichtsperson so schnell wie möglich anreisen.
„Wenn ich niemanden auftreibe, komme ich selbst", beschloss der Schulleiter und erklärte, er würde persönlich alle Eltern anrufen, um ihnen die Sachlage mitzuteilen.
Anita beneidete ihn nicht um diesen Job. Der eine oder andere Elternteil würde sicherlich einen hysterischen Anfall kriegen.
Was man von ihren Kindern nicht behaupten konnte.
Wieder einmal musste Anita die Souveränität ihrer Schützlinge bewundern. Sicher, sie waren geschockt, aber dies ließ sie offenbar zusammenrücken. Manchmal wird

man eben auch positiv überrascht, sinnierte sie.
Der Anruf bei Annettes Vater verlief ebenfalls beruhigend. Er wollte sich zunächst darum kümmern, dass Norbert aus der Haft entlassen würde. Seiner Meinung nach dürfte dies kein großes Problem darstellen. Sie wussten noch nicht gut Bescheid über die Geschehnisse, doch es schien zumindest sicher, dass Norbert nicht vorsätzlich gehandelt hatte.
„Ich werde morgen vor Ort sein, und dann bringe ich Ihnen den Kollegen ins Hotel."
„Das wäre zu schön, um wahr zu sein", seufzte Anita. Sie konnte sich kaum vorstellen, dass es so einfach sein würde.
„Tja", fuhr der Anwalt fort. „Dann geht es auch erst richtig los. Die Angelegenheit muss aufgeklärt werden. Ich hoffe, dass er vollständig rehabilitiert wird, ansonsten kann der Mann seinen Job für immer an den Nagel hängen."
„Das ist mir klar", antwortete Anita. „Sonnenklar."
„Gut."
„Ich danke Ihnen schon jetzt sehr herzlich für Ihre Mühe!"
„Ach, danken Sie mir nicht zu früh. Noch habe ich ja nichts getan. Und wenn ich Erfolg haben sollte, dann wäre niemand glücklicher als ich. So kann ich doch meiner Tochter zeigen, dass auch in mir ein kleiner Teil der guten Menschheit steckt."
„Wie meinen Sie das?"
„Annette hat mir nie verziehen, dass ich mich von ihrer Mutter getrennt habe und von der Insel weggezogen bin. Sie ist mir nach all den Jahren immer noch böse. Es erstaunt mich, dass sie mich überhaupt angerufen hat."

„Sie ist, wie ihre Klassenkameraden auch, ziemlich mitgenommen und es schien ihr selbstverständlich zu sein, ihren Vater anzurufen und um Hilfe zu bitten."
„Wie ich schon sagte, ich wundere mich. Bisher hat sie nichts anderes von mir angenommen als mein Geld."
Er holte tief Luft. „Na, so sind sie, die jungen Mädchen."
Anita schwieg. Er tat ihr leid.
„Menschen verändern sich", versuchte sie ihn zu trösten. „Vor allem junge Menschen."
„Schön wäre es ja", erwiderte er, überzeugt schien er aber nicht.

*

Anna hatte in Windeseile ein paar Sachen gepackt. Nun wühlte sie in der Schreibtisch-Schublade herum.
„Verdammt", fluchte sie. „Wo ist der verdammte Pass?"
Sie stieß auf allerlei Dinge, nach denen sie zu anderer Zeit gefahndet hatte, doch jetzt hatte sie kein Auge dafür. Ratlos stand sie mitten im Zimmer und rieb sich mit der Hand über die Stirn. Sie spürte ein leichtes Kribbeln im Bauch. Wenn sie sich nicht beeilte, würde sie den Zug nicht mehr erwischen.
Das Klingeln des Telefons ließ sie zusammenzucken.
Einen Moment zögerte sie, den Hörer abzunehmen, ent schied sich dann aber doch dafür, aus Angst, es könnte Anita sein.
„Hallo, mein Schatz." Es war ihre Mutter!
„Hast du Lust, heute zum Abendessen zu kommen?"
Annas Gedanken rasten. „Nein, das ist lieb von dir, aber mir geht's heute nicht so gut."
„Oh, das tut mir leid. Ich komme nachher kurz vorbei."

„Nein, Mama, lass! Ich bin auf dem Weg zum Arzt und dann lege ich mich ins Bett“, log Anna und merkte, wie sich zu dem Kribbeln eine leichte Übelkeit gesellte.
„Was macht dein Knöchel?“
„Ist so gut wie in Ordnung.“ Eine weitere Lüge.
Während Anna versuchte, ihre Mutter von einem Krankenbesuch abzubringen, suchte sie nebenher verzweifelt weiter. Sie nahm einen Stapel Papiere aus der Schublade und verteilte alles mit der freien Hand auf dem Fußboden.
Da war er! Gott sei Dank.
„Mama, ich muss jetzt wirklich los!“ Diese Aussage stimmte allerdings. Es wurde Zeit.
Hektisch nahm sie ihren kleinen Koffer und die Handtasche, griff im letzten Moment zur Sonnenbrille und stieg in das herbeigerufene Taxi.
Natürlich waren alle Ampeln rot. Und natürlich funktionierte der blöde Fahrkartenautomat nicht. Vielleicht bediente sie ihn auch nur nicht richtig. Sie eilte in den Serviceraum, doch vor jedem Schalter stand eine lange Schlange. Also kehrte sie um und eilte ohne Fahrkarte zum Bahnsteig. Dummerweise trug sie keine Turnschuhe, das hätte ihr ein paar Sekunden geschenkt. In einer Minute sollte der Zug fahren. Sie riss die Tür auf und machte einen großen Schritt auf das Trittbrett.
Dabei vergaß sie, dass ihr Fuß verletzt war, und trat mit dem ganzen Körpergewicht auf. Sie knickte weg und schrie auf vor Schmerz.
Zuerst fiel der Koffer auf den Gehsteig, dann Anna. Ein Bahnbeamter rannte zu ihr und riss unterwegs sein Funkgerät aus der Halterung, schrie einige Worte hinein, um den Zug zu stoppen.

„Ich muss unbedingt in den Zug!“, rief Anna.
„Junge Frau, ich weiß zwar nicht, was passiert ist, dafür weiß ich aber ganz genau, dass sie nicht in diesen Zug steigen.“
Sie schluchzte auf, aber nicht wegen der körperlichen Schmerzen.
Die Zugfenster gingen nach und nach herunter und neugierige Gesichter schauten, warum die Fahrt nicht losging. Einige lugten verschämt hinter dem Fenster hervor, andere ganz unverfroren und ein Mann brüllte sogar: „Wann geht es endlich weiter hier? Ist ja kein Wunder, wenn die Züge ständig Verspätung haben. Wenn sie nicht mal pünktlich losfahren!“
Jemand hatte den Krankenwagen gerufen. Die Sanitäter kamen mit der Trage angelaufen und legten die inzwischen erschreckend apathische Anna hinauf. „Mein Mann ist im Gefängnis. In Tschechien. Ich muss zu ihm.“ Sie schloss die Augen.
Die Sanitäter guckten sich fragend an. Der Ältere wedelte mit der rechten Hand vor seinen Augen.
„Wir geben Ihnen gleich etwas zu Beruhigung. Das ist nur der Schock.“
Rasch eilten sie an den vielen Schaulustigen vorbei, bevor die arme Frau sich weiteren Phantasien hingab und vielleicht noch einen Kollaps bekam.
Wenige Minuten später ereichten sie das Krankenhaus. Anna hatte sich einen Bänderriss zugezogen. An eine Reise war nicht zu denken. Erschrocken merkte sie, wie sich eine alte Bekannte zu ihr gesellte. Die Düsternis. Panik überfiel sie. „Geh weg“, sagte sie zu ihrem Inneren. „Lass mich in Ruhe. Hau ab!“
Zum Glück war das andere Bett noch leer.

Ihr Magen schien verknotet zu sein und ihr Hirn zusammengequetscht. Und diesmal hatte sie Norbert nicht in ihrer Nähe. Dafür aber tragischerweise ihre Mutter. Diese wünschte sie weit weg. Nicht unbedingt ins Gefängnis, aber eben doch sehr weit weg.
Ein Arzt betrat das Zimmer und beugte sich zu ihr hinunter. „Wie geht es Ihnen?"
„Wie soll es mir schon gehen?" Tränen schossen ihr in die Augen.
Er strich ihr über den Arm und lächelte sie freundlich an. „Na, na, so schlimm ist es ja auch wieder nicht."
Es kamen noch mehr Tränen. Der Arzt zog die Augenbrauen zusammen. „Da ist doch noch etwas anderes, oder?"
„Ja."
„Möchten Sie es mir erzählen?"
Sie zögerte kurz. Was hätte sie ihm erzählen sollen? Dass ihr Mann während einer Klassenfahrt verhaftet worden und über achthundert Kilometer von ihr entfernt war? Dass ihre Mutter ihn immer abgelehnt und schlecht gemacht hatte und jetzt wohl endgültig durchdrehen würde? Und dass sie ihrem Mann keine Kinder schenken konnte und er ihr das niemals vorwarf, sondern immer für sie da war? Und dass sie ihn jetzt im Stich ließ, wo sie doch an seine Seite gehörte?
Und – dass diese schreckliche Krake in ihrem Inneren sie aufzufressen drohte …
Sie schüttelte den Kopf.
„Wenn Sie es sich anders überlegen, sagen Sie es mir. Bitte!"
Sie sah ihn an und nickte. Er war jung, gesund und voller Idealismus. Wie lange er sich Letzteres wohl erhalten

kann, dachte sie zynisch.
„Möchten Sie jemanden anrufen?"
Sie erschrak. Ja, ihre Eltern. Oh nein, am liebsten nicht. Aber Anita musste informiert werden.
„Ja, ich muss meine Freundin anrufen, ich war auf dem Weg zu ihr. Es ist aber ein Auslandsgespräch, ist es trotzdem möglich?"
„Ich werde es möglich machen", erwiderte er freundlich.

*

„Auch das noch", stöhnte Anita und erklärte Marek, was passiert war. „Und ich hatte Anna inzwischen schon eingeplant. Sie kann gut mit Kindern umgehen, auch mit fast erwachsenen. Außerdem hätte sie das abgelenkt. Verdammter Bockmist!"
Marek zuckte zusammen.
Sie klopfte ihm auf die Schulter. „Entschuldigung. Ich bin nun mal keine Dame."
Das war sie allerdings nicht. Heute trug sie eine enge lila Stretchhose, ein weißes Shirt mit lila Druck und ein paar lila Strähnen in ihrem Haar. Wie immer war alles perfekt aufeinander abgestimmt.
„Okay, dann hoffen wir nun darauf, dass der Wunder-Anwalt aus Berlin seiner Tochter beweisen kann, was für ein toller Kerl er ist."
Vorher mussten sie noch zwei Schülerinnen zum Bahnhof bringen. Ihre Eltern bestanden auf deren Rückkehr. Der Direktor hatte sich alle Mühe gegeben, sie umzustimmen, leider ohne Erfolg.
„Ein Glück, dass ich sie nicht auch noch nach Hause bringen muss", maulte Anita. Unter Tränen verabschie-

deten sich die beiden von ihren Mitschülern, ließen Grüße an Norbert ausrichten, dann stiegen sie in Mareks kleinen Bus.

Am nächsten Tag hatte Annettes Vater das Wunder vollbracht: Spätnachmittags betrat er gemeinsam mit Norbert das Hotel. Sofort lief alles zusammen, einige klatschten, andere pfiffen. Annette zwängte sich durch die Menge und fiel ihrem völlig verdutzten Vater um den Hals. „Gut gemacht, Paps!"
Anita drückte indessen Norbert an sich. „Junge, du machst ja Dinger." Sie fasste ihn um die Schultern und hielt ihn mit ausgestreckten Armen von sich. „Du siehst schauderhaft aus."
Er grinste kläglich. „Danke für das Kompliment."
Du auch, hätte er fast gesagt, unterließ es aber, da er die Anteilnahme in ihren Augen erkannte.
„Wie geht es Anna? Wie konntest du sie davon abhalten, herzukommen?"
„Das war weniger mein Anteil. Sie hat irgendwie den Einstieg in den Zug nicht bewältigt."
„Bitte was?"
„Sie ist abgerutscht und hat einen Bänderriss."
„Auch das noch!"
„Das kannst du laut sagen."
„Hab' ich gerade gemacht."
„Stimmt."
„Herrje, jetzt ist sie auch noch auf die Hilfe ihrer Mutter angewiesen."
„Nein, sie ist noch im Krankenhaus."
„Die Ärzte werden sie nicht lange dort behalten."

Anita schüttelte langsam den Kopf. „Fürchte ich auch."
„Ich muss zu ihr."
„Das kannst du doppelt vergessen, mein Lieber. Erstens lässt du mich hier nicht im Stich und zweitens bist du zwar nicht mehr eingesperrt, aber das heißt nicht, dass du frei bist, wenn du verstehst, was ich meine."
„Ich bin ja nicht blöd."
„Das wird sich zeigen."
„Aber du kennst doch ihre Mutter. Sie wird einen Eisbärentanz veranstalten, wenn sie erfährt, was passiert ist."
„Es wird sicher nicht lustig, aber da muss Anna jetzt durch."
Er fuhr sich mit gespreizten Fingern durch das Haar. „Was für ein Dilemma."
Mitfühlend sah sie ihn an. Er sah noch viel schlimmer aus als bei ihrem Besuch im Gefängnis. Die Stellen in seinem Gesicht, die nicht bläulich-lila waren, hatten eine grünlich schimmernde bleiche Farbe, seine Augen blickten trübe und es machte den Anschein, als hätte er in der kurzen Zeit etliche Kilos abgenommen.
Vor allem aber wirkte er sehr gefasst. Zu gefasst. Anita kannte ihn. Er fühlte sich schuldig, weil er zu Anna wollte und weil die Klassenfahrt durch ihn vermasselt war, und er hatte Angst. Angst, wieder ins Gefängnis zu müssen, und Angst, den geliebten Beruf zu verlieren. Vielleicht hatte er auch noch viel mehr Gründe, sich zu fürchten, das wusste sie ja nicht so genau.
Und da saß er so ruhig neben ihr und sie neckten sich, als ob er ein paar Minuten zu spät zu einer Verabredung gekommen wäre. Nein, das steckte er nicht so weg, da war sie sicher.
„Pass auf", schlug sie vor. „Du gehst duschen, ich küm-

mere mich um die Schüler und den Anwalt, dann essen wir alle in Ruhe und hinterher besprechen wir, was zu tun ist."
Er starrte auf die gegenüberliegende Wand.
„Norbert? Hast du mir zugehört?"
Verlegen wandte er sich ihr zu. „Nein."
Sie wiederholte ihren Vorschlag und er stand widerwillig auf, um mit gebeugtem Rücken nach oben zu schlurfen.
Oh je, dachte Anita. Oh je, oh je.
Wiederum plagte sie ihr schlechtes Gewissen, weil sie ihm nicht bedingungslos vertraute. Aber irgendwo war eben ein Fehler im System, sonst wären sie jetzt nicht in dieser Situation.

*

Annette saß eng neben ihrem Vater und strahlte ihn voller Stolz an.
Sarkastisch dachte Anita, dass diese ganze Misere wenigstens etwas Gutes mit sich gebracht hatte, eine „Familien- Zusammenführung".
Ansonsten kamen sie nicht weiter. Die Polizei konnte nicht feststellen, wohin der verletzte junge Mann gebracht worden war. Auch alle anderen Auskünfte blieben spärlich.
Annettes Vater schüttelte den Kopf. „Die sperren Herrn Meldorf wegen schwerer Körperverletzung ein und dann wissen sie nicht mal, wo der Verletzte ist. Das gibt es doch gar nicht!"
„Papa, wir sind nicht in Deutschland, vergiss das nicht", erinnerte seine Tochter ihn.
„Ja, du hast Recht. Außerdem gibt es auch bei uns einige

merkwürdige Fälle, die ein normal denkender Mensch nicht nachvollziehen kann."

Anita hatte ihr Kinn auf die rechte Hand gestützt und hörte aufmerksam zu. Nun hob sie den Kopf. „Sag mal, Norbert, es gab diesen Verletzten doch, oder?"

Er nickte. „Ja, den gab es. Er blutete ziemlich stark am Bein. Er wurde sogar mit dem Krankenwagen abgeholt."

„Mit einem tschechischen oder einem deutschen?", fragte sie.

„Ein deutscher Krankenwagen kommt hier nicht 'rüber", warf Marek ein.

Anita war überrascht.

Der Grenzübergang war vielleicht zwanzig Meter entfernt, eine Straße führte hinüber in den sächsischen Ort Bärenstein und war lediglich mit einer Kette abgesperrt.

„Wieso nicht?"

„Weil an diesem Grenzübergang überhaupt kein Auto 'rüber darf", erklärte Marek. „Die Bärensteiner machen auch beim Krankenwagen keine Ausnahme."

Anita war erst am Vortag drüben in Deutschland gewesen, in der nahe liegenden Apotheke.

„Unglaublich. Da ist der Grenzübergang einen Steinwurf entfernt, man kann hin und her spazieren, sie gucken zum Teil nicht mal auf den Ausweis, aber einen Krankenwagen lassen sie nicht durch?"

„Nichts zu machen."

„Der nächste befahrbare Grenzübergang ist in Oberwiesenthal, sechzehn Kilometer entfernt."

„Dann ist der Verletzte vermutlich in einem hiesigen Krankenhaus", nahm der Anwalt den Faden wieder auf. „Ich denke, wir werden die Sache morgen aufklären."

Er wandte sich an Marek. „Begleiten Sie mich?"

„Natürlich."
Nina gesellte sich zu ihnen. „Darf ich mich setzen?"
„Ja", sagte Anita. „Ich hätte dich sowieso gleich geholt."
Verstohlen musterte die Schülerin ihren Lehrer. Sie war ein gescheites Mädchen, aber auch sie konnte diese ganze komische Geschichte nicht nachvollziehen.
„Wie geht es nun weiter?", fragte sie. Sie hatten noch drei Tage bis zur Rückfahrt.
Norbert hörte gar nicht zu, also schaute sie fragend zu Anita.
Diese wiederum sah Hilfe suchend zu dem Anwalt. „Was meinen Sie? Muss mein Kollege hier bleiben?"
„Ja, wir wissen schließlich noch gar nichts. Abreisen kann er auf keinen Fall, da bekäme er Schwierigkeiten. Sowohl am Grenzübergang als auch zu Hause. Wenn es Ihnen auch schwer fällt, Herr Meldorf, Sie müssen das jetzt durchstehen. Versuchen Sie, das Beste daraus zu machen. Auch im Interesse Ihrer Schüler. Unternehmen Sie etwas mit ihnen, das haben die Jungs und Mädchen verdient und es wird Sie ablenken. Um alles andere kümmern Marek und ich uns, okay?"
Norbert nickte. Ob er wirklich zugehört hatte, konnte man nur erahnen.
Anita legte die Hand auf seinen Arm, was Annette mit einem eifersüchtigen Blick registrierte.
„Norbert, entspann dich. Es hätte schlimmer ausgehen können. Du bist wieder hier, Marek und Annettes Vater werden die Angelegenheit aufklären und Anna wird die drei Tage auch ohne dich überstehen. Ich versuche nachher, die Telefonnummer ihres Zimmers ausfindig zu machen."

*

Doch Anna war schon wieder zu Hause. Als das Telefon klingelte, griff sie nach den Krücken und wollte aufstehen, doch ihre Mutter war schneller und reichte den Hörer an den Tisch.

„Hallo, Schatz, ich bin's."

Anna sackte zusammen, schloss die Augen und holte tief Luft, wobei ihr nicht verborgen blieb, dass ihre Mutter sie beobachtete wie eine Löwin ihr Baby.

Sie drehte dieser den Rücken zu. „Wie geht es dir?"

„Mach dir keine Sorgen, ich habe ein paar blaue Flecken, aber ansonsten geht es mir gut."

„Was ist passiert?"

„Ich weiß es nicht. Ich weiß es wirklich nicht!"

Sie hätte ihn gern gefragt, ob er tatsächlich jemanden verletzt hätte, weil es ihr einfach unglaublich vorkam, doch in Anbetracht der Zuhörerin unterließ sie es.

Er merkte, dass sie zögerte. „Du kannst nicht reden, stimmt's?

„Ja", bestätigte sie leise.

„Rufst du mich später zurück?"

„Ja."

„Ich liebe dich, Anna."

Sie zögerte ganz kurz, antwortete dann aber: „Ich dich auch."

Zärtlich drückte sie den roten Knopf am Telefon, blieb jedoch so sitzen, wie sie war.

„Gib mir eine Minute, bevor du loslegst", forderte sie mit einem warnenden Unterton.

„Ich habe keinen Ton gesagt, mein Kind."

„Das brauchst du auch nicht."

Länger als eine Minute hielt ihre Mutter es dann auch nicht aus.
Sie setzte sich ebenfalls an den Tisch.
„Also wirklich, da kannst du doch mal wieder sehen, dass er gar keine familiären Bande zu uns verspürt. Er sitzt im Gefängnis, im Ausland, der Himmel weiß, warum, sein Schwiegervater ist Anwalt und Norbert holt ihn nicht dazu!" Ihre Stimme war mit jedem Wort schriller geworden.
Ruhig entgegnete Anna. „Weil ich es nicht wollte."
„Wie bitte? Hat er dich inzwischen so stark beeinflusst?"
Anna wäre gern aufgesprungen, doch der wilde Schmerz in ihrem Bein hinderte sie. „Mutter, jetzt fang nicht schon wieder damit an! Ich kann es nicht mehr hören! Ich habe all die Jahre nicht verstanden, was ihr gegen Norbert habt."
„Wir dulden ihn doch."
Anna liefen die Tränen über das Gesicht. „Ihr duldet ihn. Na danke, das ist der richtige Ausdruck. Er hat euch nie etwas getan. Niemals!"
Ihre Mutter schwieg.
„Oder stimmt das etwa nicht?"
„Doch, doch."
„Er war immer für mich da. Immer. Egal, wie schlecht es mir ging, egal, wie ungerecht ich war, er hatte eine unerschöpfliche Geduld. Sag, wenn ich Unrecht habe!"
Ella schwieg.
„Was habt ihr gegen ihn?" Nun schrie Anna. „Er ist klug, freundlich, humorvoll. Er erträgt euch. Mehr kann ich von keinem Mann der Welt verlangen!"
„Vielleicht hat ja seine Geduld jetzt ein Ende. Du weißt ja gar nicht, was er angestellt hat."

„Was er angestellt hat!", äffte Anna sie nach. „Du hast ihn ja schon wieder verurteilt. Und da sollte dein Mann ihn als Anwalt vertreten? Das ist ein elender Witz! Wirklich, das kannst du nicht ernst gemeint haben, Mama!"
Ihre Mutter sah weg und schwieg.
Kurze Zeit später drehte sie sich um und verließ die Wohnung ohne einen Gruß.
Verblüfft schaute Anna ihr nach.

Die nächsten zwei Tage wurden zur Tortur. Anna war körperlich und emotional am Ende. Norbert hatte versucht, fröhlich und zuversichtlich zu klingen, doch er konnte sie nicht täuschen.
Er verschwieg ihr etwas. Das spürte sie genau.
Und sie saß hier fest und war kaum in der Lage, sich selbst einigermaßen zu versorgen. Ohne ihre Krücken konnte sie nicht laufen und mit beiden Händen an den Krücken konnte sie sich nicht mal etwas aus dem Kühlschrank holen.
Als sie das Telefon am Vorabend mit ins Schlafzimmer nehmen wollte, rutschte es ihr aus der Hand und zeigte keinerlei Reaktion mehr. Also musste sie sich zurück zur Ladestation quälen, um es wieder funktionstüchtig zu machen.
Schließlich lief sie tatsächlich mit einem Leinenbeutel um den Hals herum und transportierte darin Lebensmittel vom Kühlschrank zum Tisch. Sie musste über sich selbst lachen, als sie sich im Spiegel sah.
Ihr Fuß tat höllisch weh, doch sie war fast froh darüber, lenkte der Schmerz sie doch ein wenig von allem anderen ab.

*

„Es ist unglaublich“, erklärte Marek seiner Freundin. „Wir kommen einfach nicht weiter! Der Verletzte war tatsächlich im Krankenhaus, ist aber schon wieder fort. Also kann es ja nicht so schwerwiegend gewesen sein, wie die Zeugen zunächst behauptet hatten.“

„Und was sagen die Zeugen ansonsten?“

„Das ist es ja! Nichts! Alle verdrücken sich, niemand will etwas mit der Polizei zu tun haben. Wahrscheinlich aus gutem Grund, wer weiß, was da in den Märkten los ist. Keiner der Verkäufer ist ein Tscheche, das weißt du ja.“

„Aber was ist mit der Frau, die die Polizei gerufen hatte?“

„Aus ihr ist nichts herauszubekommen.“

„Und nun?“

„Keine Ahnung. Wir sind ratlos und uns läuft die Zeit davon.“

„Kommt er denn problemlos nach Deutschland?“

„Ja, das wohl schon, nachdem sich herausgestellt hat, dass es dem Verletzten schon wieder besser geht. Außerdem hat er kein Verfahren oder Schmerzensgeld oder überhaupt irgendwas gefordert.“

„Das ist doch komisch, oder?“, sinnierte Ute. „Ich bin ja noch nicht lange hier, aber ist das normal? Da wird jemand niedergestochen von einem Ausländer, es gibt Zeugen, die Polizei kommt, und ihm ist es ganz egal, was danach passiert?“

Marek zog eine Grimasse und schüttelte den Kopf. „Wo ist Norbert da nur hineingeraten?“

„Traust du ihm wirklich zu, was ihm vorgeworfen wird?“

„Normalerweise nicht.“

Und für das ‚normalerweise' schämte er sich in Grund und Boden. Da ging es ihm nicht anders als Anita.

Diese schlug sich tapfer. Resolut unternahm sie alles Menschenmögliche, damit sie einen halbwegs unbeschwerten Tag erlebten. Die Schüler nahmen es dankend zur Kenntnis. Sie alberten im Schnee herum, niemand wurde ausgegrenzt und einige versuchten immer wieder, auch Norbert mit einzubeziehen.
Selbst Annette und ihre Fans machten mit, waren sie doch froh, die ganze Anspannung der letzten Tage ein wenig abzuschütteln. Norbert bemühte sich um Haltung, und als Anita mit dem Gesicht nach unten im Schnee landete und mit vergrätztem Gesicht wieder auftauchte, da lachte er sogar mit den anderen.
Doch ansonsten litt er höllische Qualen. Wie würde es zu Hause weitergehen? Wenn sich nicht alles aufklärte, würde ihm niemand mehr vertrauen.
Wie sollte er dann Annas Eltern gegenübertreten? Nun gab es sicherlich nichts mehr zu retten.
Arme Anna! Sie stellte sich immer schützend vor ihn, doch sie litt, das wusste er, denn sie liebte ihre Eltern trotz allem abgöttisch.
Annettes Vater war am Nachmittag zurück nach Berlin gereist. Er hatte zwei wichtige Termine wahrzunehmen und konnte nicht alles stehen und liegen lassen. Doch er würde am nächsten Tag wiederkommen und Norbert wusste gar nicht, wie er das jemals wiedergutmachen sollte. Immerhin waren es dreihundert Kilometer, die der Mann jedes Mal bewältigen musste. Und sicherlich blieb eine Menge anderer Arbeit in der Kanzlei liegen.

Als er dies angeführt hatte, winkte der Anwalt ab. „Machen Sie sich keine Sorgen. Im Grunde haben Sie mir einen Gefallen getan. Ich habe mich wirklich gefreut, als meine Tochter mich um Hilfe bat. Endlich hat sie sich daran erinnert, dass ihr Vater ein Mensch aus Fleisch und Blut ist und nicht nur eine Institution, die Geld überweist. Bedanken Sie sich bei ihr, wenn Ihnen dann besser zumute ist."

Beim Abendessen herrschte ausgelassene Stimmung. Sie hatten die Tische zusammengestellt und saßen nun in einer riesigen Runde beieinander und schwatzten. Norbert konnte es kaum ertragen. Er wollte einerseits seine Ruhe haben, andererseits hatte er große Angst davor, allein zu sein. Er aß kaum, trank ein paar Bier, und als er merkte, dass diese Kombination schnell Wirkung zeigte, war es schon zu spät.

Anita schaute in die Runde und fing Ninas Blick auf. Sie deutete mit einem schrägen Kopfnicken auf Norbert. Anita legte eine Hand auf seinen Arm. „Komm, wir gehen hoch, dann können wir noch ein wenig in Ruhe reden, wenn du magst."

Nur zu gern ging er mit.

Im Zimmer ließ er sich auf das Bett sinken und barg sein Gesicht in den Händen. Sie setzte sich daneben und streichelte beruhigend seinen Rücken.

Eine Weile schwiegen sie. Dann meinte er leise: „Was passiert jetzt wohl? Ich brauche dir ja nicht zu erklären, welche Konsequenzen das alles für mich hat, beruflich und privat."

„Nein, du brauchst mir nichts zu erklären." In ihr schrie

es: Nur, was du angestellt hast. Sag es mir, damit ich dir helfen kann!
Doch sie wusste, sie durfte ihn jetzt nicht bedrängen. Seine Stimme war durch den Alkohol ein wenig nuschelig. Er hatte drei oder vier Bier getrunken, doch in seinem Zustand waren das drei oder vier Bier zu viel.
„Ich hoffe nur, Anna wird von ihren Eltern nicht so unter Druck gesetzt."
„Ich habe den Eindruck, sie hält sich ganz gut", versuchte Anita ihn aufzumuntern.
Sie hatte ebenso wenig wie Anna verstanden, warum Norberts Schwiegereltern ihn so ablehnten. Es war auch nicht zu verstehen.
Bis jetzt jedenfalls nicht.

Norbert legte sich ins Bett, er war völlig erschöpft. Trotzdem konnte er nicht einschlafen. Nicht einmal der Genuss des Alkohols bescherte ihm den heiß ersehnten Schlaf. Schließlich stand er auf und nahm zwei der Schlaftabletten, die Anita ihm besorgt hatte. Sie zeigten rasch Wirkung.
Er träumte von Anna. Sie kuschelte sich an ihn, streichelte ihn und er fühlte, wie seine Erregung wuchs. Zum ersten Mal wieder fühlte er sich wohl. Sein Gehirn war umnebelt, sein Körper aber reagierte mit aller Energie. Er ließ die Augen geschlossen, kostete die Zärtlichkeiten aus und fiel dann in einen komaähnlichen Schlaf.
Gegen fünf Uhr morgens wurde er wach, weil sein Arm eingeschlafen war. Etwas Schweres drückte diesen auf die Matratze. Er blinzelte, in seinem Schädel hämmerte ein verrückter Schmerz.

Plötzlich riss er die Augen auf.
Die Ursache der Durchblutungsstörung in seinem Arm hatte lange Haare. Es war Annettes Kopf. Die Situation war so absurd, dass ihm alles wie ein böser Alptraum erschien. Doch sein Verstand kämpfte sich durch die Nebelschwaden und eröffnete ihm gnadenlos, dass die junge Frau neben ihm real war.
Jetzt ist wirklich alles aus, dachte er. Alles. Er überlegte panisch, die ganze Packung Schlaftabletten zu nehmen, wusste aber nicht, ob die Dosis reichen würde, um zu sterben. Dann gewann die Vernunft die Oberhand. Er würde also seinen Job verlieren, seine beste Freundin, seine Frau. Aber er würde es Anna nicht antun, sich auf diesem Wege aus dem Staub zu machen. Er war es ihr schuldig, ihr ins Gesicht zu schauen und zu sagen, wie leid ihm alles täte und dass er sie liebte.
Dann würde er fortgehen. Er könnte dann sowieso nicht weiter auf der Insel leben. Das Geschehene würde sich wie ein Lauffeuer verbreiten.
Sanft zog er seinen Arm unter dem Kopf des Mädchens hervor. Er musste widerwillig lächeln, denn sie schlummerte selig weiter und sah dabei aus wie ein kleines Kind. Er schüttelte leicht ihre Schulter, bis sie endlich erwachte. Einen Moment lang war sie verwirrt, dann strahlte sie ihn an. „Guten Morgen."
Der pochende Kopfschmerz verschlimmerte sich, seine Augen brannten.
„Warum hast du das gemacht?", flüsterte er.
„Weil ich dich liebe", flüsterte sie ungerührt zurück. Und nach kurzem Zögern: „Außerdem hast du ja mitgemacht."
Hatte er das? Er wusste es nicht. Er wusste es wirklich

nicht!
Doch eines war gewiss: Genau dies würde ihm kein Mensch glauben..
„Es tut mir sehr leid, Annette."
„Mir nicht."
„Die Konsequenzen sind dir aber schon klar?"
„Was soll schon passieren", meinte sie gleichmütig. „Ich gehe zurück in mein Bett. Falls jemand wach geworden ist, sage ich, ich hätte nicht schlafen können und wäre nach unten zum Lesen gegangen."
Triumphierend zog sie ein Buch unter dem Bett hervor und wedelte damit vor seiner Nase herum.
Dann stand sie ohne Scham auf, stolzierte unbekleidet durch das Zimmer und zog sich einen Slip und einen Jogging-Anzug an.
Verblüfft sah er ihr zu.
Ihr schöner Körper erweckte momentan allerdings nicht die Spur einer Empfindung in ihm.
„So einfach siehst du das?"
Sie lächelte auf ihn hinunter. „So einfach *ist* das."
Dann streichelte sie seine Wange und schlich aus dem Zimmer.
Ungläubig und völlig ausgelaugt sah er ihr nach.
Ein paar Minuten später fiel er tatsächlich in einen tiefen Schlaf und wachte erst auf, als Anita an die Tür pochte.

Das nackte Grauen packte ihn. Er fühlte sich verkatert und schäbig. Niemals hatte er Anna betrogen. Er hatte zu keiner Zeit auch nur einen Gedanken daran verschwendet! Sicher, seine Ehe verlief nicht immer ganz unkompliziert. Anna war sehr empfindlich und von dem Gedanken beherrscht, ihm keine gute Ehefrau zu sein, da sie ihm keine Kinder geschenkt hatte. Sie hatte einen kleinen Minderwertigkeitskomplex, aber damit ließ sich leben. Sie war gescheit und hübsch und er liebte sie über alles. Er liebte es, mit ihr zu diskutieren, mit ihr auszugehen und mit ihr zu schlafen. Ein reißender Schmerz durchfuhr ihn.

Wie sollte er ihr jemals wieder in die Augen sehen können? Eine siebzehn Jahre alte Schülerin! Er hasste sich und wünschte sich zurück in das Gefängnis.

Rasch ging er duschen, trank zwei große Gläser Mineralwasser und stellte sich seinem Schicksal, was immer ihn erwarten würde.

Anita erschrak, als sie ihn sah. Wie konnte ein Mensch in wenigen Tagen so in sich zusammenfallen? Vor einer Woche war er ein großer Mann mit kräftigen, breiten Schultern, blitzenden Augen und einem Mund, der ständig grinste.

Nun erblickte sie einen nach vorn gebeugten Körper mit einem hoffnungslosen Ausdruck in den Augen und mit zusammengepresstem Mund.

Er holte sich einen Kaffee und setzte sich. Wortlos stand sie auf, nahm einen Teller, legte zwei Brötchen, Butter, Wurst und Käse drauf und stellte alles vor ihn auf den Tisch.

„Jetzt nimm dich zusammen, mein Freund! Die Schüler haben so gut durchgehalten, schau sie dir an! Sie vertragen sich, sie beschäftigen sich, es gab bisher keine nennenswerten Alkoholexzesse, es gibt ganz erstaunlicherweise überhaupt keinen Ärger. Das ist schon fast unnormal. Und sie stehen hinter dir, niemand traut dir etwas Böses zu."

Niemand außer mir, dachte sie schuldbewusst. Nein, das stimmte so nicht. Sie hatte nur das Gefühl, dass er ihr etwas verschwieg.
Sie kniff ihn in den Arm.
„Jetzt vermassel ihnen nicht den letzten Rest dieser Reise!“
Er holte tief Luft. „Ich werde mich bemühen. Ich versprech's.“
„Das wäre prima. Wenn du hier nämlich wie ein Trauerkloß herumhängst, wird die Sache auch nicht besser.“
„Du hast Recht.“
Er zwang sich zum Essen und holte sich noch eine Tasse Kaffee.
Trotzdem schnürte sich sein Magen zusammen, als Annette, Julia und Merrit an seinem Tisch vorbeikamen.
Annette hob grüßend die Hand. „Morgen, Herr Meldorf.“
Er nickte ihr zu.

*

Das Klingeln der Tür weckte Anna. Sie schrak hoch. Neun Uhr. Sie hatte die halbe Nacht wach gelegen und selbst während der verbliebenen Nachtstunden war sie mehrfach aufgewacht.
Es klingelte wieder. Mühsam rappelte sie sich hoch, griff zu den Stützen und ging, so schnell es ihr möglich war, zur Tür. Sie öffnete nur einen kleinen Spalt, doch als sie ihren Vater erblickte, zog sie sie ganz auf.
Wortlos trat er ein, legte Mantel und Hut ab, ging dann zu ihr und drückte sie an sich.
Schluchzend ließ sie sich in seine Arme sinken, wobei

eine der Krücken scheppernd zu Boden fiel. Er strich ihr über den Rücken und ließ sie eine Weile weinen.
Später kochte er eine Kanne Pfefferminztee, stellte zwei Tassen und Zucker vor sie hin. Sein haushaltliches Können war damit erschöpft, doch der heiße Tee tat ihnen beiden gut.
„Sie meint es nicht so“, murmelte er, schaute ihr dabei aber nicht in die Augen, sondern starrte auf die Tischplatte.
Anna saß ihm mit bleichem Gesicht gegenüber, beide Handflächen um die warme Tasse gelegt, und antwortete mit einem Schnaufen.
„Ehrlich, Kindchen, sie meint es nicht böse, das musst du wissen.“
„Warum verhält sie sich dann dermaßen bösartig?“, fuhr Anna ihn an.
„Das tut sie bestimmt nicht.“
„Oh doch, das tut sie! Das weißt du ganz genau!“
„Deine Mutter ist manchmal ein wenig …“, ihm fiel nicht der richtige Ausdruck ein. „Na ja, schwierig. Aber sie ist doch nicht bösartig. Und sie meint es gut mit dir.“
Anna setzte die Tasse so hart auf der Tischplatte auf, dass der heiße Tee überschwappte und sie sich die Finger verbrannte.
„Verdammt!“
Ihr Vater sprang auf, holte einen Lappen und wischte den Fleck vom Tisch. „Zeig mal deine Finger!“
Sie entriss ihm ihre Hand. „Lass mich!“
Erschrocken über seine ansonsten so sanfte Tochter setzte er sich rasch wieder hin. Seine Frau hatte nicht übertrieben, was die Aggressivität Annas betraf.
„Mama meint es gut mit mir“, säuselte diese nun. „Ich

fass es nicht! Sie meint es gut mit sich selbst und sonst mit niemandem!“

„Verurteile sie nicht so hart!“

Erstaunt sah sie ihn an. „Das sagst du mir? Wer verurteilt hier denn? Seit vielen Jahren, völlig grundlos, und gerade jetzt schon wieder, ohne zu wissen, was passiert ist?“

„Niemand kommt grundlos ins Gefängnis.“

„Was bist du bloß für ein Anwalt?“ Nun schrie sie. „Es heißt doch immer, im Zweifel für den Angeklagten. Aber auf Sylt ist ja alles anders, scheinbar auch die Gesetze, ja?“

„Hier geht es doch nicht um Gesetze.“

„Nein“, höhnte sie. „Hier geht es um Gerechtigkeit, um Vertrauen. Und um Liebe.“

„Und du vertraust ihm blind, ja?“

„Ja, Vater. Im Gegensatz zu euch war Norbert stets fair zu mir. Er war immer an meiner Seite, und du weißt, es gab Zeiten, in denen es an meiner Seite verdammt hart war. Und all die Jahre habt ihr ihn abgelehnt und mir nie einen Grund dafür nennen können. Oder wollen.“

„Wir haben ihm doch nichts getan.“

„Nein, getan habt ihr ihm nichts. Eure Distanz hat ihn aber all die Jahre verletzt, und trotzdem hat er nie ein böses Wort darüber verloren. Ich an seiner Stelle wäre nicht so tolerant gewesen.“

Sarkastisch fügte sie hinzu: „Intoleranz, tja, irgendwas muss ich ja von meiner Mutter geerbt haben.“

Besorgt beobachtete er sie.

„Anna, es reicht. Jetzt beruhige dich. Lass uns lieber überlegen, was wir tun können.“

„Was wir tun können?“

„Ja.“

„Was willst du denn tun?"
„Ich habe keine Ahnung. Sag es mir!"
„Ja, gern. Gib Norbert eine Chance, verdammt noch mal! Verurteile ihn nicht. Und das Wichtigste: Sag meiner Mutter, sie soll mich um Himmels willen in Ruhe lassen! Das kannst du für mich tun!"
Erstaunt bemerkte sie, dass er Tränen in den Augen hatte. Sie ließ es zu, dass er seine Hand auf die ihre legte.
„Kommst du hier allein zurecht?"
Sie nickte.
„Hättest du etwas dagegen, wenn ich morgen kurz vorbeikomme?"
„Nein."
„Mir ist klar, dass du mich als Anwalt nicht willst. Aber kann ich denn nicht irgendetwas tun, vielleicht einen Kollegen einschalten?"
„Nein, Vater. Tu das ja nicht!"
Abwehrend hob er beide Hände. „Schon gut."
„Ich meine es ernst. Haltet euch 'raus, oder ich bin eure Tochter gewesen!"
Ein Blick in ihre harten Augen zeigte ihm deutlich, wie ernst sie es meinte. Er wäre so gern für sie da gewesen. Alles hätte er für sie getan. Doch es ging nicht.
Langsam erhob er sich. „Kann ich dir noch etwas helfen?"
„Ja, hol mir bitte zwei Wasserflaschen und stell sie auf den Tisch."
Er tat es und ging zur Tür. „Wir sehen uns dann morgen. Wenn du Hilfe brauchst, ruf mich an. Bitte!"
Sie sah ihm nach. Kurz bevor er die Tür von außen schloss, rief sie ihm hinterher. „Papa?"
Mit hoffnungsvollem Blick lugte er noch einmal in die

Wohnung. „Ja?“
„Was ist mit uns passiert?“
Er starrte sie einen Augenblick lang an, schloss eine Sekunde die Augen, zog ohne ein Wort die Tür zu und ging.
Kopfschüttelnd blieb sie am Tisch sitzen und trank langsam ihren inzwischen kalt gewordenen Tee.

*

Norbert versuchte wirklich, zu retten, was zu retten war. Wenn er nur wüsste, was in Annette vorging. Er suchte keine Entschuldigung für sein Verhalten, doch sie hatte die nächtliche Aktion scheinbar geplant und seinen schlechten Zustand schamlos ausgenutzt. Bestenfalls gab sie sich jetzt zufrieden mit ihrem Sieg, im schlimmsten Falle war sie richtig verliebt in ihn. Er hoffte, dass das Mädchen vorerst schwieg. Zum einen, damit der Rest der Klassenfahrt glimpflich verlief, zum anderen, damit er eine Chance bekam, mit Anna zu reden, bevor seine Kollegen oder gar ihre Eltern Bescheid wussten.
Ihre Eltern! Nun hatten sie Recht behalten, dass er nicht gut genug für ihre Tochter war. Arme Anna.
Eine Welle der Übelkeit überkam ihn und er rannte ins Bad, um sich zu übergeben.
Irgendwie überstand er auch den letzten Tag dieser denkwürdigen Klassenfahrt. Man hatte sein „Opfer“ nicht ausfindig machen können. Er bekam eine Ausreisegenehmigung, nachdem sich Annnettes Anwalt für ihn verbürgt hatte. Dieser wollte ihm auch weiterhin helfen, die Sache aufzuklären. Sie beauftragten zusätzlich einen Kollegen aus Annaberg-Buchholz, einer kleinen sächsi-

schen Stadt ungefähr zehn Kilometer von der tschechischen Grenze entfernt, weiterhin vor Ort zu recherchieren.

Norberts ganze Zukunft hing davon ab, dass dieser Fall geklärt wurde. Bis dahin war er natürlich vom Dienst suspendiert. Der Direktor hatte ihm per Telefax übermitteln lassen, dass es ihm sehr leid täte und er an Norberts Unschuld nicht zweifelte, doch er müsste sich dem Antrag der Elternschaft beugen.

Als Norbert am Abreisetag zum Frühstück hinunterging, sah er auf seinem Platz zwei Päckchen liegen.

Fragend sah er zu Anita. Sie nickte. „Die sind für dich.“

„Wieso?“

„Bin ich Hellseher? Nun mach schon auf!“

Einige der Schüler gesellten sich zu ihnen und schauten gebannt auf die Päckchen.

„Von wem sind die?“

Norbert sah auf. „Ich habe keine Ahnung.“

Umständlich öffnete er das erste Päckchen und schob das Papier zu Seite. Ein getöpferter lustig dreinschauender Engel kam zum Vorschein. Dabei lag eine Karte mit den Worten: „Ein Schutzengel für unseren Freund.“

Ein dicker Kloß saß in seinem Hals. Er packte auch das zweite Geschenk aus. Es war ein wunderschönes Türschild, ebenfalls getöpfert. Links waren zwei Tauben abgebildet und daneben stand in Schreibschrift: „Anna und Norbert Meldorf“.

Er hatte während des letzten Urlaubs gefragt, ob Mareks Mutter ihnen so ein Schild anfertigen würde. Doch dieses würde er nun gar nicht mehr brauchen. Er erhob sich und die Schüler traten beiseite. Marek stand in der Nähe des Frühstücksbüffets mit verschränkten Armen und un-

bewegter Miene.
Norbert ging langsam auf seinen Freund zu und die Männer umarmten sich wortlos. Anita, Nina und zwei weitere Mitschülerinnen wischten sich verstohlen über die Augen.
Schließlich klopfte Marek ihm auf den Rücken. „Mach's gut, mein Freund. Ich drück' dir die Daumen. Meine ganze Familie lässt dir herzliche Grüße ausrichten und wir hoffen alle, dass du trotzdem wieder kommst."
„Natürlich komme ich wieder", antwortete Norbert mit zitternder Stimme. „Danke für alles!"
Dann wandte er sich rasch ab.
Etwas später packten sie ihr Gepäck in zwei Busse und verabschiedeten sich. Als Letztes ging Anita zu Marek, drückte ihn ganz fest und flüsterte ihm ins Ohr: „Ich werde alles tun, was in meiner Macht steht."
Marek erwiderte ihre Umarmung. Es kam ihm vor, als würde er diese verrückte, liebenswerte Frau schon sein ganzes Leben lang kennen. Rasch zog er ein kleines Päckchen aus der Jackentasche. „Für dich. Aber erst im Zug öffnen!"
Sie öffnete den Mund, überlegte es sich aber anders und schwieg. Ohne Scheu drückte sie ihm einen Kuss auf die Wange und stieg in den Bus.
Mareks Mutter trat mit ernstem Gesicht neben ihn, fing aber plötzlich schallend an zu lachen. Er hatte einen leuchtenden, pinkfarbenen Lippenstiftabdruck im Gesicht.
Während der Zugfahrt herrschte zunächst eine angespannte Stimmung. Doch die Jugend brach sich ihren Bann und die jungen Leute fingen an zu schwatzen und zu scherzen.

Eines der Mädchen vertraute Nina an, dass ihre Mutter sehr böse sei, weil sie sich geweigert hatte, mit den anderen beiden Mitschülerinnen vorzeitig nach Hause zu fahren. „Das wäre doch totaler Quatsch gewesen, oder? Als ob er uns etwas antäte. Aber mit meiner Mutter war nicht zu reden. Meine Güte, sie hat mir angedroht, mein Verhalten hätte noch Konsequenzen. Kannst du dir das vorstellen?"
Nina konnte sich das sehr gut vorstellen, gab es doch noch mehr Eltern, die geradezu hysterisch reagiert hatten. Ihre gehörten zum Glück nicht dazu. „Entscheide du selbst", hatten sie ihr geraten. Und natürlich hatten sie gewusst, wie sich ihre Tochter entscheiden würde.
Doch allmählich entspannte sich auch Nina. Sie gesellte sich zu Nico und bald waren sie in ein angeregtes Gespräch vertieft.
Anita zog ihre Jacke aus. Dabei bemerkte sie das Päckchen, das Marek ihr zugesteckt hatte. Sie nahm es beiseite, hängte ihre Jacke an den kleinen Haken am Fenster und packte das Geschenk andächtig aus.
Dann überzog ein Schmunzeln ihr Gesicht. Zum Vorschein kam eine kleine bemalte Schnabeltasse aus Porzellan.

*

Spät am Abend erreichten sie den Westerländer Bahnhof. Erstaunlich viele Mütter und Väter waren da, um ihren Nachwuchs abzuholen. Natürlich fehlte auch der Direktor nicht. Bevor der Zug eintraf, wurde er mit Fragen bombardiert, doch er winkte freundlich, aber bestimmt ab. „Bitte, meine Herrschaften! Ich verstehe Sie ja! Ich kann Ihnen aber noch nichts sagen. Ich weiß nur, dass Herr Meldorf ein verantwortungsvoller Lehrer ist und seine Schüler mit Sicherheit nicht in Gefahr gebracht hat."

Doch alle konnte er nicht überzeugen.

Er fing Gesprächsfetzen auf, und was er hörte, ließ den Rest seiner Zuversicht zu einem winzigen Klumpen zusammenschmelzen.

Betont forsch ging er den Ankömmlingen entgegen und beobachtete einen Augenblick später, dass sich ein Großteil der Schüler sehr herzlich von Norbert verabschiedete.

Er registrierte noch etwas anderes: Sie verabschiedeten sich auch untereinander so innig, als ob sie sich längere Zeit nicht sehen würden.

Dabei hatten sie morgen Unterricht. Es schien, als hätte diese Klassenfahrt sie zusammengeschweißt. Seltsam berührt ging er seinen Kollegen entgegen.

*

Norbert schlich sich in die Wohnung. Anna hätte ihn gern abgeholt, doch er hatte sie gebeten, zu Hause auf ihn zu warten, damit sie sich mit ihrer Verletzung nicht unnötig quälte.

Nun schloss er leise die Tür auf, stellte sein Gepäck im Flur ab und hängte seine Jacke auf. Im nächsten Moment flog Anna ihm in die Arme. Sie war so hastig um die Ecke gehumpelt, dass ihr Fuß wegrutschte und er sie gerade noch halten konnte. Gut, dass sie so schlank war, sonst wären sie beide gestürzt.

„Endlich!", rief sie. „Ein Glück, du bist hier!"

Er hielt sie einfach nur fest. So standen sie eine ganze Weile und er schob den Augenblick, ihr in die Augen sehen zu müssen, bewusst hinaus.
„Ich kann nicht mehr stehen“, flüsterte sie nach einer Weile.
„Entschuldige“, sagte er mit rauer Stimme und hob rasch ihre Stützen auf. Dann half er ihr vorsichtig auf einen Stuhl.
Fragend sah sie ihn an.
„Bist du okay?“
Er nickte, dennoch blieb ihr sein schlechter Zustand nicht verborgen. Er sah aus, als ob er aus dem Krieg heimgekehrt war mit seinen Blessuren im Gesicht und den glasigen Augen. Sein Gesicht glänzte vor Schweiß, so angespannt war er.
„Hast du Fieber?“
„Nein, nein. Mach dir keine Sorgen!“
„Wenn man dich ansieht, *muss* man sich Sorgen machen.“
„Ich konnte nicht schlafen während der letzten Nächte.“
„Das ist ja wohl klar“, murmelte sie leise.
Er schüttelte leicht den Kopf. „Wie geht es dir?“
Sie machte eine wegwerfende Handbewegung. „Ach, der Fuß. Der heilt doch rasch wieder.“
„Na, so schnell nun auch wieder nicht. Hat sich deine Mutter um dich gekümmert?“
Sie schüttelte den Kopf.
„Warum nicht?“
„Ich wollte nicht.“
Er verstand.
„Warst du die ganze Zeit allein?“
Wieder Kopfschütteln. „Mein Vater war zweimal hier, und Karin.“

Karin war eine Freundin, mit der sie regelmäßig gemeinsam zum Sport ging.
Beiden fiel es schwer, sich dem anderen mitzuteilen; das hatte es noch nie gegeben, und so herrschte bald eine bedrückende Stille.
Diese unschöne Klassenfahrt hatte alles verändert.
Keiner wollte den anderen belasten, und doch verletzte genau diese Zurückhaltung auf beiden Seiten sehr.
„Ich glaube, wir sollten schlafen gehen", flüsterte Anna. „Lass uns morgen reden, ja?"
Erleichtert stimmte er zu.
Als sie im Bett lagen, nahm er ihr Gesicht in beide Hände und küsste sie zärtlich auf den Mund. „Ich liebe dich über alles", murmelte er, dann wandte er sich ab und drehte ihr den Rücken zu.
Anna war zunächst perplex, doch dann kuschelte sie sich an ihn. Als sie merkte, wie seine Rückenmuskulatur sich verhärtete, rutschte sie erschüttert von ihm weg. Sie drehte sich ebenfalls um und weinte.
Norbert blieb regungslos liegen, an Schlaf war wieder einmal nicht zu denken. Er hätte sie so gern in den Arm genommen und ihr beteuert, dass sie alles gemeinsam durchstehen würden.
Doch unter den gegebenen Umständen durfte er so etwas nicht sagen. Er gestattete sich keinen Gedanken an eine weitere gemeinsame Zukunft.

Als Anna am nächsten Morgen erwachte, duftete es nach frischem Kaffee. Sie stand auf und betrachtete sich im Spiegel.
„Ach du meine Güte", sprach sie ihr Spiegelbild an. Die

körperlichen und seelischen Strapazen der letzten Woche waren ihr deutlich anzusehen. Ihr ganzes Gesicht war vom Weinen verquollen, ihre Augen dick und gerötet. Genau so sollte man seinen Ehemann empfangen, dachte sie. Humpelnd und heulend. Teuflisch anziehend.
Rasch eilte sie ins Bad und schüttete sich Unmengen eiskaltes Wasser ins Gesicht, welches dadurch eine rosige Gesichtsfarbe annahm und somit etwas lebendiger wirkte, doch leider hielt dieser Zustand nicht lange an.
Norbert rief nach ihr.
„Ich komme gleich", rief sie und wollte zurück ins Schlafzimmer. Sie griff hastig nach den Krücken, doch eine rutschte weg und krachte gegen eine Kommode und dann zu Boden.
Er kam sofort angelaufen. „Ist dir etwas passiert?"
„Nein, nein. Gar nichts." Sie wollte sich bücken, doch er kam ihr zuvor.
Einen Augenblick sahen sie sich stumm in die Augen.
„Komm", meinte er schließlich leise. „Wir können beide eine Stärkung gebrauchen."
Schließlich hielt er es nicht mehr aus. „Anna, wir müssen ehrlich zueinander sein. Schau mich an!"
Zögernd wandte sie ihm ihr blasses Gesicht zu und zuckte zusammen, als sie den Schmerz in seinen Augen sah.
„Es kommt einiges auf uns zu und das ist alles meine Schuld. Einige der Eltern werden den Direktor unter Druck setzen, Kollegen werden mich anfeinden, ich weiß nicht mal, ob ich jemals wieder an dieser Schule arbeiten werde, denn es sieht nicht so aus, als ob alles geklärt werden kann. Wir haben noch nicht viel herausfinden können."

Er seufzte. Es gab nur ein Gymnasium auf der Insel, er hätte hier also kaum eine Alternative.
„Und dann sind da deine Eltern. Wir sind nie miteinander warm geworden, es hat nicht funktioniert. Und sie haben Recht, wenn sie der Meinung sind, ich sei nicht gut für dich."
Sie unterbrach ihn. „Es reicht jetzt."
Sie spürte ein überwältigendes Verlangen, ihn in ihre Arme zu ziehen, ihn zu trösten und diese schreckliche Qual aus seinen Augen zu verscheuchen.
„Anna, das war noch nicht alles, was ich dir sagen wollte …"
„Es reicht!", schrie sie ihn an und er verstummte.
„Hör auf, dich so schlecht zu machen! Ich kann es nicht ertragen!"
„Aber Anna …"
„Nein!"
„Anna, beruhige dich."
Sie holte tief Luft und trank einen großen Schluck Kaffee.
„Entschuldige bitte."
„Du musst dich nicht entschuldigen. Ich wünschte nur, du müsstest wegen mir nicht so leiden."
„Du hast wegen mir auch viel leiden müssen."
„Das war etwas ganz anderes."
„Unsinn!"
„Anna", fuhr er leise fort. „Ich glaube, es wäre besser, wenn ich eine Weile auszöge."
Ungläubig starrte sie ihn an. „Das ist nicht dein Ernst!"
Er schwieg.
„Du willst mich jetzt allein lassen?"
Schuldbewusst blickte er auf ihren verletzten Fuß. „Nein.

Ich suche mir nur ein Zimmer irgendwo, aber ich würde mich natürlich trotzdem um dich kümmern."
Ihre Welt brach zusammen. Irgendein Detail hatte sie offenbar nicht mitbekommen. Er hatte sie nicht einmal verlassen, als sie in tiefsten Depressionen versunken war, er hatte ihre bösartigen Beschimpfungen und ihr Selbstmitleid ertragen und die Familienfeiern mit ihren Eltern, die niemals so herzlich verlaufen waren, wie sie beide es sich gewünscht hätten. Klaglos hatte er akzeptiert, dass sie ihm kein Baby schenken konnte, obwohl er immer von einer Horde eigener Kinder geträumt hatte.
Stets hatte er ihr zur Seite gestanden.
Und nun?
Sie versuchte zu verstehen, was geschehen war, sie graste ihr Hirn nach Informationen ab, doch sie scheiterte.
Plötzlich war er ihr fremd.
„Warum?", flüsterte sie.
„Weil deine Eltern Recht haben. Du hast ein anderes Leben verdient. Glaube mir."
„Haben meine Eltern es tatsächlich geschafft?", höhnte sie. „Ich kann es nicht glauben! Es ist einfach nicht zu glauben. Norbert! Bitte sag, dass du mich noch liebst!"
‚Ja', schrie es in ihm. Sein Herz pochte so laut, dass er glaubte, sie würde es hören. Das Blut rauschte durch seine Ohren. Mit aller Anstrengung, die er aufbringen konnte, beherrschte er sich.
Er durfte es nicht sagen. Es würde alles noch viel schmerzlicher für sie beide machen.
„Du liebst also eine andere Frau", stellte sie plötzlich nüchtern fest.
Heftig schüttelte er den Kopf. „Nein! Das ist nicht wahr. Das ist es nicht!"

„Was ist es dann?“
Er hatte ihr die Nacht mit Annette sofort beichten wollen, doch nun brachte er es nicht über sich. Er hatte jemanden niedergestochen oder zumindest mit einem Messer verletzt und er hatte mit seiner minderjährigen Schülerin geschlafen! Beides konnte er sich nicht erklären. Er fand es unfassbar, dass es dazu hatte kommen können, dennoch war es passiert. Er hatte es getan. Ja. Er hatte es getan.
Rasch stand er auf und stürzte ins Bad.
Anna legte die Hand auf ihren Mund und starrte ihm nach.
Ihr Mann kehrte ohne sein Frühstück im Bauch zurück an den Tisch und setzte sich wieder.
Sie biss sich auf die Unterlippe und sah ihn mit weit aufgerissenen Augen an. Sie hatte keine Ahnung, was passiert war, doch eines wusste sie ganz genau: Sie wollte ihn nicht verlieren.
„Ich möchte nicht, dass du ausziehst. Nichts würde dadurch besser. Wenn du deine Liebe zu mir unterwegs aus dem Zug geworfen hast, dann musst du mir das sagen. Wenn du eine andere Frau liebst, musst du mir das sagen. Ich werde es akzeptieren.“
Er öffnete den Mund, doch sie hob beide Hände.
„Ansonsten will ich im Moment nichts mehr hören. Gar nichts, hörst du?“
Er vergrub sein Gesicht in den Händen und schüttelte den Kopf.
„Du willst mit einem Messerstecher unter einem Dach leben, in einem Bett schlafen?“
Und mit einem Ehebrecher, fügte er in Gedanken hinzu.
„Du redest Unsinn, und das weißt du“, entgegnete sie.

Er sah sie an. „Diesen Kampf muss ich alleine durchstehen. Ich will einfach nicht, dass du darunter leidest. Es wird kein Zuckerschlecken werden, das kannst du mir glauben."
„Mit mir zusammenzuleben war auch nicht immer ein Zuckerschlecken, wenn du dich bitte erinnern würdest."
„Du hast niemandem etwas angetan."
„Ich habe niemandem etwas angetan?", rief sie aufgebracht. „Ich habe dir das Leben zur Hölle gemacht!"
Ja, dachte er. Es war furchtbar, sie so leiden zu sehen. Und jetzt wird sich das Blatt wenden. Jetzt wird sie wegen mir die Hölle durchleben.
Er hatte den Zeitpunkt verpasst, ihr von Annette zu erzählen. Er konnte aber nicht zulassen, dass sie so zu ihm stand, nicht jetzt, wo er sie betrogen hatte. Doch sie sah krank und elend aus, er konnte sie jetzt auch nicht allein lassen.
Es war eine Sackgasse. Er musste es ihr erzählen.
„Anna …"
„Bitte", flehte sie ihn an. „Bitte hör auf! Vergiss den Gedanken, auszuziehen!"
Verzweifelt schwieg er.
„Bitte! Versprich es mir!"
„Das kann ich nicht."
Sie war nicht bereit, aufzugeben. Die Tage ohne ihn waren schrecklich gewesen, es war ein kleines Wunder, dass sie es geschafft hatte, keinen Alkohol und keine Tabletten anzurühren.
„Doch, das kannst du! Sieh mich an!"
Widerstrebend hob er den Kopf, und in seinem verzweifelten Blick sah sie, was sie unbedingt hatte sehen wollen. Er litt, aber sie sah auch unendlich viel Liebe in seinen

Augen.
Sie humpelte um den Tisch herum, stellte sich hinter ihn und legte ihren Kopf auf seine Schulter. Er drehte sich nicht um, griff aber nach ihrer Hand und hielt sie fest.

*

„Also wirklich, ich finde es unerträglich, dass du dich überhaupt noch hierher traust!"
Susanne Malcom, eine zweiunddreißigjährige Kollegin von Norbert, war aufgesprungen. Sie hatte beide Hände auf den Tisch vor sich gestützt und blitzte ihn wütend an. Wut verzerrte ihr ansonsten so hübsches Gesicht. „Wie kannst du nur!"
Die anderen Kollegen starrten sie sprachlos an. Anita fand ihre Stimme als Erstes wieder und sprang ebenfalls auf. „Und wie kannst du Norbert so vorschnell verurteilen, Susanne? Das ist ja unglaublich! Du hast doch keinen Schimmer, was vorgefallen ist!"
„Ich kann es mir sehr gut vorstellen, meine Liebe", kam es bedrohlich leise zurück.
Anita kniff die Augen zusammen und äffte ihren Tonfall nach. „Du kannst es dir also vorstellen. Das ist ja sehr schön. Jeder kann sich etwas vorstellen, und was du dir gern so vorstellst, kann ich mir denken."
Susanne Malcom ballte die Hände zur Faust. „Du Schlampe! Du würdest deinen Busenfreund aus Kindertagen ja immer in Schutz nehmen, egal, was er anstellen würde!"
„Ja, das würde ich!", brüllte Anita. Und sie fühlte eine grenzenlose Erleichterung, dies ehrlich zu meinen.
Völlig perplex schaute Norbert von einer zur anderen. Er

verstand keineswegs, was hier ablief. Beängstigend, wenn man bedachte, dass es um seine Person ging.

Der Direktor schob seinen Stuhl zurück, stand auf und erhob beide Hände. „Meine Damen, es reicht! Setzen Sie sich!"

Beide kamen der Aufforderung nur zögernd nach.

„So kommen wir nicht weiter." Er sah zu Norbert. „Ich habe bisher gar nicht gewusst, dass es zwischen Ihnen und Frau Malcom Differenzen gab?"

„Das habe ich bisher auch nicht gewusst", erwiderte Norbert leise und sah seine junge Kollegin fragend an.

Diese schaute trotzig zur Seite und erwiderte seinen Blick nicht.

Anita begleitete Norbert zu seinem Auto. Jeder war in seine eigenen Gedanken vertieft. Er öffnete die Fahrertür und stützte sich mit den Ellenbogen auf die obere Kante. Anita sah ihn an und zog eine Grimasse.

Er schüttelte den Kopf. „Ich komme mir vor wie auf einer falsch gepolten Achterbahn. Das Tempo ist rasant, doch leider geht es immer und immer nur abwärts. Und irgendwie gar nicht wieder nach oben!"

Sie rieb sich mit dem rechten Zeigefinger über einen Mundwinkel und schien in Gedanken woanders.

„Sag mal", fragte er sie, „was meinte Susanne vorhin?"

Sie zuckte die Schultern. „Na, du weißt doch, dass sie mal ziemlich verknallt in dich war."

Ja, natürlich wusste er das. Susanne hatte es ihm selbst erzählt, doch er hatte ihr damals deutlich zu verstehen gegeben, dass er ihre Gefühle nicht erwiderte.

Daraufhin war sie ihm einige Zeit aus dem Weg gegan-

gen, aber nach ein paar Monaten hatte sich das Verhältnis entspannt und er war ehrlich der Meinung gewesen, sie wären jetzt einfach nur gute Kollegen.
„Ich kann mir nicht erklären, was dieser Auftritt zu bedeuten hatte.“ Er raufte sich die Haare. „Ich habe wirklich keine Ahnung!“
„Ich auch nicht. Noch nicht. Aber ich werde es herauskriegen, da kannst du dir sicher sein.“
Er seufzte und hoffte nur, dass seine gute Freundin dabei nicht allzu viel Porzellan zerschlug und damit die Sache noch verschlimmerte.
Obwohl – viel schlimmer ging es ja fast nicht mehr.
So dachte er.

Am Abend besuchte Anita ihre Freunde. Sie erschrak, als sie Anna sah. „Meine Güte, hast du solche Schmerzen?“
Anna schüttelte den Kopf, doch Norbert erklärte: „Ja, hat sie. Und wenn sie weiterhin so unruhig hier herumwurschtelt, werden sie auch nicht weniger werden.“
Er stellte sich hinter seine Frau und drückte sie kurz an sich. Anita beobachtete diese zärtliche Geste mit Argusaugen.
Anna lächelte. „Hör nicht auf ihn. Du weißt ja, er meint immer, auf mich aufpassen zu müssen. Komm, setz dich!“
Der Tisch war liebevoll gedeckt, das Baguette-Brot duftete köstlich, und in der Mitte stand ein großer Teller mit verschiedenen Käsesorten, Oliven und Weintrauben. Dazu gab es Rotwein.
Wie schön könnte alles sein, sinnierte Anita.
Sie nahm einen großen Schluck Wein und straffte die

Schultern. „Ich habe keine guten Nachrichten“, seufzte sie.
Alarmiert schauten die anderen beiden sie an.
„Susanne hetzt gegen dich.“
Norbert hatte auch gerade einen Schluck getrunken und verschluckte sich. Er musste husten und verteilte das dunkelrote Getränk auf Hose und Tischdecke. Alle drei starrten auf die roten Sprenkel, er winkte ab und betupfte lediglich die betroffenen Stellen mit einer Serviette.
„Wieso macht sie das?“, fragte er verzweifelt.
Annas Gesicht wurde noch eine Spur blasser als vorher.
„Du hast doch gesagt, es gäbe keinerlei Probleme, nachdem du sie damals abgewiesen hast.“
Er sah ihr in die Augen. „Die gab es auch nicht. Ich schwör’s!“ Bittend sah er Anita an. „Du hättest es doch auch mitbekommen.“
Diese nickte. „Ja, das hätte ich. Ich verstehe sie auch nicht. Sie ist ganz außer sich, spuckt Gift und Galle. Keine Ahnung, was in der Frau vor sich geht.“
„Meine Güte, das fehlt mir noch!“
Um sich abzulenken, sprang er auf und traktierte die Flecken auf seiner Hose mit einem nassen Lappen, womit er das Malheur noch verschlimmerte. Wütend warf er das Tuch in die Spüle.
„Das kann doch alles einfach nicht wahr sein!“
„Du musst mit ihr reden!“, meinte Anna leise.
„Ich bezweifle, dass sie dazu bereit ist“, warf Anita ein.
„Aber irgendwas muss doch geschehen! Wir können doch nicht einfach nur herumsitzen und zusehen, wie alles immer schlimmer wird!“
Dann herrschte ratloses Schweigen, während die Achterbahn sich rasant weiterbewegte und sie nicht aussteigen

konnten.

*

Nico, Mike und ein paar andere Mitschüler lümmelten in einer Ecke des Schulhofes herum.
Nico lehnte mit einer Schulter an der Wand und lauschte den anderen. Seine unbewegte Miene ließ nicht erahnen, wie es in seinem Inneren zuging. Er konnte es nicht fassen, was hier los war, und beschloss, sich am Nachmittag mit Nina zu treffen.
„Kannste mal sehen, unser lupenreiner Klassenlehrer stellt nicht nur den kleinen Mädchen nach, sondern auch den hübschen Kolleginnen", meinte gerade einer seiner Klassenkameraden namens Ingo. Er genoss es sichtlich, im Mittelpunkt zu stehen.
„Woher willste das denn so genau wissen?", fragte Mike erbost.
Verächtlich schaute der andere auf ihn herunter. „Tja, Kleiner, ich habe da so meine Quellen."
„Und die wären?"
„Nicht schwer zu raten, oder?"
„Der Wissende?"
„Jawoll!"
Keiner wusste, wer der Wissende war. Auf jeden Fall kam dieser aus der Dreizehnten, so viel war bekannt, und auch, dass dieser mit großer Treffsicherheit Informationen weiterleitete. Zum Beispiel, welcher Lehrer wann Aufsicht hatte. Gegen Bares oder gegen Drogen. Er musste einen guten Informanten haben.
Mike und Nico schauten sich an. Auch ohne Worte wusste jeder vom anderen, was dieser dachte. Nämlich,

dass der Wissende diesmal falsch informiert sein musste. Ein weiterer Mitschüler misstraute dieser Aussage. „Das ist doch alles Quatsch. Der Meldorf hat nie 'rumgemacht mit den Mädels."
„Der Wissende gibt nie falsche Informationen 'raus", konterte Ingo. „Der macht sich doch nicht sein Geschäft kaputt!"
Nico hatte genug. Betont lässig stieß er sich mit der Schulter von der Wand ab und bemerkte im Weggehen: „Dann ist der Wissende diesmal wohl gelinkt worden."

Sie trafen sich in der Pizzeria in der Friedrichstraße. Die meisten Tische waren besetzt und Nina schaute sich verstohlen um, ob jemand Bekanntes in der Nähe war.
Dann beugte sie sich vor. „Mensch, Nico, mal ganz unter uns. Glaubst du das Gerede?"
„Natürlich nicht", erwiderte er, doch sie bemerkte ein ganz kurzes Zögern.
„Aber?"
„Nix aber!"
„Du bist dir nicht hundertprozentig sicher."
Nina kämpfte mit sich. Wenn es eines gab, was sie abgrundtief hasste, dann war es Ungerechtigkeit. Und sie hatte nun mal das dumme Gefühl, dass ihr Lehrer völlig zu Unrecht beschuldigt wurde. Aber so ganz sicher war sie eben auch nicht.
„Was war mit Annette?", fragte sie.
Er verdrehte die Augen. „Du kennst doch Annette. Die baggert jeden an. Und nicht nur die. Was kann der Meldorf denn dafür, wenn die Frauen ihn toll finden? Meine Güte, er sieht gut aus, er ist nett. Du magst ihn doch

auch!“
„Ja. Ich mag ihn sogar sehr. Aber deswegen würde ich nicht mit ihm ins Bett gehen.“
Nico verschluckte sich an einem Stück Pizza. Er hustete und würgte. „Mann, willst du mich umbringen?“
„Also, du wärst nun wirklich der Allerletzte, den ich umbringen würde“, meinte sie gleichmütig. „Da kämen ein paar andere davor.“
Nico klopfte auf seinem Brustkorb herum und nahm anschließend einen großen Schluck Cola.
„Lass mich raten: Annette, Julia, Susanne Malcom …“
„Genau – und in der Reihenfolge“, bestätigte sie.

*

„Hallo, Frau Meldorf.“
Ahnungslos schaute Anna die junge Frau an, die an ihrer Tür stand und sie strahlend anlächelte.
„Ja?“
„Ich bin Annette, eine Schülerin Ihres Mannes.“
Sie streckte Anna die Hand entgegen. „Darf ich ‘reinkommen?“
„Ja. Natürlich. Bitte entschuldigen Sie.“
Anna humpelte ein paar Schritte zurück. Annette schloss die Tür und folgte ihr ins Wohnzimmer.
„Nett haben Sie es.“
Anna nickte.
„Ihr Mann ist nicht da?“
„Nein. Er ist einkaufen.“
„Hmm. Schade.“
„Worum geht es denn?“
„Ach so, ich hatte ja noch gar nicht erzählt, dass mein

Vater Herrn Meldorf vertritt.“ Sie machte eine kunstvolle Pause.
„In dieser unseligen Messergeschichte.“
Anna versuchte, das Mädchen einzuschätzen. Wollte sie sich nur wichtig machen? Ihre weibliche Intuition vermittelte ihr noch etwas anderes. Doch konnte sie ihren Gefühlen momentan über den Weg trauen?
Schwer zu sagen.
In diesem Moment kam Norbert. Anna registrierte sehr wohl, dass er zusammenzuckte, als er seine Schülerin auf dem Sofa sitzen sah, doch sie versuchte, diese Reaktion als natürlich anzusehen. Das Mädchen erinnerte ihn eben an diesen ganzen Albtraum.
Doch als Annette aufsprang und ihm strahlend die Hand reichte, wurde ihr die Attraktivität des Mädchens schmerzlich bewusst. Sie trug eine perfekt sitzende Jeans, die weit unter dem Bauchnabel zu Ende war, einen roséfarbenen Gürtel, der ihren festen braungebrannten Bauch unterstrich, und ein eng anliegendes kurzes Shirt. Das zarte Dekolleté wurde durch eine dünne, goldene Kette mit einem glitzernden Stern betont.
Anna kam sich plötzlich alt und plump vor. Sie selbst hatte eine Jogginghose an, deren Elastikanteil sich im Laufe vieler Wäschen aufgelöst hatte, während die fünfundneunzig Prozent Baumwolle sich zumindest um die Knie herum deutlich vermehrt hatten.
Zu allem Überfluss schlabberte auch noch ein geliebtes T-Shirt um ihren Oberkörper, das seine besten Tage schon hinter sich hatte. Genau wie ich, dachte Anna gerade.
Sie zuckte zusammen, als sie ihren Namen hörte.
Norbert eilte zu ihr und legte eine Hand auf ihren Arm.

„Schatz, ist alles in Ordnung?"
Sie schaute ihn an. „Ja, alles okay. Ich bin nur ein wenig angespannt."
Er lachte höhnisch auf. „Da hältst du dich tausend Mal besser als ich. Meine Nerven sind kurz vor'm Zerreißen."
Er schaute zu ihr hinunter und lächelte sie an.
Annette beobachtete die beiden mit unbewegter Miene.
„Ich will dann auch nicht länger stören."
Erstaunt sah Anna an ihrem Mann vorbei zu der Schülerin.
„Aber Sie sind doch gerade erst gekommen?"
Alarmiert schaute Norbert zu Annette.
Diese zögerte kurz und setzte sich wieder.
„Nun, ich wollte eigentlich nur Grüße von meinem Vater ausrichten. Er kommt nächste Woche auf die Insel und wird sich dann bei Ihnen melden."
Die Meldorfs schauten sie erwartungsvoll an. Norbert räusperte sich. „Das ist sehr nett von Ihnen. Aber deshalb hätten Sie doch nicht extra kommen brauchen, Annette."
„Hab' ich doch gern gemacht. Ich war sowieso gerade in der Nähe."
Artig gab sie beiden die Hand und Norbert schloss mit einem Kopfschütteln die Tür hinter ihr.
„Glaubst du das?", fragte Anna.
„Was?"
„Dass sie sowieso gerade in der Nähe war?"
„Keine Ahnung", antwortete er wahrheitsgemäß.
Anna sah an sich hinunter und dann wieder zu ihrem Mann. „Nun, vielleicht wollte sie dich sehen?"
„Meinst du?"
Sie zuckte mit den Schultern. „Sie ist ein auffallend hüb-

sches Mädchen."
„Ja", seufzte er. „Stimmt genau. Sie ist ein Mädchen."
Anna kaute auf ihrer Unterlippe und sah ihn prüfend an. Doch Norbert setzte sich neben sie und drückte sie fest an sich.

*

„Kindchen, überleg es dir noch einmal."
Ella legte ihre Hand auf die ihrer Tochter. Anna zog ihren Arm weg, als ob sie sich verbrüht hätte.
„Mama, lass mich bitte in Ruhe!"
„Nur eine Woche."
„Nein!"
„Etwas Abstand würde dir gut tun. Glaub es mir."
„Ich kann noch nicht mal wieder richtig laufen. Was bitte schön soll ich in Spanien? Wir könnten dort gar nichts unternehmen."
„Es klappt doch schon ganz gut, auch ohne Krücken. Wir könnten uns am Strand sonnen und abends gemütlich auf der Terrasse sitzen und Wein trinken …"
Das wäre so ziemlich das Letzte, wozu Anna jetzt Lust hätte.
Als sie Norbert am Abend vom Vorschlag ihrer Mutter erzählte, versuchte er sie umzustimmen.
„Warum denn nicht? Ein paar Tage Urlaub wären jetzt genau das Richtige."
„Ja", erwiderte sie knurrend. „Eine Woche mit meiner Mutter. Ich könnte mir nichts Schöneres vorstellen!"
Er lächelte etwas gezwungen. „Sie meint es doch gut."
Argwöhnisch beobachtete sie ihn. „Warum nimmst du sie auch noch in Schutz?"

„Ich nehme sie nicht in Schutz. Ich bin überzeugt, sie meint es gut."

Und er betete, dass Anna seine Gedanken nicht erahnte. Er wäre froh, wenn er sie eine Woche außerhalb der Schusslinie hätte. Annettes Besuch hatte ihn ziemlich beunruhigt.

Eine Beichte erschien ihm immer dringlicher, aber konnte er Anna jetzt damit belasten?

Er wusste es nicht. Wahrscheinlich würde sie ihn verlassen, das hätte er verdient. Aber wie käme sie selber dann klar? Er war so ein verdammter Dummkopf.

Zwei Tage später kam Annette wieder vorbei. Zum Glück war Anna bei ihrer Freundin.

Norbert begrüßte sie freundlich, bat sie aber nicht in die Wohnung.

Verunsichert sah sie ihn an. „Wollen wir nicht hinein?"

„Nein, wollen wir nicht."

„Oh."

„Annette, was soll das?"

„Ich musste dich sehen."

Er starrte sie an und bemerkte, wie er gleichzeitig begann zu frieren und zu schwitzen.

„Bitte nicht!"

„Aber ich liebe dich!"

Er zögerte kurz, dann zog er sie in den Flur und schloss die Tür.

„Du zerstörst mein Leben!"

Mit zitternden Händen strich sie sich eine Haarsträhne aus dem Gesicht.

„Tu ich nicht!"

„Doch!"

„Du hast mit mir geschlafen!"

„Und das bereue ich zutiefst!"
Genau das hatte sie nicht hören wollen.
Sie kniff die Augen zusammen. „Das glaube ich nicht. Sag das nie wieder!" Sie holte tief Luft und schrie laut los. „Sag, dass du es nicht bereust! Du denkst, ich bin total durchgeknallt, aber das bin ich nicht!"
Geschockt sah er sie an, schloss kurz die Augen und versuchte, seine Worte von nun an mit Bedacht zu wählen.
„So habe ich es doch nicht gemeint."
„Wie dann?"
Seine Gedanken rasten.
„Annette, ich liebe meine Frau! Ich habe einen Fehler gemacht. Ich werde ihn nicht noch einmal machen, egal, was du anstellst."
„Das wird sich erst noch zeigen."
Er packte sie am Arm. „Warum machst du das? Du hast mich überrumpelt in der Nacht, und das weißt du ganz genau!"
Gleichmütig zuckte sie mit den Schultern.
„Manch einer muss eben zu seinem Glück gezwungen werden."
Er ließ sie los und sah sie ruhig an.
„So. Meinst du?"
„Ich weiß es."
„Du hältst dich ja für ganz schön clever, was?"
Sie schwieg und sah zu Boden.
Aufgebracht fuhr er fort. „Und du glaubst, wenn du hier so einen Aufstand veranstaltest und vor allem, wenn du meine Frau fertig machst, dann verliebe ich mich in dich? Das ist einfach beschissen dumm! Ich habe meinen Schülern scheinbar nicht viel beigebracht!"
Sie erwiderte seinen Blick.

„Ich mache doch deine Frau nicht fertig."
„Oh doch. Anna ist schließlich kein Dummkopf!"
„Ich auch nicht", erwiderte sie, drehte sich um und ging.

*

Marek saß mit Annettes Vater im Speisesaal und vergrub das Gesicht in seinen Händen.
„Ich kann es nicht glauben! Dieser Mann kann doch nicht einfach verschwunden sein."
„Ist er auch nicht."
Erstaunt sah Marek auf. „Bitte?"
„Er ist nicht verschwunden", antwortete der Anwalt ruhig.
„Und? Wo ist er?"
„Er ist nach Deutschland gereist. Vor zwei Tagen. Ich habe es eben erst erfahren."
Marek schüttelte den Kopf. In seinem Kopf schien sich ein Vakuum auszubreiten. Dabei war er gerade erst so froh gewesen, dass der Anwalt endlich den Namen des Verletzten herausgefunden hatte.
Doch die Polizei war zum Glück kooperativer, als sie zunächst befürchtet hatten. Schließlich wollten sie keine deutschen Feriengäste verschrecken. Wenn der Fall in die Medien käme und dort stünde, die Polizei würde etwas vertuschen, wäre das eine schlechte Werbung. Und gerade hier im Grenzgebiet lebten sie fast ausschließlich vom Tourismus.
Marek nahm einen großen Schluck Bier. „Oh Mann! Ob der sich rächen will?"
Der Anwalt holte tief Luft. „Ich habe keine Ahnung, fürchte aber auch, dass dies kein Zufall ist!"

Er erhob sich.
„Okay, ich werde mich zurückziehen. Morgen fahre ich nach Berlin und in zwei Tagen nach Sylt."
Verwundert schüttelte er den Kopf.
„Erst sehe ich meine Tochter ein ganzes Jahr nicht und dann …"
„Die Umstände könnten schöner sein."
„Ja, mein Lieber. Da haben Sie wahrlich Recht."

*

„Ich werde noch verrückt!"
Anna humpelte durch die Küche.
Besorgt beobachtete Norbert sie. „Nun beruhige dich doch!"
„Geht nicht." Sie öffnete den Kühlschrank und fing an, den Tisch zu decken.
Er öffnete den Mund, verschluckte seine Worte jedoch.
„Ja?", fragte sie.
„Ach nichts."
Er wollte sie nicht noch mehr reizen.
„Sag schon!"
Er schüttelte den Kopf.
Sie baute sich mit in die Hüften gestemmten Fäusten vor ihm auf.
„Brauchst du auch nicht. Ich antworte auch so. Zum letzten Mal. Nein! Ich fahre auf gar keinen Fall jetzt weg und schon gar nicht mit meiner Mutter. Sie macht mich irre. Ich kann gar nicht glauben, dass diese Frau mich großgezogen hat."
Sie hielt einen Moment inne und meinte leise: „Sie ist einfach fürchterlich!"

Norbert legte den Kopf schief und lächelte. „Ach, Anna. Soo schlimm ist sie nun auch wieder nicht."
Sie setzte sich ihm gegenüber.
„Doch, viel schlimmer, als du denkst. Norbert, sie versucht, uns auseinanderzubringen."
„Sie will dich schützen."
„Sie hat keinen Grund dazu."
„Im Moment scheinbar doch."
„So ein Unsinn!" Sie sprang wieder auf und knickte ein wenig mit dem verletzten Fuß weg.
„Verdammt!"
„Mensch, Anna! Sei vorsichtig", mahnte er.
Sie zog die Augenbrauen zusammen und sah zu ihm hinunter.
„Weißt du was? Mir reicht es. Mir reicht es total! Ich bin weder schwerstverletzt, noch bin ich ein Baby. Wenn wir beide hier weiterhin so dumm zu Hause hocken, drehen wir bald durch. Ich werde, so schnell es irgend geht, wieder arbeiten. Da habe ich wenigstens Ruhe vor meiner Mutter!"
„Du bist krankgeschrieben."
„Dann lasse ich mich eben gesund schreiben. Ich muss ja keinen Tango auf dem Lehrerpult tanzen, oder?"
Zwei Tage später saß sie vor der dritten Klasse der Grundschule und war heilfroh, ihrer Familie ein paar Stunden entflohen zu sein.
Sie wurde sehr herzlich von den Kleinen empfangen, zum einen, weil diese ihre Klassenlehrerin gern mochten, zum anderen, da sie ständig eine andere Vertretung bekommen hatten, was den Unterricht sehr erschwert hatte. Eine Schülerin mit langen, blonden Zöpfen kam nach vorn und überreichte ihr ein Bild mit den Worten: „Das

haben wir gestern für Sie gemalt."
Die Schüler hatten sie gezeichnet, mit einem dicken Gipsfuß, und um sie herum saßen einundzwanzig Jungen und Mädchen, unter jedem Kind war eine persönliche Unterschrift.
Anna lächelte, konnte aber nicht verhindern, dass ihr vor Rührung die Tränen in die Augen schossen.
Ein kleiner, schmächtiger Junge aus der zweiten Sitzreihe meldete sich.
„Frank? Was gibt es?"
Vor Aufregung fing er an zu stottern. „Äh, ich … ich wollte …"
Sie lächelte ihn aufmunternd an.
„Ja?"
„Ich wollte fragen … Stimmt es, dass Ihr Mann ins Gefängnis muss?"
Ihr Lächeln erstarb genauso plötzlich wie jegliches Geräusch im Raum.
Sie starrte ihn einen Moment an, fing sich dann aber und meinte ruhig: „Wer sagt das denn?"
Er senkte den Kopf und starrte auf sein Heft.
„Hab' ich gehört."
„Nein. Mein Mann muss nicht ins Gefängnis."
In den Gesichtern der Kinder sah sie weitere Fragen, ohne dass sie ausgesprochen werden mussten.
Tapfer sah Anna in die große Runde.
„Ich finde es prima, dass Frank den Mut hatte, mich direkt anzusprechen. Es wird immer viel geredet und nicht alles, was die Leute sagen, stimmt. – Wir wissen selber noch nicht genau, was passiert ist, aber wenn sich die Sache geklärt hat, werde ich euch alles erzählen, okay?"
Alle nickten ernst und waren froh, als sie aufgefordert

wurden, ihr Lesebuch aufzuschlagen.

*

Norbert wäre auch gern wieder arbeiten gegangen. Er vereinbarte einen Termin mit dem Direktor der Schule.
„Es tut mir sehr leid, Herr Meldorf. Wenn es nach mir ginge, würden Sie morgen an Ihrem Arbeitsplatz sitzen, das können Sie mir glauben." Bedauernd schüttelte er den Kopf. „Aber ich kann das nicht allein entscheiden. Die Angelegenheit muss erst geklärt werden."
„Aber wie denn? Es passiert ja nichts!"
„Ich weiß es auch nicht."
Der Schulleiter erhob sich schwerfällig und ging zu einer in der Nähe stehenden Kaffeemaschine. Es war ein modernes Gerät, die Kaffeebohnen wurden vor jedem Arbeitsgang frisch gemahlen. Er drehte sich um. „Möchten Sie auch einen?"
Norbert schüttelte den Kopf. „Nein danke."
Nervös klopfte er mit seinen Fingernägeln auf dem Tisch herum.
„Gibt es denn gar keine Möglichkeit? Ich meine, es kann doch nicht ernsthaft jemand der Meinung sein, ich könnte einem Schüler Schaden zufügen, oder?"
Der Direktor strich sich mit Daumen und Zeigefinger nervös über die Nase. Er antwortete zögernd.
„Nun … Niemand glaubt, dass Sie jemandem körperlichen Schaden zufügen würden. Und doch hat diese Geschichte während der Klassenfahrt – wie soll ich es ausdrücken – eine Lawine ausgelöst. Die ganze Schule steht Kopf. Viele stehen hinter Ihnen, aber es gibt auch Zweifler. Vor allem, was die Mädchengeschichten an-

geht.“
Alarmiert riss Norbert die Augen auf. „Die Mädchengeschichten?“
„Ja.“
Norberts Gesicht verzerrte sich, seine Augen wurden dunkel wie die Nacht. „Welche Mädchengeschichten, wenn ich fragen darf?“
„Ich möchte mich dazu nicht äußern, bevor ich nicht Genaueres erfahren habe.“
„Das glaube ich einfach nicht!“ Norbert verlor völlig die Beherrschung. „Hier werden Gerüchte über mich verbreitet und ich erfahre nicht mal, was hier abgeht? Alle reden, und ich erfahre als Letzter, was geredet wird? Und ich dachte, Sie stünden hinter mir!“
„Beruhigen Sie sich. Ich schätze Sie sehr und ich werde alles tun, was in meiner Macht steht, um Ihnen zu helfen. Aber ich muss mir zunächst einmal ein genaues Bild machen.“
„Gehe ich recht in der Annahme, dass die Kollegin Malcom der Auslöser der Lawine war?“
„Ja“, kam es leise zurück. „Was war mit Ihnen beiden?“
„Nichts! Gar nichts. Und genau das ist scheinbar ihr Problem.“
„Kann schon sein.“
Noch nie in seinem Leben hatte Norbert sich dermaßen im Stich gelassen gefühlt. Er empfand eine Einsamkeit und Verzweiflung wie ein zweijähriges Kind, das nachts aufwacht und merkt, dass es ganz allein ist.
Er sah seinen Vorgesetzten mit versteinertem Blick an, stand wortlos auf, zögerte einen Augenblick und verließ dann grußlos den Raum.

*

Nina konnte nicht glauben, was sie da gerade tat. Meine Güte, dass sie sich dazu herabließ! Sie saß auf dem heruntergeklappten Deckel einer Schülertoilette und wartete. Ein paar endlose Minuten lang. Dann hörte sie ein Schnalzen. Das verabredete Zeichen. Sie schob einen Zwanzig-Euro-Schein unter den Spalt der Trennwand und hielt den Atem an. Leises Knistern war zu hören. Gerade als sie dachte, die Ausgabe wäre vergebens gewesen, kam ein Zettel aus der entgegengesetzten Richtung. Sie hielt sich an die Regeln, das hieß, sie musste genau drei Minuten warten, bis sie die Räumlichkeiten verlassen durfte. Sie hatte sich Informationen vom Wissenden gekauft.

Sie faltete den Zettel auf und erstarrte. Als Antwort auf ihre Frage stand dort: „Ja, es stimmt. Der Meldorf schläft mit Annette. Und mit anderen Mädels."

Sie blieb wie gelähmt sitzen. Das konnte einfach nicht sein! Die Minuten kamen ihr vor wie Stunden, angespannt schüttelte sie ihre Uhr, als ob sie dann schneller laufen würde.

Sie musste Nico um Rat fragen.

„Waaas hast du getan?" Nico starrte seine Freundin entgeistert an.

Nina lief rot an. „Na ja", meinte sie verlegen. „Die sagen doch immer, dass die Infos vom Wissenden sicher sind."

Nico lief um sie herum. „So'n Scheiß. Das glaubst du doch selber nicht. Der verdient sich 'ne goldene Nase!"

Sie zuckte unglücklich mit den Schultern.

„Mensch, der Typ ist kriminell. Der verdient sich auf diese Weise das Geld für seinen Stoff."
Er stellte sich vor sie und umfasste ihre Oberarme.
„Mannomann, was für ein Dilemma! Wenn sich das intelligenteste Geschöpf, das ich kenne, zu so einem hirnverbrannten Mist herablässt, Informationen von einem Spinner zu kaufen, dann ist jetzt wirklich Alarmstufe Rot angesagt. Dunkelrot."
Er hatte Recht. Nina kam sich ziemlich dämlich vor. Erschöpft ließ sie sich in seine Arme fallen und er streichelte ihr den Rücken. „Wir müssen etwas tun", murmelte sie in seine breite Brust hinein. „Es ist so ungerecht."
„Natürlich ist es ungerecht!"
So standen sie eine ganze Weile und irgendwann stellte er fest, dass er immer noch ihren Rücken streichelte und dass sie sich nicht bewegte. Sie waren Freunde seit Kindergartenzeiten, sie schätzten und vertrauten sich, doch dieses warme Gefühl im Bauch war neu. Er rührte sich nicht, nur sein Arm glitt immer wieder ihren Rücken hinauf und hinunter, bis er seine Hand schließlich in ihrem Nacken liegen ließ.
Überrascht schaute sie zu ihm auf und flüsterte. „Nico?"
„Hmm?"
Sie erwiderte sein warmes Lächeln und drückte sich noch einmal an ihn. Dann löste sie sich und meinte resolut: „So, und jetzt muss gehandelt werden."
Er verdrehte die Augen. „Jawohl, Chefin."

*

Nico schaute gelangweilt einer Fliege nach, die ihre Run-

den im Klassenraum drehte und scheinbar den gleichen Wunsch verspürte wie er, nämlich schnellstmöglich diesen Raum zu verlassen.
„Nico?“, ertönte es da barsch von vorn.
Er zuckte zusammen.
„Ich hatte gefragt, was bedeutet das Wort Laser? Es stand gestern an der Tafel.“
Schuldbewusst zuckte Nico die Schultern.
„Was mache ich eigentlich noch hier?“ Heinz Sielke tobte. „Ich verschwende doch nur meine Zeit!“
Er war als Vertretung für Norbert Meldorf eingesetzt worden, kam aber mit dessen Klasse überhaupt nicht klar. Die Schüler und Schülerinnen waren unruhig, es wurde getuschelt oder geträumt. Niemand konzentrierte sich auf den Unterricht.
Natürlich waren sie in einem schwierigen Alter, seine Frau nannte es das Null-Bock-Alter. Und natürlich beschäftigte sie das ungewisse Schicksal ihres Klassenlehrers. Aber ein wenig Disziplin konnte man doch wohl trotzdem erwarten. Kollege Meldorf hatte immer behauptet, mit seiner Klasse ganz gut klarzukommen. Wie auch immer er das schaffte.
Heinz dagegen fing an, diese Klasse zu hassen.
„Holger, sag du es mir. Wofür steht das Wort Laser?“
Ohne mit der Wimper zu zucken kam die Antwort.
„Light Amplification by Stimulated Emission of Radiation.“
„Heißt übersetzt?”
„Verstärkung von Licht durch stimulierte Emission von Strahlung.”
„Richtig. Wenigstens einer, der hier was im Schädel hat.“
Leicht besänftigt blätterte Sielke in seinen Unterlagen,

doch als er aufsah, ließ ihn das angespannte Gesicht eines jungen Mannes argwöhnisch werden. Und er hatte Recht. Ein Zettel wurde unter dem Tisch weitergereicht. Er griff danach, doch der Junge war schneller. „Gib ihn mir, sofort!“, bellte der Lehrer mit hochrotem Gesicht. Der Schüler wechselte zwar auch die Gesichtsfarbe, ließ den Zettel aber blitzschnell weiterwandern, sein Tischnachbar tat es ihm nach.

„Her damit!“, brüllte Heinz, seine Stimme überschlug sich.

Allerdings hatte er keinen Überblick mehr, wo der Zettel mit dem scheinbar hochbrisanten Inhalt abgeblieben war. Er ging wieder zum Pult, stützte die Hände auf und lehnte sich leicht vor.

„Okay!“ Er atmete einmal tief ein und aus.

„Wenn der Wisch nicht umgehend vor mir zu liegen kommt, dann bleibt die gesamte Klasse eine Stunde länger.“

Leise Proteste ertönten.

„Also?“, forderte Sielke die Übeltäter noch einmal auf.

Es wurde mucksmäuschenstill. Alle starrten entweder nach vorn oder auf den Tisch vor sich.

Heinz Sielke haute mit der flachen Hand auf das Pult, so heftig, dass es ihn schmerzte, was seinen Zorn noch mehr entfachte.

„Es reicht! Wenn ihr es so haben wollt! Bitte! Alle bleiben noch ein Stündchen.“

Er packte seine Unterlagen in eine Mappe, überlegte kurz und sah den Schüler, der direkt vor ihm saß, an.

„Holger, du darfst gehen, wenn du willst.“

Verhaltenes Gekicher aus den hinteren Reihen drang nach vorn.

Heinz verzog den Mund und rauschte aus dem Klassenraum.
Sofort kam einer der Jungs nach vorn. Er hieß Richard, hatte einen kahl geschorenen Kopf und breite Schultern.
„Holger, du darfst gehen", äffte er den Lehrer nach.
Einige lachten.
Ungerührt sah Holger ihn an.
„Nun geh schon, Streber. Was willst du hier bei dem Gesindel? Wer nur Einser schreibt, gibt sich doch mit dem Fußvolk nicht ab."
„Lass ihn in Ruhe!", zischte Nina ihn an.
Richards Kopf flog herum. „Was willst du denn?"
„Ich sagte, lass ihn in Ruhe!"
Richard zog beide Augenbrauen hoch und schüttelte in Zeitlupentempo den Kopf. „Och je, muss Mami auf den Streber Acht geben?"
„Nein, muss sie nicht", erwiderte Holger leise. „Lass, Nina, ist nett gemeint. Aber sein Gesülze kratzt mich nicht."
„Nein!", säuselte Richard. „Welch eine ordinäre Ausdrucksweise aus diesem gebildeten Munde."
„Falls es dich interessiert", konterte Holger ruhig, „ich finde die Stunden bei Sielke auch mehr als öde."
Inzwischen starrten alle zu den dreien.
„Toll", meinte Nico. „Genau das hat der Sielke gewollt. Wie dämlich seid ihr eigentlich?"
Und an Richard gewandt: „Was stört dich eigentlich daran, wenn jemand gute Noten hat?"
Richard verzog keine Miene. „Seine Noten sind mir wurscht. Mich stört, dass dieser Schleimer zehn Zentimeter vor dem Lehrerpult sitzt, damit ja keiner abschreiben kann. Das ist doch echt ätzend."

„Tja“, meinte Nina. „Einer muss da ja nun mal sitzen. Aber ich habe eine gute Idee. Du könntest ja mit Holger die Plätze tauschen.“
Die ganze Klasse grölte.
Nico stupste seinen Ellenbogen in Ninas Seite und nickte feixend.

Eine Stunde später nahm Merrit allen Mut zusammen, eilte hinter Holger her und zupfte ihn am Ärmel.
Erstaunt blieb er stehen. „Ja?“
„Ähm, entschuldige“, murmelte sie verlegen. „Ich wollte dich was fragen.“
„Dann frag doch.“
„Ja, also ... Ich wollte dich fragen, ob du mir in Physik ein bisschen helfen könntest.“
„Klar.“
„Wie, klar? Einfach so?“
„Warum nicht?“ Er lächelte.
Nebeneinander gingen sie weiter.
„Ich kann aber erst nach neunzehn Uhr, hab’ noch ‘nen Job“, meinte er.
„Echt?“
„Wieso erstaunt dich das so?“
„Ich dachte ...“
„Was?“
„Also, ich dachte, du würdest den ganzen Tag pauken.“
„Quatsch.“
Schweigend liefen sie weiter, was mit Argusaugen beobachtet wurde.
„Na, da hat sich ja das Dreamteam zusammengefunden“, murmelte Annette mit zusammengekniffenen Augen.

„Na und? Stört es dich?“, meinte Julia gleichmütig.
„Weiß ich noch nicht so richtig. Aber ich habe ein dummes Gefühl dabei.“
Julia lachte. „Klar, weil du nicht mehr ihre ungeteilte Aufmerksamkeit hast.“
Annette überlegte, ob ihre Freundin ins Schwarze getroffen hatte. „Hmm.“
Julia schubste sie ein Stück zur Seite. „Ach komm. Hör auf zu spinnen. Du hast doch selbst gesagt, es geht dir langsam auf die Nerven, dass sie dich so anhimmelt. Du weißt auch nicht, was du willst.“
Zögernd fügte sie hinzu: „Du bist sowieso im Moment ganz schön komisch drauf.“

*

Anna schob mit einer Hand den Einkaufswagen vor sich her, in der anderen hielt sie einen Zettel mit einer Liste. Sie wollte heute Abend ein richtig schönes Essen zaubern. Im Einkaufswagen stapelten sich Paprika, Knoblauch, Pilze, Lauch und frische Kartoffeln. „Mensch, wo haben die denn jetzt den Reis?“, murmelte sie. Der Markt war komplett umgestaltet worden und sie fand nichts wieder.
„Furchtbar, oder?“, hörte sie eine bekannte Stimme. Sie gehörte der Mutter von Katarina, einer ihrer Schülerinnen. Sie waren beinahe Nachbarn, nur wenige Häuser trennten sie.
Anna wandte sich um: „Ach, hallo, Sabine!“
Sie gaben sich die Hand.

„Ich suche und suche, das ist ja obernervig."
„Geht mir genauso."
Verlegen standen sie sich gegenüber. Anna spürte, dass Sabine noch etwas sagen wollte.
„Ja?"
Verlegen strich die Frau sich ein paar Haarsträhnen hinter das rechte Ohr. „Ich wollte eigentlich nur fragen, wie es dir so geht. Katarina hat mir ja einiges erzählt …" Sie fand nicht die richtigen Worte und brach ab.
Anna fühlte einen Knoten im Magen. Doch sie bewunderte die Aufrichtigkeit der Bekannten, wusste sie doch, dass die Gerüchteküche brodelte und die wenigsten den Mut hatten, sie anzusprechen.
„Ja", erwiderte sie nun. „Ich war ziemlich aufrichtig zu den Kindern. Und viel mehr weiß ich inzwischen immer noch nicht. Norbert darf zunächst nicht unterrichten, solange, bis die leidige Sache geklärt ist." Sie sah ihrem Gegenüber in die Augen. „Das ist weder im Sinne der Schüler noch des Direktors, sondern einzig der Wunsch einiger Eltern."
Katarinas Mutter hielt ihrem Blick stand und nickte. „Kann ich mir denken."
„Besteht diese Gefahr bei mir auch?"
„Nicht dass ich wüsste."
„Ach komm schon. Mir klingeln ja ständig die Ohren. Sicherlich werde ich schon als Ehefrau eines Schwerstverbrechers gehandelt." Sie erschrak selber über ihre barschen Worte und legte der anderen Frau die Hand auf den Arm. „Entschuldige bitte. Bin mit den Nerven ziemlich 'runter."
„Ist schon gut."
Ein paar Meter entfernt lief eine weitere Bekannte vorbei.

Sie kam zurück, lugte um die Ecke und winkte. „Hi, Anna. Na, alles klar?“
„Ja, danke!“, erwiderte Anna automatisch.
Sabine schaute sie kläglich grinsend an. Anna zuckte mit den Schultern und verzog den rechten Mundwinkel.

Zu Hause verstaute sie wie in Trance ihre Einkäufe. Die Begegnung mit Sabine ging ihr nicht aus dem Kopf. Meine Güte, sinnierte sie, wie normal war doch das Leben vor dieser Klassenfahrt. Wir machten gern unseren Job, hatten keine Feinde und keinen Ärger, wenn man Ellas Verhalten mal außer Acht ließ. Sie schüttelte den Kopf. Ich grübel zu viel, dachte sie. Wenn ich Norbert helfen will, dann muss ich die Nerven behalten. Sie stellte das Radio ein und fummelte so lange an den Sendern herum, bis sie ein fröhliches Lied fand.
Lautstark sang sie mit und wiegte ihre Hüften im Takt. Augenblicklich fühlte sie sich besser. Sie fing an, das Gemüse zu schneiden, und setzte den Reis auf. Dann fiel ihr Blick auf die Post, die noch ungeöffnet auf dem Küchentisch lag. Das meiste war Werbung, vom Baumarkt, von einer Versicherung und einem Möbelgeschäft. Sie warf die Prospekte achtlos beiseite. Als Nächstes hielt sie einen Brief ohne Absender in der Hand. Langsam öffnete sie den Umschlag. Ein kleiner quadratischer Notizzettel fiel heraus und segelte auf den Boden. Sie stand regungslos und schaute, wie er sanft landete. Schließlich atmete sie tief ein und bückte sich.
Die Buchstaben verschwammen vor ihren Augen. Sie blinzelte einige Male und strengte sich unmenschlich an, damit ihr Hirn den Sinn der wenigen Wörter aufnehmen

konnte: „Dein Mann ist ein Weiberheld."
Lautes Zischen ließ sie zusammenfahren. Sie stürzte zum Herd, wo das Reiswasser gerade munter einen Ausflug über die Herdplatten unternahm. „Verdammter Mist!", fluchte sie.
„Was ist ein verdammter Mist?", kam es lachend von der Tür.
Sie nahm rasch zwei Topflappen und hob den Reistopf von der heißen Platte. Erst dann drehte sie sich um und schaute in Norberts grinsendes Gesicht.
Das Grinsen verschwand, als er ihren Gesichtsausdruck sah. Anna würde sich normalerweise nicht so sehr über ein bisschen angekokeltes Stärkewasser aufregen.
Er fasste sie mit beiden Händen um die Taille. „Oh oh. War deine Mutter vielleicht hier?"
„Gott bewahre! Nein!"
Sie stand noch immer mit den Topflappen in den Händen da.
„Was ist dann passiert?"
Sie zeigte mit dem Kopf zum Tisch.
Er nahm den Zettel und sie beobachtete seine Reaktion. Doch es kam keine. Er starrte auf den Zettel und bewegte sich nicht. Sie wünschte, er würde lachen oder fluchen, den Zettel zerknüllen oder irgendetwas tun. Doch er stand nur da, bis sie es nicht mehr aushielt und sich an den Tisch setzte.
„Und?"
Er schrak zusammen. „Was?"
„Was hat das zu bedeuten?"
„Woher soll ich das wissen?"
Doch er hatte einen winzigen Augenblick mit der Antwort gezögert.

Sie schaute zu ihm auf.
„Irgendwas ist also dran.“
„Was soll das?“, fuhr er sie an.
„Das merkt man doch, du siehst total schuldbewusst aus!“
Er ließ sich auf den Stuhl ihr gegenüber sinken und fuhr sich mit den Fingern durch das Haar.
„Mensch, Anna! Ich bin fix und fertig. Natürlich habe ich ein schlechtes Gewissen, weil du hier so eine Scheiße durchmachen musst!“
Sie zuckte zusammen, doch er fuhr ungerührt fort: „Mein Ruf wird immer schlechter, in rasantem Tempo, und ich bin nicht in der Lage, dies zu stoppen. Wir leben schließlich nicht in einer Großstadt. Überleg mal, wie viele Leute mich hier kennen, und alle reden und reden. Es wird gequatscht, dass sich die Balken biegen. Der bisher unbescholtene engagierte Lehrer Meldorf ist ein Messerstecher und jetzt auch noch ein Weiberheld! Welch eine Sensation!“
Ein sarkastisches Lachen entfuhr ihm.
Anna bedeckte ihren Mund mit ihren Handflächen. Lautlose Tränen liefen in Sturzbächen über ihr Gesicht, das Kinn hinunter und tropften auf den Tisch.

*

Mit zitternden Fingern gab Annette ihr Passwort in den Computer ein. Obwohl sie damit gerechnet hatte, wurde ihr Gesicht aschfahl, als sie die E-Mail las. Sie hatte schon drei dieser Art bekommen, der Inhalt war immer derselbe. Ihr Herz fing an zu rasen und sie konnte spüren, wie ihr der Schweiß den Rücken hinunterlief. Obwohl sie

den Inhalt längst auswendig kannte, las sie ihn wieder und wieder.
Puzzleteile übler Art fügten sich in ihrem Geist zu Schreckensbildern zusammen. Tränen nässten ihre bleichen Wangen. Ob sie ihren Ursprung mehr in der furchtbaren Angst hatten oder eher in wilder Wut, das vermochte Annette in diesem Augenblick nicht zu unterscheiden. Sie hämmerte wild auf der Tastatur herum und löschte alles. Dann gab sie den Namen eines Modehauses in die Suchmaschine ein und begab sich auf Shopping-Tour.

*

Merrit und Annette kamen gemeinsam vom Sportstudio, ausnahmsweise einmal ohne Julia. Annette blieb stehen. „Ich komm' nicht mit zum Bus, ich geh noch in die Stadt."
„Alleine?", fragte Merrit überrascht.
Ihre Freundin grinste. „Hab 'nen netten Typen kennengelernt."
„Wow, hast du ja gar nicht erzählt!"
„Ich kenne ihn erst seit kurzem. War bei uns im Laden." Sie zuckte mit den Schultern. „Wir treffen uns nur auf ein Bier. Vielleicht lohnt es sich gar nicht, weiter drüber zu reden."
„Haste keinen Schiss?"
Annette verzog das Gesicht. „Wovor denn?"
Merrit zuckte die Schultern. „Weiß auch nicht."
Sie machte sich ebenfalls nicht auf den Heimweg. Ihrem Vater würde es gar nicht auffallen, wenn sie später käme. Er erklärte ihnen fast täglich, er müsste den ganzen Tag schwer malochen, um seiner Familie ein Leben auf dieser

Luxusinsel zu ermöglichen. Und da sollten sie ihn am Abend bloß alle in Ruhe lassen.
Dabei war es in Wirklichkeit ihre Mutter, die alles am Laufen hielt. Neben ihrem Job als Verkäuferin ging sie noch an zwei Abenden in der Woche kellnern. Und sie kümmerte sich um den Haushalt, den Papierkram und um die Kinder, zu denen sie ein unkompliziertes Verhältnis hatte.
Der einzige Streitfaktor zwischen Mutter und Tochter war ihre Freundschaft zu Julia und Annette. Ihre Mutter befürchtete, die beiden seien kein guter Umgang. Sie hatten heftig diskutiert, denn Merrit war der Meinung, ihre Mutter könne sich kein Urteil bezüglich ihrer Freundinnen erlauben, da sie diese kaum kannte.
Außerdem waren sie erst seit kurzem auf der Insel und sie hatte noch keine weiteren Freundschaften geschlossen.
Ihre Mutter hatte mit den Schultern gezuckt. „Du lässt dir ja eh nichts sagen. Aber trotzdem: Pass auf, bitte! Lass dich nicht allzu sehr beeinflussen."
„Ich bin doch kein Baby!", hatte sie empört geantwortet.
Während Merrit jetzt die Friedrichstraße entlangschlenderte, dachte sie an diese Worte. Eigentlich hatte sie es gut getroffen. Okay, ihr Vater war ein Pascha und ihr jüngerer Bruder hatte darunter zu leiden. Ständig wurde dem Jungen vorgeworfen, dass sie nur wegen seines Asthmas hier leben würden.
Dabei fühlten sie sich alle auf der Insel sehr wohl, und wenn ihr alter Herr zu Hause auch mal mit anpacken würde, wäre seine Frau auch nicht ständig so erschöpft.
Merrit bewunderte die Fröhlichkeit und Aufgeschlossenheit ihrer Mutter. Sie fand Annettes Mutter auch nett,

doch wirkte diese immer sehr reserviert. Sie war stets perfekt geschminkt und gekleidet, so dass man sich neben ihr immer ein wenig einfältig vorkam.
Merrit schaute sich die Schaufenster an, bog einen Augenblick später um die Ecke, ging zwei Straßen weiter, nahm all ihren Mut zusammen und betrat die kleine Bar. Einen Moment lang war sie wie betäubt vom Lärm und Zigarettenqualm. Sie blinzelte und steuerte dann auf ihre Mutter zu, die gerade Bier zapfte und überrascht aufschaute. „Was machst du denn hier?"
„Ich wollte dich nur mal kurz besuchen."
„Jetzt? Und allein?"
Stella Bohn warf ihrer Tochter einen warnenden Blick zu, bevor sie mit ihrer Arbeit fortfuhr.
„Mama! Ich bin kein Kleinkind, und es ist noch nicht mal zehn Uhr."
Ihre Mutter seufzte, stellte zwei Bier auf den Tresen und holte eine Flasche Wein aus dem Regal, die sie geschickt und rasch entkorkte.
Dann zapfte sie zwei weitere Pils an und grinste. „Hast ja Recht. Ich vergesse das manchmal."
Merrit erwiderte das Grinsen und rutschte auf einen der hohen Hocker. „Krieg ich auch was?"
„Ja, aber dann zischst du ab nach Hause! Morgen ist Schule."
„Okay."

Eine halbe Stunde später trödelte sie in Richtung Bahnhof. Mittlerweile war es dunkel geworden und sie war froh, den Bus noch zu erwischen.
Merrit und ihre Familie hatten eine Wohnung in einem

Wohnblock ergattert, der in einem Ort wie Kampen etwas deplatziert wirkte. Hier gab er überwiegend sehr noble Häuser mit wunderschönen Gärten und zum Teil mit Swimmingpool.
Ihr Vater hatte gemault, er würde in jedem anderen Ort auf der Insel lieber wohnen als in Kampen, schließlich passten sie als einfache Leute nicht hierher. Seine Frau hatte ihn in die Seite geknufft und gemeint: „Hör auf zu spinnen und sei froh, dass wir überhaupt eine Wohnung bekommen haben! Außerdem ist Kampen doch ein wunderschöner Ort."
Sie wohnten ganz in der Nähe von Annette und ihrer Mutter. Nur dass diese in einem noblen Schuppen wohnten, wie Merrits Vater es ausdrückte. Es war wirklich ein schickes Haus mit riesigem Grundstück und wunderschönen, halbrunden Fenstern und eigentlich viel zu groß für zwei Frauen. Jedes Mal, wenn Merrit dort vorbeikam, blieb sie stehen und bewunderte die kunstvoll angepflanzten Stauden neben dem beleuchteten Weg, der zur Haustür führte, so auch diesmal.
Plötzlich zuckte sie zusammen.
„Lass mich endlich in Ruhe, du Scheißtyp!"
Es war Annettes Stimme. Sie war nicht zu sehen, musste aber irgendwo hinter einem der großen Büsche stehen.
„Du kleine Schlampe! Erst fädelst du alles ein und dann zahlst du nicht!"
Als Merrit die unbekannte männliche Stimme hörte, duckte sie sich hinter den Baum neben der Pforte. Sie wollte wegrennen, war aber gleichzeitig wie gelähmt.
„Was soll das? Ich habe dich ja wohl gut bezahlt, oder?"
„Nicht gut genug", höhnte er. „Schließlich habe ich ein Loch im Bein."

„Na und? Du hättest ja nicht mitmachen müssen!“
„Habe ich aber. Und da meine Geschäfte auf der Insel momentan nicht so laufen, brauche ich halt einen Nachschlag.“
„Geschäfte nennst du das?“, fragte Annette verächtlich. „Schöne Geschäfte, jungen Leuten dieses verdammte Gift anzudrehen! Eine Freundin von mir ist fast dran krepiert!“
„Schätzchen, ich wein’ gleich. Es hat sie ja keiner gezwungen, das Zeug zu nehmen, oder?“
„Du Schleimscheißer!“
„Zügel dich. Fünfhundert Mäuse oder ich quatsche.“
Einen Augenblick war Stille und Merrit hielt den Atem an.
In ihrem Hals steckte ein Kloß, der sie zu ersticken drohte, doch sie wagte es nicht, sich zu räuspern.
„Okay. Aber mehr kriegst du nicht“, fauchte Annette.
„Bring mir die Kohle übermorgen ins ‚Kali‘.“
„Das kannst du vergessen. Du kannst dort gern deine Geschäfte abziehen, aber ich lass’ mich da nicht blicken. Da sind die Bullen ja schon Stammkunden. Die leben schließlich nicht hinter’m Mond.“
„Was meinst du, warum es im Moment so schlecht läuft, meine Süße? Irgendjemand hat denen einen Tipp gegeben.“
„Quatsch! Jeder Fünftklässler weiß, was da abgeht.“
Beängstigt und doch fasziniert lauschte Merrit dem Gespräch.
Der Mann überlegte einen Moment und schlug vor:
„Dann eben am Strand. Übergang Schützenplatz.“
„Nein, hier in Kampen. Habe keinen Bock, nachts nach Westerland zu fahren. Du vergisst, dass ich noch nicht

Auto fahren darf."
Er lachte leise. „Stimmt. Bist ja noch grün hinter den Ohren. Hatte ich vergessen. Kein Wunder, so ausgebufft, wie du bist."
„Verpiss dich!"
„Keine Sorge, werde ich. Das wird mir zu heiß hier. Nicht mehr lang und ich bin weg."
Wieder lachte er und Merrit hörte, wie er hinten durch den Garten verschwand. Sie traute sich nicht um die Ecke zu gucken, doch einige Sekunden später knallte die Haustür.

*

„Mensch, Anna, jetzt bist du aber wirklich auf dem verkehrten Dampfer!"
Anita schüttelte den Kopf und rührte in ihrem Kaffee herum. Sie saßen in einem kleinen Café und diskutierten. Anna leckte die Sahne von ihrem Löffel, schaute diesen dann mit gequältem Gesichtsausdruck an und legte ihn auf den Teller.
Anita beobachtete ihre Freundin. „Jetzt sag bloß noch, du wärst zu dick."
„Nein, das nun nicht gerade …", kam es gedehnt.
„Aber?"
„Na ja …, ich bin halt schon lange keine zwanzig mehr. Ich bin in einem Alter, wo die Haut sich von den Muskeln verabschiedet, wie man so schön sagt. Ach ja, und die Oberhaut löst sich von der Unterhaut. Dafür graben sich die Einkerbungen, die man auch Falten nennt, immer tiefer ein, die fühlen sich in tieferen Schichten nämlich pudelwohl …"

Anita verschluckte sich und fing an zu husten. „Hör auf damit!“
„Stimmt aber doch!“
„Hmm.“
„Siehst du“, fuhr Anna mit ernstem Gesicht fort. „Die Gelenke knirschen inzwischen bei jeder Bewegung, wahrscheinlich sogar beim Sex.“
„Dann hast du dich vorher nicht richtig warm gemacht, meine Schöne.“
Anna stützte ihr Kinn auf die offene Hand und sah der jungen Kellnerin nach.
„Vielleicht ist er ja doch in Annette verliebt. Oder in diese junge Kollegin. Vielleicht ist was dran an dem Brief.“
Anita riss die Augen auf. „Spinnst du jetzt völlig? Susanne Malcom? Nein, ich schwöre bei meiner heiligen Seele, da läuft nichts! Und da lief auch nie was!“
„Ich kann es mir auch nicht vorstellen, obwohl …“
„Ich wage ja schon kaum mehr, dir zuzuhören, aber ich reiß’ mich am Riemen, spuck’s also aus!“
Anna lächelte gequält. „Na ja … sieh dir Annette an. Sie ist verteufelt hübsch. Da ist doch kein Mann immun gegen!“
Anita setzte sich gerade hin, sah ihrer Freundin in die Augen und runzelte die Stirn. „Ich habe dich immer für eine sehr intelligente Frau gehalten, aber nun habe ich diesbezüglich meine Zweifel. Annette steckt in einer verdammt netten Hülle. Sie wird aber nie die Ausstrahlung haben, die eine Frau wirklich schön macht. Sie wirkt schon jetzt so künstlich, was meinst du, wie die in fünfzehn Jahren aussieht? Nein, meine Liebe! Schönheit ist keine Frage des Alters. Schau mich an!“ Sie verstummte

und zeigte mit der Hand an sich herunter. „Ich war auch mit achtzehn nicht schön …“
Anna neigte den Kopf und schüttelte ihn langsam. Dann stand sie auf, stellte sich hinter ihre Freundin und umarmte sie, wobei ihr die verstohlenen Blicke der übrigen Gäste ganz egal waren.

*

Die Musik war ohrenbetäubend, und Merrit lehnte sich dicht an Annette, damit diese ihre Worte verstand. „Super Fete!“
Nicos Freund Mike wurde achtzehn. Da war eine Riesenfete natürlich unumgänglich. Die wäre aber bei Nico zu Hause aufgrund der beengten Wohnverhältnisse nicht durchführbar gewesen, und so hatte man bei Bekannten einen Partykeller organisiert. Es war nicht zu übersehen, dass dieser oft in Anspruch genommen wurde. Flecken in allen Größen und Farben zierten die verschlissenen Sitzgelegenheiten, doch das schien niemanden zu stören. Jedenfalls jetzt nicht mehr, denn die meisten hatten dem Alkohol schon gut zugesprochen. Nico feierte zusammen mit einem Bekannten, welcher soeben das zwanzigste Lebensjahr erreicht hatte. Die Stimmung war bestens, es wurde getanzt, getratscht, sogar gesungen. Kaum einer aus der Klasse fehlte.
Holger saß mit einem Bier in der Hand da und nickte mit dem Kinn zum Takt der Musik. Mike ließ sich zu ihm runterplumpsen.
„Geile Stimmung, oder?“
„Auf jeden Fall! Allerdings kenne ich nicht alle. Du?“
Mike schüttelte den Kopf. „Ne.“

„Wo kommen die Joints her?“
Mike verzog das Gesicht. „Ehrlich, ich habe keine Ahnung! Fürchte, die hat der Wissende hier angeschleppt. Kann nicht gerade sagen, dass mir das gefällt.“
Holger sah einigen Tänzern zu und meinte ungerührt: „Da kannst du nix machen. Ist halt so bei solchen Veranstaltungen.“
Völlig verblüfft sah Mike ihn an. „Du bist ‘n ganz schön cooler Typ, Alter.“
„Weiß bloß keiner, oder?“
„Na, eine weiß das auf jeden Fall“, erkannte Mike grinsend. Diese eine verblüffte die beiden Jungs völlig, indem sie sich vor Holger hockte, ihre Hände auf dessen Knie legte und ihm tief in die Augen schaute.
„Hi.“
„Hi, Merrit, bist du das?“, fragte Holger ernst und schaute genauso verblüfft wie Mike.
„Wie kommt es, dass du nicht bei deinen Busenfreundinnen steckst?“, zog Letzterer sie auf.
Sie schwankte leicht. Holger griff nach ihren Armen und hielt sie fest.
„Oh, denen gehe ich wohl auf die Nerven.“ Die Worte kamen ihr nur undeutlich über die Lippen.
„Bin ihnen wohl nicht gut genug.“ Sie lachte ein wenig zu laut. „Dabei wohne ich doch in Kampen.“
Über ihrem Kopf wechselten die beiden jungen Männer besorgte Blicke. Holger zog sie sanft hoch und setzte sie neben sich. Sie lehnte den Kopf an seine Schulter und sang leise.
Keiner zog die beiden auf. Selbst als Richard mit drei Gläsern beladen an ihnen vorbeitanzte, nickte er ihnen nur zu.

„Mann, ist unsere Kleine voll.“ Angewidert beobachtete Annette, wie Merrit die Augen schloss und Holger den Arm um sie legte.
„Und dann hat sie sich ausgerechnet den Schleimer ausgesucht.“
Sie nippte an ihrem Sekt.
„Holger ist eigentlich ein netter Typ“, stellte Julia fest. „Der ist gar nicht so verkehrt.“
„Ja, die passen super zusammen.“ Annette warf dem Paar einen verächtlichen Blick zu. „Der heilige Streber und das besoffene Mäuschen.“
„Mensch, hast du eine Laune in letzter Zeit. Die sind hier fast alle betrunken und irgendwann musste sie es doch auch mal probieren. Obwohl … ich habe gar nicht mitgekriegt, dass sie was getrunken hat.“
„Sieht mir auch eher so aus, als ob sie bekifft wäre“, meinte Annette missmutig.
„Meine Güte! Und wenn schon! Lass sie doch!“
„Ich hasse dieses Teufelskraut. Du weißt, wie es Sabine damals ergangen ist. Um ein Haar wär’ sie dabei draufgegangen.“
Julia nahm einen tiefen Schluck aus ihrem Glas und verspürte einen Stich der Eifersucht.
„Du machst dir ja richtig Sorgen um die Kleine. Ich dachte, sie ginge dir total auf die Nerven.“
„Sie geht mir auch auf die Nerven. Trotzdem darf man sich ja wohl Sorgen machen, oder?“
„Ach was“, meinte Julia. „Nun übertreibst du aber. So ein Aufstand, nur weil sie mal Gras raucht.“
Holger indessen hatte genug. Er half Merrit durch den Raum, was ein schwieriges Unterfangen war, denn sie mussten über Flaschen, volle Ascher und einige

Schnapsleichen steigen. Er bestellte ein Taxi, doch der Fahrer wollte sie zunächst nicht mitnehmen.
„Die kotzt mir doch den ganzen Wagen voll."
„Wird sie schon nicht", beruhigte Holger ihn. „Ich passe auf."
„Auf Ihre Verantwortung", murmelte der Taxifahrer.
Die Haustür war nur angelehnt, er fand den Lichtschalter für das Treppenhaus, umklammerte ihre Hüfte und schob sie die Treppen hoch. Nach vielem Hin und Her fanden sie den Wohnungsschlüssel. Holger schloss die Tür auf, zog den Schlüssel wieder ab, steckte ihn in Merrits Hosentasche und schob sie in die Wohnung. „Gute Nacht", murmelte er rasch noch und zog die Tür wieder zu.

*

Verärgert sah Nora Singer zu ihrer Tochter. „Weißt du, Mädchen, launisch warst du ja schon immer. Aber was du dir jetzt leistest …"
Entrüstet brach sie ab.
„Ich sage doch nur die Wahrheit. Wenn Papa damals nicht mit diesem hohlköpfigen Blondchen abgehauen wäre, hätte ich nicht ohne Vater aufwachsen müssen."
Max zuckte bei jedem Wort, das seine Tochter verächtlich ausspuckte, zusammen. Die Freundlichkeit ihrem Vater gegenüber war so plötzlich von Annette abgefallen wie eine Zecke, die bis zum letzten Quäntchen voll gesogen ist. Er duckte sich unter ihrem zornigen Blick.
„Im Stich gelassen hast du uns. Fallen gelassen wie eine heiße Kartoffel! Weggeworfen wie eine Tüte Müll …"
Seine Gesichtsfarbe wechselte stetig zwischen Dunkelrot

und Kreidebleich. „Das stimmt nicht …“
„Spar dir deine Lügen!“ kreischte Annnette.
Fassungslos stellte Nora sich zwischen die beiden. „Papas Geld hast du aber immer gern genommen. Und zwar mehr, als gut für dich war! Ich habe deinem Vater immer wieder gesagt, er soll dir nicht so viel zukommen lassen, aber er ließ sich ja nicht davon abbringen.“
„Was hast du getan?“, kreischte Annette.
„Ja“, erwiderte Nora ruhig. „Und ich wünschte, dein Vater hätte auf mich gehört. Es hätte dir keinesfalls geschadet, ab und zu mal auf etwas zu verzichten.“
„Ach ja“, höhnte Annette. „Das sagt die Richtige. Du lebst ja auch nicht gerade bescheiden, oder?“
„Habe ich auch nie behauptet, mein Kind. Aber ich bin auch keine siebzehn mehr und ich arbeite. Und das nicht zu knapp!“
„Ohne Papa hättest du dir diese beschissene Nobel-Boutique auch nicht aufbauen können! Der wollte doch nur sein Gewissen freikaufen!“
Nora stieß ihren Zeigefinger gegen Annettes Brustkorb. „Es reicht jetzt! Ja, Papa hat mir geholfen. Aber im Gegensatz zu dir bin ich dankbar. Und ich hab’ was draus gemacht! Du schürst sein schlechtes Gewissen seit Jahren ganz bewusst, indem du dich weigerst, ihn zu besuchen oder auch nur mit ihm zu telefonieren!“
Sprachlos schaute Max hinüber und Annette wandte schnell den Blick ab, denn ihre Mutter hatte den Nagel auf den Kopf getroffen.
Es hatte ja auch immer gut funktioniert.
„Warum hast du mich von Tschechien aus angerufen?“, fragte er leise.
Annette fühlte die Blicke ihrer Eltern auf sich. „Ey, das

ist so was von zum Kotzen, wie einträchtig meine Mama und mein Papa sich um mich kümmern!"
Ihr Vater war endgültig geschockt, die Worte dröhnten wie ein Presslufthammer durch seinen Kopf. Nora hingegen war solche Ausbrüche gewohnt und meinte betont lässig: „Ich muss mal mit deinem Deutschlehrer sprechen, an deiner Ausdrucksweise müsstest du noch ein wenig feilen."
Max räusperte sich. „Annette. Warum?"
„Mensch, ich wollte dem Meldorf imponieren, ich dumme Kuh! Hat wohl nicht so ganz geklappt."
Sie rannte aus dem Zimmer und knallte die Tür hinter sich zu.
Max raufte sich die Haare. Er war dermaßen verstört, dass er kaum atmen konnte.
„Bist du sicher, dass sie nicht im Krankenhaus vertauscht worden ist? Ich meine … so viel Boshaftigkeit … Wo hat sie das nur her?"
Nora setzte sich und verzog das Gesicht. „Sie macht mich wahnsinnig und dich macht sie fertig. Meine Güte, warum?"
„Sie hat ja nicht ganz unrecht", murmelte er.
„Nein, jetzt fang du nicht auch noch an. Viele Ehen werden geschieden. Annette ging es all die Jahre nicht schlecht. Es ist nur verletzter Stolz, dass du sie damals nicht angebettelt hast, zu ihr zu ziehen. Du hattest aber recht, sie wäre in Berlin wahrlich nicht gut aufgehoben gewesen und hätte dir und deiner Freundin das Leben zur Hölle gemacht."
Sie stutzte. „Fühlt die sich nicht langsam vernachlässigt?"
Müde sah er sie an. „Wer?"
„Na, deine Freundin."

„Wir sind nicht mehr zusammen. Seit einem halben Jahr."
„Oh … das hattest du gar nicht erzählt."
„Nein."
„Was sollte das vorhin mit dem Meldorf?"
„Unsere Tochter ist wohl ziemlich verschossen in ihn, aber der gute Mann ist zum Glück nicht drauf eingegangen. Ich würde ihm so gern helfen, komme aber nicht weiter. Die Polizei auch nicht. Sein Leben zerfällt in tausend Scherben."
„Ja", stimmte Nora ihm zu. „Dabei hatte er schon all die Jahre so viel Kummer mit seiner Familie."
Sein Kopf ruckte hoch. „Wieso? Ich dachte immer, seine Ehe sei so harmonisch?"
„Ja, ich meine auch nicht seine Frau. Ihre Eltern lehnen ihn ab. Schon immer."
„Verstehe ich nicht. Er macht einen sehr vernünftigen Eindruck. Und er ist doch ein netter Typ."
„Keine Ahnung, warum. Aber … na, im Laden wird eben viel getratscht. Jedenfalls hat eine Kundin erzählt, dass der Schwiegersohn vom Richter Gregor Richards als junger Mann mal in eine Schlägerei verwickelt war."
Er kratzte sich am Hinterkopf. „Ist das nicht ein wenig übertrieben? Nur weil er sich vor Jahrzehnten mal geprügelt hat, jemanden ein ganzes Leben lang abzulehnen?"
Sie zog eine Augenbraue hoch. „Manche Leute sind halt sehr nachtragend. Sieh dir deine Tochter an!"
Nachdenklich schaute er auf seine Knie.
„Meinst du, wir hätten vermeiden können, dass sie sich dermaßen negativ entwickelt?"
„Keine Ahnung." Sie rieb sich mit der Handfläche über die Nasenspitze. „Ich weiß es nicht. Sie ist genau wie

meine jüngere Schwester. Meine Eltern waren damals genauso machtlos wie wir jetzt. Als ich selber noch sehr jung war, fand ich zunächst, sie stellten sich zu spießig an, aber irgendwann ging das Mädel selbst mir auf die Nerven. Sie hat nichts auf die Reihe gekriegt, hat sich völlig unmöglich benommen, immer nur gefordert und meist kam sie prima damit durch."

„So richtig glücklich scheint sie heute aber nicht zu sein."

„Ich weiß es nicht, wir haben inzwischen kaum noch Kontakt. Aber ganz ehrlich, je älter Annette wird, desto mehr ähnelt sie ihrer Tante." Sie seufzte. „Und das ist tragisch, das kannst du mir glauben."

Plötzlich stürmte Annette ins Zimmer und blieb abrupt und atemlos vor ihnen stehen.

„Stellt euch vor, Merrit ist weg!"

„Wie – weg?", fragte Nora verständnislos.

„Na, weg eben."

Sie verstanden nicht.

„Wart ihr nicht gestern noch zusammen?"

Annette schüttelte den Kopf. „Nein, ich dachte, sie sei krank, aber ihre Mutter rief gerade an. Merrit ist heute Morgen angeblich zur Schule gegangen, wo sie aber nicht ankam, und bis jetzt hat niemand etwas von ihr gehört."

Max kratzte sich am Kopf. Seine fast erwachsene Tochter regte sich auf, weil ihre Freundin einen Tag lang irgendwo herumgestrolcht war?

„Also, ich bin vielleicht ein wenig abgebrüht durch meinen jahrelangen Aufenthalt in Berlin, aber findest du nicht, dass du ein bisschen übertreibst? Wahrscheinlich hat sie die Schule geschwänzt und macht sich einen schönen Tag."

Annette war eher neugierig als besorgt. Sie konnte sich

beim besten Willen nicht erklären, wo Merrit die ganze Zeit stecken könnte.
Sie schüttelte den Kopf. „Merrit? Ausgeschlossen! Die schwänzt doch nicht die Schule! Die würde sich in die Hose machen vor Angst, erwischt zu werden."
Missmutig sah er sie an. „Ich denke, sie ist deine Freundin?"
Gleichgültig zuckte sie mit den Schultern.
Nora beobachtete ihre Tochter nachdenklich, sah dann zu Max und verzog das Gesicht. „Wie ich vorhin sagte", meinte sie gequält und spielte damit auf ihre Schwester an.
Er nickte zustimmend.
„Was meinst du?", fragte Annette gereizt.
„Ach, nicht so wichtig." Nora machte eine wegwerfende Handbewegung. Normalerweise hätte ihre Tochter sich mit dieser Antwort nicht zufrieden gegeben, doch momentan waren ihre Gedanken woanders.
„Wo könnte sie wohl sein? Ich habe schon bei Julia angerufen, die hat auch keinen Schimmer."
Max Singer stand auf. „Ihr tut gerade so, als ob eine Grundschülerin nicht nach Hause gekommen wäre."
„Du verstehst das nicht", klärte Annette ihn auf. „Merrit ist absolut gewissenhaft. Tausendprozentig. Wenn sie nicht gerade lernt oder auf ihren Bruder aufpasst, dann ist sie mit Julia und mir zusammen. Andere Freunde hat sie hier noch nicht und sie würde niemals alleine irgendwo hingehen!"
In dieser Hinsicht allerdings sollte sich Annette gründlichst irren.
„Ist sie in letzter Zeit irgendwie komisch gewesen?", fragte Nora.

Annette lachte. „Allerdings. Nervig war sie.“
Ihr Vater verdrehte die Augen, doch sie fuhr ungerührt fort. „Na ja, sie hat mich ununterbrochen angehimmelt, das bin ich ja von ihr gewohnt, aber in den letzten Tagen war sie regelrecht penetrant. Das ist toll und dies ist schön und zeig mir doch mal, wie du den Lidschatten so hinkriegst. Ich war zum Schluss echt sauer! Und das Komische ist, es war ihr egal! Ich konnte ihr zehn Mal sagen, du nervst, und sie hat nur mit den Schultern gezuckt. Normalerweise wäre sie sofort in Tränen ausgebrochen.“
„Vielleicht lernt sie gerade, wie man dich nehmen muss, um seelisch nicht zerstört zu werden“, meinte Nora trocken.
„Sehr witzig!“
Max schaute von Mutter zu Tochter und war insgeheim froh, ihnen entkommen zu können. Er drückte gerade den Türgriff herunter, hielt aber bei den nächsten Worten seiner Tochter inne.
„Und die Härte war sie auf dieser Party. Also echt, ich glaube, sie war total stoned. Die kleine Merrit! Nicht zu fassen!“
„Das kann ich mir nun wirklich nicht vorstellen“, meinte Nora.
„Bist du sicher?“
„Natürlich bin ich mir sicher!“, meinte Annette.
„Hat sie das schon öfter gemacht?“
„Ne, glaub ich nicht. Ist mir bisher jedenfalls nicht aufgefallen, und sie hängt schließlich ständig an meinem Rockzipfel.“

Am folgenden Tag wiederholte sie alles gegenüber den

Polizeibeamten. Merrit war nicht wieder aufgetaucht und das war inzwischen tatsächlich ein Grund zur Sorge. Ihre Mutter war außer sich.
Schließlich ertrug sie es nicht mehr, sie musste mit jemandem reden. Nachdem ihr Mann zu Hause war und das Telefon bewachen konnte, fuhr sie als Erstes zu Annette. Als sie dort niemanden erreichte, beschloss sie, den Meldorfs einen Besuch abzustatten.
Völlig verstört klingelte sie mehrfach und ließ sich von der erschrockenen Anna zu einem Stuhl führen. „Entschuldigen Sie bitte", schluchzte sie. „Ich wusste mir nicht zu helfen. Was soll ich nur machen?" Sie schniefte und suchte nach einem Taschentuch.
Anna riss ein Papiertuch von der Rolle und gab es ihr. Sie hatte keine Ahnung, wer vor ihr saß. Sie meinte zwar, das Gesicht schon mal gesehen zu haben, sicher war sie aber nicht.
Die Frau schnäuzte sich die Nase, als das Telefon klingelte. Es war Anita. Sie fragte nach Norbert.
„Er ist in der Dusche, muss jeden Moment kommen", erklärte Anna.
„Richte ihm bitte aus, dass wir seit gestern eine unserer Schülerinnen vermissen. Und zwar ein Mädchen, das normalerweise sehr zuverlässig ist. Sie heißt Merrit. Er soll mich zurückrufen, ja?"
„Ja", meinte Anna wie betäubt.
Sie setzte sich zu der Frau an den Tisch und meinte leise: „Sie sind Merrits Mutter?"
Diese nickte.
Anna war sehr erleichtert, als Norbert sich zu ihnen gesellte. Er versuchte, ruhig zu wirken, und doch spürte sie, wie angespannt er war.

„Vielleicht hat sie sich verliebt. Da werden schon mal Normen gebrochen“, meinte er lächelnd und betete, dass es vielleicht wirklich so war.
Merrits Mutter schüttelte entschieden den Kopf. Ihre Augen waren gerötet und ihre Lippen bebten. „Nein. Ich lebe ja nicht auf dem Mond, natürlich ist Merrit nicht mehr das kleine Mädchen. Ich weiß auch, dass sie sich mit einem Klassenkameraden angefreundet hat, Holger heißt er.“
Norbert war überrascht. „Tatsächlich?“
„Wundert Sie das?“
Norbert schürzte die Lippen. „Nun ja … es schien mir immer, als ob der Junge nur Lernen und Arbeiten im Kopf hätte.“ Er grinste schief. „Wahrscheinlich lebe *ich* auf dem Mond. Na, viel kriege ich ja in der Tat nicht mehr mit.“
Merrits Mutter sah ihm in die Augen. „Es tut mir sehr leid, was Sie durchmachen müssen. Hat sich noch immer keine Erklärung gefunden?“
Er schüttelte den Kopf.
Einen Augenblick lang hörte man nur das Ticken der Wanduhr.
„Hat Merrit sich während der Klassenfahrt irgendwie merkwürdig verhalten?“, fragte ihre Mutter nun.
„Nein. Überhaupt nicht. Sie war wie immer. Na ja, sie fiel auch nie auf, sie hält sich gern zurück. Und sie war ununterbrochen mit Julia und Annette zusammen.“
„Ja, leider. Ist mir gar nicht recht, wissen Sie? Von Anfang an hatte ich kein gutes Gefühl dabei. Merrit jedoch himmelt die beiden regelrecht an.“
„Was sagt denn dieser junge Mann, mit dem sie sich angefreundet hat?“, fragte Anna.

„Nicht viel. Er war vorhin kurz bei uns, in der Freistunde, und er sagt, er hätte ihr nur einige Male bei den Hausaufgaben geholfen.

Ich hatte irgendwie den Eindruck, als ob er mir etwas verschwieg. Andererseits kam er mir sehr anständig und geradlinig vor. Und sehr besorgt. Er teilt meine Meinung, Merrit würde auf keinen Fall einfach verschwinden und uns dermaßen im Ungewissen lassen. Ich meine, das würde sie doch nicht tun, oder?“

Sie geriet ins Stocken und fing an zu schluchzen. Ihre Schultern bebten. Anna stand auf und streichelte ihr mit den Händen über den Rücken.

Hilfe suchend sah sie zu Norbert. Der riss die Augen auf, presste die Lippen aufeinander und zuckte mit den Schultern.

„Sollen wir Sie nach Hause bringen? Oder möchten Sie erst noch einen Tee?“

„Nein. Vielen Dank. Ich muss los. Aber Sie brauchen mich nicht zu bringen.“

Mit gequältem Lächeln stieß sie hervor: „Entschuldigen Sie, dass ich Sie so überfallen habe!“

„Aber ich bitte Sie“, erwiderte Norbert ehrlich entrüstet. „Ich bin froh, dass Sie gekommen sind. Rufen Sie uns bitte unbedingt an, wenn Sie von Merrit hören!“

Sie nickte. „Natürlich.“

„Soll ich Sie nicht doch lieber fahren?“

„Nein, nicht nötig. Danke.“

Sie schlurfte mit gebeugten Schultern zum Auto, öffnete die Tür und winkte ihnen noch einmal zu.

In der Wohnung ließ Anna sich auf den nächsten Stuhl fallen, legte die Arme auf den Tisch und bettete ihren Kopf hinein.

„Krätze, Pest und Läusefieber“, murmelte sie in die Ärmel ihres Pullovers. „Ich kann das alles einfach nicht glauben.“

Am Abend war Merrit immer noch nicht aufgetaucht. Zwei Polizeibeamte besuchten nun der Reihe nach Familie, Freunde und Lehrer. Alle beschrieben die Schülerin als zurückhaltend, freundlich und unauffällig. Letztendlich bestätigte sich aber der Verdacht, dass Merrit mit Drogen in Kontakt gekommen war.
Die Beamtin Sabine Held neigte ihren Kopf langsam erst zur linken, dann zur rechten Schulter. „Meine Güte, vielleicht hat sie das Zeugs nur einmal ausprobiert! Sie soll doch sonst in jeder Beziehung so artig sein!“
„Kann sein“, überlegte ihr Kollege Martin Schmehr.
„Andererseits ist das vielleicht gerade das Problem. Sie konnte offenbar mit ihren Freundinnen nicht so ganz Schritt halten.“
„Und warum sollte sie dann verschwinden?“
„Keine Ahnung.“
Sabine raufte sich die Haare mit allen zehn Fingerkuppen. „Das ist ja langsam peinlich hier! Ein Lehrer, der auf der Klassenfahrt angeblich jemanden niedersticht, und eine Schülerin, die verschwindet – und wir? Wir finden nichts heraus. Rein gar nichts … Was ist nur los? Mensch, wir sind auf Sylt und nicht in New York! Normalerweise ist ein Einbruch in ein Juweliergeschäft schon die Sensation und jetzt passieren zwei so komische Sachen kurz hintereinander …“ Sie stutzte.
„Sag mal, das ist doch kein Zufall, oder?“
Er legte den Kopf in den Nacken. „Ich weiß es nicht.

Vielleicht, vielleicht auch nicht. Aber eines weiß ich genau. Wenn die plötzlich unversehrt und guter Dinge wieder auf der Bildfläche erscheint, dann versohle ich ihr den Hintern."
Sie gab ihm einen Klaps gegen den Oberarm.
„Spinner! Wenn das Mädchen unversehrt und guter Dinge wieder auftaucht, dann machen wir drei Kreuze und danken dem lieben Gott."
„Und gehen ein Bier trinken."
Sie lachte laut auf. „Das auch."

Am nächsten Tag war Merrit zurück. Relativ unversehrt, aber keinesfalls guter Dinge.
Ihre Mutter war zu Hause und fiel fast in Ohnmacht, als ihre Tochter plötzlich vor ihr stand.
„Hallo, Mama."
Sie konnte nicht antworten, nahm Merrit nur in den Arm und schluchzte. Diese blieb mit hängenden Armen stehen und ließ es über sich ergehen. Als Stella merkte, dass ihre Umarmung nicht erwidert wurde, ließ sie langsam los und ging einen Schritt zurück.
„Was ist passiert?", flüsterte sie kaum hörbar.
Merrit sah sie zwar an, antwortete aber nicht.
„Kind, sag mir, was passiert ist!"
Ihre Tochter schüttelte den Kopf. „Ich will duschen und schlafen. Bitte, lass mich in Ruhe."
Sie drehte sich um, ging ins Bad und schloss ab.
Ihre Mutter hämmerte gegen die Tür.
„Merrit, ich muss bei der Polizei Bescheid sagen und in der Schule!"
Die Badezimmertür öffnete sich abrupt. Stella prallte zu-

rück, als Merrit losschrie. „Polizei? Was soll das denn? Die sollen mich bloß alle in Ruhe lassen!“
„Beruhige dich. Komm her …“
„Nein!“ Die Tür wurde wieder zugeknallt.
Völlig geschockt blieb ihre Mutter vor der Tür stehen. Sie hörte, wie die Dusche anging und geraume Zeit das Wasser lief. Die schlimmsten Horrorszenarien gingen ihr durch den Kopf. Schließlich überwand sie sich und griff zum Telefon.
Sie erklärte, dass ihre Tochter nicht bereit wäre, zur Wache zu kommen, und bat die Kommissare um einen Besuch. Diese ließen sich nicht zweimal bitten.
Gerade, als sie die Wohnung betraten, kam Merrit endlich aus dem Bad. Sie hatte ein Handtuch wie einen Turban um ihren Kopf geschlungen und ein großes Handtuch um den Körper gewickelt. Entsetzt prallte sie zurück.
Die Polizistin war ebenfalls entsetzt. „Sie haben geduscht?“
„Ist das verboten?“, kam es patzig zurück.
„Scheiße!“
„Also, Sabine!“, meinte ihr Kollege.
Sie sah ihn an. „Du weißt, was das bedeutet.“
Er nickte.
Mutter und Tochter sahen sie verständnislos an.
Die Beamtin sah zur Mutter und erklärte: „Sollte Ihre Tochter vergewaltigt worden sein, werden wir jetzt kaum noch Spuren finden, die zur Überführung des Täters führen könnten.“
Merrit starrte sie an und rannte in ihr Zimmer.
Ihre Mutter verlor derweil jegliche Gesichtsfarbe. Sie führte die Beamten ins Wohnzimmer und schüttelte den Kopf. „Sie rückt mit nichts heraus. Sie sagt einfach gar

nichts. Meine Tochter ist dermaßen barsch, so habe ich sie noch nie erlebt! Oh Gott, mein armes Mädchen. Ich darf gar nicht drüber nachdenken!"

Sie schluckte und war nicht imstande, weiterzusprechen.

Die Beamtin strich ihr sanft über den Arm.

Dann stand sie auf und klopfte an Merrits Zimmertür.

Sie bekam keine Antwort und klopfte nochmals, diesmal energischer.

„Junge Frau, Sie haben die Wahl. Entweder kommen Sie jetzt ins Wohnzimmer und reden mit uns, oder wir nehmen Sie mit. Notfalls auch mit Gewalt!"

Letzteres würde wohl kaum geschehen, doch Merrit nahm ihre Worte ernst und kam ein paar Minuten später zu ihnen. Sie hatte Schrammen im Gesicht, eine leichte Prellung unter dem rechten Auge, die sich bläulich verfärbte, und eine aufgeplatzte Lippe.

Sabine machte sich ein paar Notizen.

„Hast du am Körper auch Verletzungen?"

„Nur ein paar blaue Flecken, nichts Ernstes."

„Darf ich die mal sehen?"

Die beiden starrten sich an. Merrit zögerte, schob dann aber die weiten Ärmel ihres Bademantels hoch. Auf den Armen sah man große blaue Flecken, die nach ein paar Tagen aber abklingen würden. Dann schob sie den Bademantel bis zu den Oberschenkeln hoch. Sie waren unversehrt.

„Alles okay, wie Sie sehen", murmelte Merrit leise und einen Tonfall freundlicher.

Die Beamtin bemerkte dies und wollte die plötzliche Zugänglichkeit nicht aufs Spiel setzen.

Sie kaute auf dem Kugelschreiber, schaute auf ihre Notizen und dann zu Merrit. „Okay, ich werde dich nicht weiter quälen, bitte dich aber dringend, mir ehrlich zu antworten, ja?“

Merrit nickte.

„Hast du noch andere Verletzungen, die du uns hier jetzt nicht zeigen magst?“

Das Mädchen sah ihr ruhig in die Augen und schüttelte den Kopf.

„Nein“, antwortete sie mit fester Stimme.

„Bist du vergewaltigt worden?“

Merrit zuckte kurz zusammen, erwiderte aber den prüfenden Blick.

„Nein.“

„Okay!“

Ihr Kollege unterbrach sie wohl wissend nicht, sondern ließ sie in Ruhe ihre Fragen stellen.

Sabine lehnte sich zurück und fuhr fort.

„Trotzdem hast du leichte Verletzungen, zum Glück nicht schlimm, aber dennoch sind sie da. Was ist passiert?“

Merrit sah zur Seite, gespannt beobachtet von drei Augenpaaren.

„Ich bin entführt worden.“

„Was?“ Das kurze Wort kam krächzend aus dem Mund ihrer Mutter.

Martin Schmehr hob beide Augenbrauen und nun war es vorbei mit seiner Beherrschung. „Du bist also entführt worden“, stellte er mit unbewegter Miene fest.

„Ja“, kam es trotzig zurück.

„Und dann?“

Erstaunt schaute Merrit ihn an. „Bitte?“

„Was ist dann passiert?“

Gebannt beobachteten alle das Mädchen. Sie suchte nach

Worten. Sie blinzelte, versuchte, Haltung zu bewahren. Dennoch füllten sich ihre Augen mit Tränen. Wortlos rückte ihre Mutter dichter an sie heran und nahm sie in den Arm. Merrit ließ es zu, blieb aber steif sitzen.

„Er hat mich eingesperrt."

Merrit starrte auf die Zeitschrift, die vor ihr auf dem Tisch lag.

„Herrgott noch einmal, nun lass dir doch nicht jedes Wort aus der Nase ziehen!", brüllte Martin plötzlich los.

Die Frauen zuckten zusammen, einschließlich seiner Kollegin.

Sie legte ihm eine Hand auf den Arm. „He, Martin, mach langsam, sie steht unter Schock."

Er räusperte sich, verschränkte die Arme und schaute mit zornigem Blick auf seine Schuhspitzen. „Entschuldigung."

„Gut", fuhr Sabine leise fort. „Er hat dich also entführt, eingesperrt, und offenbar hat er dir auch etwas zu essen und zu trinken gegeben, ja?"

Merrit nickte.

„Und er hat dich nicht vergewaltigt."

Kopfschütteln.

„Was wollte er dann?"

Schulterzucken.

„Er muss dir doch irgendwas gesagt haben. Ich meine, warum hat er das getan?"

Wieder Schulterzucken.

„Und dann hat er dich einfach wieder freigelassen?", fragte sie ungläubig.

„Nein, ich bin getürmt."

„Hast du daher deine Blessuren?"

Die blauen Flecken in ihrem Gesicht sahen allerdings

nicht ganz frisch aus, sie verfärbten sich leicht grünlich.
„Nein", bestätigte Merrit diese Beobachtung. „Ich habe mich natürlich gewehrt, als er mich einsperrte. Daher sind die Flecken. Ist aber nicht so schlimm."
Schmehr trommelte mit den Fingerspitzen auf der Kante der Tischplatte herum und hatte sichtlich Mühe, den Mund zu halten.
Sabine warf ihm einen warnenden Blick zu und fuhr fort: „Wo warst du eingesperrt?"
„Ich weiß es nicht genau. In einem Keller in so einem Haus auf der Düne. In Braderup." Sie schlug die Hände vor das Gesicht und schluchzte. „Ich weiß nur noch, dass ich gerannt bin, gerannt und gerannt und nun will ich schlafen. Ich kann Ihnen sowieso nicht mehr erzählen!"
Sie sprang auf und lief in ihr Zimmer.
Sprachlos schaute ihre Mutter hinterher und flüsterte: „Hoffentlich stimmt es. Ich meine, dass sie nicht vergewaltigt wurde."
Die Polizisten verabschiedeten sich. „Bitte rufen Sie uns unbedingt an, falls sie Ihnen noch etwas erzählt, ja?"
Stella Bohn nickte ernst. „Natürlich."
Draußen explodierte Martin.
„Das stinkt doch zum Himmel! Nein, zur Hölle!" Seine Stimme bekam einen sehr hohen Ton und er wackelte dazu mit dem Kinn in kleinen hektischen Bewegungen.
„Sie ist entführt worden, einfach mal so, saß zwei Tage in einem Keller und ansonsten ist nichts passiert?" Er schlug sich mit der geballten Faust gegen den Brustkorb. „Mag sein, ich bin nur ein kleiner Inselpolizist, aber ich bin doch nicht bescheuert!"
Er kickte einen Stein mit voller Wucht gegen die Hauswand.

„Ich find' das alles auch seltsam", gab Sabine zu.
„Ich fürchte, sie ist missbraucht worden und will es nicht zugeben, weil sie sich schämt und Angst hat vor peinlichen Fragen und Untersuchungen."
„Die hätten ja nach der ausgiebigen Dusche sowieso nicht mehr viel Sinn", stellte er verächtlich fest.
„Nun mach mal einen Punkt ja?" Sie blieb stehen und hielt ihn am Arm fest.
„Vermutlich ist das arme Ding zwei Tage lang gequält worden, und so tragisch das für die Ermittlungen ist, kann ich dennoch gut verstehen, dass sie zu Hause sofort unter die Dusche gesprungen ist! Verdammt!"
Verblüfft über ihren Ausbruch sah er sie an. Er holte tief Luft und meinte dann leicht beschämt: „Du hast ja recht. Es macht mich halt wahnsinnig, dass sie so gar nichts erzählt. Sie lässt niemanden an sich heran, und wenn es auch verständlich ist, so ist es dennoch tragisch, oder etwa nicht? Wahrscheinlich bleibt es dabei und dieser Kerl läuft weiter frei herum und sucht sich die Nächste. Und wir können es nicht verhindern."
Er wurde immer lauter. „Das ist doch echt zum Schweinekotzen, oder etwa nicht?"
„Ist es", stimmte sie zu. „Wir müssen dieses Scheusal wenigstens finden."
Sie blieben stehen und sahen sich an.
„Du denkst, was ich denke, oder?", fragte Sabine.
Er nickte.
Sie klingelten erneut und nahmen die fluchende Merrit mit, damit sie ihnen den Ort des Geschehens suchen half. Ihre Mutter blieb erschüttert in der offenen Tür stehen und sah ihnen nach.

Sabine saß mit Merrit auf der Rückbank. Sie waren jetzt schon dreimal im Kreis gefahren. Sie legte eine Hand auf den Arm des Mädchens. „Nun komm schon“, bat sie leise. „Je schneller wir hier fertig sind, desto eher können wir alle nach Hause.

Merrit nickte.

Allerdings sollte sie heute Abend nicht nach Hause zurückkehren.

Plötzlich riss sie den Arm hoch und tippte gegen die Scheibe.

„Da! Da vorn bin ich gestürzt. Hier muss es irgendwo gewesen sein!“

Sie hatten zwei Kollegen als Verstärkung angefordert und so ging Schmehr mit ihnen voraus. Sabine und Merrit folgten in einigem Abstand. Bevor die Frauen am Ziel waren, kamen die Männer schon wieder zurück. Einer sprach aufgeregt in sein Handy, während Schmehr die Augen verdrehte und auf Sabine zuging.

„Na?“, fragte Sabine. „Ist der Vogel ausgeflogen?“

Schmehr schüttelte den Kopf. „Neee! Dieser Vogel kann nicht mehr fliegen.

Sabine legte den Arm fest um Merrit, sah Martin Schmehr aber weiterhin fest in die Augen. „Er ist tot?“

Sie bekam ein stummes Nicken zur Antwort.

Plötzlich schrie Merrit auf. „Tot? Er ist tot?“ Ihre Beine gaben nach. Rasch stützten sie das Mädchen und gingen mir ihr zurück zum Auto.

Sie lehnte mit dem Rücken gegen die Fahrertür und starrte zum Haus hinüber.

Martin musterte Merrit eingehend. „Sie sagten, sie hätten sich gewehrt. Mit einem Messer?“

Mit weit aufgerissenen Augen sah sie ihn an und nickte kaum merklich. „Da lag eins“, flüsterte sie. „Irgendwo lag eins rum. Ich weiß nicht mehr genau, wo …“ Ihre Stimme war nur noch ein Piepsen. „Ich wollte weg. Ich dachte, er wird mich erst vergewaltigen und dann töten …“ Sie rang nach Atem. „Er hat geblutet. Aber er war doch nicht tot!“ Eine dunkle, bedrohliche Wolke legte sich um Merrits Bewusstsein. Wie in Trance nahm sie wahr, dass sich ein ganzes Aufgebot an Fahrzeugen mit blauen Lichtern näherte.

Der Notarzt traf fast zeitgleich mit einem Rettungswagen ein. Kurz darauf kamen zwei Wagen der freiwilligen Feuerwehr.

Bestürzt sahen Merrit und Sabine dem geschäftigen Treiben zu. Es schien eine Ewigkeit zu dauern, bis Martin wieder zu ihnen stieß.

Er fuhr sich mit den gespreizten Fingern durch seine übrig gebliebene Haarpracht. „Das gibt Arbeit“, stöhnte er. „Die Mordkommission aus Flensburg ist unterwegs. Die Gerichtsmediziner kommen aus Kiel, die schaffen es heute nicht mehr.“

Sabine nickte. „Also muss alles bleiben, wie es ist. Hast du den Feuerwehrleuten schon Bescheid gesagt?“

„Ja, sie bringen noch zwei Wagen mehr und leuchten alles aus. Von unseren Kollegen der Bereitschaft bleiben zwei in der Wache, Verstärkung kommt von der Schutzpolizei.“

Wiederum nickte sie. „Und wir bleiben natürlich auch.“

Sie zog eine Augenbraue hoch. „Doch ein wenig wie im Tatort, was?“

„Bleibt nur zu hoffen, dass wir ebenso erfolgreich sein werden wie die Kommissare im Fernsehen.“

„Was sagt der Arzt?“
Martin warf einen raschen Blick auf Merrit. „Er hält sich sehr bedeckt. Hat nur offiziell den Tod bestätigt und die Sanitäter weggeschickt. Er meint, der Rest sei Sache der Gerichtsmediziner. Inoffiziell meinte er, es sei nicht allzu wahrscheinlich, dass der Mann an dem Messerstich gestorben sei, allerdings will er sich nicht hundertprozentig festlegen, da auf jeden Fall sehr viel Blut geflossen ist.“
Sabine sah ihn mit unbewegter Miene an. Betont ruhig sagte sie dann zu Merrit: „Kommen Sie, wir fahren.“
Das Mädchen ließ sich in den Wagen bugsieren. Sie hatte noch immer nicht ganz realisiert, was geschehen war.
„Kann ich zu meiner Mutter?“, fragte sie.
Sabine sah sie mitleidig an. „Tut mir leid, aber das geht nicht. Wir werden Ihre Mutter aber sofort benachrichtigen.“
Merrit musste mit zur Wache. Schreckensstarr ließ sie alles über sich ergehen. Man nahm sie mit in den zweiten Stock des Dienstgebäudes und führte sie in ein Büro der Kriminalpolizei, um ihre Daten aufzunehmen. Dann ging es zwei weitere Treppen aufwärts in einen winzig kleinen Raum. Links gab es ein Waschbecken und rechts eine Art Zeichenbrett.
Sämtliche Hysterie war von Merrit abgefallen. Sie stand unter Schock. Wahrscheinlich habe ich einen schlechten Rausch, redete sie sich ein.
Wie eine Marionette ließ sie ihren Daumen zuerst in die schwarze Tinte und dann auf das Papier drücken. Sie wusch sich die Hände. Jemand sagte ihr, sie sollte keinesfalls erst das Wasser drüberlaufen lassen, sondern mit dem Lösungsmittel beginnen. Sie gehorchte. Es ging einen Raum weiter.

Dann wurde eine Speichelprobe genommen, ein Foto geschossen. Sie wurde gewogen und fotografiert. Man notierte, dass sie keine Tätowierungen oder auffällige Leberflecken hatte.
Jemand griff nach ihrem Arm und zog sie mit sich. Es ging wieder ein Stockwerk hinunter. Willig ging sie mit, um einen Augenblick später zu erstarren, als jemand einen schweren Riegel beiseiteschob und eine sehr massive Tür öffnete.
Sie hörte wie von weitem Sabines Stimme. „Es tut mir sehr leid, Merrit. Aber eine Nacht müssen Sie es aushalten."
Die Worte passierten Merrits Ohren, doch weiter kamen sie nicht. Ihr Verstand weigerte sich, den Sinn zu erfassen.
Ein junger Polizist schob sie ganz sanft vorwärts. Die Tür war noch offen, doch ein Hindernis aus Uniformierten versperrte den Fluchtweg. In Zeitlupentempo ließ Merrit ihre Augen den Raum abtasten. Sie stand in einer winzigen Zelle. Eine hässliche Pritsche, auf der eine in Folie verpackte Decke lag, bildete das einzige Mobiliar. Sabine drängte sich an den anderen vorbei und strich Merrit über den Arm.
„Falls Sie auf die Toilette müssen, klingeln Sie, okay? Sie ist einen Raum weiter. Und wundern Sie sich nicht …" Sabine schluckte.
Ihre Augen waren voller Mitgefühl. „Die Spülung geht nur von außen. Wenn Sie fertig sind, also … Wenn Sie ihr Geschäft verrichtet haben …"
Merrit sah sie verwundert an. „Ja …?"
„Dann klingeln Sie wieder und eine Beamtin schaut nach, ob alles in Ordnung ist, und wird dann von außen spü-

len."
Merrit sah sie an, als ob Sabine den Verstand verloren hätte.
„Ich versteh' nicht ..."
„Morgen früh kommen Sie nach Hause. Versuchen Sie zu schlafen."
Der letzte Satz traf mit voller Wucht. Merrit musste dreimal Luft holen und schlucken, bevor die Worte ihren Körper verließen.
„Ich soll hier schlafen?"
Sabine stand mit hängenden Armen vor ihr. „Es geht nicht anders. Tut mir leid." Rasch wandte sie sich ab, um zwei Sekunden später zur Salzsäule zu erstarren. Ein markerschütternder Schrei hallte von den kahlen Wänden wider. Merrit schrie und schrie.
Einer der Polizisten wollte sie in den Arm nehmen, doch sie schlug um sich und erwischte ihn an der Nase, aus der sofort das Blut schoss. Am Ende mussten drei Männer sie festhalten. Sabine beauftragte jemanden, psychologische Unterstützung anzufordern.
Ausgerechnet in diesem Moment kam Merrits Mutter. Als sie die Schreie ihrer Tochter hörte, stürmte sie die Treppen hoch, dicht gefolgt von zwei Uniformierten.
Sie wurde abgefangen, die Tür wurde schnell geschlossen.
„Lassen Sie mich zu meinem Kind!", brüllte sie.
Sabine hatte Tränen in den Augen. Dennoch baute sie sich vor ihr auf. „Frau Bohn!", brüllte sie mit allem, was sie an Stimme hatte. „Verdammt, wenn Sie Ihrer Tochter helfen wollen, dann hören Sie mir zu!"
Stella Bohn verstummte abrupt. Auf der anderen Seite der Tür tobte Merrit. Sabine wischte sich mit den Handflächen über ihre Mundwinkel. Sie holte tief Luft, um sich

zu fangen.
„Okay! Hören Sie mir zu. Wenn Sie versprechen, sich ruhig zu verhalten, können Sie gleich kurz zu ihr. Ein Psychologe ist unterwegs, ein Arzt ebenso."
Stella liefen die Tränen in Strömen über die Wangen.
Sabine schüttelte sie an beiden Schultern. „Frau Bohn! Haben Sie mich gehört?"
Stella nickte.
„Sie kommt spätestens morgen hier 'raus. Haben Sie verstanden?"
„Ja."
Weiteres verschwieg Sabine der armen Frau. Merrit würde allerhöchstens bis Mitternacht des nächsten Tages in dieser kleinen Zelle schmoren. Ob sie allerdings anschließend nach Hause durfte, das war eine andere Frage.

*

Am Tatort herrschte inzwischen eine gespenstische Szenerie. Mehrere Feuerwehrautos leuchteten das gesamte Grundstück aus. Man hatte sämtliche verfügbaren Polizisten der Insel angefordert. Sie sperrten gerade das Grundstück, damit die Schaulustigen, die mehr und mehr eintrafen, die Arbeiten nicht behinderten.
Nachdem der Psychologe eingetroffen war, fuhr Sabine Merrits Mutter nach Hause und kehrte an den Ort des Schreckens zurück.
Sie traf gleichzeitig mit der Spurensicherung und der Mordkommission ein, zwei Stunden nachdem der hiesige Arzt den Tod festgestellt hatte. Männer in Schutzanzügen begannen mit ihrer Arbeit und sicherten akribisch jeden kleinsten Hinweis. Haare, Fingerabdrücke, Blutspuren,

kleinste Hautfetzen, nichts entging ihnen. Der Tote wurde aus jeder Perspektive fotografiert.
Martin Schmehr kam auf Sabine zugeeilt und begrüßte die Kollegen aus Flensburg. Mit einem Blick auf das Opfer meinte er: „Die werden heute wohl ein paar Überstunden schieben müssen."
Einer der Flensburger, Hinrich Munk, folgte seinem Blick. „Nicht nur heute."
„Ich schätze, wir alle werden in der nächsten Zeit viele Überstunden machen", seufzte Sabine.
Munk nickte. „Aber ein paar unserer Leute bleiben ja hier, um Sie zu unterstützen." Er grinste. „Einer davon bin ich. Auf gute Zusammenarbeit, Frau Kollegin!"
Sie musste trotz der schlimmen Umstände schmunzeln, nickte zunächst Schmehr und dann Munk zu. „Werden wir hinkriegen, liebe Kollegen."
Sie verließen das Gebäude. Geblendet hielt Sabine ihre Hand vor die Augen. „Das ist ja wie im Horrorfilm."
Sie dachte an die vielen Versionen der Geschichte, die morgen noch schneller als der Wind über die Insel huschen würden. Die Menschen hinter den Absperrbändern schauten zum Teil geschockt, zum Teil sehr neugierig zum Haus. Immer wieder versuchte jemand, Polizisten oder Feuerwehrmännern eine Information zu entlocken.
„Das Licht zieht immer mehr Leute an", meinte sie leise.
Hinrich Munk zog die Schultern hoch. „Es geht nicht anders. Der Tote muss hier liegen bleiben, bis morgen früh der Gerichtsmediziner kommt. Und wir dürfen kein Risiko eingehen, dass irgendeine Spur verloren geht."
„Haare und Blutproben des Täters werden also vor ihm selbst in Kiel sein", murmelte Sabine.
„Ja. Das Kriminaltechnische Institut wird die ersten Pro-

ben morgen früh mit Hochdruck untersuchen."
Ein Schauer durchfuhr Sabine. Wieder sah sie zu der Menschenansammlung hinter den Absperrungen. „Was machen wir mit denen? Wenn wir nicht wollen, dass die Gerüchte allzu sehr ausufern, dann müssen wir ihnen irgendwas erzählen."
Munk seufzte. „Es ist noch zu früh. Ich meine, was wollen Sie sagen? Da drinnen liegt ein Toter, der muss jetzt zur Strafe bis morgen früh auf dem kalten Fußboden liegen, da er den Staat eine Unsumme an Geld kostet?"
Sabines Kopf flog herum. Schmehr versuchte noch schnell, sich abzuwenden, dennoch hatte sie sehr wohl registriert, wie er über die Worte des Kollegen gegrinst hatte.
Munks Gesichtsausdruck blieb ernst. „Der Leiter der Mordkommission wird morgen eine Presseauskunft geben. Auch im Fernsehen. Vorher darf kein Wort nach draußen!"
Die übrigen nickten schweigend.
„Morgen früh fahren wir als Erstes zu den Meldorfs", sagte Sabine mehr zu sich selbst.
Bei dem Gedanken bekam sie schon jetzt ein flaues Gefühl im Magen.

Als der Gerichtsmediziner in der Wache eintraf, saßen die Vertreter der Mordkommission und alle Mitarbeiter der Kriminalpolizei Westerland im großen Besprechungsraum am Ende des Flurs. An der Wand hing eine große, weiße Tafel, voll mit Notizen, und der Leiter der Kripo, Max Henningsen, zeichnete gerade eine Skizze des Tatorts. Als ein junger Kollege der Schutzpolizei nach kurzem Klopfen mit dem Arzt eintrat, eilte Henningsen zur

Tür und begrüßte ihn.
„Guten Morgen, Henke ist mein Name. Peter Henke", stellte der Mediziner sich vor.
Gespannt sahen ihn alle an. Er sah sehr müde aus. „Tut mir leid, gestern konnte ich es nicht mehr auf die Insel schaffen, aber der erste Zug heute war meiner."
Gequält grinsend verzog er das Gesicht. „Ich wollte Ihre schöne Insel schon lange mal wieder besuchen, aber die Umstände könnten erfreulicher sein."
Er bekam einen Becher Kaffee in die Hand gedrückt und setzte sich. Die gemütliche Atmosphäre hatte etwas Gespenstisches.
Der Kieler Arzt räusperte sich. „Also ... ich habe den Toten untersucht. Er ist nicht an den Folgen des Messerstichs gestorben. Diese Verletzung hat ihn sehr geschwächt, er hat viel Blut verloren. Doch die Todesursache ist durch eine Atemlähmung verursacht. Dem Äußeren nach, also, ich meine, von seinem unlebendigen Zustand einmal abgesehen, macht er einen sehr ungepflegten Eindruck. Ist Ihnen der Mann bekannt?"
„Ja", erwiderte Schmehr. „Er hat mit Drogen gehandelt und selber auch welche genommen. Eine Zeitlang hat er an einem Methadon-Entzugsprogramm teilgenommen. Doch er flog 'raus, da er Rezepte fälschte und auch sonst sehr unkooperativ war."
Der Arzt nickte. „Vielleicht war es also gar kein Mord."
Schmehr runzelte die Stirn. „Er ist an einer Überdosis gestorben, das ist sicher?"
„Ja", erwiderte Peter Henke. „Stellt sich nur die Frage, ob er es selbst war. Die Kollegen von der Spurensicherung haben zwei Ampullen des Medikaments Dormicum gefunden."

„Das ist Valium, stimmt's?", fragte Max Henningsen.
„Ja, der Wirkstoff heißt Diazepam, hier in flüssiger Form. Der Inhalt zweier Ampullen, das bedeutet 30 Milligramm des Wirkstoffs, wurde ihm direkt in die Vene gespritzt. Das zentrale Nervensystem wurde derart geschädigt, dass der Mann einfach aufgehört hat zu atmen." Er zuckte mit den Schultern. „Als erfahrener Junkie hätte er die Folgen aber sicher einschätzen können."
Er erhob sich. „Sie können Ihren Freund jetzt auf Reisen schicken. Die Spurensicherung ist noch vor Ort, ich denke, das Opfer wird noch heute im Gerichtsmedizinischen Institut auf's Korn genommen."
Ihm blieb der empörte Ausdruck in Sabines Gesicht nicht verborgen und er verbeugte sich leicht. „Entschuldigen Sie meine Ausdrucksweise, man stumpft mit der Zeit ein wenig ab."
Henningsen schüttelte ihm nochmals die Hand. „Ich bringe Sie 'runter."
„Danke, nicht nötig." Mit einem Nicken verließ der Arzt den Raum, steckte noch einmal den Kopf zur Tür hinein und rief: „Vielen Dank für den Kaffee." Und mit einem lächelnden Blick auf Sabine: „Schlechtes Benehmen sollen Sie mir ja nicht nachsagen."
Henningsen setzte sich an den großen Tisch und schaute in die Runde. „Okay, Leute. Ich brauche euch wohl nicht zu erklären, dass es in der nächsten Zeit keinen geregelten Feierabend geben wird. Der Tote ist ein Junkie, der wahrscheinlich nicht nur sich, sondern auch anderen Menschen geschadet hat." Er sah hoch zur Zimmerdecke. „Zum Beispiel unserer Kleinen da oben. Trotzdem ist er offenbar ein Mordopfer." Er blickte auf die vor ihm liegenden Berichte und dann zu den Kollegen der Mord-

kommission. „Auf den Ampullen waren keine Fingerabdrücke, auf dem Messer schon, nämlich die von Merrit. Der Staatsanwalt hat einen Antrag auf Haftbefehl gestellt, das Mädchen wird gleich nach Niebüll zum Amtsgericht gebracht, wo der Haftrichter dann die weiteren Entscheidungen treffen wird."

Sabine gefiel das alles gar nicht. Sie sprang auf. „Das ist doch grausam", rief sie empört. „Sie hat sich nur gewehrt. Jeder Anfänger würde erkennen, dass sie nicht einfach mal so zum Messer gegriffen hat! Sie war verzweifelt. Sie verschweigt uns etwas und sie hat sicher bittere Gründe dafür!"

Schmehr zog sie wieder herunter auf den Stuhl. „Ich glaube nicht, dass sie gelogen hat."

Mit funkelnden Augen sah sie ihn an. „Wie willst du das denn einschätzen können?"

„Ich habe während meiner Dienstzeit durchaus Erfahrungen und Menschenkenntnis sammeln können", erklärte Schmehr ungerührt.

„So ein Quatsch. Du bist ein Mann!"

„Soll heißen?"

„Männer merken es nur selten, wenn eine Frau lügt!"

Ungeachtet der angespannten Blicke der anderen stellte Schmehr klar: „Nur weil ich ein Mann bin, soll ich dümmer sein als du?"

Sabine war hundemüde, gereizt, ihr graute vor den Befragungen der Meldorfs und Merrit tat ihr leid. Verächtlich sah sie ihn von der Seite an. „Weißt du was? Geh doch einfach wieder pennen!"

Wütend verschränkte er die Arme vor dem Brustkorb. „Nichts lieber als das!"

Henningsen bemühte sich, streng zu gucken. Die beiden

ergänzen sich bestens, dachte er. Trotz der Reibereien waren sie ein gutes Team. Dennoch konnte er ihr Verhalten vor den anderen so nicht durchgehen lassen.
„Seid ihr jetzt fertig? Können wir bitte mit unserer Arbeit weitermachen?"
„Natürlich. Sorry", erwiderte Sabine.
Martin nickte stumm.
„Herr Munk, unser Kollege von der Mordkommission, möchte mit uns über die weitere Vorgehensweise sprechen."
Hinrich Munk nickte.
„Beginnen wir ganz von vorn. Das Opfer ist unterwegs nach Kiel. Die drei Obduzenten werden sich seiner annehmen."
„Drei?", rief ein junger Kollege dazwischen.
Munk lächelte. „Ja, der Präparator öffnet den Leichnam, ein weiterer Arzt entnimmt die Organe und untersucht das Opfer. Der Dritte im Bunde spricht alles auf ein Diktiergerät."
Der junge Mann hob abwehrend die Hände. „Danke. Reicht."
Munk grinste ihn an. „Außer dem Staatsanwalt und jemandem aus dem Team der Mordkommission muss auch ein Beamter mit, der vor Ort war."
„Aha", murmelte der junge Kollege und errötete.
Henningsen erlöste ihn. „Ich werde selbst mitkommen."
Als er die erstaunten Blicke von Sabine und Martin bemerkte, erklärte er: „Ihr müsst hier vor Ort weitermachen. Ihr seid schon mit dem Umfeld von Merrit vertraut."
„Genau", bestätigte Munk. „Sie beide werden mit meinem Kollegen und mir eng zusammenarbeiten. Das Lan-

des- und das Bundeskriminalamt sind informiert. Das BKA wird Kontakte mit den tschechischen Behörden aufnehmen, um an die Auslandsdaten zu kommen. Dies erfolgt über Interpol in Prag.
Dann versuchen wir, herauszukriegen, wie das Opfer nach Tschechien gereist ist. Ich fürchte allerdings, dies wird ein dunkler Punkt bleiben.
Wir werden auch jedem kleinsten Hinweis bezüglich der Klassenfahrt nachgehen, das versteht sich von selbst."
„Was ist mit Merrit?", fragte Sabine.
„Schwer zu sagen. Ich denke, sie wird vorerst freikommen.
Das Messer ist übersät mit ihren Fingerabdrücken, doch die Ampullen sind blitzblank. Außerdem haben wir die Spritze noch nicht gefunden."
„Wieso hätte sie ihn überhaupt umbringen sollen?", sinnierte Sabine.
„Vielleicht hat er sie erpresst", warf Martin Schmehr ein. „Und sie wollte ihn loswerden. Wer weiß das schon? Da unsere Kleine offenbar nicht ganz aufrichtig ist, wird es schwierig sein, das Rätsel zu lösen."
Diesmal widersprach sie nicht.

*

Norbert lief seit Stunden am Strand herum. Das Rauschen der Brandung und der frische Wind hatten sein Gemüt beruhigt. Belustigt schaute er zwei kleinen Mädchen zu, die sich einen Spaß daraus machten, so dicht wie möglich am Flutsaum entlangzulaufen, und jedes Mal, wenn eine Welle kam, schreiend die Flucht ergriffen. Er blieb stehen und lachte laut auf, als das Gekreische noch etwas lauter als sonst ertönte, da die Kleinen nicht rechtzeitig reagiert hatten. Eine Ladung Salzwasser traf ihre Hosen. Eine Frau eilte herbei. „Nun ist es genug! Ab nach Hause!“ Sie erntete doppelten Protest, der sie jedoch unberührt ließ. „Es reicht, Mädels.“ Sie hatte ein strampelndes Baby unter den rechten Arm geklemmt und schubste die Mädchen mit der freien Hand genervt voran. Als sie Norberts Schmunzeln bemerkte, lächelte sie ihm leicht gequält zu.

Einigermaßen entspannt kehrte er nach Hause zurück. Pfeifend hängte er seinen Mantel an die Garderobe und rief fröhlich nach Anna.

„Wir sind hier“, kam es ernst aus dem Wohnzimmer zurück.

Wir?

Oh Gott, hoffentlich nicht Annette, dachte er.

Dennoch gab es immer noch eine Steigerung. Als er die angelehnte Wohnzimmertür aufstieß, prallte er zurück.

Die beiden ihm schon bekannten Kripobeamten und zwei unbekannte Männer sahen ihm ernst entgegen.

Einer der beiden stand auf, reichte Norbert die Hand und stellte sich als Hauptkommissar Munk vor. Er zeigte auf den anderen Mann. „Dies ist mein Kollege Böttcher.“

Verwirrt erwiderte Norbert den Händedruck. Zögernd setzte er sich und schaute Anna fragend an.

Diese nahm seine Hand, Tränen liefen ihr über das Gesicht. Ein heftiger Adrenalinstoß durchfuhr seinen Körper. Er legte einen Arm um ihre Schulter. „Um Gottes willen, was ist denn passiert?“

Prüfend sah Munk ihn an. „Wir ermitteln in einem Mordfall.“

Norbert merkte, wie eine Gänsehaut seinen gesamten

Körper überzog. „In einem Mordfall?"
Ungläubig starrte er den Polizisten an. „Hier?"
Der Mann nickte. „Gestern Abend gegen zweiundzwanzig Uhr ist Herr Merleke ermordet worden."
Norbert konnte nicht ganz folgen. „Wer?"
„Der Mann, den Sie in Tschechien niedergestochen haben. Der dann hinterher verschwunden war."
Norbert blieb jedes weitere Wort im Hals stecken. Er fühlte sich, als ob er mit dem Rücken zur Wand stand, Auge in Auge mit einer Horde bewaffneter Wilder. Gefangen in einer Sackgasse.
Bevor er sich fangen konnte, prasselten die nächsten Worte auf ihn nieder.
„Es passierte hier bei uns. Er war übrigens kein Fremder, sondern in einschlägigen Kreisen als Dealer bekannt."
Norbert starrte ihn ungläubig an. „Er ist … er war ein Sylter?"
„Nicht ganz. Seinen Wohnsitz hatte er in Hamburg, soviel wir wissen, er war aber häufig auf der Insel anzutreffen."
Es folgte ein Moment des Schweigens. Nur Annas leises Schluchzen war zu hören.
Dann klammerte sie sich an Norberts Arm. „Was hat das zu bedeuten? Was hat dieser ganze Alptraum zu bedeuten?"
Norbert blieb stumm. Sämtliche Hoffnungen zerfielen wie ein schlecht konstruiertes Kartenhaus.
Ihm dämmerte, dass die schreckliche vergangene Woche noch gar nichts war im Vergleich zu dem, was jetzt auf ihn zukam.
Der Mann, den er offenbar mit dem Messer verletzt hatte, war tot. Wie gelähmt blieb er sitzen und versuchte

verzweifelt, seine wirren Gedanken so zu sortieren, dass ein Satz daraus wurde. Er räusperte sich.

„Der Mann ist hier auf der Insel ermordet worden? Gestern?"

„Ja", bestätigte der Kommissar mit einem Nicken.

Gnadenlos sackte die grausame Wirklichkeit in Norberts Hirn.

Er rieb sich mit der linken Faust über die Nase.

„Wie?"

„Er ist mit einem Messer verletzt worden. So viel kann ich Ihnen sagen. Über die genaue Todesursache dürfen wir allerdings noch keine Auskunft geben."

Ein Stöhnen entführ Norbert. Anna schluchzte auf.

„Warum war er hier?"

„Das wüssten wir gern von Ihnen."

„Von mir?"

„Wieso erstaunt Sie das so?"

Norbert lachte höhnisch auf. „Warum mich das erstaunt? Das fragen Sie ernsthaft? Dann hören Sie mal gut zu: Diese Männer haben mich grundlos angegriffen, keine Ahnung, warum. Ich soll einen von ihnen mit dem Messer verletzt haben, der Verletzte verschwindet, taucht etwas später in Westerland wieder auf und wird getötet. Entschuldigung, aber ich komme da nicht ganz mit! Prügeln gehört nicht gerade zu meinen täglichen Ritualen, wissen Sie? Ganz davon abgesehen, dass ich nicht alle Tage mit ermordeten Männern zu tun habe!

Die ganze Insel redet über mich, die Eltern meiner Schüler spielen verrückt, meine Kollegen wissen nicht mehr, was sie von mir denken sollen. Und ich? Stellen Sie sich vor: Ich bin erstaunt, denn ich habe keinen Schimmer, was mit meinem Leben passiert ist, verdammt noch mal!"

Seine Augen waren auffällig gerötet, sein Gesicht aschfahl, sein Atem ging stoßweise.
Die Polizisten erhoben sich. Sabine und Martin schwiegen, während Hinrich Munk erklärte: „Das tut mir alles sehr leid, Herr Meldorf. Trotzdem müssen Sie uns auf die Wache begleiten."
Anna sprang auf. „Sie verhaften ihn?"
Sabine sah sie mitleidig an. „Beruhigen Sie sich! Wir verhaften ihn doch nicht. Wir geben alles zu Protokoll, und dann kommt Ihr Mann wieder nach Hause."
Während Norbert seinen Mantel anzog, nickte er Anna zu. „Es wird sich alles aufklären, Schatz. Das verspreche ich dir."
Sie eilte zu ihm, so schnell es ihr Knöchel zuließ, und warf sich weinend in seine Arme. Schwer seufzend drückte Norbert sie an sich und schaute über ihren Scheitel Kommissar Munk an. Leider konnte er seinem Gesichtsausdruck nicht entnehmen, was er gerade dachte. Sanft schob er Anna von sich.
„Am besten rufst du Anita an."
Sie schniefte und wischte sich wie ein kleines Kind mit dem Handrücken über die Nase.
„Ja."
Die kleine Polizistenschar ging. Anna blieb eine ganze Weile regungslos stehen und starrte die geschlossene Tür an, bevor sie zum Telefon schlurfte.
Anita war nicht zu Hause und rief auch während der nächsten halben Stunde nicht zurück. Anna wurde immer unruhiger, sie rief Norbert auf dem Handy an.
Er hatte es ausgeschaltet.
Sie zog die Gardine zur Seite und schaute aus dem Fenster in der Hoffnung, dass er jeden Moment mit schwung-

vollem Schritt den Weg entlangkam.
Doch es kam niemand.
Seufzend setzte sie sich. Sie hatte das ganz starke Bedürfnis, sich zu bewegen, zum Strand zu gehen oder Fahrrad zu fahren, aber ihr schmerzender Fuß ließ derartige Aktivitäten noch nicht zu. Anna nahm sich vor, demnächst intensiv Sport zu treiben, nicht nur wie bisher einmal die Woche. Sie besuchte mit ihrer Freundin Karin einen Gymnastik-Kurs, aber das war's auch schon. Sie überlegte, was am besten in Frage käme: Vielleicht sollte sie joggen gehen oder irgendeine Kampfsportart erlernen. Sie brauchte etwas, das ablenkte, etwas zum Auspowern. Sobald ihr Fuß wieder völlig in Ordnung war, wollte sie beginnen.
Sie zuckte zusammen, als das Telefon klingelte, und riss den Hörer ans Ohr. In der Hoffnung, es sei Anita, rief sie atemlos: „Ja?"
Doch es war Annettes Vater. „Hallo, Frau Meldorf. Ich hoffe, ich störe Sie nicht."
Sie atmete aus. „Nein, natürlich nicht."
„Ich bin jetzt auf der Insel, wann könnte ich vorbeikommen?"
„Wann immer Sie möchten, nur …" Sie stockte.
„Ja?"
„Also, vormittags bin ich in der Schule. Ansonsten geht es natürlich jederzeit."
Sie schluckte.
„Frau Meldorf?"
Sie war nicht imstande, weiterzureden.
„Frau Meldorf, ist alles in Ordnung mit Ihnen?"
Sie schüttelte den Kopf und erstickte fast in ihrem Bemühen, ihm zu antworten.

„Ich komme", hörte sie ihn noch sagen, dann legte sie auf.

Der Anwalt und Norbert kamen fast gleichzeitig an. Überrascht schüttelte Norbert ihm noch vor der Haustür die Hand. „Hallo, Herr Singer! Bin ich froh, dass Sie da sind."

Er schloss die Tür auf und bat ihn hinein.

Anna saß in der Küche, das Gesicht in die Handflächen gestützt, und starrte auf die Tischplatte.

Norbert stellte sich hinter sie und legte ihr seine Hände auf die Schultern. Herr Singer folgte ihm zögernd und streckte ihr die rechte Hand hin.

Sie sah hoch, lächelte ihn gequält an und erwiderte den Händedruck.

Langsam stand sie auf. „Ich hole uns was zu trinken. Geht doch schon ins Wohnzimmer."

Bald darauf roch es nach frisch aufgebrühtem Kaffee. Norbert hatte inzwischen drei Gläser mit Cognac gefüllt.

Singer kam sich sehr verloren vor, er konnte die Situation nicht einschätzen.

„Tja", fing er zögernd an. „Wie Sie wissen, war ich noch einmal in Tschechien. Das angebliche Opfer ist wieder in Deutschland."

Norbert schnaufte und nickte. „Das wissen wir."

Erstaunt sah der Anwalt ihn an.

„Das wissen Sie schon?"

„Ja", erwiderte Norbert mit gänzlich unbewegtem Gesichtsausdruck. „Ich kenne sogar seinen genauen Aufenthaltsort."

Singer lehnte sich vor. „Wie bitte? Wo ist der Mann?"

„Zwischenzeitlich war er hier. Seine Seele ist gerade auf dem Weg in die Hölle und die körperliche Hülle in Kiel. Auf dem Seziertisch.“
Singer wollte gerade einen Schluck Cognac trinken, verschluckte sich, hustete und verschüttete den größten Teil des Getränks auf seiner Hose. Er sah aus, als ob er gerade erfahren hätte, dass seine rechte Hand sechs Finger hätte.
Als er wieder normal atmen konnte, fragte er ungläubig: „Er ist tot?“
Norbert presste die Lippen zusammen und nickte. „Ich komme gerade von der Polizeiwache.“ Er rang nach Worten.
„Dort können Sie alles genau erfragen, das Gespräch ist per Tonband aufgezeichnet worden.“
Anna trank ihr Glas in einem Zug leer.

*

Julia saß lässig mit gekreuzten Beinen auf dem Bett, mit dem Rücken an die Wand gelehnt, und schaute zu, wie Annette vor dem großen Spiegel prüfend ihr neues Makeup kontrollierte.
Annette drehte sich zu ihr um und meinte barsch: „Mensch, du machst mich ganz nervös.“
Julia sah sie erstaunt an. „Was ist los?“
„Was soll los sein?“
„Das frag' ich dich“, entgegnete Julia trocken und mit hochgezogener Stirn.
„Nichts ist los!“
„Du vermisst den Meldorf“, stellte Julia ungerührt fest.
Ein heftiges Klopfen ließ sie zusammenfahren.
Zwei Sekunden später wurde die Tür aufgerissen und

Annettes Mutter stand in der Tür.
„Oh Gott, Mädels, es ist etwas Furchtbares passiert!"
Annette erstarrte. „Bitte nicht! Mit Herrn Meldorf?"
Prüfend sah ihre Mutter sie an. Sie holte tief Luft, um sich zu fangen, und fragte ruhig: „Wie kommst du denn darauf?"
Sie bemerkte sehr wohl das Flackern in den Augen ihrer Tochter, bevor diese antwortete: „War halt mein erster Gedanke."
Nora Singer sah von einer zur anderen. Die Mädchen starrten sie gebannt und stumm an.
„Nein, es geht um den Verletzten aus Tschechien."
Zwei lange Sekunden lang blieb es still im Raum. „Er ist tot!"
Julias Gesicht wurde überzogen von roten Flecken, sie schluckte und schluckte, sie wollte Fragen stellen, doch sie brachte kein Wort heraus.
Annette starrte ihre Mutter regungslos an.
„Ja", fuhr Frau Singer fort. „Und er ist nicht nur mausetot, sondern auch noch hier." Sie räusperte sich. „Oder war es zumindest."
„Wie – hier?", brachte Julia mühsam hervor.
„Mein Mann", sie verbesserte sich, „mein Exmann hat mich eben informiert. Dieser Mann, Herr Merleke, ist offenbar hier auf der Insel ermordet worden."
Julia sprang auf und rannte ins Bad. Dann hörte man sie würgen und anschließend mehrfach die Toilettenspülung.
„Und was ist mit Herrn Meldorf?", fragte Annette.
„Mensch, was weiß ich denn?", reagierte ihre Mutter gereizt. „Ich nehme an, er steht jetzt unter Mordverdacht."
Ihr Hals hatte rote Striemen. Angespannt beobachtete sie ihre Tochter, die so schrecklich unberührt wirkte. Ande-

rerseits konnte es auch der Schock sein.
„Dein Vater wird uns das sicher gleich mitteilen, denn er ist noch bei den Meldorfs."
Endlich löste Annette sich aus ihrer Erstarrung. „Papa ist noch hier?"
„Ja."
Frau Singer wurde aus ihrer Tochter nicht schlau. Sie war immer verschlossen gewesen, schwierig zu lenken und gnadenlos ihrem Vater gegenüber. Alle Vermittlungsversuche von Seiten ihrer Mutter hatte sie stets abgeschmettert. Und nun hatte sie von allein den Kontakt zu ihm gesucht, hatte ihn liebenswürdig umgarnt und ihn dann einige Zeit später regelrecht fertiggemacht.
Ein Schauer lief ihr über den Rücken. Ihre Tochter war von einer Gefühlskälte, die sie traurig stimmte.
Sie seufzte. „Er kommt gleich, ich rufe euch dann."
Noras Brustkorb hob sich, da sie tief einatmete. Es gab ja schließlich noch eine schlechte Nachricht zu überbringen. Annette sah ihre Mutter fragend an. Doch Nora überlegte es sich anders, verließ rasch das Zimmer und behielt die grausame Tatsache, dass Merrit verhaftet worden war, lieber vorerst für sich.

*

Anna deckte schweigend den Tisch. Sie hatte abgenommen, ihr Gesicht wirkte hager, unter den Augen waren dunkle Schatten.
Gestern hatten ihre Schüler gefragt, ob sie krank sei. Sie hatte zwar vor einiger Zeit versprochen, ehrlich zu ihnen zu sein, doch das war in ihrer Situation momentan nicht möglich. Sie behauptete daher, ein Magen-Darm-Virus

hätte sie erwischt.
Dabei war es nur eine Frage der Zeit, wann alles durchsickern würde. In der Zeitung wurde von einem Toten aus der Drogenszene berichtet, eventuelle Zusammenhänge mit der Klassenfahrt aber nicht erwähnt, um die Ermittlungen nicht zu behindern. Außerdem wollte man die Schüler und auch Norbert schützen. Allen Beteiligten war jedoch klar, dass sich die Geschichte bald wie ein Lauffeuer auf der Insel verbreiten würde, und zwar in diversen Varianten.
Norbert stand am Fenster. Anna stand hinter ihm und schmiegte sich an seine breiten Schultern.
Plötzlich versteifte sich sein Rücken und er nahm sein Gesicht ein Stück vom Fenster zurück.
„Was ist?", flüsterte sie.
„Da ist Susanne."
„Wer?" Sie huschte an seine Seite und sah gerade noch, wie eine junge Frau einen Blick zurückwarf und dann um die Ecke huschte.
„War das deine Kollegin?"
„Ja", murmelte er.
„Wohnt die hier in der Gegend?"
„Nein."
„Vielleicht hat sie jemanden besucht."
„Kann sein."
Müde schlurfte er zum Tisch und ließ sich fallen. Beide hatten keinen rechten Appetit.
„Anna", meinte er schließlich. „Tu mir einen Gefallen und iss etwas!"
„Mach ich doch."
„Wie ein Spatz."
„Du schaufelst das Essen ja auch nicht gerade in dich

hinein!“ Wütend sprang sie auf. „Obwohl ich mir solche Mühe gebe, etwas Leckeres zu kochen. Manchmal denke ich, du merkst gar nicht, was du auf dem Teller hast!“
„Das stimmt nicht“, entgegnete er müde. „Dein Essen schmeckt sehr gut. Du bist eine ausgezeichnete Köchin, aber ich bin eben total angespannt. Tut mir leid.“
„Und ich?“, schrie sie. „Meinst du, ich bin nicht angespannt? Wenn du wenigstens mit mir reden würdest! Aber nein! Du schweigst wie ein Maulwurf!“
Sie fing an, den Tisch abzuräumen.
Verblüfft schaute er auf. „Ich rede doch mit dir.“
Wütend griff sie nach einem Lappen, ließ Wasser drüberlaufen und wischte den Tisch mit einer Kraft ab, als ob sie eine Schicht angetrockneten Safts wegscheuern wollte.
„Du redest mit mir?“ Sie hielt inne, stützte sich mit beiden Händen auf dem Tisch ab und sah ihn an.
„Worüber redest du denn mit mir? Über das Wetter und über das Essen!“
Sie fuhr fort, den Tisch zu schrubben.
„Herrgott, Anna, der Tisch ist sauber!“
Sie stutzte und warf den Lappen mit Schwung in die Spüle.
„Norbert, du fragst, wie es mir geht, was meine Schüler so machen, ob mein Knöchel noch weh tut. Wirklich toll! Über das Eingemachte sprichst du nicht mit mir!“
Nun wurde auch er laut. „Was soll ich denn mit dir besprechen? Ich weiß doch selbst nicht, was los ist! Oder meinst du, ich hätte den Kerl abgemurkst?“
„Nein, aber wenn er noch nicht tot wäre, dann würde ich jetzt dafür sorgen!“
Geschockt sahen sie sich an.

„Sag das bloß nie wieder“, flüsterte er.
„Doch! Wahrscheinlich hat er seine Schulden nicht bezahlt und irgendein anderer verkorkster Dealer hat sich gerächt. Und wir sitzen jetzt deshalb in der Scheiße!“
„Anna!“
„Stimmt doch!“
„Das könnte schon sein, würde aber nicht erklären, warum der Typ in Tschechien war.“
„Ein Zufall war das sicher nicht.“
„Nein.“
„Wenn du damit nichts zu tun hast, dann muss er mit einem der Schüler in Kontakt gewesen sein.“
„Das denkt die Polizei auch. Wobei die Ermittler nicht so recht an meine Unschuld glauben. Ist ja auch abgefahren, das alles.“
Er schüttelte den Kopf. „Keiner hat auch nur im Entferntesten eine Idee, nicht mal Anita.“
„Aber ihr beiden müsst auf der Fahrt doch etwas mitbekommen haben. Irgendwas!“
Er schüttelte den Kopf und sah zum Fenster.
Prüfend beobachtete sie ihn. „Du verschweigst mir etwas. Norbert, bitte versuche nicht, mich zu schonen. Diese Unwissenheit macht mich wahnsinnig!“
Er stand auf, streichelte ihr über das Haar und meinte: „Komm, wir sind beide müde.“
Sie blieb sitzen. Sie hatte einen Knoten im Magen und einen Horror vor dem nächsten Tag. Ihr Leben zerbröselte. Ihre Mutter setzte sie mehr denn je unter Druck, Norbert zu verlassen. Wenn sie aus dem Haus ging, meinte sie zu spüren, dass alle über sie tuschelten. In der Schule war sie unkonzentriert. Ihrem Mann war sie keine Stütze, sondern wieder mal eine Belastung.

Sie legte den Kopf auf den Tisch und wollte weinen. Doch ihre Augen blieben trocken. Sie fühlte sich gefangen in einer trostlosen Schwärze.
Wenn jetzt einer käme und ihr Drogen anböte, die sie aus diesem unerträglichen Loch herausholten, dann würde sie annehmen. Verbittert lachte sie auf.
So lief das also. Kein Wunder, dass die Dealer so ein leichtes Spiel hatten. Es gab also noch mehr Menschen, denen es dermaßen schlecht ging, dass sie alles tun würden, um dieser Hölle zu entkommen. Um kurz darauf in die nächste Hölle zu geraten. Aber darüber war man nicht imstande nachzudenken. Man wollte nur weg.
Sie stand auf und schlurfte zum Schlafzimmer. Sie öffnete die Tür ein wenig. „Norbert?"
Er antwortete nicht. Ich war klar, dass er noch nicht schlief, sondern einer Fortsetzung des Gesprächs aus dem Weg gehen wollte. Sie zog die Tür wieder zu.
Dann holte sie den Cognac und schenkte sich ein.
Sie wusste, der Alkohol würde ihr nicht bekommen, doch was spielte das für eine Rolle? Nach drei weiteren Gläsern ging auch sie zu Bett in der Hoffnung, zu schlafen und zu vergessen.

*

„Kind, wie siehst du denn aus?" Annas Mutter presste die Handflächen aneinander und zog sie zur Nase.
„Hallo, Mama, komm 'rein!"
Anna zerrte ihre Mutter am Ärmel in den Flur und zog die Tür zu.
„Die Leute quatschen auch so schon genug."
Ella Richards zog sich umständlich den Mantel aus,

hängte ihn an die Garderobe und stellte den Wasserkocher an.
„Setz dich, ich mach das schon“, meinte Anna barsch.
„Ja, ja.“
„Pfefferminz wie immer?“
„Nein, heute brauche ich etwas Stärkeres. Gib mir einen Schwarzen.“
Anna nahm zwei Beutel, tat in zwei große Tassen jeweils einen und füllte alles mit dem brodelnden Wasser auf.
Mit ironischem Gesichtsausdruck sah sie zum Tisch. „Mit Süßstoff wie immer oder heute mit etwas Stärkerem, vielleicht einem doppelten Rum?“
Ella tat, als ob sie den Sarkasmus nicht bemerkte.
„Mit Süßstoff. Kommen wir gleich zur Sache! Du ziehst morgen zu uns!“
Anna fiel die Dose mit dem künstlichen Zucker hinunter. Plastik knallte auf Fliesen, zersprang und hunderte kleine Plättchen verteilten sich auf dem Küchenboden. Sie nahm es nicht wahr.
Ihre Hand blieb in der Luft hängen und ihr Mund öffnete sich stumm.
Sie räusperte sich und sah verblüfft auf den Boden.
Dann stakste sie zum Tisch und setzte sich.
Sie strich sich die Haare aus dem Gesicht und sah ihre Mutter ruhig an. „Hast du Alzheimer?“
Ihr Gegenüber riss beide Augenbrauen hoch. „Bitte was?“
„Mutter, ich bin seit Jahrzehnten volljährig. Hast du das vergessen?“
„Hör auf mit dem Unsinn! Was soll das?“
„Ich rede Unsinn? Du kommst hierher und sagst, was ich tun soll? Wir sind alle in einer Ausnahmesituation, aber

das geht zu weit!"
„Eine Ausnahmesituation ist die Untertreibung des Jahrhunderts. Willst du mit einem Mörder in einem Bett schlafen?"
Anna sprang so heftig hoch, dass ihr Stuhl zurückflog und kippte.
„Du weißt, dass es nicht stimmt. Es reicht! Hau ab! Verschwinde!" Ihre Stimme überschlug sich.
Ihre Mutter blieb sitzen und kniff die Augen zusammen.
„Keiner weiß, ob es stimmt oder nicht. Aber es könnte stimmen. Woher willst du wissen, ob das Gegenteil der Fall ist? Er ist unter den Verdächtigen und das wird sich sehr bald herumsprechen. Die Polizei war heute bei uns und sie werden auch andere verhören, sie werden in die Schule gehen und was weiß ich wohin. Und dann ist es bald 'rum!"
„Und?"
Ella sprang nun ebenfalls auf und die beiden Frauen standen sich wie Kampfhähne gegenüber.
„Was – und? Ich lasse es nicht zu, dass unsere Tochter mit einem des Mordes verdächtigten Mann unter einem Dach lebt."
„Eben war er noch ein Mörder!"
„Egal. Du kommst mit!"
„Nein!"
„Du weißt doch gar nicht, was los war in Tschechien!"
Ein Stich durchfuhr Annas Körper. Das stimmte.
Misstrauen hatte sich wie ein Insekt in ihr Haus geschlichen.
Sie schauderte.
Rasch wandte Anna sich ab und ging zur Garderobe. Dort nahm sie den Mantel und hielt ihn ihrer Mutter hin.

„Bitte geh! Noch weiß keiner, was wirklich passiert ist, und es wird langsam zum Spießrutenlaufen für uns. Wir gehen durch die Hölle!"
Ihre Lippen zitterten.
„Wir bräuchten euch jetzt, Mama! Als Stütze, nicht als Gegner!"
„Du brauchst uns jetzt!"
Anna musterte ihre Mutter mit schmerzerfülltem Blick. Sie presste die Lippen aufeinander und wedelte den Mantel wild in der Luft hin und her.
Wütend riss Ella diesen an sich und stürmte ohne ein Abschiedswort aus der Wohnung.
„Das halt ich einfach nicht aus", murmelte Anna. „Ich halte es nicht mehr aus."
Erschüttert blieb sie mit dem Rücken an die Wand gelehnt stehen und schloss die Augen. Sie war heute nicht imstande gewesen, zur Schule zu gehen. Die ganze Nacht hatte sie gegrübelt und zum Frühstück keinen Bissen heruntergebracht. Norbert hatte eine Tasse Kaffee heruntergestürzt und gemeint, er bräuchte frische Luft.
Wenn sie weiterhin beide zu Hause blieben, würde sie das in den Wahnsinn treiben. Wenn sie nur irgendwas tun könnte! Aber dazu müsste sie Bescheid wissen. Sie spürte, dass Norbert ihr etwas verschwieg. Andererseits würde jeder in seiner Lage sich seltsam verhalten. Er distanzierte sich von ihr, um sie zu schützen. Doch sie wollte das nicht! Sie vermisste seine Nähe, die Vertrautheit zwischen ihnen.
Es war schlimm genug, dass dieser Graben zwischen ihr und ihrer Mutter war, und nun entfernte sich Norbert auch immer mehr. Selbst Anita verhielt sich nicht so wie sonst.

Sie lachte bitter auf. Wie sollte sie auch? Nichts war wie sonst.
Nichts und niemand in ihrem Leben waren noch normal.
Anna versuchte, sich zu beschäftigen. Sie saugte, zog die Betten ab und stopfte die Bezüge in die Waschmaschine. Mit einem lauten Zischen rauschte das Wasser durch die Schläuche.
Zwischendurch sah sie immer wieder aus dem Fenster, in der Hoffnung, Norbert würde zurückkommen.
Schließlich holte sie das Bügelbrett, stellte das Bügeleisen drauf und ließ es vorwärmen. Im Korb hinter ihr lag eine Menge Wäsche, doch sie stand wie gelähmt, beide Hände auf das Brett gestützt, und starrte vor sich hin. Das Telefon ging und sie löste sich aus ihrer Erstarrung, wobei sie vor Schreck zusammenzuckte und das Bügeleisen umwarf. Dabei verbrannte sie sich an der Innenseite des Handgelenks. Es tat höllisch weh. „Verdammte Scheiße!", brüllte sie und riss den Stecker mit solcher Wucht aus der Dose, dass diese gleich mit hinausflog.
Sie ging in die Küche und wartete. Das Telefon klingelte wieder, doch sie ignorierte es.
Wieder und wieder blickte sie aus dem Fenster, doch von Norbert war weit und breit nichts zu sehen.
Das Telefon klingelte erneut. Diesmal nahm sie ab.
„Meldorf?"
„Hör zu, Anna, es tut mir leid, dass ich mich vorhin so aufgeführt habe. Lass uns noch einmal in Ruhe darüber reden …"
„Nein, Mama! Nicht in Ruhe und auch sonst nicht."
„Hör mir doch wenigstens kurz zu. Bitte!"
„Nein, ich höre dir nicht mehr zu!" Anna legte langsam den Hörer auf, schlurfte in die Küche und holte die Fla-

sche Weinbrand aus dem Schrank.
Sie schenkte sich das Glas voller, als man es füllen würde, tränke man in Gesellschaft. Sie verschloss die Flasche und stellte sie gleich wieder in den Schrank. Erst dann leerte sie ihr Glas. Diese Prozedur wiederholte sie dreimal.
Dann putzte sie sich die Zähne, duschte, föhnte sich die Haare und fühlte sich endlich besser. Sie bereitete ein einfaches Mittagessen vor und freute sich, als Norbert eine halbe Stunde später endlich kam.
„Geht es dir besser, Schatz?“, fragte er besorgt. Sie nickte.
In stummer Absprache vermieden sie das heikle Thema, da sie wussten, es würde ihnen eine weitere Mahlzeit verderben.
Schweigend aßen sie.
Immerhin, dachte Anna sarkastisch, wenn wir schon nicht mehr schlafen können, so nehmen wir immerhin feste Nahrung zu uns.
Wir scheinen zu überleben.
Norbert sah sie prüfend an. „Ist alles in Ordnung?“
Fast hätte sie laut aufgelacht. Klar, Schatz, alles bestens!
Doch sie schwieg tapfer und nickte nur.
„Ich geh gleich noch mal ’raus“, meinte er. „Ich halte es hier drinnen nicht aus, tut mir leid.“
Wiederum nickte sie.
„Komm doch mit!“, schlug er vor. Sie zögerte kurz, schüttelte dann aber den Kopf.
„Dann lass uns heute Abend ausgehen.“
„Das geht nicht, ich war nicht in der Schule, da kann ich abends doch nicht ausgehen.“
„Du kannst dich hier auch nicht vergraben. Komm

schon! Falls uns jemand sieht, wird derjenige schon Verständnis haben."
Unwillkürlich musste sie lachen. „Wir sind ja prima Lehrer, wir beide. Schulschwänzer! Richtig gute Vorbilder, oder?"
Er lachte mit. „Wir lassen uns einfach nicht erwischen."
„In Ordnung."
„Bis gleich!"
„Ja."
Norbert lief mit schnellem Schritt die Straße entlang. Er wollte nur noch einmal die Düne hinauf, sich den Wind um die Nase wehen lassen. Dann würde er sich kurz in der Schule melden und vor allem würde er bei Anita anrufen und fragen, wie sie Merrits Befinden einschätzte. Merkwürdige Geschichte, dachte er. Dass so etwas hier bei uns passiert. Wer hätte das gedacht?
„Herr Meldorf!"
Er schrak zusammen, blieb stehen und drehte sich um. Seine Gesichtszüge nahmen einen angespannten Ausdruck an.
„Annette!"
Wenig begeistert gab er ihr die Hand.
Als er sie wieder zurückziehen wollte, hielt sie diese fest.
Einen Augenblick stutzte er, dann zog er die Hand mit einem Ruck weg.
„Was soll das?", fragte er gereizt.
„Was das soll? Du weißt genau, was das soll!"
„Und du hast gesagt, keiner würde es erfahren. Habe ich nicht genug Probleme?"
„Na und? Ich habe nicht länger vor, die zweite Geige zu spielen."
Entsetzt sah er sie an. „Du hast nie mitgespielt, Annette.

Das weißt du genau! Du hast mich überrumpelt damals. Und ja, ich bin selber schuld, doch es war ein einmaliger Fehler. Annette, bitte, mach uns nicht allen das Leben kaputt!“

Sie warf den Kopf in den Nacken. „Hast du plötzlich ein schlechtes Gewissen? Komm schon, du musst ja deine abgenutzte zweite Hälfte deswegen nicht gleich vom Sofa schmeißen.“

Er dachte an Annas schöne Augen mit den lustigen Lachfältchen drum herum. An ihre weiche Haut und ihren vertrauten Duft.

Dann sah er Annette stumm an. Äußerlich makellos, sexy gekleidet, raffiniert geschminkt und auf den ersten Blick aufregend anzusehen. Doch er sah auch etwas anderes: ihre zusammengekniffenen bösen Augen, ihr vorgerecktes spitzes Kinn, ihre lila bemalten schmalen Lippen. Sie war nicht halb so alt wie Anna, konnte ihr aber bei weitem nicht das Wasser reichen.

„Was starrst du mich so an?“, fauchte sie.

Komisch, dachte er, wie abstoßend so ein hübsches Ding sein kann. Er wollte nur noch weg und drehte sich um.

Sie folgte ihm. „Oh nein! Du lässt mich nicht eiskalt im Regen stehen, mein Lieber. Das kannst du mit mir nicht machen!“

Norbert blieb so abrupt stehen, dass sie gegen ihn prallte. Er brachte ihr Gesicht ganz dicht an ihres und meinte: „Doch. Kann ich!“

Dann eilte er weiter. Diesmal hielt sie Schritt und kreischte: „Das wirst du mir nicht antun! Niemand versetzt eine Frau wie mich!“

„Du bist eine Göre, eine Frau musst du erst noch werden!“

„Das wirst du bitter bereuen!"
„Ich bereue jetzt schon so viel, da kommt es auf ein wenig mehr auch nicht an. Glaub mir."
„Sag das nicht!" Sie zerrte an seinem Arm. „Verdammt! Bleib stehen!"
Er kam der Aufforderung nach. „Und nun?"
„Was siehst du?"
Ein heimtückisches, zorniges und arrogantes Geschöpf, schoss es ihm spontan durch den Kopf.
Er wollte sie jedoch nicht noch mehr reizen, also sprach er seine Gedanken nicht aus, sondern sagte: „Ein hübsches junges Mädchen, das sich wegen einer fixen Idee gerade ihr Leben versaut."
„So ein plattes Gesülze! Wie gesagt: Ich lasse mich nicht einfach so abschütteln. Wann und wo können wir uns treffen?"
„Gar nicht!"
„Dann erzähle ich deiner Frau alles."
Eine merkwürdige Ruhe durchströmte seinen Körper. Er sah sie an und grinste. „Brauchst du nicht. Sie weiß es schon."
Das war geblufft, erzielte aber seine Wirkung.
Sie zuckte zusammen, als hätte sie einen Schlag auf den Kopf bekommen, starrte ihn eine Sekunde verwirrt an und rannte davon, so schnell es ihre hochhackigen Stiefel erlaubten.
Nun hatte er keine Wahl mehr. Heute Abend würde er Anna die Wahrheit sagen. Es hätte es längst tun sollen.
Anschließend sollte sie bestimmen, wie es mit ihnen weiterging. Auf jeden Fall war er dann nicht mehr erpressbar. Und es war allemal besser, als wenn sie es von Annette erführe.

Diese warf ihm aus der Ferne noch die bösesten aller bösen Schimpfwörter hinterher, doch es ließ ihn unberührt.

„Du bist schon zurück?“, fragte Anna überrascht.
„Ja. Lass uns noch in Ruhe einen Kaffee trinken, bevor wir losgehen. Falls du mich dann noch irgendwohin begleiten möchtest.“
Argwöhnisch sah sie ihn an.
Wie dünn sie geworden ist, dachte er schuldbewusst. Ihre Kleidung hängt ja nur noch an ihren Knochen.
Er ging zu ihr, nahm sie in den Arm und drückte sie vorsichtig an sich. Während er ihren Rücken streichelte, murmelte er: „Anna, ich muss dir etwas sagen, und es wird sehr schmerzlich.“
Sie versteifte sich.
„Ich weiß nicht, ob ich es hören möchte.“
Er schob sie von sich, hielt sie aber an beiden Schultern fest. Es tat ihm körperlich weh, ihr das antun zu müssen, aber es gab keinen Aufschub mehr.
„Anna, ich würde es dir so gern ersparen … Es tut mir so entsetzlich leid.“ Er erstickte beinahe an seinen eigenen Worten.
Mit weit aufgerissenen Augen starrte sie ihn an.
„Du hast ihn also doch umgebracht?“ Ihre Beine gaben nach, sie taumelte. Rasch führte er sie zum nächsten Stuhl.
Er blieb hinter ihr stehen, seine Hände auf ihren Schultern.
„Nein, oh Gott, Anna, wie kannst du das nur denken?“
„Ich kann überhaupt nicht mehr denken, Norbert. Also sag mir verdammt noch mal, was passiert ist!“

Er hockte sich vor sie und nahm ihre Hand in seine beiden Hände.
„Anna, ich weiß nicht, wie das geschehen konnte, ich wollte es nicht, glaube mir bitte, ich wollte es nicht! Ich war so fertig und ich hatte diese Schlaftabletten genommen …“
„Sag mir endlich, was passiert ist!“
„Ich … ich habe wahrscheinlich mit Annette geschlafen.“
Völlig überrumpelt saß sie da und starrte ihn an. Sie begriff den Sinn seiner Worte nicht.
„Wahrscheinlich?“
Sie schüttelte den Kopf. „Einer von uns beiden hat wohl tatsächlich den Verstand verloren. Vermutlich ich. Tut mir leid, ich kann dir nicht ganz folgen.“
„Ich weiß es doch auch nicht! Als ich aufwachte, lag sie da und hat es behauptet.“
„Sie hat es behauptet? Und du weißt es nicht?“, murmelte sie tonlos. „Aber wahrscheinlich war es so, wie sie behauptet?“
Er sah zu Boden und nickte.
Der Schmerz traf sie plötzlich und mit voller Wucht.
Sie sprang auf und schrie. „Bist du völlig durchgeknallt?“
Sie ballte die Fäuste und knirschte mit den Zähnen. „Er weiß es nicht!“, stieß sie zornig hervor.
„Ich hätte es dir sofort erzählen sollen, ich wusste nicht, wie, es war so schon alles grässlich genug. Und es ging dir so schlecht. Anna! Ich wollte dich schonen.“
„Du elender Feigling! Du Mistkerl! Deshalb drehst du mir jeden Abend im Bett den Rücken zu. Du willst nicht mehr mit mir schlafen, weil du von einem hübschen Teenager träumst.“

Er stand langsam auf. Sein Gesichtsausdruck bettelte um Verständnis.
„Nein. So ist es nicht. Ich wollte es nicht, weil ich dachte, ich hätte kein Recht dazu. Ich kam mir so schäbig vor."
„Sie ist siebzehn Jahre alt, Norbert! Siebzehn! Jung und knackig. Da kann ich natürlich nicht mithalten!" Ihre Stimme wurde immer schriller.
„Beruhige dich, Anna. Bitte!" Er wollte sie an sich ziehen, doch sie schüttelte ihn zornig ab und fauchte: „Fass mich nicht an! Fass mich nie wieder an!"
„Anna, lass dir doch erklären …"
Ihr Gesicht war aschfahl. „Was willst du erklären? Ich kann dir sowieso nichts mehr glauben. Wir stecken inmitten diesem ganzen Müllberg, wo kein Mensch mehr weiß, was los ist. Wir suchen die Nadel im Heuhaufen und wissen nicht mal, welche Nadel wir suchen!"
Ihre Stimme wurde leiser und triefte vor Ironie. Sie spitzte die Lippen. „Und so ganz nebenbei erfahre ich, dass mein Mann mich die ganze Zeit angelogen hat."
Sofort schwoll ihre Stimme wieder an. „Wer weiß, womit du noch hinter dem Berg hältst! Wer weiß das schon? Ich jedenfalls nicht!"
Er duckte sich unter jedem ihrer Sätze. Alles, was sie sagte, stimmte.
Besorgt beobachtete er sie. Ihre Augen blieben trocken, sie hatten jeglichen Glanz verloren.
Kein Wunder in Anbetracht dessen, was sie mitgemacht hatte.
„Soll ich heute auf dem Sofa schlafen? Oder möchtest du, dass ich sofort ausziehe?", fragte er leise.
„Das ist mir scheißegal! Wie alles andere inzwischen auch!"

Sie wandte sich ab.
Wieder einmal nahm er seine Jacke und ging zum Strand. Wenn dieses kleine Miststück mir jetzt noch einmal auflauert, dachte er, dann werde ich tatsächlich zum Mörder. Er lief in Richtung Wenningstedt, blieb dann und wann stehen, um ein paar Möwen zuzusehen, die sich um einen Brotkrumen prügelten, oder um spielende Hunde zu beobachten. Er lief und lief, doch diesmal konnte die frische Brise seine trüben Gedanken nicht verscheuchen. Eine Woge der Verzweiflung nahm von ihm Besitz. Er blieb stehen und sah auf das Meer.
Wütende Wellen brachen sich am Stand, wieder und wieder, nur um sich jedes Mal demütig wieder zurückzuziehen. So wirkte es auf den ersten Blick. Er wusste natürlich, dass diese Demütigkeit täuschend gefährlich war, dass die Wellen jedes Mal ein kleines Stück Land mit sich nahmen.
Der Strand wurde angefressen, und so blieb es ein ewiger Kampf, die Insel gegen das Meer zu verteidigen. Unter großen Mühen und Kosten ließ man Jahr für Jahr Unmengen von Sand durch riesige Rohre wieder an den Strand spülen.
Norbert straffte die Schultern. Während er weiterhin die tosenden Wellen beobachtete, beschloss er, ebenfalls den Kampf aufzunehmen. Er musste sich den Tatsachen stellen. Selbst wenn er Anna zurückgewinnen könnte, wäre es dennoch unmöglich, ein Leben wie vorher zu führen. Sollte sich der Mord an seinem Widersacher nicht aufklären, so würden die Geschehnisse in Tschechien gleichwohl für immer ein Rätsel bleiben.
Wie konnte er unter diesen Umständen erwarten, dass man ihm wieder Vertrauen schenkte? Obwohl Wester-

land circa zehntausend Einwohner hatte, war es trotzdem in gewisser Weise ein Dorf. Er hatte dies immer als angenehm empfunden. Es herrschte eine gewisse Vertrautheit. Viele Eltern seiner Schüler waren ihm persönlich bekannt, und gingen einem Milch oder Eier aus, dann klopfte man ohne Scheu beim Nachbarn an. Beim Einkaufen traf man meist irgendeinen Bekannten, und begegnete man beim Spazierengehen im kleinen Wald einem Fremden, war es selbstverständlich, auch diesen freundlich zu grüßen.

Ja, er liebte das Leben auf Sylt.

Doch nun wurde ihm schmerzlich bewusst, genau diese Vertrautheit würde ihm jetzt das Genick brechen. Die Menschen in seinem Umfeld misstrauten ihm und er hatte nicht die leiseste Idee, wie er diesen Zustand jemals wieder umkehren könnte.

Letztendlich hatte er wohl keine Wahl, als fortzugehen und irgendwo anders neu anzufangen.

Doch zunächst musste er diesen Albtraum noch durchstehen, in der Hoffnung, die Personenschäden ein wenig in Grenzen zu halten, sofern das überhaupt noch möglich war.

Er machte sich auf den Rückweg, tief in Gedanken versunken, ohne dem Meer noch einen Blick zu schenken. Kurz bevor er den Standübergang erreicht hatte, hörte er Kinderkreischen und dann eine mahnende Frauenstimme, die ihm irgendwie vertraut vorkam. Er schaute auf und sah die beiden kleinen Mädchen, die er vor ein paar Tagen schon einmal getroffen hatte. Die Kleinere ging gerade mit einer großen Schaufel auf ihre große Schwester los. Ihre Mutter konnte gerade noch beherzt dazwischengreifen und somit ein Unglück verhindern.

Damit hatte sie ein wahres Meisterwerk vollbracht, denn auf dem Arm hielt sie das Baby, das ihr um ein Haar bei dieser Aktion entglitten wäre und vor Schreck lauthals anfing zu brüllen. Die Frau brüllte nun ihrerseits das Mädchen an, welches von diesem Ausbruch ziemlich unbeeindruckt blieb. Bockig haute sie mit Schwung die Schaufel in den Sand und ließ sie dort stecken. Sie zog eine Schnute und sah ihre Mutter provozierend an. Das andere Mädchen schippte weiter und meinte ohne aufzusehen: „Mensch, Sina, du bist vielleicht eine blöde Kuh."
Dies entfachte Sinas Wut erneut. Sie wandte sich ihrer Schwester zu und schubste sie. „Bin ich gar nicht!"
„Jetzt ist aber Schluss hier!" Die Mutter klemmte sich das kleine kreischende Bündel Mensch waagerecht unter den Arm und griff mit der anderen Hand nach der jüngeren Tochter. Diese entzog sich ihr und rannte zum Wasser.
„Sina! Komm sofort her!"
Sie verstummte peinlich berührt, als sie Norbert am Flutsaum stehen sah. Er hatte die Szene teils erschreckt, teils amüsiert beobachtet und kam nun langsam auf sie zu.
Das Baby war schon tomatenrot angelaufen und hatte Schaum vor dem Mund. Zwischendurch japste es nach Luft. Seine Mutter nahm es wieder richtig in den Arm und drückte es an ihre Schulter. „Schsch, ist ja gut, mein Kleiner. Ist ja gut." Sie schaukelte ihn sanft hin und her, doch er schrie weiter. Eine Möwe flog kreischend dicht an ihnen vorbei und fing mit einer anderen an zu zanken. „Schau mal", meinte sie mit hoher Stimme, „genau wie deine Schwestern." Augenblicklich war das Kind ruhig und sah gebannt dem Treiben der großen Vögel zu. Das kleine Gesichtchen nahm langsam wieder eine gesündere Farbe an, doch es war immer noch verquollen und in den

Augen glänzten Tränen. Rasch griff sie in ihre Jackentasche und zog einen Schnuller hervor, den sie dem kleinen Jungen in den Mund steckte. Dieser sah inzwischen mit großen Augen den fremden Mann an, der nun lächelnd vor ihnen stand.

„Hallo, Sie Arme. Sie haben ja im wahrsten Sinne des Wortes alle Hände voll zu tun."

Sie seufzte. „Das kann man wohl sagen. Vor allem mit diesem sturen Ochsen da vorn!" Sie nickte mit dem Kopf in Richtung ihrer kleinen Tochter, die ihnen den Rücken zugewandt hatte und störrisch auf das Meer schaute.

„Kann ich Ihnen irgendwie helfen?"

Sie errötete. „Nein, bitte entschuldigen Sie diesen Auftritt."

„Was reden Sie denn da?", protestierte er. „Ich habe den Strand doch nicht gemietet."

Sie beobachtete Sina. „Es ist mir trotzdem peinlich. Ich muss leider zugeben, ich habe meine Kinder momentan nicht im Griff."

Verzweifelt versuchte sie, sich zu beherrschen, konnte jedoch nicht verhindern, dass ein paar Tränen über ihre Wange liefen. Sie schluckte. „Oh meine Güte, auch das noch! Was sollen Sie bloß von mir denken?"

„Dass ich nicht der Einzige auf der Welt bin, der Probleme hat", meinte er ungerührt."

Er betrachtete das Baby. „Wie alt ist es?"

Sie drückte ihre Wange an die des Kindes und lächelte. „Sieben Monate. Und ganz schön schwer. Timo wiegt fast sieben Kilo."

„Soll ich ihn mal nehmen, oder hat er dann Angst?"

„Keine Ahnung. Wenn Sie wirklich wollen, können wir es ja mal riskieren."

„Und ob ich will“, meinte er grinsend und stellte fest, dass diese kleine Familie ihn kurzfristig von seinen eigenen Sorgen ablenkte. Es tat ihm unendlich gut. Beherzt nahm er den kleinen Jungen an sich. Dieser schaute ihn überrascht an, suchte seine Mutter und entspannte sich, als er sie dicht neben sich sah. Norbert wirbelte ihn herum und das Kind gluckste vor Freude. Die Erwachsenen lachten ebenfalls. Sina beobachtete dies zunächst verstohlen, kam dann aber betont lässig angeschlendert. Sie stellte sich vor Norbert auf und schaute hoch. Dieser hielt inne und sah sie mit geneigtem Kopf grinsend an.
„Wer bist du denn?“, fragte sie provozierend, was ihrer Mutter erneut die Schamesröte ins Gesicht trieb.
Norbert lachte auf, verneigte sich höflich und sagte ernst: „Gestatten, junge Dame, darf ich mich vorstellen? Mein Name ist Norbert.“

*

Leise öffnete er die Tür und schlich in die Wohnung.
„Du brauchst dir keine Mühe zu geben. Ich schlafe nicht um diese Uhrzeit, auch wenn ich schon ein gesetztes Alter erreicht habe!“
Netter Empfang, dachte er. Auf an die Front! Er hing seine Jacke an den Haken und setzte sich Anna gegenüber.
„Ich hatte auch nicht geglaubt, dass du schlafen würdest“, meinte er müde.
„Frisch siehst du aus“, stellte Anna argwöhnisch fest. „Du hast eine richtig rosige Gesichtsfarbe.“
„Du nicht. Vielleicht solltest du mal mitkommen an den Strand.“

„Was soll ich da? Dich bei deinem Techtelmechtel stören?“
„Wie meinst du das?“
„Triffst du dich dort mit deinem Teenieschwarm? Du bist doch sonst nie an den Strand gegangen, obwohl wir ihn quasi vor der Haustür haben. Und plötzlich gehst du täglich stundenlang spazieren? Allein?“
Sie lachte bitter auf. „Wer soll das denn glauben?“
Er haute mit der Hand auf den Tisch. „Verdammt! Ja, ich gehe stundenlang allein spazieren! Sag mir doch, was ich sonst machen soll! Ich darf nicht unterrichten. Du sprichst nicht mehr mit mir. Anita ist völlig verunsichert. Beim Fußball geht es mir genauso. Keiner weiß, wie er mit mir umgehen soll. Jeder fühlt sich unwohl, sobald ich auf der Bildfläche erscheine.
Also, was soll ich machen? Soll ich auch hier ’rumsitzen und heulen?“
Ihr schossen die Tränen in die Augen. „Das war unfair! Mir ist halt nicht danach, Samba auf dem Tisch zu tanzen!“
Er seufzte und legte den Kopf in den Nacken. „Es tut mir leid. Es tut mir wirklich leid.“ Er sah sie an. „Sag mir, was ich machen soll, Anna, und ich tu’s.“
Sie erwiderte seinen Blick. „Ich weiß ja nicht mal, was ich selber tun soll.“
Die Türklingel ging. Beide fuhren hoch und sahen in Richtung Haustür. Norbert raffte sich auf und öffnete.
„Hi, hier bin ich!“
„Nicht zu übersehen“, murmelte Norbert und lief Anita hinterher, die an ihm vorbei in die Wohnung gestürmt war.
Sie ignorierte Anna, setzte resolut die Kaffeemaschine in

Gang und ließ sich anschließend auf einen Stuhl fallen.
„Fühl dich ganz wie zu Hause", murmelte Norbert.
„Bisher war es so", konterte diese. „Das hat sich allerdings geändert, nachdem zwei Personen hier eingezogen sind, die ich nicht kenne. Ein Trauerkloß und ein Ignorant. Die Zuordnung kriegst du wohl selber hin."
Anschließend hörte man nur das Blubbern der Kaffeemaschine.
Anita hielt dies genau eine Minute lang aus.
Dann schmetterte sie los. „Verdammt noch mal! So kann es doch nicht weitergehen! Jetzt reißt euch zusammen!"
Norbert blieb stehen und sah zu ihr hinab. „Weißt du, Anita, das ist es, was mir gerade fehlt. Eine echte Freundin, die mich zusammenscheißt wie ein Kleinkind. Das ist wahre Freundschaft."
Sie sah ihn mit zusammengekniffenen Augen an. „Oh ja, mein Lieber. Du kannst dir deine Ironie sparen, denn es ist in der Tat wahre Freundschaft. Ich habe die ganze Zeit geahnt, dass etwas faul war. Du warst so angespannt, so habe ich dich noch nie erlebt."
„Du weißt …?", flüsterte Norbert.
„Wir haben telefoniert", kam es leise von Anna.
Norbert verdrehte die Augen. „Na wunderbar. Wisst ihr was? Ich gehe freiwillig in den Knast. Schlimmer als hier kann es nicht sein."
Er holte drei Tassen aus dem Schrank und stellte sie polternd auf den Tisch. Es folgten ebenso geräuschvoll Sahne und Zuckerpott.
„Was ist, Anita? Du bist doch sicher noch nicht fertig? Was hast du mir noch zu sagen? Lass es 'raus! Oder redest du jetzt auch nicht mehr mit mir?"
Sie schaute ihn regungslos an, nur eine Augenbraue hob

sich ein ganz klein wenig.
„Den Gefallen tu ich dir nicht, mein Lieber. Ich rede ganz sicher noch mit dir.“ Sie kratzte sich am Hinterkopf. „Im Augenblick fällt mir bloß nichts ein.“
Anna hatte ihre Ellenbogen auf den Tisch gestützt und die Handflächen an die Wangen gelegt.
„Das ist allerdings höchst bedenklich“, murmelte sie nun leise in Richtung Tischplatte.
Völlig ausgelaugt tranken sie ihren Kaffee.
„Weißt du, was ich weiß, Norbert?“, fing Anita dann doch wieder an.
„Bin ich Hellseher?“
„Ich weiß, dass du ganz sicher nicht in Annette verliebt bist.“
„Das weiß ich selbst.“
Anna wurde noch eine Spur blasser.
Anita warf ihr einen besorgten Seitenblick zu, fuhr aber fort: „Und du bist kein Mann, der auf Teenager steht.“
Er nickte müde.
„Also, wie hat das kleine Biest dich ’rumgekriegt?“
Er erzählte, was auf der Klassenfahrt geschehen war.
„Schöner Mist!“, entfuhr es Anita. „Aber nichtsdestotrotz, ich weiß noch mehr.“
Anna zog die Augenbrauen hoch, legte den Kopf schief und sah Anita genervt an.
„Ja, meine Liebe“, fuhr Anita ungerührt fort. „Ihr beide habt in diesem ganzen Schlamassel den Überblick verloren, was ich ja auch nachvollziehen kann …“
„Danke schön!“, fuhr Norbert sarkastisch dazwischen.
„Ganz genau. Ich weiß nämlich auch, dass du Anna liebst.“ Sie sah ihre Freundin triumphierend an. „Und Anna liebt dich.“

„Wow! Da wäre ich nicht drauf gekommen“, bestätigte er ironisch.
„Nee, wärst du auch nicht. Jedenfalls wurde es Zeit, dass euch jemand daran erinnert. Und jetzt schenk mir noch ’nen Kaffee ein oder muss ich das auch noch selber machen?“
„Du meinst es gut“, wusste Anna zu sagen, „aber so einfach ist es nicht.“
„Das weiß ich selbst. Bin ja nicht blöd. Aber lasst euch doch nicht alles kaputt machen!“
Anna hielt ihre Tasse mit beiden Händen umschlungen und schaute konzentriert in die schwarze Flüssigkeit.
Norbert beobachtete sie, ihn durchströmte ein warmes Gefühl der Liebe und des Mitgefühls.
„Anna?“
Erschrocken sah sie auf. “Ja?“
„Anita hat Recht.“
Er sah zu ihrer gemeinsamen Freundin, deren Gesicht ein breites Grinsen überzog. „Ich gebe dies nur ungern zu, du Ungeheuer.“
Das Grinsen verstärkte sich.
Wieder an seine Frau gewandt fuhr er fort: „Anna, was meinst du, gibt es noch eine Chance für uns?“
Bittend sah er sie an, doch Anna blieb regungslos sitzen und erwiderte seinen Blick nicht.
„Ich möchte, dass es so ist, aber ich weiß nicht, wie es gehen soll“, erklärte sie bedrückt.
Anita sprang auf. „Also wirklich, das wird mir jetzt zu kompliziert.“ Sie griff nach ihrer Jacke. „Falls ihr mich braucht …“, sie legte mit einer übertriebenen Geste die rechte Hand auf ihre Brust, „ihr wisst ja, jederzeit gern …“

Mit diesen Worten rauschte sie davon und ließ ihre Freunde wie betäubt allein zurück.
Die beiden saßen noch eine ganze Weile wortlos am Tisch, bis Anna sich aufraffte und abräumte. Er nahm allen Mut zusammen, stellte sich hinter sie, umschlang ihre Taille mit beiden Armen und murmelte leise: „Anna, vor ein paar Stunden war ich noch der Meinung, es gäbe für uns keine gemeinsame Zukunft mehr. Was meinst du? Begleitest du mich während meiner nächsten Strand-Exkursionen? Wir könnten unsere verwirrten Zellen durchpusten lassen, sie neu sortieren und dann überlegen, wie wir wieder in ein normales Leben zurückkommen."
Sie lehnte sich an ihn. „Gute Idee."

Sie setzten diesen Vorsatz in die Tat um. Regelmäßig wanderten sie am Flutsaum entlang, am ersten Tag überwiegend jeder in seine eigenen Gedanken vertieft, doch allmählich kamen sie wieder ins Gespräch.
Annas Appetit und ihre normale Gesichtsfarbe kamen zurück und sie ging wieder unterrichten.
Ansonsten tat sich nichts. Die Polizei kam in ihren Ermittlungen nicht weiter und man kam immer mehr zu dem Schluss, dass der Mord wohl doch mehr mit dem Drogenmilieu in Verbindung zu bringen war als mit dem Vorfall in Tschechien. Letzteres schwebte immer noch im Raum und verhinderte Norberts Rückkehr in ein geregeltes Arbeitsleben.
Doch Anna und Norbert kamen sich wieder näher. Anna nahm sich fest vor, ihm zu verzeihen, würde aber noch eine Weile brauchen.
Am späten Samstagnachmittag rannten sie übermütig

durch den tiefen Sand. Das Licht der untergehenden Sonne spiegelte sich auf dem Wasser.
„Ich bin schneller“, rief Anna lachend, doch er holte sie ein, griff nach ihr und am Ende landeten sie kopfüber im Sand.
„Was macht ihr denn da?“, fragte eine Kinderstimme.
Immer noch lachend strich Anna sich das Haar aus dem Gesicht und sah ein kleines Mädchen.
Norbert schaute ebenfalls, wo die Frage herkam.
„Oh, hallo, Sina“, begrüßte er das Kind, griff nach Annas Hand und zog sie hoch.
„Hallo, Norbert“, antwortete die Kleine artig.
Fragend sah Anna ihn an.
Ehe er etwas erklären konnte, kam Sinas Mutter mit den beiden Geschwistern hinterher. „Entschuldigen Sie bitte die Störung, ich konnte sie nicht aufhalten“, sagte sie atemlos.
Plötzlich standen sich die Erwachsenen verlegen gegenüber. Norbert räusperte sich. Dann legte er einen Arm um Annas Schultern.
„Tja, also, dies ist meine Frau Anna.“
Ein Zucken huschte über das Gesicht der anderen Frau.
Er zeigte auf die Kinder. „Das ist Sina und der Lütte da ist Timo und …“ Verblüfft sah er in die Runde. „Ähm, mehr weiß ich gar nicht …“
„Woher auch?“, rettete Sinas Mutter die Situation. An Anna gewandt erklärte sie: „Ihr Mann hat mir letzte Woche aus einer misslichen Lage geholfen. Ich war in den Klauen dieser kleinen Raubtiere und nicht mehr in der Lage, sie zu bändigen. Er hat mich sozusagen gerettet.“
Sina stemmte die Fäuste in die Hüften und protestierte. „Kinder sind doch keine Raubtiere!“

Norbert sah ernst zu ihr hinunter. „Nicht alle, aber du ganz gewiss.“

Alle lachten.

Sie erfuhren, dass die junge Frau Valerie hieß und dass ihr Mann zwei Wochen nach der Geburt des dritten Kindes gestorben war.

Gemeinsam spazierten sie noch ein Stück weiter. Nach einer Weile bot Norbert an, ihr den Jungen abzunehmen. Anna fühlte einen Stich der Eifersucht, hoffte aber, dass es niemand merkte, denn Timos Mutter hatte sichtlich Mühe, ihn zu tragen.

„Warum gehen Sie immer an den Strand?“, fragte sie. „Woanders könnten Sie Ihren Sohn in eine Karre setzen und schieben.“

„Timo hat eine Brositis“, erklärte Sina schnell, was Anna nun doch ein Schmunzeln ins Gesicht trieb.

„Ja“, bestätigte Valerie, ohne ihre Tochter zu verbessern, denn dies würde unweigerlich deren Zorn entfachen. „Er hat eine Bronchitis, wir kämpfen schon seit zwei Wochen dagegen an. Nicht einmal die Antibiotika helfen. Es quält ihn sehr und er ist dementsprechend launisch.“ Sie seufzte. „Jedenfalls gehe ich fast jeden Tag mit den dreien ans Meer, in der Hoffnung, dass es hilft.“

„Das wird es auf jeden Fall“, machte Anna ihr Hoffnung. „Das ist das Beste, was Sie tun können.“

Im nächsten Moment kreischte Sina laut auf. Sie war einer zurückweichenden Welle leichtsinnig zu weit gefolgt. Als diese erneut an den Strand rollte, erfasste sie das Mädchen bis zu den Oberschenkeln. Geistesgegenwärtig griff Norbert nach ihrer Hand und beide sprangen zurück. Doch Norberts Schuhe und seine Jeans waren nass und Sina gar bis hin zur Hüfte. Verblüfft schaute sie an

sich hinunter. Während ihre Schwester sie völlig geschockt anstarrte, meinte sie nur: „Oh oh! Da war ich wohl zu langsam.“
Normalerweise hätte Valerie das Mädchen vor Schreck und vor Wut angeschrien. Doch als Anna in lautes Gelächter ausbrach, fielen sie alle mit ein.

An diesem Abend waren Anna und Norbert gelöst wie schon lange nicht mehr. Anna fühlte sich stark genug für ein offenes Gespräch.
„Norbert?“
Er hatte sich gerade ein Stück Brot in den Mund geschoben. „Hmm?“
„Darf ich dich was fragen?“
Er nickte.
„Hast du inzwischen eine Idee, wieso dieser Mann, ich meine, der Tote, wieso der damals ein Messer im Bein hatte?“
Er hörte auf zu kauen, schob den Rest mit der Zunge in eine Backentasche und nuschelte: „Ehrlich, Anna, ich schwör's, ich weiß es tatsächlich nicht!“
„Und …“ Sie stockte. „Was war mit Annette? Du bist wach geworden und sie lag in deinem Bett? War es wirklich so?“
Er schluckte halb gekaut alles hinunter. „Ja, Anna. Es war wirklich so.“ Zögernd fügte er hinzu: „Aber es entschuldigt natürlich nichts.“
Sie strich sich mit den Fingern durch ihre langen Haare. Dann sah sie ihn an und meinte mit zitternder Stimme: „Es tut so weh, Norbert.“
„Ja, ich weiß. Mir auch.“

Anna hatte das Gefühl, als drehte sich ihr Magen immer schneller im Kreis. „Sie ist so jung, fast noch ein Kind. Und sie ist so schön."
„Nein, da muss ich dir widersprechen, das ist sie nicht. Jemand mit so einem Charakter kann gar nicht schön sein."
Diesmal glaubte sie ihm nicht.
„Wer achtet denn auf den Charakter, wenn so ein hübsches Ding vor ihm steht?"
Er wusste nichts zu erwidern, sie würde ihm sowieso keinen Glauben schenken. Heftige Schuldgefühle plagten ihn.
Es war schmerzhaft, trotzdem war es gut, dass sie das Thema nicht weiterhin mieden. Ja, dieses Gespräch markierte einen Wendepunkt.
Sie waren wieder in der Lage, einigermaßen entspannt miteinander umzugehen.
Als sie zwei Stunden später im Bett lagen, nahm Norbert sie fest in den Arm. „Ich liebe jeden Zentimeter an dir, mein Schatz. Und das wird sich in den nächsten hundert Jahren nicht ändern."
Sie gab ihm einen Kuss, stupste ihm mit dem Zeigefinger auf die Nasenspitze und nahm seine breite Brust als Kissen.
Lächelnd und hoffend lag er noch lange wach. Er streichelte ihr immer wieder über den Rücken, obwohl er wusste, dass sie inzwischen schlief. Es tat so gut, sie im Arm zu halten.

*

Annette und Julia schlenderten die Friedrichstraße hoch. Julia hielt in jeder Hand ein paar Tüten. Sie hakte Annette unter und wippte mit den Hüften. „Wie kommt es, dass du heute so zurückhaltend bist? Ich denke, dies soll eine Shopping-Tour werden?“

Annette antwortete nicht. Julia schubste sie ein Stück zur Seite. „Hey, was ist los?“

„Mensch, pass doch auf, du Eule!“

Julia lachte. „Du bist doch nicht aus Zucker.“

„Nein, aber ich muss halt vorsichtig sein.“

„Ja, Hoheit. Nicht dass du noch eine Schramme kriegst.“

Annette antwortete nicht.

Sie kamen an einer kleinen Kneipe vorbei. „Letzte Kneipe vor England“, stand auf einem Schild, was unweigerlich stimmte.

Julia bremste. „Wann hast du den Termin bei der Kosmetikerin?“

„In einer halben Stunde.“

„Okay, ich lade dich vorher auf ein Glas Wein ein.“

„Wenn es auch ein Orangensaft sein darf, komme ich mit.“

„Ach ja“, ärgerte Julia sie. „Ich vergaß, dass die Lady keinen Alkohol trinkt. Schadet dem Teint, oder wie war das?“

Annette boxte sie in die Seite. „Blöde Kuh. Wann begreifst du, dass ich das Zeugs ganz einfach nicht mag?“

Julia boxte zurück. „Du weißt eben nicht, was gut ist.“

„Hast du ’ne Ahnung!“

Beide lachten.

Annette genoss die anschließende Prozedur im Kosmetiksalon.

Entspannt lag sie auf einer Liege, die mit einem riesigen

Frottee-Tuch bedeckt war, und ließ sich verwöhnen. Lediglich das Zupfen der Augenbrauen war schmerzhaft, sie hasste das Ziepen, ließ es aber wortlos über sich ergehen. Alles andere war angenehm. Anschließend bat sie noch um ein professionelles Make-up.

„Eher dramatisch oder eher natürlich-dezent?", fragte die Meisterin der Farben, Schwämme und Pinsel.

„Dramatisch schön", entschied Annette. „Und dabei ganz natürlich. Ich will toll aussehen, ohne angemalt zu wirken."

Die Kosmetikerin freute sich über die attraktive Kundin.

„Das wird Spaß machen."

Es dauerte eine Weile, ehe das Werk vollendet war, doch die Arbeit hatte sich gelohnt. Die Künstlerin brachte ihr Gesicht neben das von Annette und beide betrachteten das Ergebnis im Spiegel.

„Gut, oder?"

Annette staunte. „Ja. Ausgezeichnet."

Sie hatte immer gedacht, sie hätte Talent im Schminken, schließlich hatte sie einige Übung. Doch die Fachfrau hatte mit dieser Arbeit gezeigt, was man alles aus einem Gesicht herausholen kann. An Stelle des knalligen Lidschattens zauberte weißgraue Farbe ein Strahlen in die Augen. Mit mehreren Schattierungen war das Gesicht modelliert worden, das spitze Kinn wirkte sanfter, die Wangen rosig. Die Lippen waren durch einen Volumenbalsam aufgeplustert und mit einem dezenten apricotfarbenen Stift betont.

Sie sah sehr jung und dennoch sehr weiblich aus. Genau so hatte sie es sich vorgestellt. Nun war sie gewappnet.

Sie schlenderte die Fußgängerzone zurück und schlug dann den Weg ein, der parallel zu den Dünen lief.

Dann postierte sie sich vor Norberts Haus. Sie wusste, dass Anna einmal die Woche zur Gymnastik ging. Hausfrauengymnastik, dachte Annette verächtlich. Da gehört sie auch hin. Anna ging immer zu Fuß, denn die Sporthalle war nicht weit entfernt.
Annette musste nicht lange warten.
Wenige Minuten später folgte sie der weiblichen Konkurrenz um zwei Häuserecken, dann holte sie diese ein.
„Frau Meldorf?"
Anna blieb stehen. Sämtliche Farbpigmente ihres Gesichts verflüchtigten sich.
Sie registrierte Annettes Selbstsicherheit und als Frau blieb ihr natürlich auch das perfekte Aussehen der Jüngeren nicht verborgen.
„Was wollen Sie noch?"
„Ihren Mann", forderte ihr Gegenüber ungerührt.
Annas Gesicht ruckte zurück, als ob ihr jemand an den Haaren gerissen hätte. Obwohl sie spürte, wie ihr der kalte Schweiß ausbrach, bemühte sie sich, Haltung zu bewahren. Noch einmal sollte ihr dieses kleine Biest nicht das Leben kaputt machen. Das würde sie nicht zulassen.
Verzweifelt suchte sie nach einer guten Strategie.
„Ich weiß nicht, was Sie damit bezwecken, meine Liebe. Sie können sich doch sicher die attraktivsten Männer weit und breit aussuchen. Warum also gerade Norbert?"
„Er ist attraktiv."
„Ja, das ist er. Aber er ist, warten Sie ... siebenundzwanzig Jahre älter als Sie."
Anna hatte das gerade gestern erst ausgerechnet.
„Na und?"
Annette reckte sich, so dass ihr gebräunter Bauch hervorlugte.

Es verunsicherte sie, dass Anna so beherrscht war, doch sie war wild entschlossen, dies zu verbergen.
Provozierend sah sie auf Annas ausgebeulte Jeans.
„Männer stehen auf unverbrauchte Mädels."
„Und Sie stehen auf alte Männer?", konterte Anna.
„Er ist doch nicht alt! Außerdem kann ich mit den Jungs in meinem Alter nichts anfangen." Sie machte eine übertriebene, wegwerfende Handbewegung. „Die sind so was von unreif."
Anna gab alles. „Aber rechnen Sie mal doch nach! In zwanzig Jahren sind Sie immer noch jung, und dann könnte es gut sein, dass Norbert schon einige Gebrechen hat."
Annette sah sie lauernd an. „Egal. In zwanzig Jahren ist unser Kind erwachsen. Da brauche ich ihn nicht mehr."
„Aber …" Geschockt hielt Anna inne. Ihr war, als hätte sie gerade eine geballte Faust in den Magen bekommen.
„Was haben Sie gerade gesagt?"
„Ganz richtig. Ich bin schwanger." Annette reckte ihr Kinn ein wenig in die Höhe. „Sieht man doch, oder? Es heißt doch immer, in der Schwangerschaft erblühe die Frau zu voller Schönheit. Und außer Norbert kommt niemand anderes als Erzeuger in Frage, das kann ich Ihnen schriftlich geben. Außerdem ist es ja ganz leicht medizinisch nachzuweisen."
Anna taumelte. Sie hatte sich tapfer geschlagen und dennoch verloren. Sie hatte einen Kampf gegen Windmühlenflügel geführt. Ohne jegliche Chance auf einen Sieg.
Annette schenkte ihr ein süßes Lächeln.
„Sie wollen ganz sicher nicht, dass dieses arme kleine Ding ohne Vater aufwächst, wo Sie doch Kinder so sehr lieben, oder?"

Anna hielt ihre Sporttasche so fest, dass die Fingerknöchel weiß hervortraten. Sie drehte sich um und ging wie in Trance wieder nach Hause.
Norbert war nicht da. Auf dem Tisch lag ein Zettel: ‚Fahre kurz zum Club. Bin spätestens um zehn zurück. P.S. Ich freue mich auf dich!'
Hätte sie sich nur nicht wieder auf ihn eingelassen! Sie hatte erneut Hoffnung geschöpft und das machte jetzt alles noch schmerzvoller.
Sie liebte ihn in diesem Augenblick mehr denn je, doch diesen Schlag würden sie nach allem, was gewesen war, nicht auch noch verkraften. Selbst wenn sie mit aller Macht versuchen würden, ihre Ehe zu retten, könnten Sie nicht so tun, als ob es das Baby nicht gäbe. Er würde endlich ein eigenes Kind haben, seit Ewigkeiten sehnlichst erwartet. Ein kleines Wunder, das man ihm nicht vorenthalten dürfte, das würde er nicht ertragen.
Ein Baby, das ihnen beiden verwehrt gewesen war. Sie hatte es immer gewusst, irgendwann käme der Bumerang zurück. Es war alles Unsinn gewesen, dieses ganze Gerede: ‚Es ist doch nicht so schlimm, dass du keine Kinder bekommen kannst. Wir sind auch so glücklich.' Sie hatte schon damals gewusst, dass es nicht stimmte. Norbert liebte Kinder über alles. Das war nichts Neues, doch sie hatte am Strand mit jeder Faser schmerzlich gespürt, wie er auflebte, als er den kleinen Timo im Arm oder Sina an der Hand hatte. Norbert wäre ein wunderbarer Vater. Nein, falsch, Norbert würde ein wunderbarer Vater werden.
Anna hatte einen bitteren Geschmack im Mund. Und ein Geschwür im Bauch, das immer größer zu werden schien und sie zu zerreißen drohte.

Sie holte sich die Flasche mit dem verhängnisvollen Inhalt und verbrachte die nächste halbe Stunde mit diesem hochprozentigen Gefährten.

„Anna?“
Norbert konnte sich gerade noch an der Wand abstützen, sonst wäre er über die Sporttasche gefallen. Verwundert sah er auf die Stolperfalle. Das sah seiner Frau gar nicht ähnlich, die verschwitzten Kleidungsstücke einfach in der Tasche und diese auch noch mitten im Raum stehen zu lassen. Ein ungutes Gefühl beschlich ihn.
Während er die Tasche aufhob, schüttelte er den Kopf. „Meine Güte, jetzt sehe ich aber wirklich schwarz. Gut, dass Anita das nicht weiß, den Kopf würde sie mir waschen.“
Er unterbrach sein Selbstgespräch abrupt, als er die Wohnzimmertür öffnete, die leere Schnapsflasche auf dem Tisch und Anna auf dem Sofa sah. Sie lag dort eingerollt, sah zwar zum Fernseher, schien aber die Sendung nicht wahrzunehmen.
„Oh Anna!“ Er kniete sich vor die Couch und strich ihr immer wieder über das Haar. Dann drehte er sich um, suchte die Fernbedienung und drückte die Aus-Taste.
„Was machst du denn?“
Insgeheim hatte er die ganze Zeit schon befürchtet, dass sie wieder Trost im Alkohol suchen würde, doch bisher hatte sie sich gut gehalten. Hoffentlich war es nur ein einmaliger Ausrutscher! Seltsam, dass es jetzt passierte, wo es gerade ein wenig besser zu werden schien. Nicht gut, aber doch besser.
Sie sah ihn mit glasigen Augen an und lallte: „Hallo.“

„Was ist passiert, Schatz?“
„Hä? Ich ka doch mal ’n Coojack trinkn, oda?“, nuschelte sie.
Er atmete einmal tief ein und wieder aus. Es würde nichts nützen, jetzt mit ihr zu diskutieren, zumal sie sowieso kaum noch sprechen konnte.
„Hallo, Paba“, kam es undeutlich aus ihrem Mund.
„War dein Vater hier?“, fragte er.
„Mei Vadder? Nö, w’so?“
Irritiert sah er zu ihr hinunter. Waren ihre Eltern da gewesen und hatten sie dermaßen aus der Fassung gebracht?
Behutsam half er ihr auf. „Komm, ich bringe dich ins Bett.“
„Ins Bett?“ Sie lachte höhnisch. „Ins Bett? Du …“
Weiter kam sie nicht, denn der Alkoholmischung wurde es zu turbulent. Mit Schwung verließ die Flüssigkeit ihren Körper und landete auf Tisch, Sofa und Teppich, und zwar so schnell, dass Norbert keine Chance bekam, irgendetwas zu retten. Das Abendessen wollte auch nicht allein im Magen bleiben und schloss sich an. Verwundert und hilflos sah Anna auf die Bescherung.
Wortlos fasste Norbert sie um die Hüfte und führte sie ins Bad. Er zog sie aus, was ein schwieriges Unterfangen war, denn sie drohte ihm aus den Händen zu rutschen und mit dem Kopf gegen die Fliesen zu schlagen. Zum Glück war er ein kräftiger Mann und Anna nicht allzu schwer.
Er sandte tausend Flüche an Anita. Die Superschlaue, nannte er sie momentan insgeheim. Was würde sie jetzt wohl für Sprüche bringen? Im nächsten Moment hatte er Schuldgefühle ob solcher Gedanken. Anita würde ihm

jetzt wortlos helfen und sonst gar nichts. Sie war der beste Freund, den man sich denken konnte.

Ihm gelang das Kunststück, Anna zu duschen, abzutrocknen und ins Bett zu legen, wo sie im nächsten Augenblick einschief. Norbert beneidete sie darum. Er ging ins Badezimmer, goss reichlich Reinigungsmittel in einen Eimer, heißes Wasser drauf, nahm Lappen und Handtücher und machte sich auf den Weg in Richtung Wohnzimmer, wo ihn Cognac und Abendessen duftend empfingen. Er kämpfte gegen einen heftigen Würgereiz an, öffnete die Fenster und begann beim Sofa. Immer wieder tauschte er die Flüssigkeit im Eimer aus. Mithilfe von fünfzig Litern Wasser und diversen anderen Sachhelfern bekam er nach geraumer Zeit die Misere in den Griff. Der Geruch würde wohl noch andauern, doch das ließ sich momentan nicht ändern.

Müde schlurfte er in die Küche und dachte, nun könnte er selber einen Schnaps gebrauchen. Aber es war nichts mehr da. Er überlegte, sich eine Flasche Wein zu öffnen, ließ es dann aber sein. Benommen raffte er sich auf, kochte einen Tee und blätterte in der Zeitung.

Plötzlich stellten sich seine Härchen auf den Armen auf.

„Mord im Sylter Drogenmilieu noch immer ungeklärt", stand auf der zweiten Seite in großen Buchstaben. „Die Polizei bestätigt, dass sie den Täter doch in einem anderen Umfeld als bisher vermutet …"

Norbert las den Artikel sorgsam durch, entdeckte aber nichts, was er nicht ohnehin schon wusste. Es gab nichts Neues. War es das, was Anna so aus der Fassung gebracht hatte? Er glaubte es nicht, dieser Artikel gab keine Neuigkeiten preis. Ob das nun gut oder eher schlecht war, konnte er nicht einschätzen.

Am Morgen nach dem Mord hatten sie ihn auf der Wache ausgequetscht wie eine Zitrone. Norbert seufzte. Ein Segen, dass wenigstens die arme Merrit wieder zu Hause war. Der Richter hatte ihr lediglich zur Auflage gemacht, die Insel nicht zu verlassen.
Er ging zurück ins Wohnzimmer, um die Fenster zu schließen. Der Duft des Erbrochenen wehte ihm entgegen und ließ ihn seine Meinung rasch ändern. Erschöpft schloss er die Tür und ging ebenfalls schlafen.
Arme Anna, dachte er. Ich möchte morgen nicht in ihrer Haut stecken. Er wusste nicht, was ihr mehr zu schaffen machen würde: die körperlichen Folgeerscheinungen oder die Scham. Beides zusammen würde grausam werden.

Bei aller weisen Voraussicht erschrak er doch, als er die kleine, gebeugte Gestalt am nächsten Morgen sah. Anna sah aus, als ob sie die Hölle durchquert hätte. Wie Recht er mit dieser Vermutung hatte, konnte er in diesem Moment noch nicht ahnen.
Er hörte das Wasser im Bad laufen und ging in die Küche, um den Frühstückstisch zu decken. Das Wasserplätschern verstummte, er hörte Türen klappern. Doch Anna kam nicht. Er gab ihr noch zehn Minuten Zeit, dann ging er nachsehen. Anna lag im Bett, sie hatte nochmals geduscht, sich die Haare gewaschen und ein langes T-Shirt angezogen. Sonst nichts. Sie starrte an die Decke.
Er setzte sich auf die Bettkante, die Hände im Schoß gefaltet.
„He, was ist denn los?“, flüsterte er.
Sie sah weg. Sanft drehte er ihr Gesicht, so dass sie ge-

zwungen war, ihn anzuschauen.
„Bitte! Lass mich in Ruhe“, bat sie leise.
Er erschrak. Etwas Schlimmes musste passiert sein.
„Anna, bitte tu mir das nicht an! Sag mir, was geschehen ist!“
Wiederum drehte sie den Kopf zur anderen Seite.
„Anna, gab es einen Unfall? Ist etwas mit deinen Eltern?“
Ein noch grausamerer Gedanke durchfuhr ihn. „Oder mit Anita?“
Sie schüttelte fast unmerklich den Kopf.
„Was dann?“
Sie schwieg, doch ihre Schultern fingen an zu zucken, und als er sich über sie beugte, sah er, dass Unmengen von Tränen lautlos über ihr Gesicht liefen. Auf dem Kissen zeigten sich bald feuchte Flecken. Er griff nach ihr, wollte ihren Kopf auf seinen Schoß ziehen, doch sie wehrte sich.
Eine leise Wut stieg in ihm auf.„Jetzt sag mir um Himmels willen, was los ist! Du machst mir Angst, verdammt!“
Plötzlich wandte sie sich ihm zu und fragte mit brüchiger Stimme: „Du weißt es noch nicht?“
Er schüttelte energisch den Kopf.
„Ein freudiges Ereignis“, erklärte sie tonlos.
„Bitte was?“ Verwirrt sah er sie an. Hatte seine Frau den Verstand verloren?
Sie schwieg.
Er nahm ihre Schultern und schüttelte sie. „Jetzt sagst du mir sofort, was dich dermaßen aus der Fassung gebracht hat, oder ich lasse dich ins Krankenhaus bringen.“
Sie hing schlaff wie eine Stoffpuppe zwischen seinen Händen, antwortete aber nicht.

„Okay, dann rufe ich jetzt deine Mutter an."
Ein Hauch von Leben kam in ihren Körper. „Trau dich nicht!", zischte sie ihn an.
Er gab es auf, ging in die Küche, trank einen Kaffee und räumte den Tisch wieder ab. Er erschrak bis ins Mark, als er ihre Stimme plötzlich dicht hinter sich hörte.
„Du weißt es tatsächlich nicht, oder?"
„Was immer du meinst, scheinbar weiß ich es nicht." Er betonte jedes Wort.
Sie sah ihm stumm in die Augen. Das Schweigen schien ihm eine Ewigkeit zu dauern, doch er wagte nicht, sie anzusprechen.
Seine Geduld wurde belohnt.
„Du wirst Vater."
Er begriff nicht. Irgendein Bote in seinem Hirn hatte sich verirrt. Wenn die Aussage Annas stimmte, dann wäre es doch eine wunderbare Geschichte, dann müssten sie jetzt Champagner trinken, sich umarmen, herumspringen, singen, tanzen und alles zugleich. Was also hatte er nicht mitbekommen? Er hatte keine Ahnung.
Sie stand mit verschränkten Armen im Türrahmen. „Freust du dich?"
So wie sie aussah, traute er sich keineswegs, sich zu freuen.
„Ich verstehe nicht ganz, was los ist. Du bist so verstört. Und du sagst, ich werde Vater? Warum freust du dich dann nicht zu Tode, wenn ich Vater werde?"
„Du begreifst aber auch gar nichts!"
„Nein, ganz offensichtlich nicht", gab er zu.
„Du weißt doch, dass ich keine Kinder bekommen kann!", brüllte sie ihn plötzlich an.
Hilflos schüttelte er den Kopf. „Körper verändern sich,

es könnte …"
„Ja!", unterbrach sie ihn. „Körper verändern sich. Ganz genau. Sie werden alt und faltig und schlaff und was weiß ich …"
Nun brüllte er auch. „Es reicht! Verdammte Kiste! Was ist los?"
„Sie ist schwanger! Das ist los!"
Der verwirrte Bote war wieder auf dem richtigen Weg und übergab gnadenlos die bittere Information.
Er stöhnte auf. „Nein."
„Doch."
„Woher weißt du das?"
„Von ihr. Sie hat mich gestern abgefangen."
Endlich verstand er. „Ich hasse sie. Ich hasse sie so sehr!"
Seine Stimme mutierte vom Flüstern zum Brüllen. „Ich bringe sie um!"
Regungslos stand sie immer noch im Türrahmen. „Willst du dein eigen Fleisch und Blut umbringen?"
Tränen schossen ihm in die Augen und er lehnte seinen Oberkörper vor und barg das Gesicht in seinen Händen.
„Sprich nicht so! Bitte!"
Sie rührte sich immer noch nicht. Ein Außenstehender würde denken, jemand hätte sehr geschickt eine Schaufensterpuppe in der Wohnung drapiert. Doch nun bewegten sich die Lippen ein ganz klein wenig. „Es ist aber doch so."
Völlig verstört sah er zu ihr auf. „Oh Anna! Nimmt dieser Albtraum denn gar kein Ende? Was sollen wir tun?"
Er sprang auf und lief zum Fenster, stützte beide Hände auf die Fensterbank und weinte. Er hatte viel durchstehen müssen in letzter Zeit, und so leid es ihm für Anna tat, er war in diesem Augenblick nicht in der Lage, sich zu

beherrschen.
Seine Schultern bebten und sein Schluchzen erfüllte den Raum.
Als er sich schließlich endlich umdrehte, stand sie immer noch am selben Platz. Er ging zu ihr, klammerte sich an sie und tränkte ihr Haar mit Tränen.
Anna ließ es zu, doch ihre Augen blieben trocken.
Irgendwann hörte er auf zu weinen, blieb aber eine ganze Weile Trost suchend in dieser Position stehen.
„Ich werde sie um eine Abtreibung bitten."
„Damit könntest du niemals leben, Norbert."
„Doch!", widersprach er. „Ich kann sowieso niemals wieder unbeschwert leben. Und ich möchte von niemand anderem ein Kind haben außer von dir."
Nun war es Anna, die anfing zu weinen.

*

„Cash!" Martin Schmehr haute mit der flachen Hand auf den Tisch. „Ich habe es doch gewusst. Hier ist also die Fliege in der Leberwurst."
Kollegin Sabine Held zog eine Augenbraue hoch. „Der Spruch heißt anders."
„Ich nehme immer die Fliegenversion. Maden sind mir zu eklig."
„Und?"
„Was und? Leberwurst klingt besser als Speck."
Ungeduldig hielt sie ihr Gesicht nah vor seins und verzog das Gesicht. „Was hast du gefunden?"
Gebannt starrte er wieder auf den Bildschirm seines Computers. Ohne aufzusehen erklärte er ihr seine Entdeckung.

„Stell dir vor, meine Süße …“
„Ich bin nicht deine Süße!“, unterbrach sie ihn.
Er machte nur eine wegwerfende Handbewegung. „Das ist wirklich interessant. Norbert Meldorf war vor vielen Jahren angeklagt wegen schwerer Körperverletzung.“
„Uups“, entfuhr es ihr. „Wer hätte das gedacht?“
„Jau, und es kommt noch besser, meine Liebe.“
„Dein Gesülze geht mir auf die Nerven, *mein Lieber*.“
Er griente.
Sie stand auf und stellte sich hinter ihren Kollegen, um selber einen Blick auf seine Entdeckung zu werfen.
„Das gibt’s doch gar nicht!“, stellte sie fest. „Das gibt es doch wirklich nicht! Und das soll keiner auf dieser Insel gewusst haben?“
Sie hatten gerade herausgefunden, dass Norbert als junger Mann einen anderen krankenhausreif geschlagen hatte.
„Krankenhausreif“, murmelte Sabine. „Und niemand hat je ein Wort darüber verloren?“
Sie schlug sich mit den Fingerspitzen gegen die Stirn. „Und wir Deppen haben das nicht früher gesehen. Wieso?“
„Meine Lie…“
Sie schlug ihm kräftig gegen den Rücken.
Er drehte sich grinsend um. „Mensch, ich wollte sagen, meine liebe Kollegin. Du musst mich auch mal ausreden lassen!“
Sie verdrehte die Augen.
„Was ich sagen wollte: Falls es dir entgangen sein sollte: Wir hatten bisher noch nicht viel Zeit, vor dem Compi herumzuhängen, außerdem waren wir beide der Meinung, dass der Meldorf auf gar keinen Fall jemanden umbrin-

gen könnte."
Sie schüttelte den Kopf.
„Der Meinung bin ich noch immer." Gespannt schaute sie auf den Text im Schirm. Es hatte ein Gerichtsverfahren gegeben. „Versuchtes Tötungsdelikt", murmelte Sabine erstaunt. „Das gibt es doch gar nicht!"
Allerdings war das Verfahren eingestellt worden. Jemand hatte eine Falschaussage gemacht und diese später widerrufen. Als Sabine las, wer der Anwalt der Gegenpartei war, sog sie zischend die Luft ein. Es war niemand anders als Gregor Richards, Norberts Schwiegervater.
Verdutzt sahen die beiden sich an.

*

Ella Richards saß auf der Kante eines Sessels und nestelte nervös an einem Taschentuch herum. Ihre ansonsten so selbstbewusste Haltung war gänzlich von ihr abgefallen.
Ihr Mann Gregor drückte sanft ihren Arm. „Es ist gut so, Ella. Wir hätten längst mit Anna darüber reden müssen."
Völlig verunsichert sah sie ihn an.
„Wie sollen wir ihr das nur beibringen?"
„Ich unterbreche ja nur ungern, aber zunächst müssen Sie uns erklären, was damals genau passiert ist!", befahl Martin Schmehr. „Sie haben in diesem Verfahren die Gegenpartei Ihres Schwiegersohnes vor Gericht vertreten, das ist richtig?"
Gregor sah ihn offen an. „Ja, das ist richtig."
Er straffte die Schultern und holte tief Luft.
„Norbert war angeklagt wegen eines versuchten Tötungsdeliktes. Es hätte nicht viel gefehlt und er wäre tatsächlich zum Mörder geworden. Ich kannte Norbert vor-

her persönlich noch nicht. Er lernte unsere Tochter erst einige Zeit später kennen."

Kommissarin Held lehnte sich vor und sah Gregor Richards neugierig an.

„Herr Meldorf hat damals einen jungen Mann schwer verletzt und trotzdem ist das Verfahren eingestellt worden. Er gilt noch nicht einmal als vorbestraft." Sie blickte ihm fest in die Augen.

„Wie kann das sein?"

Richards hielt ihrem forschenden Blick nicht stand.

„Es stimmt, Norbert hätte den Mann beinahe getötet. Doch man muss die Hintergründe kennen, damit man seine Tat versteht."

„Und die wären?"

Hilfe suchend sah Gregor zu seiner Frau, doch diese sah ihn traurig an und schüttelte den Kopf.

Er wandte sich wieder der Polizistin zu. „Ich erfuhr rasch, dass Norbert sehr gute Gründe für sein Verhalten hatte ..."

Mühsam rang er um Fassung.

Sabine sah ihn ungläubig an. „Sie waren der Anwalt der Gegenpartei, wenn ich mich recht entsinne?"

Gregors Gesicht wurde aschfahl, tiefe Furchen gruben sich in sein Gesicht. „Ja, das war ich. Ich bin wahrlich nicht stolz darauf."

„Was ist damals passiert?"

„Norberts Schwester wurde tagelang auf brutalste Art und Weise missbraucht. Und das war nicht alles. Der Mann, der ihr das antat, machte währenddessen Fotos und verkaufte sie in einschlägigen Kreisen. Er prahlte damit, die junge Frau hätte vorher ihr Einverständnis gegeben, doch war es offensichtlich, dass dies keineswegs

der Wahrheit entsprach. Damit sie ihn nicht verriet, drohte er, die Fotos an ihre Familie und ihre Freunde zu schicken."
Gregor sackte in sich zusammen.
„Mein Gott, der hatte in der Tat Prügel verdient!", murmelte Schmehr.
Seine Kollegin musterte Gregor eingehend. „Und dann?"
„Die junge Frau schrieb einen Abschiedsbrief und nahm sich anschließend das Leben."
Geschockt starrte Sabine ihn an.
Einen Augenblick blieb es ruhig im Raum, bis Sabine sich räusperte und fragte: „Das alles bewegt Sie sehr, das kann ich verstehen. Aber dennoch, wieso wurde das Verfahren komplett eingestellt?"
„Das Opfer hat seine Aussage zurückgezogen."
Schmehr beäugte ihn misstrauisch. „Einfach so?"
Gregor schwieg.
„Wie hat denn Ihre Tochter auf diese Geschichte reagiert?"
„Sie weiß es nicht", kam es von Ellas Seite.
Verblüfft sahen die Polizisten sie an.
„Sie weiß es nicht?" Sabine schüttelte den Kopf. „Das kann ich mir nicht vorstellen. Ihr Schwiegersohn hat es Anna garantiert erzählt."
„Nein, das hat er nicht", stellte Gregor klar. „Wir sind damals übereingekommen, dass wir Anna mit dieser Geschichte verschonen. Norbert musste uns versprechen, Anna niemals etwas zu erzählen."
Sabine Held zog vor Verblüffung die Augenbrauen zusammen. „Das kann doch nicht wahr sein! Wieso? Ich meine, Ihre Tochter ist eine intelligente Frau, Sie können doch nicht wirklich glauben, dass sie all die Jahre nichts

bemerkt hat!"
Betrübt sah Ella sie an.
„Frau Richards, das glaube ich Ihnen einfach nicht."
Ella sah zu Boden. „Sie haben Recht. Die Geschichte hat unser Verhältnis all die Jahre sehr belastet. Anna litt immer darunter, dass wir so distanziert zu unserem Schwiegersohn waren. Dazu kam der unerfüllte Kinderwunsch. Eine Zeit lang war sie depressiv, suchte auch ab und an Trost im Alkohol."
„Meine Güte." Die Kommissarin schüttelte den Kopf. „Das auch noch." Sie seufzte. „Wie haben Sie denn begründet, dass Sie ihrem Schwiegersohn gegenüber so abweisend waren?"
Es kam keine Antwort.
Da Ella schniefte und schluckte, wandte Sabine sich an Gregor. „Herr Richards?"
„Gar nicht", kam es leise.
„Gar nicht?"
„Nein."
Kommissar Schmehr hatte sich bis dahin zurückgehalten. Doch nun sah er von einem zum anderen. „Erzählen Sie mir nicht, dass Ihre Tochter diesen Zustand so hingenommen hat. Ne, ne, hier stimmt doch was nicht."
Ellas Kopf ruckte hoch. „Natürlich hat sie es nicht hingenommen!", gab sie mit zittriger Stimme zu. „Wieder und wieder hat sie uns bedrängt und gebettelt, wir sollten ihr endlich erzählen, was wir gegen Norbert hätten."
Sabine verzog den Mund und nickte. „Und? Was haben Sie gegen Herrn Meldorf? Ich meine, dass er eine Sauwut auf diesen Typen hatte, das haben Sie doch sicherlich verstanden, oder etwa nicht?
Natürlich plädiere ich gegen Selbstjustiz, aber ich würde

Herrn Meldorf doch in diesem Falle nicht ein Leben lang ablehnen."

„Norbert ist ein feiner Mensch", sagte Gregor so leise, dass der Rest angestrengt zuhören musste, um ihn zu verstehen. „Es ist nicht so, dass wir ihn nicht mögen. Aber wir mussten Distanz wahren, es ging doch nicht anders."

„Warum nicht?" Sabine verspürte eine innere Unruhe, ein Kribbeln im Magen, ein absolutes Unverständnis für eine solche Einstellung. „Es wäre für alle Beteiligten doch das kleinere Übel gewesen, Anna alles zu erzählen. Dieses Schweigen und Verdrängen muss Sie doch wahnsinnig viel Kraft gekostet haben. Wovor hatten sie solche Angst, dass Sie es auf sich genommen haben, den Familienzusammenhalt dermaßen zu belasten?"

Bewundernd sah Kollege Schmehr sie an. Beinahe hätte er einen Pfiff ausgestoßen und geklatscht, stattdessen sah er ernst in die gramgezeichneten Gesichter der Richards.

„Wir haben niemandem davon erzählt, keinem Menschen. Die Sache wurde im Gericht in Niebüll verhandelt. Und dann haben wir sie begraben."

„Amen. Und jetzt ist sie wieder auferstanden", entfuhr es Martin Schmehr, wofür er einen wütenden Blick Sabines erntete.

Diesmal hielt er sich nicht zurück. „So ein Quatsch! Was ist denn mit dem Zuhälter? Nach dem, was ich hier so mitgekriegt habe, hat der nicht den Mund gehalten hinterher. Solche Typen sind eiskalt, der hätte doch nicht stillgehalten, nach dem Motto, das habe ich nicht anders verdient."

Genervt sah er Sabine an. „Du brauchst gar nicht so wütend zu gucken. Und sag ja nicht, dass du diesen ganzen Müll glaubst! Niemand auf dieser gottverdammten Insel

hat etwas mitgekriegt? Das ist doch Hühnerscheiß!"
„Martin, hör auf!"
Doch Schmehr war am Ende seiner Geduld. Er sprang auf, sah auf Gregor hinab und knurrte: „Das war damals eine blöde Situation, na klar. Doch ich nehme Ihnen nicht ab, dass Sie ihre Tochter ohne Grund so verarscht haben!"
Sabine stand ebenso auf. „Martin, sei nicht so grob! Herr und Frau Richards sind schon angeschlagen genug."
Schmehr fuhr sich durch das Haar und drehte eine Runde durch den Raum. Dann stellte er sich vor die anderen und meinte zerknirscht: „Es tut mir leid. Wirklich. Entschuldigen Sie bitte meine Ausdrucksweise!"
Es folgte peinliches Schweigen.
Provozierend starrte er erst Ella dann Gregor an. „Aber trotzdem muss ich auf einer Antwort bestehen!"
Gregor sah auf seine Schuhspitzen. „Nun, es gab einen guten Grund, diese Sache zu vertuschen und zu verdrängen. Einen sehr guten Grund."
„Gregor!" Ella schluchzte.
Sabine gab ihr ein Taschentuch und strich ihr tröstend über den Arm.
Wie aus weiter Ferne hörte sie Gregors Stimme. „Der Bastard, der Norberts Schwester gedemütigt und in den Tod getrieben hat … ist mein Sohn."
Es war wie ein Bombeneinschlag. Sabine brauchte einen Moment, ehe sie diese Neuigkeit begriffen hatte. Eine Gänsehaut krabbelte über ihre Arme. „Ihr Sohn? Ich wusste gar nicht, dass Sie einen Sohn haben? Der Mann hat auch einen anderen Nachnamen."
„Ja." Gregors Stimme war ganz dünn und zittrig. Seine Lippen bebten, sein Gesicht war aschfahl. „Es war … es

ist … ein unehelicher Sohn. Darum ein anderer Nachname. Er ist fast zehn Jahre älter als Anna, aus einer Beziehung, die ich vor meiner Ehe hatte."
Martin setzte sich langsam. „Ach du Scheiße!", war sein einziger Kommentar und niemand rügte ihn, denn genau das dachten sie jetzt wohl alle.

*

Die Richards wollten allein mit Anna sprechen, bevor die Mordkommission zum Verhör kommen würde.
„Natürlich kann ich das gut nachvollziehen", erklärte Sabine. „Dennoch müssen wir drängeln, damit wir endlich in unseren Ermittlungen weiterkommen. Die Kollegen aus Flensburg wollen ja nicht für immer auf der Insel bleiben."
Da Ella der Meinung war, Anna würde ihren Besuch kategorisch ablehnen, riefen sie nicht an, sondern fuhren am Abend unangekündigt hin.
Norbert öffnete. Er konnte nicht verbergen, dass er sich über diesen Familienausflug nicht freute.
„Tut mir leid, dass wir euch so überfallen", entschuldigte sich Gregor. „Wir müssen unbedingt mit Anna sprechen. Es ist sehr dringend!"
Erschrocken über diese Worte und erschüttert, wie mitgenommen die beiden aussahen, führte Norbert sie schnell ins Wohnzimmer.
„Kommt, setzt euch."
Besorgt sah er zu Ella. Er kannte sie nur korrekt gekleidet, geschminkt und frisiert. So wie heute hatte er sie noch nie gesehen. Rote Flecken überzogen ihr Gesicht, sie trug eine schwarze, verbeulte Hose und eine zerknit-

terte Bluse. Zusammengesunken hockte sie auf dem Sofa. Ihre Vitalität und ihr Selbstbewusstsein waren irgendwo draußen geblieben.

Unter normalen Umständen wäre ihr auch nicht entgangen, dass das Möbelstück, auf dem sie saß, noch immer einen leicht unangenehmen Geruch verströmte. Sie hätte es sofort gerochen.

Norberts Nackenhaare richteten sich auf.

Er sah von einem zum anderen und stellte übertrieben ruhig fest: „Es ist also schon wieder etwas passiert."

Erstaunt sah Gregor ihn an. „Wie kannst du so gelassen sein?"

„Pah, gelassen …", stöhnte Norbert. „Ich bin ausgelaugt, am Ende, abgestumpft, alles zugleich …" Er wollte aufspringen und stieß mit voller Wucht mit dem kleinen Zeh gegen das Tischbein.

Seine Schwiegereltern zuckten zusammen, als ob sie den heftigen Schmerz selber spürten.

Norbert zog zischend die Luft ein und blieb ein paar Sekunden regungslos stehen.

„Das war gut", murmelte er schließlich.

Die Richards wechselten einen besorgten Blick. „Was hast du gesagt?", fragte Ella.

Müde sah Norbert zu ihr hinunter. „Ich sagte, das war gut. Es tat tierisch weh. Weiß ich also, dass ich noch leb…"

Er drehte sich um. „Wollt ihr Kaffee? Oder was anderes?"

„Bitte setz dich wieder hin!" Gregors Stimme war erstaunlich fest und wie eine Marionette kam Norbert diesem Befehl nach.

Er wackelte mit dem Kopf hin und her und sah seinen

Schwiegervater an wie ein Clown, der vor einem kleinkindlichen Publikum steht.
„Norbert, reiß dich zusammen! Hast du den Verstand verloren?"
„Bin gerade dabei. Ist das Einzige, was mich noch retten kann."
„Wir müssen mit euch reden, verdammt!", polterte Gregor.
„Sagtest du schon."
„Hörst du mir überhaupt zu?"
„Natürlich." Norbert legte beide Zeigefinger an die Ohren und zeigte erst die linke, dann die rechte Seite. „Keine Ohropax drin."
Er merkte selber, wie grotesk er sich benahm, doch er kam nicht dagegen an. Wahrscheinlich verlor er tatsächlich den Verstand. Welche Gnade.
„Also", fuhr er in seinem albernen Tonfall fort. „Was gibt's Neues? Wer ist noch ermordet, entführt oder geschwängert worden?"
Gregor bedeckte sein Gesicht mit den Händen und Ella schaute ihn mit bleichem Gesicht an.
„Geschwängert? Ist Anna schwanger?"
Norbert lachte höhnisch auf. „Nein, Anna ist nicht schwanger. Und wenn sie es gewesen wäre, dann hätte das Kind diesen malträtierten Körper schon längst schleunigst wieder verlassen."
Die Richards erstarrten.
„Wo ist sie?", schrie Ella auf.
Norbert hob beide Hände beschwichtigend hoch. „Keine Panik, Leute. Sie liegt sicher in ihrem Bettchen."
Ella sah ihn prüfend an. „Hast du getrunken?"
Norbert piekste sich mit dem Zeigefinger an seine Brust.

„Ich? Getrunken? Wie kommst du denn darauf?“
„Dann hast du etwas geschluckt“, stellte sie sachlich fest. Das klang nach der alten Ella.
„Nein“, stellte Norbert klar. „Ich fühle mich wie zu lange gekocht. Mein Hirn funktioniert nur noch schleppend. Doch die Materie, die dafür zuständig ist, gibt es nicht in fester oder flüssiger Form.“ Er streckte langsam beide Fäuste nach oben. „Geheimnisvolle unsichtbare Kräfte haben sich meiner Quarks und Elektronen bemächtigt …“
„Schluss jetzt mit dem Unsinn!“ Gregor haute mit der Hand auf den Tisch. Dies brachte Norbert wieder in irdische Regionen zurück.
„Wir wollen keinen Physik-Unterricht. Reiß dich zusammen und hör uns zu!“
„Ich soll mich zusammenreißen?“, brüllte Norbert zurück. „Ich reiße mich zusammen, seit Tagen, Wochen, ja, seit Jahren, nein, Jahrzehnten, wie du genau weißt!“
„Genau darum geht es ja.“
Norbert verstand. Plötzlich konnte er wieder glasklar denken.
„Sie haben es also herausgefunden. War doch klar, dass es passieren würde.“
“Normalerweise nicht. Wieso hätte es herauskommen sollen?“
„Es tut mir leid, aber ich habe diesmal keine Schuld. Auch ohne mein Zutun, ohne diese Klassenfahrt und ohne den Toten wäre das Pulverfass ohnehin bald explodiert.“
Stumm warteten sie auf die nächsten Worte.
„Er ist hier.“
Ungläubig starrten sie ihn an.

„Rex ist hier?", flüsterte Ella.
Gregor schüttelte sich fast unmerklich. Seine Augen wurden zu Schlitzen. „Wie kann er es wagen …"
Ella wurde noch eine Spur blasser. „Bist du sicher?"
Mitleidig sah Norbert sie an. Er hatte immer gewusst, wie sehr sie unter all dem litt, und somit ihr unfaires Verhalten stets entschuldigt. Doch nun schien von ihr nichts mehr übrig zu sein. Selbst ein Physiker wäre kaum imstande gewesen, zu erklären, wie ein Mensch innerhalb von Stunden dermaßen in sich zusammenschrumpfen kann.
„Ja", bestätigte er bedauernd. „Er will Geld von mir."
„Noch mehr Geld?", fragte Gregor. „Er hat all die Jahre reichlich bekommen. Von mir."
„Ich weiß. Aber er will mehr. Oder er will sich rächen. Keine Ahnung, man kann nicht mit ihm reden."
„Mit dem Bastard konnte man noch nie reden", knurrte Gregor. Norberts Magen drehte sich. Bald würde auch er ein Kind haben, und wenn dieses arme Wesen den Charakter der Mutter erbte, dann könnte das Verhältnis ebenso belastet sein wie das von Gregor und seinem Sohn. Und doch wäre es sein eigen Fleisch und Blut. Wie fatal. Wie konnte man sein eigenes Kind nicht lieben? Er kam zu dem Schluss, dass dies unmöglich war, und hatte langsam eine Ahnung, was Gregor und Ella durchlitten hatten.
„Das gibt eine Katastrophe. Es wird das Inselgespräch Nummer eins und wird die Leute noch mehr interessieren als der Mord", stellte Ella nüchtern fest. „Wir hätten es Anna damals gleich sagen sollen."
Sie schaute zu ihrem Mann. „Ja, ich weiß. Du wolltest es. Und du hattest Recht. Aber ich war so in Panik, als Anna

und Norbert sich ineinander verliebten. Und später war Anna dann so empfindlich wegen ihrer Kinderlosigkeit. Ich hab' es einfach nicht fertig gebracht."
Ohne dass ihr Gesicht eine Regung zeigte, rannen Tränen über ihre Wangen und sie meinte tonlos: „Ich habe ihr Leben verpfuscht. Ich habe unser aller Leben verpfuscht."
Norbert widersprach. „Das geht zu weit. Wir sind alle erwachsene Leute. Und wir sollten uns auch langsam wie solche benehmen."
„Oh, ist hier 'ne Party?"
Plötzlich stand Anna mitten im Raum. Ella wusste, dass sie ungepflegt aussah, aber ihre Tochter übertraf sie bei weitem. Ihr Haar klebte strähnig am Kopf, sie trug nur einen Slip und einen kurzen Pullover. Es war unverkennbar, dass sie stark abgenommen hatte. Ihre Gesichtszüge waren verzerrt.
Ella sah Hilfe suchend zu Norbert, doch der blieb regungslos sitzen und überlegte fieberhaft, wie er eine Eskalation verhindern könnte. Ella sah aus, als ob sie vorhatte, diese Welt zu verlassen, und das würde ihnen gerade noch fehlen.
Anna schwankte leicht, doch ihre Sprache war einigermaßen klar.
„Was wollt ihr denn hier?"
Als keiner antwortete, fuhr sie fort: „Ach ich weiß schon, Norbert hat euch angerufen, hä? Bestimmt wollte er von dem freudigen Ereignis berichten. Ist doch toll, oder?"
Norbert stand langsam auf und legte den Arm um sie. „Komm, setz dich zu mir."
„Was willst du denn?" Sie schüttelte ihn ab. „Fass mich bloß nicht an, du Drecksack!"

Hilflos ließ er die Arme sinken und sah zur Seite.
„Was glotzt ihr alle so?", kreischte sie. Dann ging sie in die Küche, wobei sie langsam ein Bein vor das andere setzte in dem vergeblichen Bemühen, einen sicheren Gang vorzutäuschen. Zu Norberts Verblüffung kehrte sie mit einer vollen Flasche Hochprozentigem zurück. Sie hatte das Haus seit gestern nicht verlassen, musste den Alkohol also irgendwo versteckt gehabt haben. „Hol doch mal Gläser, Schatz!", flötete sie.
Alle wussten, es hätte keinen Sinn gehabt, ihr zu widersprechen. Anna würde die Flasche nehmen, in die Küche gehen und sich ein Wasserglas voll einschenken.
Norbert rührte sich nicht von der Stelle. Beschämt schloss er die Augen.
Ella stand schließlich auf und holte vier Gläser. Als sie an Norbert vorbeikam, legte sie zu ihrer aller Verblüffung eine Hand auf seine Schulter und murmelte „Wir können alle einen gebrauchen." Und mit einem Blick zu Anna: „Hier ist sowieso heute nichts mehr zu retten."
Er nickte.
„Was tuschelt ihr da 'rum?" Anna kam näher und hakte ihre Mutter ein. „Na, liebe Mama? Ist das plötzlich die große Liebe zu deinem Schwiegersohn?"
Sie stieß ein verächtliches Lachen aus. „Ist ja klar. Wenn du endlich ein Baby im Arm halten willst, dann musst du dich ja auch an Norbert halten."
Ella sah zu Norbert. „Was soll das? Du sagtest, Anna sei nicht schwanger!"
Anna lachte wieder. Es war ein Lachen, das allen wehtat. Sie riss am Arm ihrer Mutter, machte ein paar unbeholfene Tanzschritte und sang wirres Zeug.
Abrupt blieb sie stehen und sah ihrer Mutter in die Au-

gen. „Das freudige Ereignis, Mama. Sagte ich doch schon. Norbert bekommt ein Baby."
Gregor hielt es nicht mehr aus. Er holte sich die Flasche Schnaps, schenkte ein wenig in jedes Glas und trank seines aus, ohne auf die anderen zu warten. „Norbert, ich weiß nicht mehr, wo ich bin."
Noch nie hatte Norbert sich seinem Schwiegervater so nah gefühlt.
„Da geht es dir so wie mir."
„Was will Anna damit sagen?"
„Ich kann es dir nicht in ein paar Worten erklären, Gregor."
Er sah den älteren Mann an und in seinem Blick stand die Bitte um Verständnis. „Ich erkläre dir alles morgen. Aber jetzt geht es nicht."
Gregor nickte zustimmend.
Doch sie hatten ihre Rechnung ohne Anna gemacht.
Die ließ ihre Mutter los und stellte sich vor die Männer.
„Erklären? Was ist daran so schwer?" Sie griff nach einem Glas und kippte sich den Inhalt mit Schwung in den Hals.
„Das ist überhaupt nicht schwer zu erklären, du Spinner." Sie sah von Norbert zu ihrem Vater. Beängstigenderweise lachte sie. „Norbert bekommt ein Baby. Papa, du hast doch mal studiert, und da verstehst du diesen Satz nicht?" Sie nahm sich ein weiteres Glas, doch bevor es an ihre Lippen gelangte, griff eine andere Hand danach und der vierzigprozentige Kräuterlikör landete in Ellas Magen.
Bevor der Alkohol eine Chance bekam, Ellas Nerven ein wenig zu beruhigen, klingelte das Telefon. Anna stand ihm am nächsten und griff danach. „Meldorf?"
Sie lauschte den Worten des anderen Teilnehmers ange-

strengt.
„Ja, er ist hier. Mit wem sprech' ich?"
Sie schien zu überlegen und schüttelte dann langsam den Kopf.
„Wir sind verwandt? Nee, sagt mir nichts. Rex heißen Sie? Kenn' ich nich' …"
Norbert riss ihr den Hörer aus der Hand und drückte den Anrufer weg. Im gleichen Augenblick konnte Gregor gerade noch verhindern, dass Ella vom Sofa rutschte. Sie rang nach Luft und presste beide Hände auf den Bauch. Norbert brauchte nicht lange zu überlegen, rief erst den Rettungswagen und anschließend Anita an.
„Ganz ruhig, Ella." Beruhigend strich Gregor über ihr Gesicht.
„Wo bleiben die bloß?" Norbert lief immer wieder zum Fenster. Die Wache des Roten Kreuzes lag nur ein paar Straßen weiter.
„Wieso brauchen sie so lange?"
Er hatte versucht, Anna ins Bett zu bringen, doch diese hatte lautstark protestiert. Da er Ella nicht noch mehr beunruhigen wollte, ließ er seine Frau einfach stehen, wo sie war. Mitten im Wohnzimmer. Wie zur Salzsäule erstarrt und stumm. Ein Glück ist sie jetzt wenigstens still, dachte er.
Da hörte er das Martinshorn, lief zur Haustür und riss sie auf. Die Sanitäter eilten ins Haus. „Endlich!", seufzte Gregor.
Einer der Helfer schaute ihn verblüfft an. „Wir haben keine vier Minuten gebraucht."
Eine Minute später traf der Notarzt ein.
„Mensch, Gregor, was macht ihr denn für Sachen?", fragte er. Seit vielen Jahren war er ein Nachbar der Ri-

chards.
Während der Mediziner sich über die Kranke beugte, flehte Gregor: „Du bringst sie doch wieder auf die Beine, Heinz?“
Dieser hörte gerade die Herztöne ab und antwortete nicht. Gregor wagte nicht, nachzuhaken, doch der Arzt hatte seine Frage sehr wohl wahrgenommen.
„Ja“, antwortete er verspätet. „Ich denke, das kriegen wir hin. Wird aber ein paar Tage dauern.“
Sie kümmerten sich noch eine Weile um Ella, die offenbar unter großen Schmerzen litt, bevor sie diese auf eine Trage legten und in den Krankenwagen brachten. Einer der Sanitäter kam zurück und sagte zu Gregor: „Der Doc meint, Sie können ruhig mitfahren.“ Und mit einem Blick auf Anna: „Was ist mit ihr?“
Norbert sah kurz zu Anna, dann zurück. „Ist schon okay. Eine Freundin kommt und wird sich um sie kümmern. Fahren Sie nur. Ich komme gleich nach.“
Während der Krankenwagen aus der Einfahrt bog, konnte Anita gerade noch ausweichen, sonst wären sie zusammengeprallt.
Sie sprang aus dem Auto und fluchte. „Brauchen Fahrer von Krankenwagen keinen Führerschein, oder was? Oder haben die nicht genug Kunden, dass sie sich noch welche selber backen müssen?“
Sie wusste nicht, was sie mehr aus der Bahn geworfen hatte, der Anruf oder der Beinaheunfall. Sie straffte die Schultern und ging auf Norbert zu, der in der offenen Tür auf sie wartete.
Er nahm sie wortlos in den Arm. Sie lugte an seiner Schulter vorbei und sah Anna immer noch wie angewachsen an einer Stelle stehen.

„Danke, dass du so schnell gekommen bist“, flüsterte er.
„Ja“, meinte sie trocken. „Ich hätte Schumi Konkurrenz gemacht, und wenn ich ein Ticket kriege, zahlst du.“
„Ehrensache.“
„Okay. Ich nehme an, du willst gleich hinterher?“
„Ja, geht das?“
„Darum bin ich hier.“
„Anita …“
Sie ging auf Anna zu und drehte sich kurz zu ihm um. „Nun zisch schon ab, sonst habe ich gerade umsonst mein Leben riskiert.“
Wortlos griff er nach seiner Jacke und dem Autoschlüssel.
„Und fahr bitte nicht so wie ich gerade!“, rief sie ihm hinterher.

Norbert gab sich alle Mühe, dennoch war es ein Wunder, dass er unversehrt ankam. Seine Gedanken rasten, rauf und runter, kreuz und quer, und er fand es erstaunlich, dass es keine Massenkarambolage in seinem Schädel gab.
Als er plötzlich vor dem Krankenhaus stand, konnte er sich kaum erinnern, wie er dorthin gelangt war. Eine einzelne Überlegung schälte sich mühsam aus dem Durcheinander in seinem Kopf: Wenn Ella sich nicht wieder erholte und die beiden Frauen keine Chance bekämen, sich auszusprechen, dann würde Anna das niemals verkraften.
Sie alle würden das nicht verkraften.
Der Notarzt hatte versichert, Ella würde wieder gesund, doch ob man seinen Worten Glauben schenken konnte? Vielleicht hatte er sie nur beruhigen wollen.

Gregor saß im Flur auf einem Klappstuhl, die Ellenbogen auf die Knie gestützt, den Kopf in den Händen. Er rührte sich nicht, auch nicht, als Norbert sich näherte. Bei jedem Schritt quietschte es leise auf dem glatten Linoleum-Fußboden, ansonsten hörte man nur gedämpftes Piepen und sonst gar nichts.

Norbert setzte sich schweigend neben seinen Schwiegervater und drückte ihm kurz die Schulter.

Eine Schwester näherte sich. „Ich muss die Personalien aufnehmen, wenn Sie bitte mitkommen würden?"

Sie sprach Gregor an, doch Norbert stand auf. „Ich mach das schon, bleib nur hier."

„Danke." Es schien, dass Gregor all seine Kraft brauchte, um dieses eine Wort herauszubekommen.

Es kam ihnen wie eine Ewigkeit vor, bevor sich die große Tür vor ihnen öffnete. Eine Ärztin mittleren Alters kam ihnen entgegen. Müde wischte sie sich mit der Handfläche über die Stirn, doch sie lächelte und nickte den beiden Männern zu.

„Es ist nicht ganz so schlimm, wie es zunächst aussah, dennoch wird Ihre Frau in Zukunft besser auf sich acht geben müssen.

Ihre Herzkranzgefäße sind ziemlich angegriffen. Hat sie eigentlich nie über Schmerzen geklagt?"

Gregor schaute zu ihr auf. „Nein."

„Das wundert mich. Ich denke, sie wird in der letzten Zeit auf jeden Fall körperliche Probleme gehabt haben."

„Sie hat versucht, unser aller Leben zu dirigieren", meinte Gregor mehr zu sich selbst. Ein müdes Grinsen überzog sein Gesicht. „Und sie wirkte immer ziemlich stark." Er sah der Ärztin in die Augen und schüttelte den Kopf. „Nein, über körperliche Gebrechen hat sie nie geklagt."

„Sie muss noch ein paar Tage hier bleiben, dann übergeben wir sie in die Obhut ihres Hausarztes. Auf jeden Fall braucht sie in den nächsten Wochen viel Ruhe."
Sie gab den Männern die Hand und verabschiedete sich.
„Dann müssen wir sie wohl für ein paar Wochen auf den Mond schicken, oder hast du eine bessere Idee?", fragte Norbert.
„Nein, habe ich nicht", sagte die tiefe Stimme neben ihm.
Norbert holte aus einem Automaten zwei Becher Kaffee und wartete noch, bis sie Ella in ein anderes Zimmer verlegten. Gregor eilte an ihre Seite und nahm eine Hand. Eine Schwester schob das Bett, eine weitere das Gestell, an dem ein Tropf hing. Geduldig blieben sie einen Moment samt ihrem Gefährt auf dem Flur stehen und schenkten der Familie somit einen kostbaren gemeinsamen Augenblick.
„Meinst du nicht doch, der Kittel ist mir zu eng?", fragte eine der beiden leise. Norbert beobachtete die beiden belustigt. Sie waren noch sehr jung und es nahm der Situation die Schärfe, dass sie über so etwas Banales wie die Passform eines Kittels diskutierten.
„Nee", antwortete die Ältere. „Find ich nicht. Darfst halt keinen dicken Pulli drunter anziehen."
Er fuhr zusammen, als Ella ihn leise rief. Sofort eilte er zu ihr und beugte sich zu ihr hinunter.
Sie griff nach seinem Handgelenk. Ihr Gesicht war fahl, fast grau, sie hatte dunkle Schatten unter den Augen und hohle Wangen. Ihre müden Augen sahen ihn durchdringend an. „Es tut mir so leid, Norbert."
Er schluckte, wollte etwas sagen, doch ein Kloß saß auf seinen Stimmbändern.
„Alles!", fügte sie hinzu.

Die Ärztin kam den Flur heruntergelaufen. „Was ist denn hier los?", rief sie schon von weitem. „Ein Kaffeekränzchen?"
Die Schwestern nahmen Haltung an. „Wir wollten doch nur …"
„Ja, ja, ist okay. Aber nun geht es ab ins Zimmer!"
Erleichtert schoben die jungen Frauen das Bett weiter, eskortiert von der Ärztin auf der einen Seite und Gregor auf der anderen.
Norbert machte sich auf den Weg nach Hause.
„Kümmere dich um Anna!", rief Ella, so laut sie dazu in der Lage war.
„Natürlich!" Er winkte ihr zu.

*

Anita hatte zu Hause alles unter Kontrolle. „Pscht, Anna schläft", flüsterte sie.
„Wie hast du das geschafft?"
„Ich habe sie genommen, zum Bett geführt, ihr einen Tee gekocht und dummes Zeug gefaselt. Wie du weißt, bin ich darin die Beste."
Normalerweise hätte er ihr grinsend Recht gegeben. Aber in seinem Leben war nichts mehr normal.
„Ja", sagte er nur. „Du bist die Beste. Ich bin froh, dass ich dich habe. Wenn es dich nicht schon gäbe, dann würde ich dich jetzt erfinden!"
Sie schluckte. „Hör auf, so zu reden. Du weißt, dass ich dann rührselig werde. Ärgere mich lieber, da komme ich besser mit klar."
Er schüttelte lächelnd den Kopf.
„Oh Mann!", schimpfte sie. „Wie tief sind wir gefallen,

dass sogar mir kein dummer Spruch mehr einfällt?"
Plötzlich erklang ein dunkles, lautes Lachen. Verblüfft sah sie ihn an. „Was ist denn?"
Er kam auf sie zu und legte beide Hände auf ihre Schultern.
„Anita, du bist ganz und gar unmöglich!"
Sie lachte mit. „Ehrlich? Ein Segen. Es gibt noch Hoffnung!"
Dann griff sie zum Telefon.
„Was hast du vor?", fragte er alarmiert.
„Ich bestelle uns 'ne Pizza."

Am nächsten Morgen staunte Norbert nicht schlecht. Als er in die Küche kam, duftete es nach Kaffee und Anna deckte gerade den Tisch. Ihre Haare waren noch feucht von der Dusche und dufteten nach Aprikose.
Er schnupperte. „Hmm, riecht lecker."
„Ja", murmelte sie ohne aufzusehen. „Eine Neuentdeckung."
Sie setzten sich. Norbert schenkte die Tassen voll. „Gehst du zur Schule?"
„Nein, erst morgen. Es ist okay, haben sie gesagt." Sie strich sich gedankenverloren Marmelade auf ihr Brötchen.
„Du warst schon beim Bäcker", fiel ihm da erst auf.
„Ja."
Er hatte seit gestern Mittag nichts gegessen und so griff auch er zu. Schweigend frühstückten sie.
„Ich gehe nachher in die Klinik", erklärte Anna.
„Gut."
„Meinst du, meine Mutter spricht mit mir?"

„Sicher."
Anna legte den Rest des Brötchens auf das Brettchen.
„Hat sie gestern mit dir gesprochen?"
„Ja, hat sie. Sie war recht angeschlagen, doch sie war absolut freundlich zu mir."
„Dann muss sie sehr angeschlagen gewesen sein", vermutete Anna.
„Ja, ich denke schon. Aber ich glaube, ihre Einstellung hat sich dadurch geändert", tastete er sich sachte vor.
„Was wollten sie überhaupt?"
„In Ruhe mit uns beiden reden."
„In Ruhe? Und freundlich? Meine Mutter? Das glaube ich nicht!"
„Anna, ich denke, nein, ich weiß es, dass ihr beide euch aussprechen müsst. Unbedingt. Gib ihr diese Chance!"
Sie schüttelte den Kopf. „Also, ich versteh' dich nicht. Ich soll ihr eine Chance geben? Dich hat sie doch immer wie einen Eindringling behandelt. Wieso bist du eigentlich nie sauer auf sie?"
Er wand sich. Keineswegs wollte er Ella zuvorkommen, doch was sollte er Anna antworten?
Gespannt sah sie ihn an. „Nun?"
„Weißt du …"
„Mensch, nun sag schon! Was verschweigst du mir die ganze Zeit?"
Erschrocken sah er sie an. „Wieso?"
„Hier ist doch was faul. Oberfaul. Ich weiß gar nicht, wieso ich es nie kapiert habe, ich dachte einfach immer, meiner arroganten Mutter wärst du nicht gut genug gewesen oder etwas in der Richtung. Doch die ganze Zeit hast du dir alles gefallen lassen. Sie hat wieder und wieder versucht, einen Keil zwischen uns zu treiben, und du hast

das ignoriert. Jeder andere Mann hätte sie aus dem Haus geschmissen und zum Mond gejagt."
„Wo du gerade vom Mond sprichst: Gregor und ich überlegen tatsächlich, sie dahin zu schicken", versuchte er schnell abzulenken.
„Spinnst du?"
„Nein, die Ärzte verordnen ihr absolute Ruhe, und wir sehen keine Möglichkeit, wie sie die bei uns auf Erden kriegen sollte."
„Na toll. Absolute Ruhe ..."
Nachdenklich trank sie ihren Kaffee. „Ich fahre also nachher hin."
„Ja, das ist gut. Soll ich mitkommen?
„Nein. Sie wird mir eine Abreibung verpassen, da musst du nicht danebenstehen."
„Denke aber dran: keine Aufregung!"
Sie nahm sich noch einen Kaffee. „Keine Angst. Ich will sie ja nicht umbringen."
„Das wollte ich damit auch nicht sagen."
„Du bist mir noch eine Antwort schuldig."
Er nahm einen Teelöffel voll Zucker und rührte ausgiebig in seiner Tasse um.
„Norbert, du nimmst gar keinen Zucker!"
Er grinste sie schief an. „Heute ja."
Mit unbewegtem Gesicht beobachtete sie ihn. Er trank eine weitere Tasse Kaffee mit noch mehr Zucker.
„Norbert, jetzt sag mir, was los ist! Sofort!"
„Bitte, hab Erbarmen. Ich kann nicht."
„So'n Quatsch, du kannst nicht. Du hast nichts mehr zu verlieren, und ich auch nicht. Also los!"
„Anna, es geht nicht. Noch nicht."
„Was heißt hier noch nicht? Wann denn? In einem Jahr,

in zehn Jahren? Oder in hundert? Oder wenn meine Eltern tot sind?"
Er stöhnte auf. „Hör auf damit!"
„Womit?"
„Mich so zu bedrängen."
„Nein, das ist mein gutes Recht. Ich will endlich wissen, was hier passiert."
Er konnte sie wahrlich gut verstehen, doch er wollte seinen Schwiegereltern nicht die Chance nehmen, ihrer Tochter alles aus eigener Sicht zu erklären.
„Anna, bald. Du hast Recht, da ist etwas, das du wissen musst. Ich schwöre, wir reden. Aber vorher musst du mit deinen Eltern sprechen, sobald es Ella besser geht."
Wütend blitzte sie ihn an. „Was soll der Scheiß! Du bist mein Mann, also rede mit mir! Warum musst du meinen Eltern den Vortritt lassen?"
„Ich habe Angst, dass ich alles vermassel", meinte er leise und nahm sich noch eine Tasse Kaffee mit noch mehr Zucker.
„Hör auf damit!", meinte sie wiederum.
Verwirrt sah er sie an. „Was meinst du?"
„Hör auf, dir tonnenweise Zucker in den Kaffee zu schütten."
„Warum?"
„Es bringt mich durcheinander."
„Mir tut's gut", meinte er. „Das Rühren hat was Beruhigendes."
Gegen ihren Willen musste sie lächeln.
Norbert sah sie ernst an. Er liebte sie über alles, da konnten weder Annette noch Rex oder ein fremder Toter etwas dran ändern.

*

Anna legte ein wenig Make-up auf und betonte ihre Lippen mit einer dezenten Farbe. Dann nahm sie seufzend ihre Tasche. „Ich fahr dann mal."

Er legte die Hände um ihre schmale Taille und sah zu ihr hinunter. „Soll ich nicht doch mitkommen?"

Sie schüttelte den Kopf.

Er biss sich auf die Unterlippe. „Okay, aber in Gedanken bin ich dabei. Und glaub' mir, deine Mutter wird froh sein, wenn ihr euch endlich mal aussprecht."

„Meinst du?"

„Ja."

„Hoffentlich verderbe ich es nicht", murmelte sie.

„Du wirst schon alles richtig machen. Und denk an das, was du selber gesagt hast: Wir haben nichts mehr zu verlieren. Es kann nur besser werden."

Sie nickte und ging.

Lange blieb er stehen und sah ihr nach, hoffend, dass wirklich einmal etwas besser werden würde.

*

„Norbert, warte doch!"

Er lächelte, als er die vertraute Stimme hörte. Atemlos kam Sina auf ihn zugelaufen und warf sich in seine Arme.

„Wo warst du denn immer? Wir waren jeden Tag am Strand, aber nie warst du hier!", erklärte sie vorwurfsvoll.

Er wuschelte ihr durch das Haar. „So, so, das ist ja ein Ding!"

Mühsam kämpfte sich Valerie durch den tiefen Sand, ihre ältere Tochter lief stumm nebenher.

„Entschuldigen Sie bitte, Sina war nicht zu bremsen."
Er lachte. „Ist doch toll, wenn man so überschwänglich begrüßt wird. Und nebenbei: Ich dachte, wir duzen uns?"
Sie errötete. „Ja, gern."
Sina tanzte um sie herum. „Mama hat auch immer geguckt, ob du da bist."
Die Gesichtsfarbe ihrer Mutter vertiefte sich zu Dunkelrot. „Sina!"
Norbert sah sie schmunzelnd an. „Stimmt das?"
„Ja, schon …"
Er nahm ihr den kleinen Timo ab, schleuderte ihn einmal im Kreis herum und nahm ihr die Verlegenheit, indem er sagte: „Natürlich hat Mama nach mir gesucht, sie braucht ja auch dringend einen Träger für diesen schweren Hosenmatz!"
Sina hörte auf zu hüpfen und sah ihn prüfend an. „Ach so?"
„Quatsch", stellte ihre große Schwester klar. „Mama mag Norbert leiden."
„Ich brauche Treibsand", stöhnte Sabine. „Und zwar ganz viel, damit ich darin versinken kann."
Norbert lachte laut auf.
Valerie lachte leicht gequält mit.
Eine Weile liefen sie schweigend nebeneinander her. Er blieb stehen und legte ihr eine Hand auf den Arm. „Was ist los?"
Sie schaute den beiden Mädchen zu, die mit dem Schaum der aufprallenden Wellen spielten, und seufzte.
„Ich krieg einfach keinen Fuß an den Grund. Timo wird diese blöde Bronchitis nicht los. Es ist etwas besser, doch er ist extrem quengelig, man merkt, dass es ihm nicht gut geht.

Sina entgleitet mir völlig, sie ist so aufgedreht, dass man es manchmal kaum ertragen kann. Und Sabine wird immer ruhiger. Sie fühlt sich total vernachlässigt. Und sie hat Recht damit."
Valerie schluckte. „Ihre Noten gehen in den Keller."
„In welcher Klasse ist sie?"
„Zweite."
„Anna unterrichtet auch eine zweite Klasse."
„Aber nicht in Sabines Schule. Sonst würde sie Anna ja kennen."
„Nein, sie arbeitet an einer anderen Grundschule in Westerland."
Er überlegte. „Sie würde Sabine bestimmt gern helfen, wenn du möchtest."
Heftig schüttelte sie den Kopf. „Nein, nein. Ist schon gut. Das kriegen wir schon hin."
Er spürte, dass sie sich unbehaglich fühlte, und so beließ er es dabei. Als sie ihn bat, doch etwas von sich zu erzählen, erwähnte er zunächst nur Ellas Krankheit. Da er jedoch merkte, wie einfühlsam sie zuhörte, berichtete er schließlich seine ganze Misere. Von Annas zeitweiliger Flucht in den Nebel des Alkohols erwähnte er jedoch nichts.
Beiden tat es gut, sich den Ballast von der Seele zu reden, und einem fremden Beobachter täte sich die Vermutung auf, dass hier ein Familienausflug stattfände.
Sie hatten nicht die leiseste Ahnung, dass sie die ganze Zeit beobachtet wurden.
Als Sabine ihre kleine Hand vertrauensselig in die von Norbert legte, klickte ein Stückchen weiter eine Profi-Kamera mit gutem Teleobjektiv und danach noch einmal, als Norbert Valerie in den Arm nahm und sich verab-

schiedete.

Als er nach Hause kam, war Anna noch nicht da. Er brühte Kaffee auf und lief rasch zum Bäcker, um ein paar Kuchenstücke zu holen. Gerade als er den Tisch gedeckt hatte, kam sie.
„Das duftet ja lecker“, rief sie, warf ihre Jacke über einen Stuhl und lief ihm entgegen.
„He“, lachte er. „Ich dachte, du warst bei deiner Mutter!“
„War ich auch. War ich auch.“ Sie ließ sich auf den Stuhl plumpsen und nahm sich ein großes Stück Kuchen.
„Ich bin total ausgelaugt. Stell dir vor, sie hat tatsächlich mit mir gesprochen. Ich meine, richtig gesprochen!“
Sie steckte sich ein großes Stück Kuchen in den Mund, konnte es aber nicht abwarten und redete mit vollem Mund weiter.
„Sie hat mir alles erzählt. Kannst du dir das vorstellen?“
„Alles auf einmal?“
Sie nahm noch einen großen Bissen und nickte schweigend, während sie ihn mit großen Augen anblickte. Sie sah aus wie ein kleines Mädchen, das gerade den ersten Preis eines Schulwettbewerbs gewonnen hatte.
„Bist du sicher?“
„Ja.“
„Woher willst du wissen, ob sie nicht noch etwas zurückgehalten hat?“
„Nee, mehr geht wirklich nicht. Also, das ist der Hammer! Wirklich der Hammer!“ Sie stopfte sich den Rest des Kuchens in den Mund.
Norbert traute der Sache nicht.
„Anna, dir geht’s gut, ja?“

Sie schluckte, trank etwas Kaffee und nickte.
Bedächtig nippte er an seiner Tasse und sie war sehr froh, zu sehen, dass er ihn ohne Zucker trank.
„Was hat sie gesagt?"
„Na, dass es endlich an der Zeit wäre, mir reinen Wein einzuschenken. Und dass es egal sei, wenn ich jetzt total sauer auf sie wäre, denn sie würde eh bald sterben."
„Deine Mutter hatte immer schon einen Hang zur Dramatik."
„Ja, das stimmt. In diesem Fall war es aber gut, denn so weiß ich endlich Bescheid!"
„Und?"
Sie nahm sich ein weiteres Stück Kuchen. „Was und?"
„Wie ist deine Meinung dazu?"
Sie legte die Gabel wieder auf den Teller. „Was soll ich sagen? Man kann die Zeit nicht zurückdrehen. Ihr hättet es mir sagen müssen, aber ihr habt es ja alle gut gemeint. Ich habe meine Mutter noch nie im Leben so bewegt gesehen wie heute. Noch nie!
Und mein Vater! Er verlor die Fassung. Ging zweimal aus dem Zimmer. Meinte, sein Sohn hätte uns alle kaputt gemacht."
„Der Arme! Seine Karriere als Anwalt stand auf dem Spiel und seine Familienehre. Und Ellas größte Sorge war, dass die ganze Insel darüber tratscht und du darunter leiden müsstest."
„Aber so hatten sie doch noch mehr Stress!", rief Anna. „Wenn ich daran denke, wie viel Kraft es sie gekostet haben muss, das alles vor mir zu verbergen! Ich darf gar nicht dran denken, wie sie sich dir gegenüber immer verhalten hat, obwohl sie dich doch eigentlich mochte! Wie hast du das alles nur ertragen?"

„Ich hatte doch dich“, sagte er leise. „Dafür hätte ich alles in Kauf genommen.“
Langsam löffelte sie das zweite Sahnestück in sich hinein.
„Egal, was war. Du hattest Recht, es kann nur besser werden! Und es wird besser!“
Er schob ihr seinen Teller entgegen. „Möchtest du meins auch noch?“
„Nein, danke. Iss du. Ist echte Nervennahrung.“

Die brauchten sie auch, denn im nächsten Moment sollten sie eine weitere schlimme Nachricht erhalten. Gregor war am Telefon und bat sie, ins Krankenhaus zu kommen.
„Wir fahren sofort los“, sagte Norbert alarmiert. „Was ist passiert?“
Er bekam keine Antwort, hörte lediglich unregelmäßige Atemzüge am anderen Ende der Leitung.
„Gregor!“, brüllte Norbert aufgeregt. „Was ist passiert?“
„Ihr braucht euch nicht zu beeilen“, erklärte sein Schwiegervater tonlos.
„Ella hatte einen Schlaganfall. Sie … ist gerade von uns gegangen.“

Gregor saß auf dem gleichen Platz im Flur, an dem sie einen Tag zuvor gemeinsam gewartet hatten, und einen irrwitzigen Augenblick lang dachte Norbert, gleich käme die freundliche Ärztin heraus und erzählte ihnen, dass Ella sich wieder erholen würde.
Wieder quietschten die Sohlen ihrer Schuhe bei jedem Schritt, doch als Gregor aufstand und ihnen entgegensah,

war Norbert schlagartig klar, dass es diesmal anders war. Bisher war er zu geschockt gewesen, um die bittere Wahrheit zu verstehen.
Wie durch einen Schleier registrierte er, dass Vater und Tochter eng umschlugen vor ihm standen und dass Anna endlich anfing zu schluchzen. Als Gregor auch noch anfing zu weinen, wandte Norbert sich ab. Dies war mehr, als er ertragen konnte. Er staunte, wie unwichtig die vergangenen Geschehnisse plötzlich waren, obwohl sie doch sein Leben diktiert hatten. Im Moment war alles andere unwichtig geworden. Ella war nicht mehr da. Ausgerechnet jetzt, da endlich die Chance bestand, dass sie alle unbeschwert miteinander auskämen, hatte ihr Körper nicht mehr mitgespielt.
Anna hatte noch so viel mit ihrer Mutter besprechen wollen. Es wurde ihr nicht mehr genug Zeit geschenkt, um ihr zu verzeihen. Obwohl, das hatte sie ja schon längst, doch sie konnte es ihr nicht mehr sagen, und das war wirklich tragisch.
Die Ärztin kam und sprach ihr Beileid aus. Anna würgte hervor, dass sie noch einmal zu ihrer Mutter wollte, doch das ging momentan nicht. Sie sollte am nächsten Tag wiederkommen, dann könnte sie Abschied nehmen.
Wie in Trance verließen sie stumm das Krankenhaus.
Zu Hause wartete Anita. Sie hatte Tee gekocht, drückte zuerst Anna und dann Gregor an sich, nahm ihnen die Jacken ab und massierte Anna die Schultern.
Nach einem Augenblick des Schweigens erklärte Gregor: „Ihre Herzkranzgefäße waren völlig dicht. Sie muss schon lange unter starken Schmerzen gelitten haben, doch sie hat kein Wort darüber verloren. Die Ärzte meinten, das hätte längst behandelt werden müssen. Und

ob sie längere Zeit viel psychischen Stress hatte … Unsere ganze Familiengeschichte muss sie viel mehr belastet haben, als wir annahmen." Er atmete heftig und brauchte einen Augenblick, bis er weitersprechen konnte. „Sie wirkte in letzter Zeit oft erschöpft. Doch ich habe mich nicht gewundert, denn erschöpft sind wir ja momentan alle …" Seine Stimme war nur noch ein Flüstern.

Anna weinte leise.

„Sie wirkte immer so stark", murmelte Anita.

Mit tränenüberströmtem Gesicht sah Anna in die Runde. „Ich habe sie überfordert. Sie war so ausgelaugt, als ich nach Hause ging. Ich hätte nicht so lange bleiben dürfen!"

„Unsinn!", polterte Gregor mit erstaunlich fester Stimme. „Anna, das darfst du nicht denken! Ich bin froh, dass deine Mutter dir alles noch selber erzählen konnte. Ich weiß nicht, wieso sie es plötzlich so eilig hatte, ob sie tatsächlich ahnte, dass ihr nicht mehr viel Zeit blieb? Jedenfalls war es ihr Wunsch, endlich mit dir offen zu reden. Und wenigstens das hat gerade noch geklappt. Dafür bin ich sehr dankbar."

„Aber ich konnte ihr nicht mehr sagen, dass ich sie verstanden habe. Dass ich ihr nicht böse bin und dass ich weiß, sie wollte mich nur schützen!"

Er streichelte ihre Hand, die zur Faust geballt auf dem Tisch lag. „Ach Kindchen. Das wusste sie doch auch so. Mach dir keine Sorgen, deine Mutter war sehr erleichtert nach eurem Gespräch."

Anna sah ihn zweifelnd an.

„Ich schwör's!"

Anita stand hastig auf und behielt ihre Fassung gerade noch, bis sie ins Badezimmer gelangt war. Dort stützte sie

sich auf das Waschbecken und weinte voller Mitgefühl. Einen Augenblick später fluchte sie, da sie kein Taschentuch fand. Wütend riss sie etwas Toilettenpapier von der Rolle und schnäuzte sich die Nase.
Sie war zu allem Unglück auch noch der Überbringer nächster schlechter Nachrichten. Ihre ‚geliebte' Kollegin Susanne Malcom zeigte in der Schule Fotos herum. Die Bilder zeigten Norbert sehr vertraut mit einer hübschen jungen Frau am Strand, einer Frau, die Anita trotz ihrer engen Freundschaft noch nie gesehen hatte, und diese Tatsache verunsicherte sie zutiefst. Was hatte das jetzt wieder zu bedeuten? Nun, heute würde sie Norbert ganz sicher nicht danach fragen.
Sie wusch sich Hände und Gesicht, straffte die Schultern, holte zweimal tief Luft und kehrte zu ihren Freunden zurück.

Norbert übernahm es, Freunden und Bekannten die traurige Nachricht mitzuteilen. Er kümmerte sich auch um die Annonce und alle weiteren Vorkehrungen, die die Beerdigung betrafen.
Anna half ihm bei den schriftlichen Sachen, sie bestand außerdem darauf, zur Arbeit zu gehen.
Gregor hielt sich ebenso sehr tapfer. Die Nachbarn schauten regelmäßig vorbei, brachten Kuchen mit und leisteten ihm Gesellschaft. Außerdem besuchte er jeden Tag Norbert.
„Wenn ich dir auf die Nerven gehe, dann sag das ruhig, mein Junge."
„Unsinn. Du kannst jederzeit kommen. Das weißt du doch."

„Und was ist mit Anna? Findet sie es auch okay, dass wir zwei plötzlich so oft zusammen sind?"
„Sie freut sich drüber", kam die knappe Antwort.
„Ihr seid sehr großzügig", murmelte Gregor mit brüchiger Stimme.
Norbert schüttelte den Kopf. „Es ist okay, Gregor! Glaub' es mir."
Beide zuckten zusammen, als das Telefon klingelte.
Es war Anitas Schwester Christine. Sie war seit vielen Jahren Annas beste Freundin. Der Kontakt war nie abgerissen, doch seit Christine nach Hannover gezogen war, sahen sie sich nicht mehr oft.
„Hallo, Norbert. Es tut mir so leid."
„Danke." Er räusperte sich.
„Ich komme morgen auf die Insel und wollte fragen, ob ich euch irgendwie helfen kann."
„Das ist lieb von dir. Ich glaube, es wäre gut, wenn du dich einfach ein wenig um Anna kümmerst. Ansonsten, denke ich, kriegen wir den Rest schon hin."
„Ist gut. Sag ihr bitte, sie soll nachher mal zurückrufen oder morgen bei Anita vorbeikommen, ja?"
„Ja, vielen Dank, Christine."
„Wofür denn?", fragte sie und legte auf.
Wie die Schwester, dachte Norbert. Immer für einen da. Ein tiefes Gefühl der Dankbarkeit durchströmte ihn.

So ging es am nächsten Abend auch Anna, als sie bei Anita und Christine vorbeischaute. Sie kam in den Genuss zweier inniger Umarmungen, eines Glases Rotwein und vier offener Ohren. Zunächst sprachen sie ausschließlich über Ella, dann klärten sie Christine über die

unselige Klassenfahrt samt Folgen auf und am Ende alberten sie über alte Geschichten.
„Wir haben auch viel ausgeheckt“, sinnierte Christine. „Aber die Mädchen von heute sind mit ganz anderen Wassern gewaschen.“ Sie schüttelte den Kopf.
Anita lachte. „Das muss du am besten wissen. Wie geht es Doris?“
Doris war die siebzehnjährige Tochter von Christine.
Christine schnaubte. „Nenn sie bloß niemals Doris! Dann dreht sie durch.“
„Wieso das denn?“, fragte Anna.
„Weil sie erstens wegen jedem und allem durchdreht. Und zweitens hasst sie ihren Namen, weil der angeblich so bieder ist, dass er trieft.“
Die beiden anderen lachten.
„Lacht ihr ruhig. Ein Mädchen in diesem Alter zur Tochter zu haben ist die Höchststrafe. Sie läuft ’rum wie ein Penner, zerlumpt und gepierct. Ihr könnt es euch nicht vorstellen!“
Anita dachte an die hypergestylten Mädels ihrer Klasse.
„Ist in Hannover ein anderer Look in als hier?“
„Keine Ahnung, was gerade in ist. Meiner Tochter ist das auch ganz wurscht. Sie nennt sich Dorry, motzt, was das Zeug hält, und kostet mich wahrscheinlich Jahre meines Lebens, weil sie ununterbrochen meine Nervenzellen zersprengt.“
Anna zog die Unterlippe auseinander. „O je, du Arme. Wie hast du sie durch die Schulzeit bekommen?“
„Das ist das Merkwürdigste. Sie ist in der zehnten Klasse. Hat super Noten. Will eventuell sogar weitermachen und später studieren.“
„Wow“, entfuhr es Anna.

Anita fügte hinzu: „Kinder in diesem Alter sind eben widersprüchlich. Das macht es zwar schwierig, mit ihnen auszukommen, doch es ist normal."
„Schwierig?", rief Christine. „Es geht gar nicht! Ich komme mit meiner Tochter nicht aus. Kein bisschen. Es knallt nach zwei Minuten." Sie machte eine wegwerfende Handbewegung. „Ach, was rede ich? Nach drei Sekunden, das trifft es wohl eher!"
Sie trank einen großen Schluck Wein.
„Ich kann euch sagen, mit dem Mädchen ist nicht klarzukommen. Und ich habe immer gedacht, ich sei eine aufgeschlossene, moderne Mutter."
Betrübt schüttelte sie den Kopf. „Es ist egal, was ich mache oder sage, sie kriegt jedes Mal die Oberkrise. Wenn ich bloß wüsste, was anders machen könnte!"
„Es ist doch ganz klar, wo dieses Malheur seinen Ursprung hat", erklärte Anita gleichmütig.
„Und?"
„Dein Fehler ist: Du gibst dir große Mühe, sie zu umsorgen. Teenager hassen das. Und dennoch brauchen sie es."
Anna grinste. „Arme Christine. Keine Chance als abwarten und auf ein Wunder hoffen."
Diese protestierte. „Aber ich bin auch die Mutter von Max. Und der ist normal!"
„Überleg doch mal", forderte Anita ihre Schwester auf. „Wie alt ist Max?"
„Zehn."
„Siehst du? Er ist noch nicht in der pupertären Anti-Mama-Phase. Aber mach dir keine Sorgen. Bald ist er auch so weit."
Christine zog eine Augenbraue hoch und verzog keine Miene. „Du bist heute wieder sehr witzig."

Anna prustete los, Anita klopfte sich vor Lachen auf die Schenkel und am Ende stimmte auch die geplagte Mutter mit ein.
Anita überlegte, ob sie Anna von den Strand-Fotos erzählen sollte, bevor Annette oder Susanne auf diese Idee kämen. Doch dann beschloss sie, zunächst mit Norbert zu sprechen. Vielleicht war die hübsche Frau auf den Bildern ja auch eine Verwandte. Doch diesen Gedanken verwarf sie gleich wieder. Nein, das würde sie wissen. Sie waren so lange befreundet. Warum nur hatte Norbert nie etwas von dieser Unbekannten erzählt? Es war beunruhigend.

*

Am Tag der Beerdigung kamen Christine und Anita schon morgens zu den Meldorfs. Anna war sehr gefasst, es tröstete und lenkte sie ab, ihre Freundinnen um sich zu haben.
Als Norbert die Schwestern kurz allein in der Küche antraf, legte er um jede einen Arm und meinte: „Ich liebe euch alle beide! Ihr seid die Besten."
Gregor hatte in den letzten Tagen ununterbrochen von Ella gesprochen, doch nun war er stumm wie eine Schildkröte, wie Anita es bezeichnete. Er saß in seinem schwarzen Anzug zusammengesunken am Tisch und wartete darauf, diesen schweren Gang hinter sich zu bringen.
Alle waren froh, als sie endlich los mussten. Als sie ihren Wagen vor der Kirche parkten, standen schon ein paar Gestalten in der Nähe, verstohlene Blicke huschten hinüber, als die Meldorfs ausstiegen. Anna schluckte, als sie

die anderen sah, und nahm nur verschwommen wahr, dass ein junges Mädchen in dunklem Rock und grauer Bluse auf sie und Norbert zukam.
Eigentlich hatte diese das klassische Beileid ausdrücken wollen, im Namen der Klasse, doch dann nahm sie einfach Annas Hand und drückte sie stumm. Dann wandte sie sich Norbert zu. Erst als Anna ihn sagen hörte: „Nina, wie lieb von Ihnen, dass Sie gekommen sind“, erkannte sie das Mädchen.
Gerührt fing sie an zu weinen. Nina sah sie erschrocken an und umarmte sie rasch. Dann eilte sie davon. Ein paar Meter weiter, dicht an eine Hecke gedrückt, stand Nico. Er nahm ihre Hand und nickte Norbert zu. Dieser erwiderte den Gruß lächelnd.
„Sollen wir echt da mit ‘rein?“, fragte Nico zweifelnd. „Wir gehören doch gar nicht dazu.“
„Doch!“, widersprach Nina energisch. „Wir müssen den Klatschmäulern zeigen, dass wir uns ihm zugehörig fühlen. Gerade jetzt! Los, komm schon, nicht kneifen!“
Die Glocken begannen, die Abschiedszeremonie einzuleiten.
Er zuckte zusammen. „Oh Mann, das geht mir echt an die Gräten.“
„Wem nicht?“ Sie zog ihn mit sich.
Gregor ging langsam, mit gebeugtem Rücken und gestützt von Anna und Norbert, auf die offene Kirchentür zu. Dicht gefolgt von Anita und Christine. Beide tupften sich immer wieder die Augen ab.
Nico bekam eine Gänsehaut, als er seine ansonsten so resolute Lehrerin beobachtete. „Sogar die Mahler weint.“
Nina verdrehte die Augen. „Ja, das darf sie auch. Sie fühlt halt mit ihren allerbesten Freunden. Herrje, der Mann,

das schwache Geschlecht. Jetzt komm!"
Nico schluckte. „Ja, ich komm ja."
Er hörte die Worte des Pastors nicht, denn seine Gedanken waren gefangen im Knäuel der letzten Ereignisse. Welch ein Wahnsinn, dachte er. Die Messerstecherei, der Tote, Merrits Entführung. Hing alles miteinander zusammen? Waren die Fäden miteinander verschlungen? Vielleicht. Vielleicht auch nicht.
Er hatte keine Ahnung. Offenbar hatte niemand eine Ahnung, und das fand er ziemlich beunruhigend. Aus den Augenwinkeln heraus nahm er wahr, dass Nina zum Liederbuch griff, das vor ihr lag, und nahm sich ebenfalls ein Exemplar. Als die Orgelklänge auf sie herunterdonnerten, registrierte er lächelnd, dass sie laut mitsang. Er verfolgte den Text mit den Augen und summte die Melodie leise mit. Dann tastete er nach ihrer Hand und im nächsten Moment eilten seine Gedanken von den christlichen Liedertexten übergangslos zu Mord und Totschlag.
Er zuckte zusammen, als Nina aufstand und die Hände zum Vaterunser ineinanderschlang. Er tat es ihr nach und stellte überrascht fest, dass er den Text noch konnte.
Verstohlen sah er auf die andere Seite der Kirche. Viele der Trauergäste kamen ihm bekannt vor. Gerade als sich alle wieder setzten, sah Anna sich um. Stirnrunzelnd blickte sie auf einen fremden Mann, der in der dritten Reihe schräg hinter ihr saß. Nico beobachtete, wie sie sich zu Norbert hinüberlehnte und ihm etwas zuflüsterte. Dieser wandte sich nun ebenfalls rasch um und erschrak heftig, als er den Besucher sah.
Nico drückte sanft Ninas Arm und flüsterte: „Weißt du, wer der Typ da ist? Der in der dritten Reihe, ganz außen?"

Sie blinzelte kurz zu dem Fremden hinüber. Als ob dieser die Blicke gespürt hätte, drehte er sich zu ihnen um. Ertappt wandte Nina den Blick schnell wieder dem Pastor zu. „Nee, keine Ahnung. Ich dachte, der gehört irgendwie zur Familie?“
„Dachte ich auch. Er sieht dem alten Richards total ähnlich, oder?“
„Ja.“
„Aber Frau Meldorf scheint ihn nicht zu kennen.“
„Komisch.“
Als die Trauerzeremonie zu Ende war, halfen Anna und Norbert dem alten Mann aufzustehen und Norbert schob sich so vor ihn, dass Gregor den Unbekannten nicht sehen konnte.
Nina und Nico beobachteten dies mit Argusaugen.
Sie folgten den anderen noch auf den Friedhof, gingen aber nicht mit ans Grab.
Der Unbekannte hielt sich im Hintergrund. Anna bemerkte ihn dennoch, lugte immer wieder neugierig hinüber.
„Wer ist das wohl?“, fragte Nina.
„Du gehst jedenfalls nicht hin und fragst ihn!“ Nico schob seinen Arm unter ihren und zog sie mit davon. „Nun ist es genug. Keine Widerrede.“
Sie widersprach nicht. Ihr reichte es ebenfalls. „Weißt du, was ich jetzt dringend brauche?“, fragte sie.
„Einen Schnaps?“
„Quatsch. Eine Dusche.“
„Du hast vor zwei Stunden geduscht.“ Er wusste das, weil sie noch nicht fertig gewesen war, als er sie abholen wollte.
„Egal. Ich rieche nach Anspannungsschweiß.“

Ohne stehen zu bleiben, roch er an ihrem Haar. „Riecht wie frisch gewaschen."
Sie lachte. „Der Duft hat sich auch nicht um die Haare gelegt. Unter meinen Armen dürftest du jetzt nicht schnuppern."
„Och, hätte nichts dagegen."
Sie schubste ihn, indem sie mit der Hüfte gegen seine stieß. „Du Frechdachs. Woran denkst du? Wir sind noch auf dem Kirchengelände!"
„Ich will's ja auch nicht hier tun", bekannte er mit Unschuldsmiene.

*

„Wie kann er es wagen! Dieser Bastard!" Norbert tobte. Gregor hatte sich ein wenig hingelegt, die Trauergäste saßen im Wohnzimmer und wurden von Christine und Anna mit belegten Broten und Kaffee bewirtet. Norbert und Anita hatten sich in die Küche zurückgezogen.
„Es ist unglaublich, der schreckt aber auch vor nichts zurück!" Norbert presste die Lippen zusammen. „Und ich kann Gregor und Anna nicht vor ihm schützen."
„Das brauchst du auch nicht." Unbemerkt war Anna in die Küche gekommen. Sie stellte sich hinter ihn und massierte ihm die Schultern. „Ich weiß doch jetzt Bescheid."
„Trotzdem, Rex ist unberechenbar. Skrupellos."
„Bis jetzt hatte er euch aber auch in der Hand", meinte Anita. „Was kann er jetzt noch anrichten? Anna ist im Bilde, Ella ist nicht mehr da …" Sie erschrak über ihre eigenen Worte. „Oh Anna, so wollte ich es nicht sagen."
„Ich weiß, Anita", antwortete Anna unter Tränen. „Es stimmt ja. Und ich hab' verstanden, wie du es meinst."

Anita nahm schnell ein Taschentuch und schnäuzte hinein.
Christine kam und befüllte ein Tablett mit Cognacgläsern.
„Wollt ihr auch?"
Norbert zögerte. Anna nahm rasch zwei Gläser. „Danke, ja, natürlich braucht er einen." Sie befüllte zwei Gläser und stellte jeweils eines vor Norbert und Anita. Sie selbst nahm keins.
„Die Sache ist vorbei. Er kann uns nichts mehr tun."
„Dafür sorgt ja jetzt jemand anders", entfuhr es Norbert verbittert.
Anita trank ihr Glas in einem Zug leer. „Unsinn! Ihr kriegt das hin. Und ihr habt ja auch noch mich!" Sie legte sich die rechte Hand auf die Brust und klimperte mit den Augenlidern.
„Da kann uns ja gar nichts mehr passieren", murmelte Norbert.
„Eben."

Sie irrten sich gewaltig. Zwei Tage später bekamen sie spät am Abend Besuch. Als Norbert Rex vor sich stehen sah, wollte er ihm die Tür vor der Nase zuschlagen, doch dieser hatte damit gerechnet und schob blitzschnell einen Fuß vor.
„Aber, aber … so behandelt man doch keinen Gast. Und schon gar kein Familienmitglied."
Norbert rührte sich nicht, kein Muskel seines Gesichts zuckte.
„Du bist wahrlich kein Familienmitglied", zischte er.
„Oh doch", kam es süffisant zurück. „Ich bin Annas Halbbruder. Schon vergessen?"

Als er keine Antwort bekam, fügte er hinzu: „Lass mich lieber 'rein. Es wird dich doch sicher interessieren, was ich in naher Zukunft so plane?
Ich kann aber auch gern wiederkommen und allein mit meiner Schwester sprechen. Sie soll ja ein freundliches, warmherziges Frauchen sein. Habe ich jedenfalls gehört. Bisher hatte ich ja noch nicht das Vergnügen, sie kennen zu lernen."
Norbert hielt es für klüger, den verhassten Mann ins Haus zu lassen.
Ruhig sah Anna dem ungebetenen Besucher entgegen. Dies war also ihr Bruder. Ein Bruder, den sie nie kennen lernen durfte, der angeblich skrupellos war und viele Jahre zwischen ihnen allen gestanden hatte.
Verblüfft registrierte sie die Ähnlichkeit zwischen Vater und Sohn. Rex sah aus wie die jüngere Version Richards, nur dass seine Schultern etwas schmaler waren. Ja, er war insgesamt nicht ganz so kräftig gebaut, aber ansonsten brauchte man keinen Vaterschaftstest zu machen, um zu wissen, woher er abstammte. Komisch, dachte Anna. Ich sehe weder Vater noch Mutter dermaßen ähnlich. Ein scharfer Stich durchfuhr sie, als ihr bewusst wurde, dass ihr ein Elternteil gerade genommen worden war.
Rex gab ihr die Hand und verbeugte sich leicht. „Guten Tag, liebe Schwester. Ich denke, in Anbetracht der Tatsache, dass wir uns unbekannt sind, gebe ich dir keinen Kuss, oder?"
Sie schüttelte den Kopf. „Nein, lieber nicht."
Er hielt ihre Hand fest. „Die Leute haben nicht übertrieben. Du bist eine ausgesprochen schöne Frau." Genau davon war sie gerade nicht überzeugt, dennoch bedankte sie sich knapp.

Rex sah ihr weiterhin ruhig in die Augen.
„Ihr wollt wissen, warum ich gekommen bin? Ich will natürlich meine Schwester kennen lernen. Ob du es glaubst oder nicht, ich wusste bis vor kurzem nicht einmal, dass ich eine habe! Ist das nicht unglaublich?"
Er zog einen Stuhl unter dem Tisch hervor, zog seine Jacke aus und hängte sie über die Lehne. Dann setzte er sich umständlich hin.
„Nun, da du sie jetzt kennst, kannst du ja wieder gehen", sagte Norbert unfreundlich.
Erstaunt sah Anna ihn an. So hatte sie ihren Mann noch nie erlebt.
Sie stand auf. „Möchten Sie vielleicht auch einen Tee?"
Er lachte laut auf. „Einen Tee? Nein, danke. Ich hätte gern etwas Stärkeres. Zum Anstoßen. Dann könnten wir ja gleich Bruderschaft trinken. Es wäre doch sehr seltsam, wenn Geschwister sich siezen. Also wirklich."
Anna stellte den Wasserkocher an und holte Tassen und Schnapsgläser aus dem Schrank. Fragend sah sie zu Norbert. Der zuckte mit den Schultern. Sie schenkte den Männern ein, schob ein Glas zu Rex und bereitete sich selbst einen Tee zu.
„He, mit Norbert brauche ich keine Brüderschaft zu trinken. Wir sind doch schließlich alte Bekannte."
Er trank sein Glas halb leer und schob es Anna hin. „Komm schon, Kleine, auf unsere Geschwisterliebe."
„Danke, ich duze dich auch so." Sie nahm ihren Tee und stieß mit der Tasse gegen das Schnapsglas. „Prost."
Rex nahm es, trank es leer und drehte es in den Händen. „Das ist echt ein Ding. Die scheuchen mich in die Verbannung mit der Begründung, sie hätten Angst um ihren guten Ruf. Schicken dem verlorenen Sohn regelmäßig

Geld, ja sogar Briefe, in denen sie nach meinem Befinden fragen, und erwähnen nichts, aber auch gar nichts von meiner kleinen Schwester."

„Du hast wirklich nichts von meiner Existenz gewusst?", fragte sie.

Er nahm sich ungefragt die Flasche und schenkte sich nach. „Nö, von wem denn? Ich musste mich an die Abmachung halten, jeglichen Kontakt zu Inselbewohnern abzubrechen, sonst hätten sie den Geldhahn dicht gemacht. Und die Alten hatten ja immer gute Beziehungen, die hätten es spitzgekriegt, wenn ich geschummelt hätte. Und wozu auch, auf diese Spießer hier hatte ich eh keinen Bock mehr."

Er streckte die Beine aus und legte sich halb auf den Stuhl.

„Und warum jetzt?", fragte Anna.

Er grinste. „Man wird eben älter. Gediegener. Jaaa … spießiger. Ich wollte mal schauen, was die alten Herrschaften so machen. Na ja, die gute Ella habe ich ja nicht mehr persönlich angetroffen. Sie hätte sich bestimmt gefreut."

Anna sah zur Seite, gedachte stumm ihrer Mutter und wie sehr diese gelitten haben musste.

Dann sah sie ihren Halbbruder an. „Wie kann es sein, dass mir keine Menschenseele jemals etwas von dir erzählt hat?"

Rex schenkte sich noch einmal nach. „Mich kannte hier doch keiner. Wir wohnten in Hamburg, meine Mutter und ich. Später zog ich dann nach Frankfurt. Ich kam nur zur Stippvisite. Nur wenige Male. Ich war ja schon ein Teenager, als der gute alte Gregor auf die Insel zog."

Wie seltsam das alles ist, dachte Anna. Wir haben densel-

ben Vater und seine Mutter kenne ich nicht mal.
„Lebt deine Mutter noch in Hamburg?“, fragte sie.
Er lachte höhnisch auf. „Die Alte? Keine Ahnung. Denke schon.“
Wie ein kleines Mädchen starrte sie ihn an. „Du weißt es nicht?“
Er schüttelte den Kopf über so viel Naivität. „Mädel, nicht alle leben in so einer Heidi-Welt wie du. Meine Mutter ist eine Nutte.“
Als er merkte, dass Anna zusammenzuckte, verbesserte er sich. „Eine Prostituierte, meine ich.“
Sie hielt seinem Blick stand. „Ich war nicht über die Ausdrucksweise erschrocken, und auch in unserer Heidi-Welt kennt man eine Nutte“, konterte sie souverän. „Hier gibt es sogar welche und ich finde das okay. Geschockt hat mich der Tonfall, in dem du über deine Mutter sprichst!“
Norbert platzte fast vor Stolz. Ich unterschätze sie immer wieder, stellte er fest.
„Ich habe keinen Grund, Achtung vor meiner Mutter zu haben. Sie hat mich zur Welt gebracht, aber sie war mir keine Mutter.“
„Sie hat dich geboren, wahrscheinlich unter großen Schmerzen, und sie hat dich vorher neun Monate in ihrem Bauch schützend getragen.“ Annas Stimme wurde fester und lauter.
„So? Und damit hatte sie ihr Soll erfüllt? Mehr braucht es nicht, um den Status der liebenden Mutter zu bekommen?“
„Ich habe mich auch nicht gerade wunderbar mit meiner Mutter verstanden.“
„Du hattest immerhin eine! Sie hat gekämpft wie eine Löwin, damit es dir gut ging. Sie wäre durch die Hölle

und zurück gegangen, nur damit ich mich aus eurem Leben fernhalte. Und alles allein um deinetwillen!“
Seine Stimme schwankte leicht. Paradoxerweise wurde Anna in diesem Augenblick klar, dass er Recht hatte. Ausgerechnet Rex machte es zur Gewissheit, dass Ella alles, aber auch wirklich alles für Anna getan hätte. Tränen schossen ihr in die Augen. So lange Zeit war sie sich dessen nicht bewusst gewesen.
„Ella wäre nicht nur, Ella ist durch die Hölle gegangen.“ Dies kam von Norbert. Anna drehte sich zu ihm um. Endlich verstand sie. Ihr Mann hatte all die Jahre genau gewusst, wie sehr seine Schwiegermutter gelitten hatte. Darum hatte er ihr die Schikanen verziehen. Über all die langen Jahre.
Rex schenkte sich nach. Anna stand langsam auf. Sie holte sich nun doch ein Glas und schob es ihrem Gegenüber hin, damit er einschenken konnte. Sie trank nur in ganz kleinen Schlucken, während sie Rex' Worten lauschte.
Er sah Anna direkt in die Augen. „Meine Mutter hat gesoffen. Geklaut. Herumgehurt. Auch schon, als sie es finanziell noch gar nicht nötig hatte. Ihr ging es doch gut an der Seite meines Vaters. Ihr ging es richtig gut. In einem lichten Moment hat sie es mir selbst erzählt.“ Ohne es zu merken, wählte er seine Worte bedachter und wurde immer leiser.
„Warum ist sie bloß so tief gesunken? Ich weiß es nicht.“ Er schüttelte den Kopf. „Keine Ahnung, ob sie überhaupt noch lebt. Als ich sie das letzte Mal gesehen habe, war nicht mehr viel von ihr übrig.“
Betreten schwiegen alle für einen Augenblick.
Bis Anna ihn fragte, ob er eine Frau hätte.

„Eine Ehefrau, meinst du?"
„Ja, was sonst?" Anna sah ihn an, wie eine jüngere Schwester ihren Bruder eben ansah, wenn sie meinte, die Klügere zu sein. Wiederum feixte Norbert innerlich, wie gut Anna die Situation meisterte.
„Nein. Welche Frau hält es bei so einem Typen wie mir denn lange aus?", stellte Rex trocken fest.
Diesmal verbiss Anna sich einen Kommentar. Schulterzuckend meinte sie, es hätte ja sein können.
Rex klopfte sich mit den Handflächen auf die Oberschenkel „So, genug mit dem Geschwafel! Kommen wir mal zu euch. Lieb Schwesterlein ist also die Kluge. Und die Brave."
Er sah von einem zum anderen und sein Blick blieb an Norbert haften. „Und mein verehrter Schwager, beliebter Gymnasiallehrer, ist nicht nur ein Schläger, sondern auch noch ein Mörder? Und ein Weiberheld? Vielleicht sogar ein Vergewaltiger? Ja, stille Wasser ... So kann man sich irren."
Norbert packte ihn an seinem Pullover, drehte den Stoff in seinen Händen und zog ihn ein Stückchen hoch. „Du elender Mistkerl!"
Sein Gesicht lief hochrot an, der Mund war zusammengepresst und die Augen nur noch Schlitze. Als er Annas geschocktes Gesicht sah, ließ er den anderen los. Schwer atmend stolperte er zurück und lehnte sich an die Wand.
Ungerührt blieb Rex sitzen. „Ja, da wunderst du dich, was? Sobald man auf der Insel ist, bekommt man ratz, fatz die neuesten Nachrichten mitgeteilt."
Das wunderte Anna nun doch, schließlich war er hier fremd.
„Ja?", fragte sie provozierend. „Gibt es am Bahnhof ein

Schild mit Leuchtreklame, auf dem der neueste Klatsch steht?"
Er lachte. „Du gefällst mir, Kleine. Einige Gene haben wir doch gemeinsam. Darum verrate ich dir mein Geheimnis." Er lehnte sich ein Stückchen vor. „Ich habe im Zug eine nette Bekanntschaft gemacht und wir hatten viel Zeit zum Plaudern."
„Und?"
„Die Dame heißt Susanne Malcom. Norberts entzückende Kollegin."
„Na Mahlzeit", entfuhr es Norbert.
Anna wurde noch eine Spur blasser.
„Susanne Malcom", wiederholte sie. „Wenn du dich auch mit anderen Leuten unterhalten hättest, dann wäre dir klar, dass diese Frau Lügen über Norbert verbreitet. Sie will sich rächen. Aus Enttäuschung."
Wiederum lehnte Rex sich weit über den Tisch. „Und du Schaf glaubst das?" Er sah kurz hoch zur Decke und dann wieder zu Anna. „Du lebst ja doch auf dem Mond, mein Mädchen. Überleg doch mal. Selbst wenn du Recht hast und die Malcom spinnt, was ist mit Annette? Hmm? Was sagst du dazu? Aber vielleicht war es ja eine künstliche Befruchtung. Weil sie so gern ein Kind von Norbert wollte und er ihr aus Nächstenliebe den Samen gespendet hat? Du würdest selbst so einen Scheiß noch glauben, wenn du nicht wüsstest, dass dein angebeteter Gatte selber vernarrt in Kinder ist. Wach auf, Schätzchen!"
Anna war bis ins Mark getroffen, doch sie zuckte nicht mit der Wimper. Norbert drehte sich um und riss die Tür zum Wohnzimmer auf. „Ruf mich, wenn du mich brauchst. Ich lass' die Tür offen, doch den Anblick von diesem Abschaum kann ich nicht länger ertragen, ohne

ihm auf's Maul zu hauen!" Die Tür knallte gegen die Wand, doch Anna wandte den Blick nicht von Rex ab. Dieser lachte schallend. „Da siehst du, was er für eine Type ist. Auf's Maul hauen will er mir."
Anna erstaunte sich selbst, indem sie sagte: „Ach, weißt du was? Das würde ich jetzt auch liebend gern tun."
Sein Gesicht verzerrte sich, er lehnte sich zurück und starrte sie wütend an. „So. Das würdest du? Du bist also auch nicht auf meiner Seite, nein?"
Fast hätte sie beim Gedanken an so eine Absurdität laut aufgelacht, sie konnte sich gerade noch beherrschen.
„Ich bin auf gar keiner Seite, Rex. Ich habe gerade meine Mutter verloren. Und wenn es so weitergeht, werden wir auch das Haus verlieren, da Norbert wohl nicht an die Schule zurückkehren kann und ich als Grundschullehrerin nicht genug verdiene, um die hohe Rate zu bezahlen. Und ich muss mich um unseren Vater kümmern. Oder möchtest du das übernehmen?" Natürlich meinte sie das ironisch, doch er antwortete ernst: „Das würde er wohl kaum wollen."
„Glaub' ich auch."
„Was genau wolltest du mir denn eigentlich sagen?"
„Was ich meinte: Lass uns doch einfach in Frieden. Was willst du? Du hast hier doch niemanden sonst, und wir werden uns wohl kaum zusammenschließen."
Er schlug die Beine lässig übereinander. „Mir gefällt es aber hier. Es ist echt spannend, keiner weiß, was als Nächstes passiert. Und außerdem: Wo sollte ich hin? Niemand auf der Welt wartet auf mich!"
Sie überlegte fieberhaft, wie sie ihn dazu bewegen könnte, die Insel wieder zu verlassen, wobei ihre Hauptsorge ihrem Vater galt. „Du willst also noch mehr Geld?"

Er zog eine Schnute wie ein kleines Kind. „Ooch, Geld braucht man ja immer."
„Wie viel?"
Er schälte sich aus seinem Stuhl und zog die Jacke an, wobei er sie nicht aus den Augen ließ. „Ich denk' drüber nach. Aber wie gesagt, mir gefällt es hier." Da sie sitzen blieb, machte er eine kleine Verbeugung. „Danke. Ich finde allein hinaus."
Unbewegt blieb sie sitzen und erwartete, dass Norbert jeden Augenblick schnaufend wie eine Dampflok in die Küche stürmen würde. Doch nichts passierte.
Sie drehte sich zur angelehnten Tür um und rief: „Bist du durch's Fenster getürmt?"
Sehr ruhig, zu ruhig, wie sie fand, kam er zu ihr geschlendert. „Gut gebrüllt, Löwe. Wie konntest du diesem Schleimscheißer bloß so ruhig gegenübersitzen?"
Ihre Anspannung löste sich. Sie fing an, hysterisch zu lachen.
Fasziniert sah er sie an. Seine Stirn legte sich in Falten, doch seinen Mund umspielte ein leichtes Zucken.
„Anna!"
Doch sie hielt sich beide Fäuste vor den Mund, ihr Gesicht war verzerrt. Er legte ihr ganz zart eine Hand an die Wange, da er der Meinung war, ihre Belustigung wäre in einen Weinkrampf übergegangen. Sie hatte in der Tat Tränen in den Augen, und ihre Bauchmuskeln krampften sich rhythmisch mit aller Wucht zusammen.
„Hast du das mitgekriegt?", stieß sie mühsam hervor. „Ob ich auf seiner Seite bin, hat er gefragt. Hast du das gehört?" Der nächste Krampf überfiel sie, und noch immer konnte Norbert ihren Zustand nicht richtig einschätzen. Doch im nächsten Moment stellte er verblüfft fest,

dass sie immer noch lachte.
Wahrscheinlich stand sie unter Schock.
Anna hielt sich mit beiden Händen an seinem Arm fest.
„Junge, Junge, der hat doch 'nen Sprung in der Festplatte, oder?"
Norbert fand das alles zu beängstigend, um sich dermaßen über einen Irren zu amüsieren. Dennoch musste er schmunzeln, allerdings mehr über Annas Verhalten. Diese Frau war ganz einfach unglaublich.

Tatsächlich hielt Anna sich weiterhin tapfer. Sie hatten noch einen schmerzlichen Weg vor sich, dennoch fühlte sie sich nun stark genug, den Kampf aufzunehmen. Selbst wenn sich das Verbrechen nicht aufklären würde, und auch wenn sie das Haus und Norbert seine geliebte Arbeit verlieren würde, gemeinsam würden sie es durchstehen. Und nicht einmal ein kleines Baby würde daran etwas ändern. Bei dem Gedanken, die Insel verlassen zu müssen, durchfuhr sie ein stechender Schmerz. Doch sie war realistisch genug, diese Möglichkeit in Betracht zu ziehen, schon allein, um Annettes Terror aus dem Weg zu gehen. Vielleicht, ja ganz vielleicht gab es ja noch einen Hoffnungsschimmer auf Normalität, wenn sie auch momentan keinen finden konnte. Wehmütig dachte sie daran, wie selbstverständlich sie das ständige Gekreische der Möwen und das Rauschen des Meeres genommen hatte. Es gehörte zu ihrem Leben, und sie würde es vermissen. So wie ihre Kollegen. Sie waren nur zu sechst und eine eingeschworene Gemeinschaft, und ihr war klar, dass dies ein Geschenk und keine Selbstverständlichkeit war.

Sie straffte die Schultern und deckte den Tisch. Gregor würde zum Abendessen kommen und er sollte nichts merken von ihren Sorgen. Es klingelte und sie öffnete lächelnd die Tür.
Ihr Lächeln erstarb. Ihr gegenüber stand eine fremde Frau, die ihr dennoch irgendwie bekannt vorkam.
Diese stellte sich höflich vor.
Ihr Name war Susanne Malcom.
Als ob sie wie eine Marionette fremdgesteuert wäre, gab sie dieser höflich die Hand, bat sie aber nicht hinein.
„Hätten Sie einen Augenblick Zeit für mich?", bat die Fremde.
Energisch schüttelte Anna den Kopf. Das fehlte auch noch. „Nein, es tut mir leid, ich bekomme gleich Besuch."
„Na, macht nichts", erwiderte die andere kühl. „Ich will sie nicht lange aufhalten." Sie kramte in ihrer Tasche und zog eine Papiertüte hervor. „Ich bin Hobby-Fotografin und ich dachte, Sie würden sich bestimmt über ein paar nette Abzüge freuen. Die Kollegen meinen, die Bilder seien wunderbar gelungen." Sie drückte der zögernden Anna die kleine Tasche in die Hand.
Diese hielt sie fest wie eine heiße Kartoffel, ging wortlos zwei Schritte zurück und schloss die Tür.
Noch auf dem Weg zum Tisch riss sie die Verpackung auf und stöhnte. Die Fotos waren wunderbar gelungen. Norbert mit dem kleinen Timo im Arm, ja, sie konnte sich noch an den Namen des Jungen erinnern. Der Kleine strahlte ihn an, sie schienen sehr vertraut. Und selbst die große, schüchterne Schwester hatte ihre Hand in seine geschoben und lächelte ihn an. Dann kam das Schlimmste: Norbert in inniger Umarmung mit der Mut-

ter. Ihre Wangen waren gerötet, sie hielt den Jungen im Arm und Norbert drückte die Beiden fest an sich.
Es traf Anna mit voller Wucht. Die Worte ihres Halbbruders düsten wie ein Jet im Tiefflug durch ihren Kopf: „Und du Schaf glaubst das?", hatte er sie gefragt.
Ja, sie hatte geglaubt, dass es nur eine nette Bekanntschaft war. Sie hatte geglaubt, dass Norbert von Annette überrumpelt worden war. Und sie hätte niemals geglaubt, dass Norbert jemandem etwas zuleide tun könnte. Doch gerade hatte sie erleben müssen, dass er aus dem Raum gehen musste, um sich zu beherrschen.
Und jetzt? Sie wusste nicht mehr, was sie glauben durfte und was nicht. Wahrscheinlich benahm sie sich jetzt ungerecht, doch sie war so durcheinander.
Der Besuch ihres Vaters kostete sie ihre letzte Kraft. Er schien um Jahre gealtert, war an diesem Abend besonders bedrückt und hoffnungslos und Anna war dankbar, als Norbert kam, um Gregor in ein Gespräch über Fußball zu verwickeln. Schweigend räumte sie ab. Norbert brachte ihren Vater nach Hause. Rasch zog sie sich an und eilte zum Kiosk um die Ecke.
„Hallo, Frau Meldorf!", wurde sie freundlich von der Tochter ihrer Nachbarin begrüßt.
„Helga, was machst du denn hier?"
Das Mädchen strahlte sie an. „Ich helfe aus. Cool, oder? Die Besitzer sind zu einer Silberhochzeit und ihre Vertretung liegt mit Fieber im Bett. Da haben die mich gerufen, obwohl ich das noch nie gemacht habe! Sie konnten mir nur noch kurz die Kasse erklären und schwups, weg waren sie." Anna fand das gar nicht cool, denn sie hatte Angst, Helga würde voller Begeisterung von ihren Verkäufen erzählen. „Ja, damit zeigen sie, dass sie großes

Vertrauen in dich setzen.“ Sie lächelte. „Ich muss rasch zurück, ich habe überraschend Besuch bekommen und nichts im Haus. Gib mir doch bitte eine Flasche von dem trockenen Rotwein dort, eine Flasche Cognac“, sie zeigte auf die gewünschte Flasche, „und von den Salzbrezeln.“ Eigentlich wollte sie nur den Cognac holen, doch so schien es ihr unverfänglicher. Der Gesamtpreis war unverschämt hoch, aber sie war nun mal nicht im Supermarkt.

„Sie haben jetzt sicher oft Besuch, oder? Das mit Ihrer Mutter tut mir leid“, erklärte Helga ein wenig unbeholfen.

„Danke, Helga. Doch jetzt muss ich schnell los.“

Sie winkte noch im Weggehen und eilte nach Hause. Die Tüte wurde in aller Hast samt Inhalt unter die Spüle gestopft, gerade als Norbert schon wieder zurückkehrte. Er versuchte, sich mit ihr zu unterhalten, doch Anna war fahrig. In ihrem Kopf steckte ein Gewirr von Informationen, die sie nicht mehr auseinanderhalten konnte. Sie wollte nur noch eines: entspannen. Abschalten. Ihr Körper und ihr Geist hatten nur noch einen einzigen Gedanken: die Tüte unter der Spüle.

Norbert war ebenfalls erschöpft. Er wollte ins Bett und lesen. Schon während er unter der Dusche stand, zog sie die Flasche aus der Tüte und goss sich ein Wasserglas halb voll. Sie trank es in einem Zug leer und betrachtete die Bilder. Nach dem dritten Glas hatte sie keine Hemmungen mehr. Als Norbert sie am nächsten Morgen suchte, fand er sie auf dem Sofa schlafend, in der Flasche war nur noch ein Rest des hochprozentigen Getränks. Als sein Blick auf den Tisch fiel, wurde ihm übel. Dort lagen die Aufnahmen, von denen er bisher keine Ahnung gehabt hatte.

Er nahm sie an sich, deckte Anna mit einer Decke zu und ließ sie auf dem Sofa schlafen. Dann schloss er leise die Tür, entschuldigte sie in der Schule, erklärte, dass sie eine sehr schlimme Nacht gehabt hätte, wofür man derzeit natürlich Verständnis zeigte. Obwohl er im Grunde nicht gelogen hatte, kam er sich schäbig vor. Doch was hätte er sagen sollen? „Meine Frau kann heute nicht unterrichten, da sie mit einer Flasche Schnaps intus auf dem Sofa im Delirium dämmert?"
Das war gemein und er wusste es. Anna hatte verdammt noch mal eine bewundernswerte Haltung bewahrt. Die Fotos waren der so genannte Tropfen gewesen, der nicht mehr ins Fass passte. Irgendwo hatte jeder seine Schmerzgrenze. Ich nehme sie in Schutz, überlegte er. Sie liegt stockbesoffen nebenan und ich nehme sie in Schutz. Diese Erkenntnis traf ihn bis ins Mark.
Ich liebe sie eben. Und sie mich. Trotz allem. Doch wie viel kann eine Liebe aushalten? Sie waren hart an der Grenze und er wusste es. Sie wussten es beide. Irgendwann war Schluss. Also musste er handeln. Er musste dafür sorgen, dass sie nicht noch mehr auf die Probe gestellt wurden. Er griff zum Telefon.

Er hatte Anna angelogen, doch in diesem Fall war es unumgänglich gewesen. Sie saßen das erste Mal in diesem Jahr draußen auf der Terrasse und tranken einen Kaffee. Die Nachmittagssonne wärmte seinen Rücken und diese sanfte Umarmung tat ihm gut, denn innerlich war ihm kalt. Ihm grauste vor seinem Vorhaben.
Anna sah sehr krank aus, wie immer nach so einem Absturz. Der Alkohol hatte sie ausgezehrt, ihre Haut war

fahl, unter ihren Augen lagen Schatten. Morgen würde sie wieder unterrichten, und beide taten, als wäre nichts gewesen. Das Wohnzimmer war aufgeräumt und gelüftet.
Er konnte nichts riskieren. Wenn sie wüsste, wen er tatsächlich besuchen wollte, würde sie sich sehr aufregen. Er stand auf und gab ihr einen Kuss auf die Wange. „Tschüss, mein Schatz, es wird nicht spät."
Sie griff nach hinten und wuschelte durch seine Haare. Dann drehte sie sich um und lächelte verschämt. „Danke."
Sie dachte an gestern Abend und er wusste es.
„Schon okay."
Dann verließ er sie.
Er sollte nicht mehr als derselbe zurückkehren.

*

Mit einem flauen Gefühl im Magen lief er den Weg von der Pforte durch den hübschen Garten. Kurz bevor sein Finger die Klingel berührte, wurde die Tür geöffnet. „Da bist du ja schon. Komm 'rein!"
Annette lugte an ihm vorbei in den Garten und schloss dann rasch die Tür. Zögernd folgte er ihr. „Ist deine Mutter nicht da?"
„Nein, sie kommt frühestens in zwei Stunden."
Das mulmige Gefühl verstärkte sich. Er hätte sich wohler gefühlt, wenn ihre Mutter im Haus gewesen wäre. Warum auch immer, er wusste es nicht.
„Setz dich doch!", forderte sie ihn auf und zeigte auf das Sofa.
Zögernd ließ er sich auf dessen Kante nieder. Seine Haut kribbelte, er fand es trotz allem befremdlich, dass sie ihn

duzte. Das Wohnzimmer war mit exquisiten Möbeln bestückt, der Raum wirkte hell und einladend, an der Wand gegenüber tickte behäbig eine riesige, offenbar sehr alte Wanduhr. Vielleicht war sie gar nicht alt, überlegte er, sondern auf alt getrimmt. Das konnte man heute ja nicht mehr unterscheiden. Sie folgte seinem Blick und meinte verächtlich: „Ist nobel hier, oder?"
Erstaunt sah er sie an. „Es ist gemütlich. Deine Mutter hat Geschmack."
Sie öffnete den Mund, um etwas zu erwidern, machte dann aber nur eine wegwerfende Handbewegung. „Ach, meine Mutter …"
„Was ist mit ihr?"
„Egal."
Er sah sie prüfend an. Normalerweise lief sie in hautengen Hüfthosen und kurzen Tops herum. Heute trug sie einen weiten weißen Rock und ein hellblaues Shirt mit glitzernden Pailletten am Ausschnitt. Die Haare waren locker hochgesteckt mit blauen Kämmchen. Sie wirkte älter als sonst.
„Was heißt hier egal? Weiß deine Mutter noch nichts von der Schwangerschaft?"
Sie schüttelte den Kopf.
„Dann wird es Zeit."
„Sie wird es schon selber merken." Annette strich sich über den Bauch.
„Ich muss mit ihr reden."
„Nein!"
Er atmete einmal tief ein und aus, bevor er fortfuhr: „Annette! Du bist noch nicht volljährig. Lass uns gemeinsam mit deiner Mutter sprechen!"
Sie sprang auf. „Ich sagte nein! Es ist mein Baby und

nicht ihres!“
„Und du bist ihr Kind!“
„Ich bin nicht ihr Eigentum!“
„Annette …“
„Nein! Ich warne dich! Wenn es an der Zeit ist, werde ich ihr erzählen, was ich für notwendig halte. Aber du mischst dich nicht ein. Du hast kein Recht dazu! Du solltest dich lieber um mich und das Ungeborene kümmern. Du hast noch nicht einmal gefragt, ob alles in Ordnung ist!“
Beschämt sah er zu Boden. Er wollte dieses Baby nicht, er wollte Annette nicht, und doch hatte sie verdammt Recht mit ihrem Vorwurf.
„Ich weiß nicht, wo mir der Kopf steht, Annette. Es tut mir leid. Wirklich.“
Besänftigt lächelte sie. „Ich weiß. Mir tut es auch leid. Wie geht es deinem Schwiegervater?“
Erstaunt über diese Anteilnahme sagte er gerührt: „Danke, er hält gut. Er kommt jetzt oft zu uns zum Abendbrot.“
„Der Arme“, murmelte sie und stand auf. „Ich habe Teewasser aufgesetzt. Möchtest du auch einen?“
„Ja, gern. “
Er versuchte, sich zu entspannen, während sie in der Küche hantierte. Was für eine verfahrene Situation.
Lächelnd kam sie mit zwei Tassen in den Händen zurück. Er setzte sich bequem hin und nahm vorsichtig einen Schluck des heißen Getränks. Fragend sah sie ihn an. „Und nun?“
„Ich weiß es nicht.“
Sie strich sich eine Haarsträhne hinter das rechte Ohr und diese kleine Geste rührte ihn. Sie war so jung.

Er räusperte sich. „Was hast du denn für Vorstellungen, wie es weitergehen soll?"
Sie lachte leise. „So groß ist die Auswahl ja nicht. Ich werde bald die Verantwortung für ein Baby haben."
„Es gibt auch eine andere Möglichkeit", sagte er leise.
Sie setzte sich aufrecht hin. „Niemals!"
„Noch ist es nicht zu spät. Mir ist klar, dass es ein schrecklicher Eingriff wäre, aber du hast doch noch dein ganzes Leben vor dir!"
Mit zusammengekniffenen Augen sah sie ihn an. „Was bist du doch für ein elender Bastard. Du willst dich doch nur vor der Verantwortung drücken!"
„Nein, das ist nicht wahr! Ich denke dabei an dich. Du bist ein intelligentes und außerordentlich attraktives Mädchen. Und du bist blutjung! Kannst du dir überhaupt vorstellen, was es bedeutet, die Verantwortung für ein Kind zu tragen? Ein kleines Kind, das rund um die Uhr versorgt werden muss? Deine Mutter ist auch noch jung, sie wird sicherlich ihre Boutique noch eine ganze Weile behalten und nicht zu Hause bei ihrem Enkelkind sitzen wollen, oder?"
„Meine Mutter, meine Mutter! Die wird garantiert nicht ihrem Enkelkind die Windeln wechseln, die denkt ja nur ans Geschäft, das ist ihr ein und alles. Und diese Nobelhütte hier."
„Das Haus ist aber auch wirklich schön. Ich bin mir sicher, du fühlst dich hier ebenfalls wohl."
„Ja, ja … Jedenfalls würde meine Mutter den Omaposten nicht übernehmen. Sie tut zwar immer, als sei sie besorgt um mich, aber das ist doch alles nur Geschwafel."
„Woher willst du das wissen?"
„Das spielt keine Rolle! Ich muss mich um unser Würm-

chen kümmern. Das ist Fakt!"
Er zuckte zusammen. Unser Würmchen.
„Annette", sagte er eindringlich. „Natürlich werde ich mich um das Baby kümmern. Nicht nur finanziell."
Ihre Augen leuchteten auf. „Wirklich?"
Bekümmert sah er sie an. „Ja. Aber eben nur um das Kind. Nicht um dich. Ich werde mich niemals von Anna trennen."
Tränen schossen ihr in die Augen. Sie wandte sich ab.
Norbert sah zum Fenster. Es kam ihm vor, als hätte er einen Zentner Steine auf jeder Schulter. Sie tat ihm leid, auch wenn sie selbst einen Teil der Schuld trug.
„Trinkst du noch einen Tee mit mir, bevor du gehst?"
Er nickte stumm.
Wenige Minuten später wollte er sich verabschieden. „Ich komm' noch bis zum Auto mit, ja?", fragte sie unter Tränen.
Sein Wagen stand an der Straße. Als er die Fahrertür öffnete, sah er sie über das Autodach hinweg an. „Überleg dir alles noch mal in Ruhe. Und sprich mit deiner Mutter, bitte! Ich melde mich in der nächsten Woche."
Sie senkte den Kopf und nickte. Er schenkte ihr ein aufmunterndes Lächeln und setzte sich in den Wagen. Sie winkte ihm zum Abschied und er duckte sich ein wenig, um durch das Seitenfenster schauen zu können, und erwiderte den Gruß. Er verspürte eine leichte Übelkeit, doch das war in Anbetracht der Lage ja kein Wunder. Er kam sich vor wie der schlimmste Unmensch, der auf Erden herumlief. Wie konnte man nur dermaßen viel Schlamassel in so kurzer Zeit erleben? Die Übelkeit verstärkte sich. Trotzdem fuhr er los. Er musste weg hier, nach Hause. Er wollte zu Anna, er brauchte eine kurze

Verschnaufpause, eine Auszeit aus diesem ganzen Wahnsinn.
Im Radio spielte ein Lied mit einer traurigen Melodie und er stellte rasch einen anderen Sender ein. Er fühlte sich wie ein ausgewrungener Schwamm, wie eine löchrige Hülle, aus der alle Kraft ausgequetscht worden war. So wollte er Anna nun doch nicht gegenübertreten. Kurz bevor er zu Hause ankam, wendete er das Auto und fuhr zum nächsten Parkplatz, um sich irgendwo noch ein bisschen an der frischen Luft zu bewegen.
Plötzlich glaubte er, sich übergeben zu müssen, er fühlte sich benommen. Norbert wusste nicht mehr, wo er war. Er wollte doch nach Hause, aber wie um Himmels willen sollte er da hinfinden? Er hörte jemanden lachen, ihm war nicht klar, dass es seine eigene Stimme war. Wie konnte er sich bloß in Westerland verfahren, er lebte doch hier? Auf jeden Fall war er nicht dort, wo er hatte hinwollen. Aber wohin wollte er denn eigentlich? Hatte er noch etwas vorgehabt? Wieso standen hier keine Häuser? Komisch, hier bin ich verkehrt, dachte er. Ich muss einen anderen Weg nehmen. Aber welchen? Mit größter Mühe schaffte er es gerade noch, sein Auto anzuhalten, dann brach er über dem Lenkrad zusammen.
Den lauten Hupton, den er dadurch verursachte, hörte er schon nicht mehr.

*

„Verdammt, das kann doch nicht wahr sein! Das ist Gregors Schwiegersohn, wenn ich mich nicht irre!"
Der junge Sanitäter sah den Notarzt fragend an. „Gregor ist ein Bekannter von mir aus der Nachbarschaft", mur-

melte dieser erklärend. „Vor kurzem musste ich mich um seine Frau kümmern."
Bestürzt sah er kurz auf zu seinem jungen Kollegen. „Genützt hat ihr das allerdings nichts."
Dann war er vorerst eine Weile mit Norbert beschäftigt. „Sieht mir nach einem Infarkt aus." Während er weiterhin hantierte, fügte er mehr zu sich selbst hinzu: „Wundert einen ja auch nicht, bei dem Stress-Pensum. Das würde jeden umhauen."
Sein Kollege konnte ihm nicht folgen, der Mann im Auto war ihm unbekannt. Auch der zweite Sanitäter zuckte die Schultern.
Eines war ihnen auf jeden Fall klar, der Zustand des Kranken war sehr labil. Sie konnten förmlich spüren, unter welcher Anspannung der Arzt stand, wenn er es auch nach außen hin nicht zeigte.
Endlich konnten sie los. Es war zum Glück nicht weit bis zum Krankenhaus und wie immer hofften sie, rechtzeitig geholfen zu haben.
„Muss ich ausgerechnet jetzt Dienst haben?", fluchte Heinz und fuhr mit dem Notarztwagen hinterher.
Er ließ über die Schwestern Anna informieren, doch als diese im Krankenhaus eintraf, durfte sie nicht zu Norbert. Sein Zustand war sehr kritisch und es wurden gerade Vorbereitungen getroffen, ihn in die Uniklinik Kiel auszufliegen.
Erschrocken lauschte sie. Das laute Rattern des Rettungs-Hubschraubers war schon zu hören, es kam immer näher.
Verloren und geschockt stand sie mitten im Warteraum.
Eine Schwester eilte gerade vorbei, sah Anna noch, kehrte um und ging auf sie zu. Sie legte eine Hand auf Annas Arm. „Sie sind Frau Meldorf?"

Mit weit aufgerissenen Augen starrte Anna sie an.
„Ja?"
„Setzen Sie sich doch. Ich hole etwas zu trinken."
Anna schüttelte den Kopf. „Nein, ich möchte nichts. Bitte – können Sie mir schon etwas sagen? Wie geht es ihm?"
„Ihr Mann wird gleich in den Hubschrauber gebracht. Er ist in guten Händen."
Anna reagierte nicht. Die Schwester zog sie sanft mit sich und drückte sie hinunter auf einen Stuhl. „Einen Augenblick bitte. Ich bin sofort wieder da."
Mechanisch bewegte Anna ihren Kopf auf und ab. Die Schwester kehrte mit einem Glas Wasser und einem jungen Arzt im Schlepptau zurück.
„Frau Meldorf?", fragte dieser. Sie schaute in seine Richtung, ohne ihn richtig wahrzunehmen. Später hätte sie nicht einmal sagen können, ob der junge Mediziner groß oder klein gewesen war.
Er bestand darauf, dass sie eine Tablette und einen Schluck Wasser hinunterwürgte. Dies kostete sie allerhöchste Anstrengung, ihr kam es vor, als hätte sie vorher schon etwas geschluckt, das nun den Durchgang versperrte.
Das Wasser rann mühsam hindurch, die Tablette schien stecken zu bleiben. Unten auf der anderen Seite der Blockade steckten ihre Worte fest. Sie wollte Fragen stellen, so viele, doch es ging plötzlich nicht mehr. Sie brachte keinen Ton heraus. Der Arzt führte sie in ein kleines Zimmer. „Bitte, legen Sie sich eine Weile hin!"
Sie wehrte ihn ab und schüttelte heftig den Kopf, versuchte, an den beiden Weißkitteln vorbei aus dem Zimmer zu schlüpfen. Doch ein fester Griff hielt sie umfan-

gen und schob sie sanft, aber bestimmt zurück. Verdammt, sie wollte zu Norbert. Sie musste zu ihm. Warum verstand sie denn keiner?

Die Schwester hatte sich neben sie gesetzt und streichelte ihr immer wieder beruhigend über den Arm. Der junge Arzt stand breitbeinig vor ihr und versperrte den Fluchtweg. Hätte sie eine Pistole zur Hand gehabt, sie hätte ihn zweifelsohne erschossen. Doch urplötzlich war sie froh, unbewaffnet zu sein, denn der Mann verstand sie sehr wohl. Mit ernstem Gesicht sah er sie an. „Frau Meldorf, beruhigen Sie sich! Keine Panik. Ihre Stimme wird bald wieder da sein, es ist nur der Schock. Ich weiß auch so, was Sie mir sagen wollen. Hören Sie mir gut zu und nicken gegebenenfalls, damit ich weiß, ob ich richtig liege, okay?"

Wiederum bewegte sich ihr Kinn auf und ab. Gespannt sah sie ihn an.

„Okay." Der Arzt konzentrierte sich. Nach einem raschen Blick auf seine Kollegin begann er: „Sie möchten zu Ihrem Mann. Das ist völlig klar. Er ist jetzt schon im Hubschrauber. Es wird alles Menschenmögliche für ihn getan. Sein Zustand ist kritisch, doch er ist gut versorgt. Haben Sie das verstanden?"

Erleichtert sah er, dass ihr Tränen über die Wangen liefen. Das war besser als der versteinerte Zustand, in dem sie zuvor gefangen war.

Sie nickte kaum merklich.

„Sie möchten zu ihm, doch das geht nicht, denn im Hubschrauber ist nicht viel Platz, und Sie wollen doch niemanden dort behindern, oder?"

Sie hatte das Gefühl, jemand zog zuerst am rechten, dann am linken Ohr, ihr Kopf ging dementsprechend erst in

die eine, dann in die andere Richtung.
„Gut. Und natürlich wollen Sie nicht von mir hören, was ich jetzt sagen muss: Lassen Sie sich abholen und schlafen Sie sich aus. Auch das ist mir klar."
Ein schwaches Lächeln stahl sich auf ihr nasses Gesicht. Der Arzt sah selber aus, als ob er mal ausschlafen müsste. Dunkle Schatten lagen unter den verständnisvollen, müden Augen.
„Ich verspreche Ihnen", fuhr er fort, „dass ich Sie anrufe und über den Zustand ihres Mannes informiere. Und keine Sorge, ich werde ehrlich zu Ihnen sein."
Anna wurde von dem unheimlichen Gefühl erfasst, dieser Mensch könnte ihre Gedanken lesen. „Danke", brachte sie krächzend hervor. Er lächelte. „Keine Ursache." Er nahm einen Block vom Schreibtisch und kritzelte eine Nummer drauf. „Hier, Sie können mich auch jederzeit anrufen. Ich habe heute Nachtdienst."
Sie nahm den Zettel entgegen. Als er sich verabschiedete, drückte sie ihm die Hand mit einer Kraft, die er keineswegs vermutet hätte.
Die Schwester fragte mit leiser Stimme, ob sie jemanden anrufen solle. Anna räusperte sich zweimal. „Danke, nein", brachte sie mühsam hervor. „Bitte nur ein Taxi."

Der Hubschrauber flog, so schnell es möglich war, in Richtung der Uniklinik und landete schließlich auf dem Dach der Neurochirurgie. Ein Notfallteam stand bereit, um Norbert sofort auf die Intensivstation der Inneren Abteilung zu bringen.
„Habt ihr schon eine Ahnung, was passiert ist?", fragte einer der jungen Ärzte.

Der Notarzt, der mitgeflogen war, schüttelte den Kopf. „Wir hatten alle Hände voll zu tun, ihn lebend herzubringen. Herz und Kreislauf stehen kurz vor dem völligen Versagen.“ Er verzog den Mund und zuckte mit den Schultern. „Nun seid ihr dran.“
Der andere nickte ihm kurz zu und eilte seinem Team hinterher.

*

Zu Hause lief Anna wie ferngesteuert durch die Wohnung. Natürlich hätte sie Anita und ihren Vater anrufen müssen, doch sie fühlte sich unfähig, über das Geschehene zu berichten. Wo immer sie war, achtete sie darauf, das Telefon in Rufweite zu haben. Jegliches Zeitgefühl ging ihr verloren. Sie erschrak bis ins Mark, als das Telefon klingelte, und griff blitzschnell nach dem Hörer, hielt dann aber inne. Panisch schickte sie erst ein Gebet zum Himmel, es möge keine schreckliche Nachricht sein. Während sie endlich die kleine grüne Taste drückte, schoss ein Adrenalin-Schub durch ihren Körper.
„Ja?“
„Hallo, ich bin’s, Anita.“
„Anita“, stöhnte Anna.
„Ich wollte nur mal hören … Sag mal, was hast du denn?“
Ein Wimmern ging durch die Leitung.
„Um Himmels willen, Anna! Sprich mit mir!“
„Norbert ist ausgeflogen worden“, flüsterte Anna in den Hörer.
Am anderen Ende ertönte eine Reihe von Flüchen, bevor aufgelegt wurde.

Anita hatte eine ganze Serie auf Lager, ihr diesbezüglicher Wortschatz reichte bis zur Ankunft bei Anna. Zehn Minuten später stürmte sie in deren Wohnung.
Als sie sich einigermaßen beruhigt hatte, überlegten beide Frauen, was sie nun tun konnten. Anna rief in der Westerländer Klinik an und wurde sofort mit dem netten Arzt verbunden, doch er hatte noch keine neuen Nachrichten. Sie schauten, wann am Morgen der erste Zug nach Kiel fuhr. Anita fuhr sogar zum Bahnhof, um eine Fahrkarte zu kaufen. Anna lachte sie deshalb aus, doch später sollte sie froh sein, sich nicht mit einem störrischem Fahrkartenautomaten auseinandersetzen zu müssen. „Soll ich nicht doch mitkommen?“, bot Anita an.
„Nein, das geht nun wirklich nicht. Du wärst dann schon der dritte Sylter Lehrkörper, der wegen unserer Familie nicht zur Arbeit geht. Wo soll das noch hinführen?“
„Ach, Anna, das ist doch jetzt egal. In einem Ausnahmezustand geht alles.“
„Ich danke dir.“ Anna stand auf und umarmte die Freundin fest. „Aber ich schaff' das schon.“ Sie schluckte. „Es scheint, dass es momentan sowieso nicht in unserer Macht steht, ihm zu helfen. Norberts Leben liegt in den Händen der Ärzte.“
Anita nickte. Woher nahm Anna gerade jetzt diese Kraft? Wieso griff sie gerade jetzt nicht zur Flasche?
Sie saßen noch lange zusammen. Um dreiundzwanzig Uhr klingelte das Telefon und wieder musste Anna sich überwinden, das Gespräch anzunehmen. Eine Gänsehaut überzog ihren eiskalten Körper.
„Ja?“
„Frau Meldorf, hier ist Doktor Berg. Ich hatte versprochen, mich zu melden.“

„Ja?“ Mehr brachte sie nicht zustande.

Er zögerte einen Augenblick.

„Ich hoffe, Sie sind nicht allein?“

Anna antwortete nicht. Tief in ihrem Innern drohte ein plötzlicher Schmerz sie zu zerreißen.

„Hallo? Frau Meldorf?“

Anita stand auf und nahm Anna den Hörer aus der Hand. „Hallo, hier spricht Anita Mahler, ich bin eine Freundin. Wer ist da bitte?“

Der Arzt war erleichtert, dass noch jemand im Haus war, andererseits durfte er einem Außenstehenden eigentlich keine Auskunft geben. Er wand sich einen Augenblick, doch er hatte versprochen, ehrlich zu sein. Inzwischen wusste er, dass Anna Meldorf vor kurzem ihre Mutter verloren hatte, und nun kämpfte ihr Ehemann ums Überleben. Er wollte der Frau nicht noch mehr Strapazen zumuten, als unbedingt nötig war.

Also erklärte er Anita mit knappen Worten, dass Norbert auf der Intensivstation in der Uniklinik Kiel lag und zur Zeit nicht ansprechbar war. „Er zeigt überhaupt keine Reaktion, sie befürchten, er könne ins Koma fallen.“ Er seufzte. „Leider haben die Kollegen die Ursache noch nicht feststellen können, es ist jedoch kein Herzinfarkt, wie anfangs vermutet.“

Anita umklammerte den Hörer so fest, dass ihre Knöchel weiß hervortraten. „Hat er eine Chance?“

„Ja“, kam es zurück. „Er hat eine Chance. Ein Koma bedeutet nicht immer das Ende.“

„Danke.“ Sie legte auf.

Anita nahm die eiskalten Hände ihrer Freundin und sah ihr fest in die Augen. „Er lebt, Anna. Und er hat eine Chance. Der Arzt sagt, Norbert hat eine Chance.“

Anna erwiderte ihren Blick. „Er hat mir versprochen, ehrlich zu sein. Also wird das doch stimmen, oder?"
„Ja." Anita drückte Annas Hände noch fester. „Norbert wird es schaffen. Er hat es einfach verdient, es zu schaffen." Dann fielen sie einander in die Arme und weinten hemmungslos, bis sie keine Tränen mehr hatten.

*

Monoton ratterte der Zug durch die Dörfer. Die meisten der übrigen Fahrgäste dösten oder lasen in der Zeitung. Anna schaute aus dem Fenster. Sie hatte ebenfalls versucht zu schlafen, doch es war ihr trotz der kurzen Nacht unmöglich. Immer wieder dröhnte das Geräusch des nahenden Hubschraubers in ihrem Kopf und dann die Worte des freundlichen Arztes. Ich werde ehrlich sein, hatte er versprochen. Sie hatte sich die Tageszeitung mitgenommen, doch sie konnte die Buchstaben nicht sinnvoll zusammenfügen. Apathisch kramte sie in ihrer Tasche und zog schließlich einen Müsli-Riegel hervor. Widerstrebend wickelte sie ihn aus, sie hatte wahrlich keinen Appetit. Allerdings hatte sie seit gestern Nachmittag nichts zu sich genommen und das machte sich langsam bemerkbar. Die Strapazen des Abends und der knurrende Magen taten sich zum Feind zusammen und quälten ihren Körper. Also zwang sie sich, den Riegel zu essen. Eine kleine Flasche Apfelschorle folgte ihm.
In Husum musste sie umsteigen. Sie hatte nur drei Minuten Zeit, hastete die Treppen hinunter und die daneben wieder hinauf, um dann zwei Gleise weiter in den Zug nach Kiel zu springen. Ihr gegenüber saß eine alte Frau. Lächelnd sah sie Anna an. Automatisch lächelte Anna zu-

rück.
Komisch, dachte sie. Ihr kam es vor, als schwebte sie neben einer anderen Frau, die aussah wie sie selbst. Doch diese Frau aß, trank und lächelte. Das musste jemand anders sein. Ein Ebenbild.
Sie selbst müsste doch jetzt zitternd vor Ungewissheit hier hocken.
Lieber Gott, dachte sie flehend. Bitte nimm ihn mir nicht. Ich flehe dich an, lass ihn bei mir! Bitte!
Auf dem Kieler Hauptbahnhof beneidete sie jeden, der an ihr vorbeihastete. Und jeden, der hinter einem Verkaufsstand oder einer Imbissbude seinen Job ausführte. Das normale Leben. Seine Arbeit erledigen, sich auf zu Hause freuen. Zu Hause. Sie hatte kein Zuhause mehr. Sollte Norbert nicht wieder zurückkommen, würde sie das gemeinsame Haus sofort verkaufen. Sie erschrak über ihre eigenen Gedanken so sehr, dass sie taumelte und beinahe über einen kleinen Hund gefallen wäre, der brav neben seinem Frauchen lief und nun laut aufheulte. Die Frau verzog wütend das Gesicht und wollte gerade etwas sagen, doch ein sportlich gekleideter Mann, der aus dem Nichts zu kommen schien, kam ihr zuvor, griff nach Annas Arm und brachte sie wieder ins Gleichgewicht. „Hoppla, was war das denn?"
Sie spürte, wie ihr Gesicht von einer dunklen Röte überzogen wurde, und blieb abrupt stehen. Darauf war er nicht gefasst und stieß gegen sie, sodass beide strauchelten. Er hielt sie fest und lachte. „Meine Güte, ist Torkeln eine ansteckende Krankheit?"
Sie sah ihn mit einem schiefen Grinsen an. „Entschuldigen Sie bitte", stotterte sie.
„Was denn? Es war mir nicht unangenehm."

Trotz der Umstände musste sie lachen.
„Trinken Sie einen Kaffee mit mir? Es scheint, Sie könnten einen brauchen. Und ich habe noch ein wenig Zeit bis Dienstantritt."
Sie schüttelte den Kopf. „Das ist sehr nett von Ihnen. Doch ich muss weiter." Sie streckte ihm die Hand hin und er drückte diese und hielt sie einen Augenblick zu lange fest. „Auf Wiedersehen, schöne Frau."
„Auf Wiedersehen."
Als sie weitereilte, spürte sie seine Blicke in ihrem Rücken und drehte sich um. Er winkte ihr zu und sie erwiderte den Gruß.
Dann stieg sie rasch in das nächste Taxi und war wenige Minuten später am Ziel.
Sie erfuhr an der Information, auf welcher Station Norbert lag. Dort führte man sie zu ihm. Die schwerkranken Patienten waren hier nur durch Vorhänge voneinander getrennt.
Sie erschrak. Er sah aus, als ob er zusammengeschrumpft wäre, die Wangen waren eingefallen und sein Gesicht wirkte so schmal!
Er wurde beatmet und war gleich an mehrere Geräte angeschlossen. Aufmunternd nickte eine ältere Schwester ihr zu und schob ihr einen Stuhl hin.
Anna verließ ihren Platz nur, um zwischendurch einmal in die Cafeteria zu gehen. Sie schlang ein belegtes Brot und einen Kaffee hinunter. Es schmeckte nach nichts, doch ihr war klar, dass sie ein paar Kalorien zu sich nehmen musste.
Dann kehrte sie zurück an Norberts Seite, hielt seine schlaffe Hand, sprach leise zu ihm oder saß einfach nur schweigend da. Sie fühlte eine merkwürdige Ruhe in sich

und wieder hatte sie das Gefühl, aus dem Körper geschlüpft zu sein und eine Fremde zu betrachten.
Sie ging hinaus und schaltete ihr Handy ein. Anita hatte sich bereit erklärt, nach Gregor zu schauen. Schuldbewusst sah Anna, dass die Freundin dreimal auf ihre Mailbox gesprochen hatte und dringend um Rückruf bat.
Mit zitternden Fingern drückte Anna die notwendigen Tasten. Anita war sofort dran. „Endlich! Mensch, ich wird' hier noch verrückt vor Sorge. Schieß los!"
„Tut mir leid. Ich habe völlig die Zeit vergessen."
Am anderen Handy blieb es still.
„Es … es hat sich nichts getan. Die Ärzte sagen, dass er sich wieder erholen kann, doch …" Sie schluckte. „Er sieht überhaupt nicht mehr lebendig aus. Es scheint, dass das bisschen Leben nur von den schrecklichen Maschinen in seinen Körper gepumpt wird."
„Ach Anna …"
„Ich bleibe hier, ja? Ich kann mir ein paar Straßen weiter ein Zimmer nehmen und dann morgen früh wieder zu Norbert gehen."
Anita schwieg.
Alarmiert fragte Anna: „Was ist los?"
Anita zögerte. „Ich kann verstehen, dass du in seiner Nähe sein möchtest. Aber ich mache mir Sorgen um deinen Vater. Er will nicht zum Arzt, doch er scheint mir sehr aufgeregt zu sein. Ich meine … er hatte ja noch keine Zeit, richtig um Ella zu trauern, und nun das."
„Oh Gott, Anita, was soll ich tun?"
„Ganz ehrlich, ich weiß es nicht. Sprich mit den Ärzten dort. Gregor ist momentan bei der Nachbarin."
„Bei der Nachbarin?"
„Ja. Sie ist wirklich lieb. Heute kam sie mit selbstgeba-

ckenem Kuchen und erklärte, er könne jederzeit zu ihr 'rüberkommen."
„Ist ihr das nicht zu anstrengend?", sorgte Anna sich. „Sie hat immerhin zwei kleine Kinder."
„Keine Ahnung. Ich weiß nur, wie anstrengend große Kinder sind, mit kleinen kenne ich mich nicht aus."
Ratlos kehrte Anna auf die Station zurück. Auf dem Flur kam ihr eine Schwester entgegen. „Gut, dass Sie da sind. Der Doktor möchte Sie gern sprechen."
Anna wurde in einen Untersuchungsraum geschoben, wo ein Arzt schon auf sie wartete. Er begrüßte sie und fragte nach ihrem Befinden. „Den Umständen entsprechend gut", antwortete sie und war überrascht, dass es stimmte.
„Okay." Er sah prüfend in eine Karteikarte. „Die Vermutungen, Ihr Mann hätte einen Infarkt erlitten, haben sich also nicht bestätigt."
Sie verstand nicht. „Und? Was hat er dann?"
„Eine Vergiftung."
Ungläubig starrte sie ihn an. „Eine Vergiftung?"
Er lehnte sich zurück und drehte an seinem Kugelschreiber. Dann wandte er sich ihr zu. „Und zwar mit dem Arzneistoff Diazepam. Das bekannteste Medikament ist Valium."
Sie schüttelte den Kopf. „Eine Valium-Vergiftung? Wie kann das sein?"
„Das wollte ich Sie gerade fragen."
„Ich habe keine Ahnung."
„Bekam er das Mittel vom Arzt?"
„Nein. Wir haben kein Valium im Haus."
„Hat er in letzter Zeit Selbstmordgedanken gehabt? Hat er von einem aussichtslosen Leben gesprochen oder unter Depressionen gelitten?"

Jedes Wort traf sie wie ein spitzer Pfeil. „Sie meinen, er hätte sich umbringen wollen?"
„Möglicherweise. Vielleicht wollte er auch nur ein starkes Beruhigungsmittel und hat versehentlich zu viel genommen. Was glauben Sie?"
Anna war völlig überrumpelt. Sie war in letzter Zeit so sehr mit sich selbst beschäftigt gewesen, dass sie keine Ahnung hatte, wie Norbert mit all den Sorgen fertig wurde.
„Ich weiß es nicht", erklärte sie schuldbewusst. „Es ist so viel passiert."
„Wie immer in solchen Fällen. Na denn! Schießen Sie los!"
Sie versuchte, in knappen Worten die ganze Misere zu schildern.
Der Arzt hörte konzentriert zu, fragte das ein oder andere Mal nach oder nickte nur verstehend.
„Das ist starker Tobak", gab er zu, als Anna geendet hatte. „Also ist ein Selbstmordversuch nicht ausgeschlossen."
„Ich kann es Ihnen nicht sagen. Ich weiß es einfach nicht. Jedenfalls bin ich nicht sicher …"
„Frau Meldorf, mal ganz ehrlich. Ich möchte nicht in seiner Haut stecken."
Sie biss sich auf die Unterlippe. „Und jetzt?"
„Sein Zustand ist, soweit wir das beurteilen können, stabil. Ich gehe davon aus, dass er spätestens morgen wieder wach wird. Vielleicht sogar früher. Danach wird er eine Weile kraftlos und desorientiert sein, aber ich hoffe, das wird sich geben."
„Und was wird dann sein?"
„Das kann ich nicht mit Gewissheit sagen."

Das konnte er nicht mit Gewissheit sagen. Fast hätte sie hysterisch aufgelacht.
„Fahren Sie nach Hause, beruhigen Sie Ihren Vater, und dann kommen Sie wieder her. Ihr Mann wird rund um die Uhr überwacht, ich kann Sie guten Gewissens losschicken."
Er bemerkte ihre Zweifel. „So lang ist die Fahrt doch nicht. Keine drei Stunden, habe ich Recht?"
„Ja", gab sie zu. „Aber nachts fährt ein paar Stunden lang kein Zug. Was ist, wenn gerade da etwas passiert?"
Er zuckte mit den Schultern. „Es kann jedem von uns jederzeit etwas passieren."
Ihr Gesicht verzog sich zu einer Grimasse. „Das ist ein saudummer Spruch."
„Aber er stimmt", konterte er.
Leider hatte sie dem nichts entgegenzusetzen. Und sie vertraute seinem Urteil. Sie sah noch einmal zu Norbert, hauchte ihm einen Kuss auf die Wange, sprach mit der Schwester und nahm den nächsten Zug nach Westerland. Sie rief ihren Vater von unterwegs an und versprach, ihn noch am selben Tage zu besuchen.
Am Abend löste sie ihr Versprechen ein.
Gregor war völlig aufgelöst. Die große Trauer um seine Frau vermischte sich mit schrecklichen Schuldgefühlen seinem Schwiegersohn gegenüber. „Vielleicht habe ich keine Chance mehr, etwas gutzumachen", stöhnte er verzweifelt.
Anna schloss die Augen und holte tief Luft. „Papa, hör auf damit! Du machst alles noch schlimmer! Lass die alten Geschichten! Bitte!"
Er sah sie aus geröteten Augen an. „Ich kann nicht! Ich schaffe es nicht."

„Doch, du schaffst das sehr wohl. Ich kann es ja auch.“
„Woher nimmst du diese Kraft?“
Sie zuckte die Schultern.
Erst nach Mitternacht fiel sie in einen tiefen Schlaf. Als sie am Morgen auf die Uhr sah, erschrak sie. Sie hatte zehn Stunden am Stück durchgeschlafen. Etwas steif stand sie auf und schlurfte ins Bad. Aus dem Spiegel blickte ihr eine Fremde entgegen. Ein weibliches Gespenst, bleich, mit großen angsterfüllten Augen.
Sie starrte ihr Spiegelbild an. „Woher ich die Kraft nehme?“, höhnte sie. „Welche Kraft? Ich habe keine! Ich funktioniere ferngesteuert. Hoffentlich hält die Batterie in der Steuerzentrale noch etwas.“
Das Telefon klingelte. Wie in Zeitlupe ging sie hin. „Meldorf?“
„Hallo, Schwesterchen. Ich bin's.“
„Lass mich in Ruhe!“, herrschte sie ihn an.
„Aber hallo, das ist ja nicht gerade ein Zeichen der Nächstenliebe.“
Sie wollte etwas sagen, überlegte es sich aber anders und legte einfach auf. Sogleich klingelte es noch mal. Sie traute sich nicht, es zu ignorieren, aus Furcht, es könnte die Klinik sein.
„Hör mir gut zu, kleine Maus! Du solltest lieber versuchen, mit deinem großen Bruder klarzukommen.“ Er sprach sehr leise, was alles noch bedrohlicher zu machen schien. „Wenn du nicht willst, dass ein Artikel über den verschmähten Schwager des verdächtigten Lehrer Meldorfs in den Zeitungen erscheint.“
Er sprach immer leiser, sodass Anna den Hörer fest ans Ohr pressen musste, um ihn zu verstehen.
„Warum machst du das?“, schluchzte sie. „Lass mich in

Ruhe, bitte!“
„Ihr hattet lange genug Ruhe. Viel zu lange. Sag deinem verehrten Gatten …“
Sie unterbrach ihn und schrie in den Hörer: „Da gibt es ein klitzekleines Problem! Er kann mich nicht hören, glaube ich jedenfalls. Jedenfalls kann er nicht antworten!“
„Ich verstehe nicht …“
„Er ist zusammengebrochen und nicht ansprechbar, du Mistkerl!“
Sie unterbrach das Gespräch wiederum und ließ sich schluchzend auf den nächsten Stuhl fallen.
Wieder ging das Telefon. Sie nahm beim ersten Klingeln ab. „Jetzt hörst du mir mal zu, mein Lieber …“
„Keine Sorge. Jederzeit, wie du genau weißt“, hörte sie eine weibliche Stimme freundlich sagen.
„Oh, entschuldige bitte, Anita. Ich dachte, es wäre wieder dieses Scheusal, das dummerweise mein Bruder ist.“
„Nein, ich bin's nur. Ist es dir recht, wenn ich nach der Schule vorbeikomme?“
„Natürlich.“
Anna fuhr zu Gregor, versprach, sich am Abend telefonisch zu melden, und kam zeitgleich mit Anita wieder zu Hause an.
Diese war bepackt mit frischen Brötchen, einem exquisiten Honig und zwei Rumkugeln. Anna umarmte sie und lachte. „Du weißt doch immer ganz genau, was ich brauche.“
Anita verdrehte die Augen. „Was ich jetzt bräuchte, wäre eine Kanne Bourbon. Doch in Anbetracht der Tageszeit müssen die Kalorienbomben als Ersatz reichen.“
Nachdem sie das Wichtigste in Kürze ausgetauscht hatten, druckste Anita ein wenig herum. Anna kannte sie gut

genug, um zu bemerken, dass ihre Freundin ein Anliegen hatte. „Was ist los, du bist doch sonst immer so direkt?“, fragte sie.
„Ach weiß du, ich habe versprochen, dass ich frage, aber ich mag nicht, weil ich finde, du solltest nein sagen, und ich fürchte, du bist viel zu nett, um dies zu tun. Und wenn du ja sagst, hätte ich ein furchtbar schlechtes Gewissen, dass ich gefragt habe.“
„Bitte was? Ich kann dir nicht folgen.“
„Tja, weißt du …“
„Los jetzt!“
Anita legte das angebissene Brötchen wieder auf den Teller. „Doris, meine Nichte, möchte hier ein Praktikum machen, mehrere Wochen lang. In ein paar Tagen wird sie aus der Schule entlassen.“
„Das ist doch gut.“
„Fragt sich nur, für wen. Meine Schwester bat mich, Doris so lange bei mir aufzunehmen.“
„Oh.“
„Genau das! Wie bitte schön soll ein verkorkster Teenager wie sie mit einer ganz und gar unmöglichen Tante, wie ich es bin, über Wochen in einer Eineinhalbzimmerwohnung klarkommen? Kannst du mir das sagen?“
„Nee.“
„Aber ich kann es dir sagen. Nämlich gar nicht! Das ginge keine zwei Tage gut.“
„So schlimm wird sie doch nicht sein.“ Anna grinste.
„Schlimmer!“
„Glaub ich nicht.“
Anita schwieg. Langsam dämmerte es Anna.
„Warum fragt Christine mich nicht selbst?“
„Ich habe es ihr unter Mordandrohung verboten. Ich

finde diese Idee ganz und gar unzumutbar. Gerade jetzt. Und außerdem muss man das von Angesicht zu Angesicht besprechen."

Anita saß kerzengerade und sah ihre Freundin mit unbewegter Miene an.

„Jawoll Sir!" Anna musste bei ihrem Anblick lachen.

„Sag nein!", bat Anita.

„Warum?"

„Du musst dich jetzt auf deine eigene Familie konzentrieren und darfst kein Fünkchen Energie an andere verschwenden."

„Ach, weißt du", erklärte Anna ungerührt, „ich habe gerade heute Morgen festgestellt, dass da nichts mehr in mir ist. Keine Energie und auch sonst nichts. Gar nichts! Ich bin im Standby-Modus. Aber es ist nicht schlimm." Annas Stimme wurde immer höher.

„Hör auf mit dem Singsang. Sag einfach nur nein, und Christine wird es verstehen."

„Ach, so'n Quatsch. Solange ich das Mädel nicht erziehen muss, kann sie ruhig kommen. Ich habe doch Platz, das Gästezimmer oben ist frei. Also, was soll's?" Sie hielt einen Moment inne.

„Vorausgesetzt, sie hat keine Angst, zwischendurch allein im Haus zu sein. Ich weiß ja nicht, was jetzt noch kommt …"

„Angst?", entfuhr es Anita. „Dieses Mädel fürchtet sich vor gar nichts. Glaub es mir! Sie ist ganz und gar unmöglich!"

„Was ist daran verkehrt, sich nicht zu fürchten?"

„Sag einfach, es geht nicht. Sie hätten sich eben früher um eine Unterkunft bemühen müssen. Und basta!"

„Sie kann kommen, wann immer sie möchte."

Anita raufte sich die Haare. Christines Tochter würde hier die Bude auf den Kopf stellen, und ihre größte Sorge war, dass Anna wieder trinken würde, womöglich die beiden zusammen.
„Oh Mann!“, schimpfte sie. „Hals dir diese Göre nicht auch noch auf. Tu mir den Gefallen!“
Anna sah sie ruhig an. „Weißt du, vielleicht tut es mir ganz gut, mich mal über so banale Sachen zu ärgern wie ein paar herumliegende Klamotten und einen verkorksten Teenager. Wahrscheinlich ärgere ich mich nicht mal darüber, weil ich ganz einfach andere Sorgen habe.“
Anita war verzweifelt. „Sie ist nicht mehr das kleine süße Mädchen. Sie ist …“ Ihr fiel nichts Passendes ein.
„Ein Monster?“, fragte Anna provozierend.
„Nein …“, kam es zögernd. „Das ja nun auch nicht gerade.“
„Na also. Sie soll doch nur hier wohnen, oder? Sieh mal, du hast schon so viel für uns getan, und du kümmerst dich nachher schon wieder um meinen Vater, was wahrlich kein angenehmer Job ist. Wenn es dir umgekehrt hilft, dass Doris bei mir anstatt in deiner winzigen Wohnung bleibt, dann freut mich das. Ehrlich!“
„Wenn es mir hilft? Ich würde dir so viele Gefallen schulden, dass ich sie für den Rest meines Lebens gar nicht mehr abarbeiten könnte!“
„Na, dann passt es doch.“

*

Wie eine Schlange schlich der Zug gemächlich vorbei an blühenden Rapsfeldern, Weiden mit Schafen, Kühen oder Pferden.

Die Sonne strahlte mit voller Kraft vom Himmel. Anna erspähte zwei Rehe, die dicht an einer Baumreihe entlanghuschten. Ein Stückchen weiter hoppelten ein paar Kaninchen über das Feld. Vielleicht waren es auch Hasen, so genau kannte sie sich nicht aus. Sie lächelte schwach. Ob Kaninchen oder Hasen, ob Rehe, Pferde oder Schafe, es tat ihr gut, diese unschuldigen und offenbar glücklichen Tiere zu beobachten. Kurz nach einer Brücke kam ein Bauernhof, ein paar Schweine suhlten sich in einer matschigen Pfütze. Sollten wir von der Insel gehen, sinnierte Anna, dann müssen wir auf das Land ziehen. Dorthin, wo wenigstens die Tiere noch glücklich sind, sofern die Menschen ihnen eine Chance geben.
Ein jäher Schmerz durchfuhr sie, denn ein anderer Gedanke zwängte sich auf: Sollte Norbert das Krankenhaus gesund verlassen …
„Geht es Ihnen nicht gut?“
Erschrocken fuhr Anna zusammen.
Ein junger Mann, fast noch ein Teenager, mit Rastalocken und einem silbernen Ohrring im linken Ohr sah sie besorgt an. Sie hatte gar nicht mitbekommen, dass er sich ihr gegenüber niedergelassen hatte, so sehr war sie in ihre Gedanken vertieft.
Fragend sah sie ihn an.
Sein junges Gesicht errötete leicht. Verlegen entschuldigte er sich. „Tut mir leid, geht mich nichts an.“
Sie lächelte gerührt. „Danke, dass Sie fragen.“
Er grinste. „Ich hab’ nur ’nen Schreck bekommen, als Ihnen plötzlich die Tränen in die Augen schossen.“
„Oh, das habe ich gar nicht gemerkt.“ Verlegen kramte sie in ihrer Tasche nach einem Tuch und schnäuzte sich die Nase, um diese anschließend zusammenzukräuseln.

„Das ist mir wirklich peinlich, normalerweise sitze ich nicht heulend im Zug."
Prüfend sah er sie an. „Dann haben Sie jetzt gewiss einen Grund dazu."
Seine Offenheit erstaunte sie und so erzählte sie, dass ihr Mann im Krankenhaus lag und sie keine Ahnung hatte, ob er wieder gesund würde.
Der junge Mann nickte. „Das ist hart. Ich kenne das."
Als er merkte, dass sie Interesse zeigte, fuhr er fort: „Meine Schwester war lange krank. Sie war sehr tapfer, doch sie hat es leider nicht geschafft … Meine Mutter ist nicht mehr dieselbe seitdem." Er schluckte.
Sie erfuhr, dass er um einiges älter war, als sie geschätzt hatte, nämlich einundzwanzig.
„Und wo fahren Sie jetzt hin?", fragte sie.
„Wieder nach Hamburg. Ich studiere dort, doch ich musste ein paar Tage nach Hause, mein Vater hat dummerweise auch noch seinen Job verloren …" Einen Augenblick schwieg er. „Na ja, da brauchten sie halt mal ein wenig Aufmunterung."
Seine Worte erstaunten und rührten sie. Dieser junge Mann mit seiner wilden Frisur und den verbeulten Hosen sah aus wie jemand, der ohne Job und Ziel durch die Gegend trampte. Und im Inneren verbarg sich ein Verantwortungsbewusstsein, das so mancher auch im reiferen Alter nicht erlangte. „Meine Damen und Herren, in Kürze erreichen wir Husum!", ertönte es aus den Lautsprechern.
Anna musste zu ihrem großen Bedauern umsteigen. Am liebsten hätte sie ihre Zugbekanntschaft umarmt, aber das ging natürlich nicht.
Sie wollte ihren kleinen Koffertrolley herunterholen,

doch der junge Mann sprang auf und kam ihr zuvor. Spontan streckte sie ihm die Hand hin, die er kräftig drückte. „Tschüss! Und alles Gute für Ihren Mann!"
„Danke. Ihnen auch alles Gute."
Als sie den Bahnsteig entlangeilte, kam sie an seinem Abteil vorbei. Er schaute durchs Fenster und hob lässig die rechte Hand zum Gruß. Sie hatte keine Hand frei, doch sie lächelte und nickte ihm zu.

Diesmal fuhr sie mit dem Bus. Während der paar Minuten, die sie unterwegs war, versuchte sie einen Deal mit dem lieben Gott auszuhandeln. Anna war immer sehr gläubig gewesen, dennoch hatte sie die Kirche in den vergangenen Jahren nicht oft besucht. Sie schwor, regelmäßig an den Gottesdiensten teilzunehmen, sie schwor, sich hingebungsvoll um Gregor und um Norbert zu kümmern, ja, auch um Doris, wenn sie dadurch helfen konnte. Alles will ich tun, alles will ich verzeihen, betete sie, aber lass ihn bitte, bitte wieder gesund werden.
Fast hätte sie die Haltestellte verpasst. Rasch stieg sie aus und eilte in die Klinik.
Die Türen zur Intensivstation waren verschlossen und so versuchte sie, jemanden vom Personal aufzutreiben. Eine Frau in mittleren Jahren mit strähnigem Haar schlurfte an ihr vorbei. Sie trug einen verwaschenen Jogginganzug, schob einen Tropfständer neben sich her und verschwand im Aufzug. Ansonsten war niemand zu sehen und Anna wurde immer nervöser. Wieder betete sie still und inbrünstig.
Eine junge Schwester kam ihr entgegen. Anna eilte zu ihr und bat, auf die Intensivstation gelassen zu werden. „Das

darf ich nicht, ich bin nur ein Lehrling. Ich hole aber jemanden, warten Sie bitte kurz.“ Das Mädchen lief rasch davon und verschwand nach kurzem Anklopfen in einem kleinen Raum. Ein hoch gewachsener Mann im weißen Kittel kam heraus und auf Anna zu und streckte ihr die Hand hin. „Frau Meldorf?“

„Ja.“

Er bat sie in das Zimmer, doch Anna protestierte. „Ich möchte zuerst zu meinem Mann. Bitte!“

Der Arzt sah ernst zu ihr hinunter. „Ich muss zunächst einmal mit Ihnen sprechen. Ihr Mann hat die Intensivstation vor einer Stunde verlassen.“

Ihr Herz erstarrte zu Eis. Er hatte es also nicht geschafft.

„Nein, bitte nicht“, hauchte sie und bemerkte nicht, dass sie sanft auf einen Stuhl gedrückt wurde.

„Er ist wieder bei Bewusstsein. Wir haben versucht, Sie anzurufen, doch Sie waren schon unterwegs.“

„Oh! Danke“, entfuhr es ihr. Ihre Gefühle waren ein Knäuel, sie müsste sich jetzt unbändig freuen, doch sie bekam die Fäden nicht entwirrt. Warum bloß nicht? Was stimmte nicht?

Der Arzt hatte sich ihr gegenüber hingesetzt. Sie sah ihn an. „Er ist nicht okay, oder?“

Er schüttelte den Kopf. „Er ist desorientiert, teilnahmslos. Wenn man ihn zu einem Gespräch drängt, erzählt er verworrene Geschichten. Mein Kollege hat mir zwar berichtet, dass Ihnen in letzter Zeit einige schlimme Dinge widerfahren sind, doch Ihr Mann ist schlichtweg verwirrt. Er hat keine Ahnung, warum er hier ist, und es ist ihm scheinbar auch egal.“

Anna starrte ihn an. Sie wusste nicht, was sie sagen sollte. Sie wusste auch nicht, was sie fragen müsste. Sie wusste

schlechthin gar nichts.
„Hören Sie mir zu?“, fragte der Arzt leise.
Sie nickte stumm.
Teilnahmsvoll sah er sie an.
„Wir gehen gleich zu ihm, doch Sie dürfen nicht allzu sehr erschrecken, das würde ihn noch mehr durcheinanderbringen. Schaffen Sie das?“
Wiederum antwortete sie mit einem Nicken. Was blieb ihr anderes übrig?
Auf dem Weg entlang des Flurs fuhr der Arzt mit seinen Erklärungen fort. „Eine Schwester ist bei ihm, wir beobachten ihn noch eine Weile und dann werden wir ihn verlegen.“
Sie blieb stehen. „Wohin?“
Sie ahnte die Antwort, dennoch traf es sie wie ein Faustschlag.
„In die Psychiatrie.“

Vor dem Zimmer zögerte der Arzt. Er umschloss ihr Handgelenk und drehte sie so, dass sie ihn anschauen musste. „Hören Sie, vielleicht sind es nur die Nachwirkungen des überdosierten Medikamentes. Möglicherweise …“
„… wird er wieder normal?“, beendete Anna den Satz.
Er nickte.
„Aber Sie können es mir nicht versprechen?“
Betrübt schüttelte er sehr langsam den Kopf.
Als sie das Zimmer betraten, sah Norbert nicht auf. Eine Schwester fühlte soeben den Puls und trat danach zur Seite.
Der Arzt forderte Anna mit einer Handbewegung und einem aufmunternden Lächeln auf, Norbert anzuspre-

chen.
Zögernd ging sie ans Bett. „Hallo, Norbert."
Er wandte sich ihr zu.
„Hallo, ich bin's. Erkennst du mich?"
„Glaub schon." Die Worte kamen sehr undeutlich aus seinem Mund, als ob er betrunken war.
Sie schluckte. Die Schwester schob ihr einen Stuhl hin. „Wir lassen Sie einen Moment allein, wenn Sie möchten."
Anna drehte sich um. „Kann denn nichts passieren?"
Der Arzt lächelte. „Nein, er ist so weit stabil, was die körperlichen Funktionen angeht. Und wir lassen die Tür offen, ich bin im Zimmer am Ende des Flurs."
Sie nickte ohne Aufzusehen. „Okay."
Norbert hatte die Augen geschlossen und dämmerte vor sich hin.
Sie hielt seine Hand und schwieg einen Augenblick. Eine ältere Schwester kam, trat an die andere Seite des Betts und nahm dem Kranken Blut ab. Norbert öffnete kurz die Augen, schloss sie aber sofort wieder.
Anna hielt es nicht mehr aus. „Kannst du mich verstehen?", fragte sie so laut, dass er zusammenzuckte.
„Ja, kann ich", nuschelte er.
„Weißt du, was passiert ist?"
„Hä?"
Sie verdrehte die Augen. „Du hast eine große Portion Valium intus. Kannst du dich daran erinnern?"
Verständnislos sah er sie an. „Was?"
Sie schüttelte seinen Arm. „Norbert! Wolltest du dich wirklich umbringen? Wolltest du mich tatsächlich allein zurücklassen, einfach so?"
Sie bekam keine Antwort. Es schmerzte, ihn so zu sehen. Hilflos und durcheinander. Sie musste sich mit dem

schrecklichen Gedanken vertraut machen, dass er die Geschehnisse der letzten Wochen nicht verkraftet hatte. Dass er psychisch vielleicht nie wieder völlig gesund würde.

Alles war aus … Alles war egal.

Sie ließ sich nach vorn sinken und legte den Kopf auf seinen Bauch. Seine rechte Hand streichelte ihr über das Haar. Die Berührung hatte etwas Tröstendes. Sie genoss es und schwieg, aus Angst, diesen schönen Moment zu zerstören.

Ärzte und Schwestern kamen, maßen den Blutdruck oder die Körpertemperatur, prüften seine Reflexe und wechselten den Tropf. Eine Schwester löste Anna ab, damit sie etwas essen gehen konnte.

Norbert fiel immer wieder in einen Dämmerzustand, erst am Abend war er deutlich aufgeweckter. Seine Aussprache normalisierte sich, doch er blieb sehr desorientiert, und Anna wagte kaum, sich Hoffnungen zu machen.

Sie hatte sich ein Zimmer gemietet, nur wenige Straßen von der Klinik entfernt, und ließ sich spät am Abend auf das Bett fallen.

Sie wusste, sie hätte Anita anrufen müssen, doch sie brachte die Kraft nicht auf. Die Anteilnahme der Freundin würde sie jetzt nicht ertragen. Sie duschte nur noch rasch und fiel anschließend in einen erschöpften Schlaf.

Das Klingeln ihres Handys weckte sie.

Benommen ging sie dran. Es war erst sechs Uhr dreißig.

„Vergib mir, Schätzchen, falls ich dich geweckt habe, aber ich hielt es nicht mehr aus.“ Es war Anita.

„Ich muss mich entschuldigen“, murmelte Anna. „Ich war einfach total fertig. Ich hätte dich trotzdem anrufen sollen.“

Sie erklärte knapp den Stand der Dinge. Anita wusste genau, wie sie jetzt mit Anna reden musste, sie unterließ jedes Wort des Mitleids, erklärte nüchtern, Gregor ginge es gut, und Anna sollte nur Bescheid sagen, falls sie in irgendeiner Form Hilfe bräuchte. Dann erwähnte sie noch, dass Susanne Malcom ihre Lehrerstelle gekündigt hätte.
„Stell dir vor, fristlos. Sie weigert sich, wenigstens bis zu den Ferien zu unterrichten. Nichts zu machen."
„Komisch", sagte Anna, doch es interessierte sie nicht sonderlich.
Anna erklärte, sie würde sich am Abend melden, und ließ Grüße an ihren Vater ausrichten. Erleichtert beendete sie das Gespräch und eilte zur Klinik. Diesmal ging sie direkt ins Krankenzimmer.
Immerhin lächelte Norbert sie an und wünschte ihr einen guten Morgen. Er sah erschöpft aus, wirkte heute aber erfreulich lebendig, jedenfalls im Gegensatz zum Tag davor. „Ich soll dich herzlich von Anita grüßen, am liebsten wäre sie mit hergekommen, aber ich habe gesagt, ich kriege dich schon allein betüddelt."
Er grinste. Ihr Herz tat einen Sprung.
„Stell dir vor, Susanne Malcom hat gekündigt. Seltsam, oder?"
Er sah sie fragend an. „Wer?"
„Susanne", wiederholte sie eindringlich. „Deine Kollegin!"
„Ach so."
Eindringlich sah sie zu ihm hinunter. „Du weißt nicht, von wem ich spreche, oder?"
Er antwortete nicht. Erschüttert wandte sie sich ab und schaute aus dem Fenster. Tränen schossen ihr in die Augen. Einen aberwitzigen Moment lang hatte sie Hoffnung

geschöpft. Das durfte ihr nicht wieder passieren. Sie musste abwarten, doch sie konnte nicht zu viel erwarten, das war ihr nun klar.
Langsam ging sie wieder zu ihm. „Norbert, ich bitte dich, gib mir eine ehrliche Antwort!“ Sie hielt einen kurzen Moment inne und sah ihm in die Augen. Sie musste einen neuen Vorstoß wagen. „Hast du das Valium genommen, Norbert? Wolltest du … wolltest du wirklich sterben?“
Seltsam unbeteiligt erwiderte er ihren Blick und seine Antwort traf sie bis ins Mark. „Keine Ahnung.“
Anna zuckte zusammen. Es war eine klare, grausame Antwort.
Dann erzählte sie von Gregor und von Doris.
„Und was macht Ella?“, fragte er.
Sie erstarrte. Zögernd erklärte sie dann, dass ihre Mutter vor kurzem verstorben sei. Ob er sich denn nicht erinnerte?
„Oh, das tut mir leid“, sagte er betrübt. „Ich bin so müde, ich habe es vergessen.“
Sie schluckte und bemühte sich um Haltung.
Er sah sie an wie ein kleiner Junge, der beim Apfelklauen erwischt worden ist. „Entschuldigung, Anna.“
Sie nickte benommen. „Ist schon gut.“

Die Ärzte schlossen die Möglichkeit eines Suizidversuchs nicht aus. Norbert konnte sich nicht entsinnen, das Valium genommen zu haben, aber er konnte sich an die Stunden, bevor er ausgeflogen wurde, schließlich überhaupt nicht erinnern. Vielleicht wollte er sich auch nicht erinnern und die Geschehnisse lieber aus seinem Bewusstsein verdrängen.

Man erklärte Anna, eine so genannte Konsiliarärztin der psychologischen Station würde herüberkommen und ein Gutachten erstellen. Sie würde entscheiden, ob eine Verlegung dorthin sinnvoll und notwendig sei.
Es gab keinen Abschiedsbrief und keinen sicheren Hinweis, nur die Vermutung, dass er das Medikament freiwillig genommen hatte. Die Polizei wollte Anna und Gregor diesbezüglich befragen, und so fuhr Anna wieder für kurze Zeit nach Hause. Doris sollte ebenfalls an diesem Tage auf die Insel kommen.

Christinas Tochter kam eine Stunde nach ihrer Gastgeberin an. Anna versuchte, sich ihre Bestürzung nicht anmerken zu lassen. Lächelnd bat sie das Mädchen ins Haus. Meine Güte, dachte sie, Anita hat nicht übertrieben. Doris hatte sich die Haare zum Teil blau gefärbt und mit Gel oder Spray kreuz und quer in eine senkrechte Position gebracht. Ihre Augen waren mit einem breiten, schwarzen Strich umrandet, die Lippen mit einem dunkelvioletten Lippenstift betont und die Hose war völlig verbeult und verunstaltete dadurch ihre Figur. Das T-Shirt hatte seine besten Tage ebenfalls schon hinter sich.
O je, die arme Christine, dache Anna.
Doch ihre Kleidung war sauber, ihre seltsame Frisur roch nach Apfelsinenshampoo und das junge Gesicht wirkte zwar schrecklich mürrisch und abweisend, aber dennoch gepflegt. Immerhin.
In der Nase und in der Oberlippe hatte sie ein Piercing. Eigentlich war es ein hübscher Schmuck, doch Anna schauderte es bei dem Gedanken, sich Löcher in Nase oder Mund bohren zu lassen. „Im Bauchnabel habe ich

auch noch eins", erklärte Doris verächtlich und zog ihr Shirt etwas hoch. Anna warf einen Blick drauf. „Hübsch."
Verblüfft sah das Mädchen sie an. „Du findest es hübsch?"
„Ja."
Anna nahm ihr eine der Taschen ab. „Komm, lass uns schon mal einen Teil mitnehmen, ich zeig' dir, wo du schlafen kannst."
Sie schleppten schließlich alles nach oben. Eine Tasche war besonders schwer. „Was hast du da denn drin?"
Doris sah sie provozierend an. „Hochprozentiges."
Anna nickte. „Ach so."
„Willst du es mir wegnehmen?"
Überrascht sah Anna sie an. „Sollte ich?"
„Keine Ahnung. Aber ich würde mir eh neuen Stoff holen."
„Stoff?", fragte Anna alarmiert.
„Entspann dich. Ich meinte, neuen Schnaps."
Anna zuckte die Schultern. „Also habe ich es eben nicht gemerkt?"
Erstaunt sah Doris sie an. „Machst du hier einen auf cool oder was? Mama hat dich ganz anders beschrieben."
„Wie denn?"
„Sanft, verantwortungsbewusst, solide. So ähnlich jedenfalls."
Anna setzte sich auf das Bett. „Da mach dir mal keine Sorgen. Vielleicht bin ich das alles. Normalerweise. Vielleicht würde ich mich unter normalen Bedingungen auch vernünftig um dich kümmern. Aber hier ist nichts, aber auch gar nichts normal. Ich habe innerhalb kürzester Zeit erfahren, dass ich einen schrecklichen Bruder habe, den

mein Mann vor langer Zeit beinahe umgebracht hätte, ich habe meine Mutter verloren, mit der ich mich gerade versöhnt hatte. Norbert wird Vater, woran ich keinen Anteil habe, und nun ist er scheinbar auch noch psychisch krank. Glaube mir, es ist mir scheißegal, was du machst oder wie du 'rumläufst, solange du niemanden tätlich angreifst, dich selber nicht erstechen lässt und das Haus nicht in Brand setzt."

„Wow!" Doris ließ sich neben Anna auf das Bett fallen. „Das ist … Also, das ist …"

„Ganz und gar unglaublich, oder?"

„Aber echt! Das ist ja der Wahnsinn!"

„Treffender könnte man es nicht ausdrücken."

Beide sahen auf die Wand gegenüber und hingen ihren eigenen Gedanken nach, bis Anna fragte: Mir scheint, du findest es auch noch toll, dass hier der Wahnsinn sein Unwesen treibt?"

Doris wippte mit den Fußspitzen. „Das weiß ich noch nicht. Ganz so heftig hatte ich mir das alles nicht vorgestellt, wenn ich ganz ehrlich bin."

„Es ist mehr als heftig, das garantiere ich dir. Und ich habe keine Ahnung, wie lange ich das noch bewältige. Oder was noch alles kommt." Seufzend stand sie auf.

„Doris, überleg dir bitte mal in Ruhe, ob du nicht doch lieber zu Anita willst."

„Da brauche ich nicht zu überlegen. Die würde mich nach zwei Tagen 'rausschmeißen. Wenn es überhaupt so lange dauern würde."

„Unsinn, ihr würdet das schon hinkriegen."

„Auf gar keinen Fall!"

„Versteh mich nicht falsch. Meinetwegen kannst du hier bleiben, doch ich sorge mich um dich."

„Wieso?“
„Was ist, wenn Norbert nach Hause kommt und … und …“
„Plemplem ist, wolltest du sagen?“
Tief getroffen sah Anna sie an. „Nein, so wollte ich es ganz sicher nicht sagen.“
„Sorry, hab's nicht böse gemeint.“
Anna brauchte einen Moment, um sich zu fangen, bevor sie weitersprach. „Und außerdem könnte mein Bruder hier auftauchen, und der ist unberechenbar.“
„Mensch, ich bin doch nicht aus Zucker! Ich lass' mich schon nicht fertigmachen. Keine Panik, Anna!“
Anna zuckte die Schultern. „Okay, du musst es selbst wissen. Aber sag nicht, ich hätte dich nicht gewarnt.“
„Okay“, säuselte Doris gleichmütig.
Anna war schon fast im Flur, als das Mädchen ihr noch hinterher rief. „Anna?“
Sie schaute noch mal ins Zimmer. „Ja?“
„Tust du mir einen Gefallen?“
„Kommt drauf an“, erwiderte Anna vorsichtig.
„Nenn mich bitte nicht Doris. Ich hasse diesen Namen.“
„Wie hättest du's denn gern?“
„Dorry, bitte.“
Anna zog die Stirn kraus. „Findest du das wirklich schöner?“
„Nee, aber es passt besser zu mir.“
Anna nickte und ließ sie allein.

Eine Stunde später aßen sie gemeinsam. „Wann fährst du wieder nach Kiel?“, fragte Doris.
„Morgen.“
„Für länger?“

Anna schüttelte den Kopf. „Nein. Ich bringe ein paar Sachen hin und dann soll Norbert einige Tage Ruhe haben und zu sich selbst zurückfinden."
Doris biss von ihrem Brot ab und meinte mit vollem Mund: „Hört sich irgendwie nach totalem Psychoquatsch an."
„Ist es ja auch."
„Was? Psycho oder Quatsch?"
Anna neigte den Kopf, verzog das Gesicht zu einer Fratze und sah Doris mahnend an. „Ach, ich weiß es auch nicht. Wahrscheinlich Psycho und hoffentlich kein Quatsch."
Doris hörte auf zu kauen. „Mensch, jetzt schwafelst du aber."
„Mag sein."
„Ist nicht so schlimm."
„Na, da bin ich aber froh."
„Gut nicht?" Doris' Mundwinkel machten sich auf den Weg in Richtung Ohren.

*

Sabine Held und Kollege Martin Schmehr blieben noch einen Moment im Auto sitzen, bevor sie bei Anna klingelten.
„Was meinst du, Martin, hat der sich selbst vergiften wollen?"
Schmehr wickelte sich umständlich einen Kaugummi aus. „Grund genug hätte er." Bedächtig knüllte er die kleine Folie zwischen Daumen und Mittelfinger. „Mensch, ob er nun Schuld hat oder auch nicht, der sitzt doch total in der Scheiße!"

„Musst du dich immer so primitiv ausdrücken?"
Er sah sie über den Rand seiner Brille hinweg an. „Trifft doch aber den Punkt, oder?"
Sie verzog das Gesicht zu einer Grimasse. „Ja. Leider."
Die beiden konnten ihre Überraschung nicht verbergen, als Doris ihnen mit Schwung die Tür öffnete und sie mit einer einladenden Armbewegung hineinbat. „Keine Angst, ich beiße nicht. Und notfalls sind Sie ja sicher bewaffnet."
Dann besann sie sich und kramte in irgendwelchen verschütteten Schädelregionen nach Benimmregeln, streckte den Polizisten die rechte Hand hin und erklärte: „Ich bin hier für eine Weile sozusagen zur Untermiete, Sie dürfen Dorry zu mir sagen."
In dem Moment kam Anna atemlos um die Ecke. „Entschuldigung, ich habe gerade mit einem der Ärzte gesprochen." Sie sah unglaublich jung und verletzlich aus. Ihre dunklen Augen wirkten riesig in dem bleichen, schmalen Gesicht, sie hatte die Haare zu einem Zopf zusammengebunden und trug eine alte Jeans und eine weiße schlichte Bluse.
Die drei Übrigen schauten sie fragend an, also gab sie ihnen einen kurzen Krankenbericht. Sie schloss mit den Worten: „Er ist jetzt also verlegt, in die Psychiatrie."
Sie sah zu Boden.
„Oh je", sagte Doris kaum hörbar.
Sabine räusperte sich. „Warum ist er dort? Ich meine, er könnte doch auch ambulant psychologisch betreut werden, oder?"
Anna setzte sich. „Ja. Man kann sich auch wieder relativ normal mit ihm unterhalten. Er hat noch Erinnerungslücken und ist unkonzentriert, doch die Ärzte meinen, das

kommt wieder in Ordnung. Die Folgeerscheinungen der Vergiftungen verstärken offenbar sein seelisches Trauma, und er wird eine Weile intensive psychologische Betreuung brauchen."

„Laber Rhabarber", fügte Doris trocken hinzu.

Die Polizeibeamten schauten sie entsetzt an.

„Stimmt doch", bekräftigte Doris. „Ich meine, klar braucht er Hilfe, aber dafür muss er doch nicht in die Klapse."

Zum Erstaunen aller entgegnete Anna ruhig: „Ich dachte genauso, doch es gibt ja noch ein anderes Problem."

„Noch eins?", stöhnte Doris und zumindest hiermit sprach sie allen aus der Seele.

„Ja." Anna strich sich eine nicht vorhandene Haarsträhne hinter das Ohr. „Sie können einen Selbstmordversuch immer noch nicht ausschließen."

Es herrschte betretenes Schweigen. Schmehr hoffte auf die rhetorische Geschicklichkeit seiner Kollegin. Er hatte Glück.

Sabine stützte die Unterarme auf die Knie und sah zu Anna.

„Darum sind wir ja hier. Was meinen Sie, Frau Meldorf? Hat Ihr Mann irgendwelche Andeutungen diesbezüglich gemacht? Oder halten Sie es für wahrscheinlicher, dass jemand nachgeholfen hat?"

Annas Stimme begann zu zittern. „Ich weiß es nicht. Wirklich nicht. Normalerweise hätte ich jetzt behauptet, er würde so etwas niemals tun. Er ist ein willensstarker Mann, und außerdem hätte er mich nicht ohne einen Abschiedsbrief zurückgelassen."

„Aber?", hakte die Beamtin nach.

„Er hat mehr durchmachen müssen, als ein Mensch ei-

gentlich verkraften kann. All die Jahre diese Vertuschung, dieser unglückliche Stress mit meinen Eltern, die Geschichte in Tschechien und dann …“ Sie schniefte. „Das Schlimmste: Annettes Schwangerschaft.“ Sie lachte bitter. „So viele Jahre haben wir uns nichts sehnlicher gewünscht als ein Baby. Und nun das!“
Sie putzte sich die Nase und fuhr fort: „Als ich Norbert im Krankenhaus gesehen habe, war ich so glücklich, dass er wieder wach war. Dass er wieder bei mir war. Dabei war er gar nicht bei mir. Er ist nicht wirklich zurück. Er ist nicht mehr der gleiche Mensch!“
„Alles ist also möglich“, stellte Schmehr fest. „Ich weiß, das ist hart für Sie, doch eines müssen wir dennoch fragen: Wer hätte einen Grund, Ihren Mann aus dem Weg zu schaffen?“
„Mensch, wir sind hier doch nicht bei Schimanski!“, schimpfte Doris aufgebracht.
„Leider, meine Dame. Dies hier ist die Realität“, antwortete Schmehr ungerührt.
Anna stöhnte auf. „Aber Norbert ist überall beliebt! Er hat keine Feinde!“
„Überlegen Sie bitte in Ruhe“, bat Sabine. „Mit wem hat er Schwierigkeiten gehabt? Mit wem gab es vielleicht doch das ein oder andere Problem?“
Anna kämpfte mit den Tränen. „Mit meinem Bruder natürlich.“
„Aber was hätte er davon, Norbert umzubringen?“
„Das weiß ich auch nicht.“
„Und dann ist da natürlich Annette.“
„Die junge Frau, die …“ ‚Sabine suchte behutsam nach den richtigen Worten, „… das Baby bekommt?“
Anna nickte.

„Aber die hätte ja am wenigsten ein Motiv, oder?"
„Joa", warf Doris ein. „Die hätte dann schon eher Anna um die Ecke gebracht."
Sabine presste die Lippen zusammen, um ein Schmunzeln zu unterdrücken. „Ich hätte mich anders ausgedrückt, aber im Grundsatz sehe ich das auch so."
Sie sah Anna mitleidig an. „Fällt Ihnen sonst noch jemand ein?"
Anna überlegte fieberhaft. Irgendwo schlummerte da noch eine Information. Sie fand sie nicht, ihr Kopf schien völlig leer zu sein. Entspann dich, befahl sie sich. Überleg!
„Was ist mit seinen Kollegen?", fragte Schmehr.
Das war es. Anna sah ihn mit großen Augen an. „Susanne Malcom! Sie hatte sich in Norbert verliebt. Und sie war ziemlich sauer auf ihn, dass er sich nicht mit ihr einließ. Ach ja, und sie zeigte Fotos in der Schule herum, von …"
„Ja?", sagte Schmehr.
Anna blinzelte. „Von Norbert und einer fremden Frau. Am Strand."
„Wie heißt diese Frau?"
„Ich weiß es nicht", flüsterte Anna.
„Prost Mahlzeit!", warf Doris ein und schlug sich mit den Handflächen auf den Kopf. Sabine warf ihr einen bitterbösen Blick zu und wandte sich dann an Anna. „Sie kennen diese Frau nicht?"
„Wir haben sie einmal getroffen. Beim Spaziergang. Mit ihren drei Kindern. Ich dachte, es sei nur eine flüchtige Bekanntschaft, doch auf den Fotos sind die beiden in inniger Umarmung zu sehen."
„Das muss doch nichts bedeuten", stellte Doris fest. Diesmal rügte sie niemand.

Schmehr stand auf. „Dann werden wir wohl Susanne Malcom mal einen Besuch abstatten." Anna gab ihm die Hand. „In der Schule ist sie aber nicht mehr. Sie hat gekündigt."
„Keine Sorge. Wir werden die Frau schon auftreiben."

Nachdem die Beamten gegangen waren, ging Anna sehr langsam in die Küche. Es sah aus, als ob eine magnetische Kraft sie gegen ihren Willen dort hinzog. Doris hörte leises Geklapper und folgte ihr. Erstaunt sah sie, dass Anna sich eine Flasche Weinbrand geholt hatte und nun ein Glas ziemlich voll schenkte.
Doris stand wortlos da, doch Anna schien sie gar nicht wahrzunehmen. Hastig trank sie das Glas leer und schenkte sich neu ein. Doris stand auf und holte sich ebenfalls ein Glas. „Es ist zwar noch früh am Tag, aber ich würde sagen, bei diesem Marathonangriff auf die Nerven kann man einen gebrauchen." Sie nahm die Flasche. „Ich darf doch?"
„Hmm."
Während Doris in kleinen Schlucken trank, stürzte Anna das zweite Glas ebenso schnell hinunter wie das erste. Und sie trank noch ein drittes. Doris überlegte, wie sie einen Totalabsturz verhindern konnte, doch ihr fiel partout nichts ein. Da sie normalerweise auf der anderen Seite des Netzes stand, wusste sie aus Erfahrung, dass jede Ermahnung im allergünstigsten Fall im Netz hängen blieb, wahrscheinlicher aber einen harten Gegenschlag erwirken würde.
„Ich geh' dann mal hoch. Kann ich irgendwas für dich tun?"
Anna starrte auf die Tischplatte.

„Anna! Ich muss nachher zum Hotel, meine Papiere abgeben. Kommst du zurecht?“
„Ja, natürlich.“
Doris sah sie zweifelnd an. „Schöner Mist, das alles! Willst du dich nicht lieber hinlegen?“
Diesmal bekam sie keine Antwort und so verließ sie wortlos die Küche. Sie hielt es gerade noch aus, bis die Tür geschlossen war, dann brach es aus ihr heraus. „Was rede ich hier für einen Murks? Ich führe mich schon auf wie meine eigene Mutter! Heiliges Kanonenrohr!“
Kopfschüttelnd wechselte sie ihre verbeulte Jeans und den alten Pullover gegen eine schwarze Stoffhose und ein neues T-Shirt, um dann rasch aus dem Haus zu eilen.
Als sie Stunden später zurückkehrte, klingelte gerade das Telefon.
Zögernd nahm sie ab. „Bei Meldorf?“
„Hi, Schatz, hier ist Mama.“
„Hallo.“
„Ist irgendwas?“
„Nein, was soll schon sein?“
„Ich merke doch an deinem Tonfall, dass was nicht in Ordnung ist.“
„Ich habe nur hallo gesagt, sonst nichts!“, bellte Doris in den Hörer.
„Okay, okay“, kam es beschwichtigend zurück. „Und? Wie ist es gelaufen heute?“
„Geht so.“
„Also nicht gut“, folgerte ihre Mutter.
„Mama, du nervst! Es ist alles in Butter, okay?“
„Ja, ja. Wahrscheinlich bist du in ein paar Tagen wieder zu Hause.“
„Ganz sicher nicht.“

„Wenn sie dich 'rausschmeißen im Hotel, bleibst du auf keinen Fall bei Anna. Wie geht es ihr überhaupt?"
„Gut."
„Gibst du sie mir mal kurz?"
„Du brauchst keine Angst zu haben, ich bin noch nicht lange genug hier, dass sie Grund zur Beschwerde hätte."
Ein Seufzen ging durch die Leitung. „Meine liebe Tochter, ich stelle hiermit offiziell den Antrag, meine Freundin sprechen zu dürfen."
Das hatte Doris befürchtet. „Geht jetzt nicht."
„Wieso? Ist sie nicht da?"
„Sie hat sich hingelegt. Die Polizei war heute hier, wegen Norbert, und sie ist total geschafft."
Das klang einleuchtend. „Die Arme! Grüß sie schön von mir, ja?"
„Mach ich."
Nachdem das Gespräch beendet war, schaute sie zunächst im Wohnzimmer nach Anna, fand diese dann aber angezogen und schlafend auf dem Bett liegend. Leise schloss sie die Tür.
Am nächsten Morgen sollte sie ihr Praktikum beginnen. Sie würde in verschiedenen Bereichen arbeiten, zu unterschiedlichen Arbeitszeiten. Man gab ihr bis übermorgen Zeit, ihre Frisur zu ändern, Blau wäre nicht tragbar. Und man legte ihr nahe, den Schmuck aus Nase und Mund zu entfernen. Sie hatte innerlich gekocht, insbesondere, weil ihre Mutter dies schon vorausgesagt hatte. Diese hatte auch behauptet, sie würde keine sieben Tage durchhalten. Nein, sie würde Christine den Triumph nicht gönnen.
Bevor sie es sich anders überlegen konnte, ging sie zum Friseur. Hinterher erkannte sie sich selbst kaum wieder. Die Haare waren nun dunkelbraun und sehr kurz. Es

stand ihr gut, sie hatte braune, fast schwarze Augen mit langen Wimpern und hohe Wangenknochen, die durch die neue Frisur hübsch betont wurden.
Anna stand abends kurz auf, sie sah furchtbar aus. Nach einem kurzen Telefonat mit der Klinik saß sie eine halbe Stunde stumm in der Küche, trank noch zwei Gläser und legte sich wieder hin.
Nach zwei Tagen sah es in der ganzen Wohnung so aus wie zu Hause in Doris' Zimmer. Als Anita anrief und sich nach ihrer Freundin erkundigte, konnte ihre Nichte sie nicht täuschen.
„Das riecht so faul wie sechs Monate alte gekochte Eier", bemerkte sie und kündigte an, in zwanzig Minuten da zu sein.
Doris ließ ihr ganzes Repertoire an Schimpfwörtern aus sich heraus und erfand noch ein paar neue. Sie rannte durch die Wohnung, als hätte sie einen aufgezogenen Propeller am Hinterteil, sammelte aus allen Zimmern Gläser und Teller und leere Flaschen ein, stopfte Kleidungsstücke in die Waschmaschine, riss die Fenster auf. Hätte ihr das vor einer Woche jemand prophezeit, sie hätte sich vor Lachen auf die Schenkel geklopft und „nie im Leben!" gebrüllt.
Als es klingelte, öffnete sie atemlos die Tür. „Was ist denn mit dir los?", begrüßte Anita sie. „Betreibst du Indoor-Jogging?"
„Hallo, Tante Anita. Danke, mir geht es gut", erwiderte Doris mit grimmigem Gesichtsausdruck.
„Ja, das sehe ich." Prüfend betrachtete sie ihre Nichte. Du siehst ja fast wie ein Mensch aus."
„Am besten rufst du gleich bei deiner Schwester an und berichtest es ihr." Anita boxte sie gegen den Arm.

„Frechdachs!"
„Du hattest Recht."
Verblüfft sah Anita sie an. „Womit?"
„Wir hätten es keine zwei Tage miteinander ausgehalten."
„Und wie hält Anna es mit dir aus?"
„Gut."
„Wo ist sie überhaupt?"
Doris überlegte einen Moment lang, zu behaupten, Anna sei einkaufen, doch sie wagte es nicht. Sie zeigte mit dem Kopf in Richtung Schlafzimmer.
Anita nickte.
„Ist sie Alkoholikerin?"
„Nein. Sie hatte schon mal eine Zeit, in der sie trank, dann ging es aber jahrelang gut. Und während der ganzen letzten Woche hat sie auch nicht getrunken. Sie hat eine enorme Kraft bewiesen."
„Aber jetzt kann sie nicht mehr."
„Willst du trotzdem hier bleiben?"
„Klar."
„Sicher?"
Doris nickte.
„Wie sind die Leute im Hotel?"
„Spießig."
„Dachte ich mir."
„Du dürftest in deinem Outfit dort auch nicht arbeiten."
„Will ich auch gar nicht."
Es folgte Schweigen.
„Gibt es schon Schwierigkeiten?", fragte Anita.
„Ja. Dabei habe ich schon eine andere Haarfarbe, ich trage langweilige Klamotten, ich bin pünktlich." Sie verzog das Gesicht. „Und jetzt regt sich die Chefin wegen des Nasenschmucks auf."

„Du hast ihr sicherlich deine Meinung gesagt, habe ich Recht?"
„Ja, klar." Zwischen Doris' Augenbrauen bildete sich eine zornige Falte. „Sie meinte dann, dieses Hotel hätte einen sehr hohen Standard und ich sollte mir mal durch den Kopf gehen lassen, ob ich an der richtigen Adresse sei. Echt klasse Start!"

*

„Merrit, so hat es keinen Sinn!", schimpfte Holger. Sie saßen zu Hause bei ihm am Schreibtisch, die Mathehefte vor sich. „Du kannst dich ja gar nicht konzentrieren!"
Es war nicht zu verkennen, dass Merrit Drogen genommen hatte.
Ihre Pupillen war trotz des hellen Lichts riesig, ihre Aussprache undeutlich.
Wütend stand er auf. „Haben deine tollen Freundinnen dir diesen Mist besorgt?"
Merrit lachte laut auf. „Ganz sicher nicht. Annette zum Beispiel hat keinen Schimmer, wie toll das Zeug hier ist. Sie hat es noch nie probiert. Na, ihr geht es ja auch ohne immer bestens."
Er stellte sich hinter sie und massierte ihre Schultern. „Glaub ich nicht. Annette ist nie zufrieden mit dem, was sie hat. Sie ist ein Biest und jeder außer Julia geht ihr aus dem Weg."
„Ja", höhnte Merrit. „Aber alle finden sie toll."
„Ich nicht!"
Sie drehte sich überrascht zu ihm um und er grinste zu ihr hinunter. „Ich finde dich toll, aber nicht, wenn du mit Stoff voll gepumpt bist. Lass es bleiben, Merrit! Ansons-

ten …“
„Das ist Erpressung.“
Er hockte sich vor sie und packte sie am Kinn, so dass sie ihn anschauen musste. „Nein! Ich mag dich nur lieber, wenn du klar im Kopf bist.“

*

Nach drei Tagen im Dämmerzustand hörte Anna auf zu trinken. Sie duschte, zog das Bett ab und stopfte die Bezüge in die Waschmaschine. Als Doris am Abend nach Hause kam, duftete es nach Rührei mit Speck. Der Tisch war hübsch gedeckt und Anna saß angezogen davor. Das Mädchen unterließ jeglichen Kommentar und setzte sich dazu. „Riecht lecker.“
Schweigend aßen sie.
„Wie gefällt dir die Arbeit?“, fragte Anna. Doris erzählte von ihrem problematischen Start und war auf einen belehrenden Kommentar gefasst. Doch sie erntete nur ein Nicken.
„Bist du gar nicht sauer?“, fragte sie darum.
Erstaunt sah Anna sie an. „Wieso sollte ich? Ist doch dein Problem.“
Doris fühlte sich unbehaglich und zum ersten Mal ein wenig einsam. Ihr wäre wohler gewesen, wenn Anna sich ein bisschen aufgeregt hätte. Dieses Desinteresse tat ihr weh.
„Ist es dir nicht wichtig, dass ich dort einen guten Eindruck mache?“, bohrte sie nach.
Gleichmütig stand Anna auf. „Keine Ahnung. Ich könnte ja eh nichts dran ändern.“ Sie suchte die Nummer der Klinik und griff zum Hörer. „Ich fahre morgen nach

Kiel. Werde wohl erst nachts mit dem letzten Zug zurückkommen, okay?"
„Ja, klar."

*

Als Doris am nächsten Tag spätnachmittags nach Hause kam, wurde ihr schmerzlich bewusst, dass sich jemand um die alltäglichen Nebensachen kümmern musste. Sie leerte den Geschirrspüler, saugte, suchte frische Geschirrhandtücher und führte Selbstgespräche. „Dorry, das Hausweibchen. Ich glaub es nicht!"
Ein Blick in den Kühlschrank verschlechterte ihre Laune noch. Der Inhalt war sehr übersichtlich. Ein Ei, unappetitlich aussehende Wurstreste, Margarine und eine Tüte Saft.
Also nahm sie Annas Rad und fuhr zum nächsten Einkaufsmarkt. Doris erstarrte, als sie unfreiwillig Zeuge eines Gesprächs hoch brisanten Inhalts wurde. Zum Glück kannte sie hier noch keiner, außerdem kamen die Stimmen von der anderen Seite des Regals. „Also, ich glaube ja nicht an die Selbstmordtheorie. Das würde der Meldorf niemals tun."
„Weißt du doch gar nicht. Der hat so viel Dreck am Hals, und niemand weiß, was an den Gerüchten stimmt und was nicht."
„Gequatscht wird doch immer. Ich finde ihn super in Ordnung."
„Du bist ja auch nicht von ihm schwanger!"
„Meinst du echt, Annette kriegt ein Kind von ihm?"
„Woher soll ich das wissen. Ich war nicht dabei."
„Ist schon komisch, alles. Erst die Messerstecherei. Dann

kommt der Typ nach Sylt und wird abgemurkst. Dann wird Merrit entführt und Annette ist schwanger. Waaahnsinn!"

„Die Polizei verhört die ganze Klasse. Und die Lehrer. Aber sie behaupten, sie haben noch keine Ahnung, wie alles zusammenhängen könnte."

Doris' Magen drehte sich. Es war ein merkwürdiges Gefühl, dass so über Norbert getuschelt wurde. Es gefiel ihr ganz und gar nicht. Sie begann, sich ihre Lebensmittel zusammenzusuchen, was ihr einige Mühe bereitete, denn sie war zum ersten Mal hier. Bei den Spirituosen blieb sie stehen. Anna hatte den Inhalt ihrer Likörflasche verbraucht, im Rücksack steckte nur noch die leere Glashülle. Doris schaute sich die Auswahl in den Regalen an, entschied sich dann aber doch dagegen. Jede Art von Alkohol hätte sie vor Anna verstecken müssen.

Zu Hause in Hannover war es etwas anderes. Da hätte sie eine Flasche Wodka gekauft und demonstrativ auf ihren Nachttisch gestellt, nur um ihre Mutter zu provozieren.

Am nächsten Morgen war Anna schon früh auf. Sie wirkte ein wenig apathisch und machte ihrem Ruf als perfekte Hausfrau zu Doris' Leidwesen immer noch keine Ehre.

Als sie Anna müde durch die Wohnung schleichen sah, deckte Doris schnell den Tisch. Sie bekam nicht mal ein Lob, dass sie einkaufen gewesen war. Ihre Mutter hatte ihr die beste Freundin wirklich ganz und gar anders beschrieben.

„Wie geht es Norbert?", fragte sie nun.

„Ganz gut, allerdings ist er außer sich vor Wut, dass er nicht nach Hause darf." Anna zuckte die Schultern. „Aber was sollte er hier? Dort hat er jedenfalls Leute, die

sich um ihn kümmern."
Doris aß schweigend weiter und nickte.
„Sie haben Angst, dass er sich wieder etwas antun könnte", murmelte Anna.
„Wieso wieder? Sie wissen doch gar nicht, was passiert ist."
„Was die Sache nicht einfacher macht. Ich weiß auch gar nichts mehr. Nicht mal die Polizei weiß etwas. Niemand. Niemand weiß etwas! Das ist doch nicht zum Aushalten!"
Doris schaute mit unbewegtem Gesicht auf ihr Holzbrett vor sich. Sie wagte nicht, Anna Recht zu geben, denn es war in der Tat nicht zum Aushalten.
Beide fuhren zusammen, als es klingelte.
Anna kam mit bleichem Gesicht und einem Mann im Gefolge zurück. Grinsend gab er Doris die Hand. „Gestatten? Ich bin der große Bruder."
Sie sagte nichts, nickte ihm nur kurz zu und sah Anna fragend an.
Er zog sich einen Stuhl vor und ließ sich darauf nieder. „Ich nehme an, ich darf mich setzen?"
Anna aß einfach weiter und ignorierte ihn. Doris hatte den vagen Verdacht, dass diese bald wieder mit ihrem Mann ein Zimmer teilen würde, allerdings in der Klinik. Sie sah immer wieder verstohlen zur Uhr. In zehn Minuten musste sie spätestens los, doch sie wollte Anna mit diesem Kerl nicht alleine lassen. Er nahm sich einfach ein Stück Brot und ein benutztes Messer und strich sich Margarine und Honig drauf.
„Warum so schweigsam, meine Damen?"
„Was möchten Sie denn hören?", fragte Doris mutig.
„Zum Beispiel, wer du bist, Kleine."
Provozierend sah sie ihn an. „Ich bin über einen Meter

siebzig. So klein also nicht."
Er lachte. „Du gefällst mir, Mädchen. Haste auch einen Namen?"
„Ja."
„Und?"
„Nichts und."
Gelangweilt wandte er sich Anna zu. „Was ist mit dir? Hast du die Sprache verloren?"
„Was willst du?"
Er nahm sich noch ein Stück Brot und meinte bedächtig: „Was ich will? Nur mal vorbeischauen."
„Klar."
Erstaunt sah er auf. „So zynisch kenne ich dich ja gar nicht, Schwesterlein."
Doris nickte. Also hatte Anna sich tatsächlich verändert. Gar nicht so schlecht, als sanftes Lämmchen hätte sie momentan auch keine Überlebenschance. Sie stand auf und sah mit gequältem Blick zu Anna. „Ich muss los."
Diese nickte ihr beruhigend zu. „Ja, natürlich. Wird höchste Zeit."
„Hast du schon etwas Neues von der Polizei gehört?", fragte Rex sie.
„Nein, und ich habe momentan auch andere Sorgen."
„Es sollte dich dennoch interessieren. Man munkelt, die kleine Merrit mit dem Toten zusammen gesehen zu haben." Er lachte böse. „Ich meine, als der noch lebte."
Annas Gedanken überschlugen sich. Zum ersten Mal hörte sie ihm aufmerksam zu. „Wann?"
„Na, kurz bevor der krepiert ist."
„Du meinst, sie hat ihn erstochen?"
Er zuckte die Schultern. „Keiner kann es sich vorstellen. Doch die Kleine war zeitweilig ganz schön auf dem Trip.

Und da ist nichts unmöglich."
„Woher weißt du das alles?"
Er grinste überlegen und zog die Schultern langsam hoch.
„Wahrscheinlich hast du ihr den Mist auch noch verkauft, ja?"
„Möglich."
Er stand auf. „Vielleicht wollte Norbert die Kleine ja auch vor dem bösen Mann retten und hat ihn daher abgemurkst?"
Anna stand ebenfalls auf. „Ja. Vielleicht."

Eine Stunde später saß sie Kommissar Schmehr in seinem kleinen Büro gegenüber.
„Das passt gut", erklärte er, „ich wollte Sie gerade anrufen."
Hinrich Munk hatte gedrängt, Anna bis ins Detail aufzuklären. Sie hatten sie in Ruhe gelassen, solange Norberts Gesundheitszustand so kritisch war, doch Schmehr war ganz seiner Meinung, dass es höchste Zeit für ein Gespräch wurde, damit sie den Sylter Trommeln zuvorkamen, wie er es ausdrückte. Es wäre unmenschlich, wenn Anna wichtige Tatsachen von irgendwelchen Klatschmäulern oder auch nur von mitfühlenden Außenstehenden erführe.
Fragend sah sie ihn an. Sie wirkte sehr ruhig.
„Die Obduktion des Toten hat ergeben, dass dieser nicht an den Folgen des Messerstichs gestorben ist. Er hat allerdings eine Menge Blut verloren und war geschwächt, doch dann hat jemand nachgeholfen."
Anna zog die Stirn kraus. „Ich kann Ihnen nicht ganz folgen. Wie nachgeholfen?"

Der Kommissar sah sie eindringlich an. „Er ist vergiftet worden. Und wissen Sie, womit?“
Sie schüttelte den Kopf. Woher hätte sie das wissen sollen?
„Mit Valium!“
Sie schoss nach vorn, die Augen weit aufgerissen. „Waas?“
„Ja.“
Anna schluckte. Sie wusste, was das bedeutete. Ihre schlimmsten Vermutungen bestätigten sich. Vermutlich hatte Norbert tatsächlich Merrit retten wollen, er hatte zunächst den Fremden mit Valium vergiftet und dann sich selbst.
Sie fasste sich an den Hals. „Oh mein Gott.“
Schmehr stand rasch auf und holte ihr ein Glas Wasser. Sie trank mit großen Schlucken.
„Wie ist der … Mörder vorgegangen?“
Schmehr sah sie fragend an. „Ich verstehe nicht?“
„Ich meine, der Mann wird doch nicht freiwillig das Zeugs geschluckt haben, oder?“
„Nein, das brauchte er auch nicht. Er hat es intravenös bekommen.“
„Intravenös? Also gespritzt?“
„Ja.“ Schmehr blätterte in den Unterlagen. „Hier ist es. Todesursache Atemstillstand durch eine Überdosis Diazepam. Sie haben inzwischen auch die Ampullen gefunden. Zwei Stück. Diese Dosis war für ihn in seinem desolaten Zustand absolut tödlich.“
Ganz langsam überzog ein schwaches Lächeln Annas Gesicht.
Verwirrt beobachtete Schmehr sie. „Was finden Sie daran so erfreulich?“

„Das kann ich Ihnen gern verraten. Norbert ist unmöglich in der Lage, jemandem ein Medikament in die Vene zu spritzen. Hundertprozentig nicht. Er konnte mir damals nach einer Operation nicht mal eine Thrombosespritze in den Bauch pieksen. Und dann in eine Vene? Nein, das würde er nicht bringen. Nie im Leben!"
Sie hatte ihn damals damit aufgezogen, ihn eine Mimose genannt, ohne im Mindesten zu ahnen, dass genau dies ihn einmal retten würde.
Erleichtert wollte sie gehen, doch in der geöffneten Tür fiel ihr der Grund ihres Kommens ein. Sie berichtete knapp, was ihr Halbbruder in Bezug auf Merrit erzählt hatte. „Ich weiß nicht, ob es stimmt, doch ich dachte, Sie müssten es wissen."
„Danke, Frau Richards." Er hatte eine Hand an der Tür und legte die andere auf ihren Rücken. Und dann kamen die Worte wie von allein aus seinem Mund, was ihn selbst am allermeisten erstaunte. „Ich wünsche Ihnen alles Gute. Ich bin sicher, es wird sich alles aufklären."
Dankbar lächelte sie ihn an. Er lächelte ebenfalls.
Als er die Tür hinter ihr geschlossen hatte, ließ er sich auf seinen Stuhl sinken. Hatte er das eben gesagt? Schade, dass Sabine nicht dabei war. Wirklich schade. Denn eigentlich übernahm sie immer diesen Part, weil sie der Meinung war, er wäre zwar ein guter Ermittler, sein Umgang mit Menschen entspräche aber dem Benehmen einer Wildkatze in der Glasvitrine. Ha, er konnte eben auch anders sein. Jedenfalls, wenn es absolut sein musste. Zufrieden lehnte er sich zurück und steckte sich eine Zigarette an.

*

Anna hatte einige Stunden bei ihrem Vater verbracht. Erschüttert und erstaunt hatte sie feststellen müssen, dass sein Alterungsprozess in Siebenmeilenschritten voranging.
Gregors ansonsten so große Gestalt bewegte sich gebeugt und langsam. Er schien gebrechlich und müde und eine unendliche Traurigkeit hatte sich in sein Gesicht gegraben. Besorgt hatte sie versucht, ihn ein wenig aufzumuntern, jedoch ohne großen Erfolg. Erleichtert eilte sie zur Tür, als es klingelte; es war die Nachbarin mit einem ihrer Kinder an der Hand. Der kleine Junge lief ganz unbedarft zu Gregor und zeigte ihm stolz, was er mitgebracht hatte. Endlich huschte ein Lächeln über das Gesicht des alten Mannes: Es war eine große Schüssel Schokoladenpudding, verziert mit einem großen „G“ aus Zuckerperlen.
„Guck mal, den habe ich für dich gemacht, Opa Gregor.“
Anna sah die Nachbarin fragend an. Opa Gregor? Diese lächelte verschmitzt und nickte. Der Kleine erzählte dann noch Geschichten aus dem Kindergarten und war glücklich, gleich drei aufmerksame Zuhörer zu haben. „Weißt du was“, fragte er verschwörerisch. „Ich habe eine Freundin.“
Gregor duckte sich ganz nah zu ihm hinunter. „Tatsächlich? Ist sie hübsch?“
Der Junge sah ihn ernst an und schüttelte bedächtig den Kopf. „Also wirklich, Opa Gregor! Eine Frau muss nett sein, sagt Papa immer zu mir. Das ist viel wichtiger, als schön zu sein.“
Er überlegte und grinste. „Aber hübsch ist sie auch.“
Alle lachten. Doch der Kleine fügte ernst hinzu. „Aber jetzt ist sie traurig. Weil ihr kleiner Bruder krank ist.“

Seine Mutter nickte.
Gregor war noch immer sichtlich amüsiert, bemühte sich aber, ernst zu schauen. „Hat er die Masern oder die Windpocken?"
„Nein. Irgendwas anderes. Er muss sogar ins Krankenhaus."
„Oh. Da musst du deine Freundin ein wenig trösten, oder?"
„Ja." Und dann umschlang er plötzlich Gregors rechten Arm und lehnte seinen kleinen Kopf an. „Dich muss ich ja auch trösten, oder?"
Anna sah, dass die Nachbarin sich abwandte, und schluckte tapfer ihre eigenen Tränen hinunter. Gregor fing sich als Erstes. Er streichelte den Haarschopf des Kleinen und meinte: „Ja, und das kriegst du verdammt gut hin."

Während der Heimfahrt überlegte Anna wieder einmal, was ihre Freundin Anita auf sich nahm, indem sie Gregor täglich besuchte, sofern Anna nicht in der Nähe war. Sie ertrug die düstere Atmosphäre in diesem Haus, ohne sich ein einziges Mal zu beklagen, nein, sie behauptete sogar noch, es würde ihr gar nichts ausmachen. Anna war froh, dass sie sich revanchieren konnte, indem sie Doris bei sich aufgenommen hatte.
Sie war kaum im Haus, da hörte sie die Hauptperson ihrer Gedanken laut herumbrüllen. „Jetzt lass mich endlich in Ruhe! Alles ist bestens! Alles ist gut, alles ist schön!"
Doris saß mit gekreuzten Beinen auf dem Sofa. „Ja, Mama, ich würde es dir sagen, wenn es irgendein Problem gäbe."
Nach drei Sekunden Atempause schrie sie weiter in den

Hörer.
Anna zog sich die Jacke aus und eilte ins Wohnzimmer zurück, da es abrupt still geworden war.
Doris hatte rote Flecken im Gesicht und die Lippen zusammengepresst. „Herrje, ist die ätzend!“
„Was hast du eigentlich an deiner Mutter auszusetzen? Sie ist doch ein prima Typ.“
Doris riss die Augen auf. „Meine Mutter ist ein prima Typ?“
Anna schüttelte den Kopf. „Ich verstehe dich nicht.“
„Meine Mutter ist ein Moralapostel. Sie ist nervig!“
„Sie sorgt sich um dich, sei doch froh, dass du ihr nicht egal bist.“
„So’n Quatsch. Sie geht ja völlig darin auf, ihre einzige Tochter ‚in die richtigen Bahnen zu lenken’, wie sie es ausdrückt.“
„Was ist daran verkehrt?“
„Mensch, die müsste mal ’n bisschen cooler sein!“
Anna betrachtete sie prüfend und erklärte betont langsam: „Das ist unmöglich. Völlig unmöglich.“
„Bitte was?“ Verblüfft sah Doris sie aus ihren schwarz umrandeten Augen an.
„Du bist ja schon so cool, mehr geht ja gar nicht!“
„Und was willst du mir damit sagen?“, fragte Doris schnippisch.
„Wenn Christine auch noch so cool wäre wie du, dann würdet ihr erfrieren.“
Doris schwieg verblüfft. Als sie sich einen Augenblick später gesammelt hatte, meinte sie verärgert: „Ich geh’ dir auf die Nerven, oder?“
Anna zuckte die Schultern. „Ach, geht, ist nicht so schlimm. Zum Glück kann mir dein Benehmen egal sein,

ich bin ja nicht deine Mutter."

„Das sagst du? Tante Anita hat mal erzählt, dass du dir nichts Schöneres vorstellen könntest, als eigene Kinder zu haben!"

„Ja, bisher war es so. Doch du hast mich eines Besseren belehrt."

Doris sprang auf. „Du bist echt fies! Das hätte ich nie von dir gedacht, dass du so reden kannst."

Unberührt sah Anna zu ihr auf. „Weißt du was? Ich hätte das auch nicht gedacht. Niemals! Echt cool, oder?"

Doris verzog den Mund zu einem kläglichen Grinsen. „Mann, als Lehrerin musst du spitze sein."

„Zumindest war ich das mal", murmelte Anna und stand auf. „Willst du auch einen Tee?"

Zehn Minuten später saßen sie sich einträchtig gegenüber. Doris erzählte von einem merkwürdigen Gast. „Unser Restaurant ist ja nicht nur für Hotelgäste, sondern bis zwanzig Uhr auch für Gäste von außerhalb geöffnet. Als ich einen Tisch abgeräumt habe, bekam ich ein Gespräch am Nebentisch mit. Da saß ein junges Mädchen mit einem ziemlich verlotterten Mann beim Frühstück. Ein komisches Pärchen, sie total aufgestylt und der Typ sah aus, als wüsste er nicht, dass es Wasser und Seife gibt. Das Mädel hatte scheinbar eine Sauwut auf den, sie zischte ihn an und meinte, sie würde ihn in den Knast bringen." Doris schüttelte den Kopf. „Ich hab' dann noch aufgeschnappt, wie er ungerührt erklärte, umgekehrt könnte er das auch … Meine Güte, hab echt 'nen kleinen Schock gekriegt. Und ich dachte, hier verkehrt nur das gehobene Publikum."

Anna zog die rechte Augenbraue hoch. „Das allgemein bekannte Klischee über Sylt. Und das aus deinem Munde."
Doris schaute sie kläglich grinsend an. „Na ja, immerhin wird mir befohlen, mich den Hotelgepflogenheiten entsprechend zu stylen. Und für die Gäste gilt das nicht?"
„Normalerweise schon. Aber wie du noch feststellen wirst, sind viele der Meinung, sie zahlen und dürften sich daher alles erlauben. Die Gastronomie ist ein hartes Brot."
Um das Mädchen nicht völlig zu entmutigen, fügte sie hinzu: „Aber es gibt auch Sonnenseiten. Man lernt die unterschiedlichsten Menschen kennen und zum Glück sind auch viele nette unter ihnen." Sie stutzte. „Woher willst du eigentlich wissen, ob diese beiden Herrschaften Urlauber sind?"
Doris hatte beide Handflächen um ihre Tasse gelegt und nahm einen Schluck des heißen Getränks. „Genau weiß ich es nicht. Aber ich glaube kaum, dass ein Sylter an einem Donnerstagvormittag in ein Hotel zum Frühstücken ginge, oder?"
Anna schüttelte den Kopf. „Wohl kaum."

Anna hatte mehrfach versucht, in der psychiatrischen Abteilung Informationen bezüglich Norberts Zustand zu bekommen. Man hatte ihr aber jegliche telefonische Auskunft verweigert. „Ich bin doch seine Ehefrau!", hatte sie völlig verblüfft in den Hörer gerufen, ohne Erfolg. Die resolute Dame am anderen Ende der Leitung hatte versprochen, Norbert über ihren Anruf zu informieren.
„Ihr Mann wird Sie dann zurückrufen, wenn er es

möchte", hatte die Frau noch hinzugefügt.
Offenbar war es nicht sein Wunsch, Anna anzurufen.
So machte sie sich also wieder auf den Weg nach Kiel.
Dort irrte sie von einem Haus der Klinik zum anderen, fand die psychiatrische Abteilung aber nicht. Sie fragte eine der jungen Schwestern, die auf einem der Flure einen Wagen mit Verbandsmaterial vor sich her schob. Bedauernd zuckte diese mit den Schultern. „Ich bin erst seit zwei Wochen hier. Die Psychiatrische?" Sie überlegte. „Ne, ich weiß es nicht. Ist ja auch riesig hier", fügte sie entschuldigend hinzu. Sie zeigte den langen Flur hinunter. „Gehen Sie da vorn durch die Glastür und dann rechts. Dort ist die Anmeldung für die Neurologie. Die können Ihnen sicher sagen, wo Sie hinmüssen.
Mit einem mulmigen Gefühl im Bauch fragte Anna also dort noch einmal. „Die Psychiatrische? Da müssen Sie zum ZIP 'rüber", erklärte die resolute Dame.
Irritiert sah Anna sie an. „Bitte wohin?"
„Zentrum für integrative Psychiatrie, ist drei Kilometer weiter oben."
„Ich verstehe nicht", stammelte Anna. „Ist er nicht mehr in der Uniklinik?"
Die Frau blätterte in einem Terminkalender und erklärte beiläufig: „Doch, doch. Die sind zwar jetzt 'ne GmbH, gehören aber trotzdem noch zu uns."
Anna blinzelte. Sie fühlte sich sehr unbehaglich, denn sie konnte den Worten der Dame nicht ganz folgen. GmbH? Sie dachte, dies wäre ein Krankenhaus.
Ihr wurde klar, dass hinter ihr weitere Leute auf Informationen warteten und sie interessiert musterten.
Anna straffte die Schultern. Eine psychiatrische Abteilung, die eine GmbH war. Nein, die Frau hatte gesagt,

psychiatrisches Zentrum oder so. Lieber Himmel, was immer das bedeuten mochte, sie musste schleunigst dahin.

Das ZIP lag in einer Villengegend oben auf einer Anhöhe. Erleichtert stellte sie fest, dass es zumindest von außen nicht ihren Vorstellungen einer Anstalt entsprach. Sie ging hinein und erkundigte sich nach Norbert. Ein freundlicher junger Mann saß am Eingang und schickte sie weiter zur Anmeldung.

Dort hatte eine streng aussehende Schwester Dienst, jedenfalls vermutete Anna, dass es eine Krankenschwester war, einen Kittel trug sie nicht.

„Ihr Mann ist in der P6. Das ist die geschlossene Station."

Anna schauderte. „Er ist eingesperrt?"

„Einen Augenblick bitte." Ihr Gegenüber gab einige knappe Anweisungen an zwei jüngere Kolleginnen. Dann wandte sie sich wieder Anna zu. „Es ist nicht so schlimm, wie es sich anhört. Kommen Sie, ich bringe Sie hin und erkläre Ihnen unterwegs alles."

Benommen folgte Anna der älteren Frau.

Sie betraten einen Innenhof, der umsäumt war von Häusern unterschiedlicher Bauweise. Auf der rechten Seite war das Haus, in dem die Kinder untergebracht waren. Anna starrte hin.

„Wir haben für Kinder nur eine offene Station", wurde ihr erklärt. „Die jungen Patienten, die in eine geschlossene Abteilung müssen, werden nach Schleswig verlegt."

Anna durchfuhr ein tiefes Mitgefühl für alle Kinder, denen dieses Schicksal zuteil wurde. Sie deutete auf einen

kleinen Holzpavillon, der in der Mitte des Hofes stand. „Ist der für die Kinder?“
„Nein, der ist für die Raucher der offenen Station. Drinnen ist Rauchverbot.“
Anna hatte nie geraucht, dennoch kam ihr spontan ein absurder Gedanke. „Und die Menschen, die in der geschlossenen sind? Die werden alle zwangsläufig entwöhnt?“
„Gott behüte. Nein! Diese Leute stehen sowieso unter starkem Stress. Das wäre grausam für alle Beteiligten, ihnen auch noch die Zigaretten zu entziehen. In der Geschlossenen gibt es ein Raucherzimmer.“
Sie waren am Ziel. Anna hielt die kompetente Fachfrau am Arm fest. „Wieso ist mein Mann eingesperrt?“
„Er bleibt nur so lange, bis die Ärzte sicher sind, dass keine Suizidgefahr mehr besteht. Sie können es noch nicht einschätzen und zu seinem eigenen Schutz darf er noch nicht unbeaufsichtigt sein.“ Sie seufzte. „Er könnte auch hier schon mit diversen Therapien beginnen. Es gibt Beschäftigungstherapien, Ergo- und Musiktherapie zur Entspannung …“ Sie zögerte.
„Lassen Sie mich raten“, meinte Anna. „Er weigert sich.“
„Ja, er verhält sich sehr unkooperativ. „Als seine Kleidung durchgesehen wurde, ist er schier ausgerastet.“
„Seine Kleidung?“, fragte Anna verblüfft.
„Ja, hier wird natürlich genau aufgepasst, dass der Patient keine selbstgefährdenden Mittel bei sich hat. Und das kann alles Mögliche sein. Vom Gürtel bis zum Taschenmesser.“
Anna fasste sich an die Kehle. „Selbstgefährdende Mittel“, krächzte sie und folgte der Fremden ins Haus.

Norbert war körperlich fast wieder der Alte, doch der qualvolle Weg, den er während der letzten Zeit gegangen war, hatte seine Spuren hinterlassen. Ein gequälter, misstrauischer Blick hatte sich in sein Gesicht gegraben. Dementsprechend zynisch fiel die Begrüßung aus. „Na, Schönheit, kommen Sie mal wieder den Irren besuchen?"
Schmerzlich getroffen zuckte Anna zusammen. Sofort taten ihm seine Worte leid und er ging auf sie zu, doch sie wich zurück. Dies wiederum deutete er falsch. „Ich tu dir schon nichts."
Sie blinzelte die aufsteigenden Tränen weg. „Lass den Blödsinn, ich weiß, dass du mir nichts tust."
„Warum flüchtest du dann vor mir?"
Wütend sah sie ihn an. „Warum? Das fragst du? Was hättest du denn getan, wenn du mit einem solchen Spruch empfangen worden wärst? Hättest du dich in meine Arme fallen lassen?"
Seine Augen verengten sich zu Schlitzen. „Jetzt leg bloß nicht jedes Wort auf die Goldwaage. Ich bin eine gepflegte Konversation eben nicht mehr gewohnt."
Sie sah zu Boden. „Es tut mir leid."
„Mir auch." Er stellte sich vor sie, wagte aber nicht, sie zu berühren. Anna stand mit hängenden Armen vor ihm.
„Lass uns in den Aufenthaltsraum gehen, ich hole uns einen Kaffee, okay?", schlug er vor. Sie nickte stumm und folgte ihm.
Schweigend saßen sie sich gegenüber. In einer Ecke des Raumes saß ein junges Paar. Die Frau hatte ein Baby auf dem Schoß, das unverständliche Worte vor sich hin brabbelte und dabei den Mann die ganze Zeit anstrahlte. Anna schaute ihnen zu.

Er folgte ihrem Blick. „Sie war schon vor mir hier."
„Sie?" Anna lugte noch mal hinüber. Sie hatte geglaubt, die Frau wäre mit ihrem Kind zu Besuch.
„Ja, sie. Kleine Kinder werden mit ihren Müttern aufgenommen, sofern sie zu Hause nicht versorgt werden können."
Ein warmes Gefühl durchzog Anna. Diesen Umstand konnte man doch als ein Zeichen werten, dass Norbert in keiner Anstalt war, sondern in einem Krankenhaus, wo die Patienten geheilt und nicht nur weggesperrt wurden. Frauen und Männer waren gemeinsam auf einer Station und dieses kleine Baby war eine weitere Bestätigung. Ein schwaches Lächeln überzog ihr Gesicht.
Doch Norbert unterbrach jäh diese zärtliche Phase.
Unverhofft erklärte er: „Ich werde alles tun, um zu verhindern, dass Annette das Kind austrägt. Ich habe lange drüber nachgedacht. Noch ist es nicht zu spät, und sollte dieses Baby zur Welt kommen, dann wäre es eine Katastrophe für alle, am meisten aber für das kleine Ding selbst."
Betroffen wandte sie sich ihm zu. „Ich weiß nicht, ob du damit leben könntest."
Er lachte bitter auf. „Mein Leben ist sowieso nichts mehr wert. Sieh mich doch an. Sie halten mich ja sogar für einen Selbstmörder."
Sie wollte es nicht sagen, dennoch drängten die Worte aus ihr hinaus. „Und? Bist du einer?"
Geschockt sah er sie an und flüsterte: „Das hast du nicht ernst gemeint, oder?"
Sie hielt seinem Blick stand. „Ich weiß es nicht. Ich weiß gar nichts mehr. Ich weiß nicht einmal mehr, was ich denke oder denken sollte. Sag es mir doch einfach. Wie

kam das Gift in deinen Körper?“

Er stand auf und stützte sich auf die Tischplatte. „Herrgott, wenn ich das wüsste, dann wäre ich längst nicht mehr hier!“

Sie stand ebenfalls auf. „Das gibt es doch nicht! Dass du das nicht weißt, meine ich.“

Er legte den Kopf schief. „Du glaubst mir also nicht. Niemand glaubt mir.“ Sie wandte sich ab und schaute aus dem Fenster. Seine Blicke bohrten sich in ihren Rücken. „Ich glaube, es ist besser, wenn du gehst.“

Stumm lief sie an ihm vorbei, ohne ihn anzusehen, stolperte hinaus und dann den Flur entlang. Draußen lehnte sie sich an die Hauswand und weinte hemmungslos. Sie wollte wieder hineingehen, sich in seine Arme werfen und sagen: ‚Doch! Ich glaube dir!’ Aber sie konnte es nicht. Sie konnte nicht in sein gequältes Gesicht schauen, ohne dass er ihre Zweifel und ihren Groll bemerken würde. Es tat ihr unendlich leid, doch es ging nicht. Wie ein verwundetes Tier hatte er dagestanden und sie hatte alles noch schlimmer gemacht. Wimmernd ließ sie sich an der Hauswand in die Hocke nieder.

Nach einer Weile packte sie jemand an den Schultern und zog sie sanft hoch. „Aber, aber, meine Dame. Nun ist es genug. Ich schaue mir dieses Elend jetzt schon viel zu lange an.“

Sie stockte. Diese Stimme hatte sie schon einmal gehört. Es war ihr egal, ihre Beine gaben schon wieder nach. Resolut hielt er sie fest und drückte ihren Kopf an seine Schulter. Sie schluchzte, bis keine Tränen mehr kamen. Erst nach geraumer Zeit wurde ihr bewusst, dass sie, von einem fremden Menschen gestützt, immer noch neben dem Eingang der Klinik stand.

„Geht es wieder?“
Erschrocken verlagerte sie ihr Gewicht auf die Beine und sah nach oben, direkt in das mitfühlende Gesicht eines Fremden, der ihr merkwürdigerweise vertraut vorkam.
Rasch löste sie sich von ihm. „Oh Gott, bitte entschuldigen Sie!“
Ein leises Lachen entfuhr ihm. „Was denn?“
Verlegen und verwirrt schwieg sie. Es war so angenehm gewesen, sich anlehnen zu dürfen.
„Nun holen wir aber unser Kaffeekränzchen nach. Und keine Widerrede!“
Der Mann vom Bahnhof! Natürlich. Er nahm sanft ihren Ellenbogen und schob sie vorwärts. Sie ließ es geschehen. Inmitten der verschiedenen Häuser dieses Zentrums war ein kleines Café integriert. Dankbar nahm sie auf einem der Stühle Platz, den er ihr hinschob. „Es ist nett hier“, erklärte er. „Der Laden wird allein von den Patienten geführt. In hervorragender Weise. Alle kommen her, Ärzte, Besucher und Patienten selber.“
„Nicht alle“, murmelte Anna.
Während er zum Verkaufstresen ging, sah sie sich um. Es sah gemütlich aus. Grüne und orange Stühle mit bunten Stuhlkissen standen vor den Tischen. An einer Tafel waren die Tagesgerichte aufgelistet.
Der vertraute Unbekannte kam mit zwei Tassen dampfendem Kaffee und zwei riesigen Stücken Torte wieder.
„Ich habe keinen Hunger“, protestierte sie, als er einen der Teller vor sie hinschob.
„Ich weiß. Man hat nie Hunger, wenn man da ’rauskommt. Trotzdem schiebt man sich was ’rein und dann, man wundert sich, tut es gut.“ Er grinste. „Im Besonderen der Zucker wird immer wieder gern genommen.“

Schweigend löffelte sie die süße Speise und musste insgeheim zugeben, dass er Recht hatte. „Sind Sie Arzt hier?"
Er starrte auf seinen Teller. „Ich bin Arzt, jedoch nicht hier. Leider."
Sie legte den Löffel kurz ab und sah ihn an. „Wieso leider?"
Mit schmerzerfülltem Blick erwiderte er den Ihren. „Wenn ich mehr Ahnung von Psychologie hätte, dann wäre meine Schwester jetzt vielleicht nicht hier."
„Ihre Schwester?"
Er nickte. „Ich hatte ihre Probleme nicht erkannt. Obwohl wir uns sehr nahe stehen!"
„Es ist immer etwas anderes, wenn jemand aus der Familie betroffen ist. Man ist nicht objektiv in seinem Schmerz."
„Ja, da haben Sie wohl Recht." Er nahm einen Schluck Kaffee. „Wen haben Sie besucht?"
Sie erzählte in knappen Worten die ganze Misere.
„Er wird bald nach Hause kommen", folgerte der Arzt.
„Wieso?"
„Selbst wenn alles andere ungeklärt bliebe, er scheint doch nicht mehr suizidgefährdet, oder?"
„Es ist schrecklich, dies zu sagen. Aber ich weiß es nicht!"
Er nickte. „Verstehe."
Eine Wärme durchlief ihren Körper und ihre Seele. Er verstand. Dieser große, starke und doch verletzlich wirkende fremde Mann wusste genau, was sie durchlitt.
Ihre Stimme zitterte. „Ich habe Angst davor, dass er nach Hause kommt. Ich müsste mich doch darauf freuen, oder? Aber er ist mir so fremd geworden! Wie kann ein Mensch, der einem so viele Jahre lang am allernächsten

stand, mir plötzlich fremd sein?“

Er legte seine Hand auf die ihre. „Es ist normal, glauben Sie mir! Er hat sich verändert, und Sie gezwungenermaßen auch. Das hat sich aus der Situation ergeben. Doch das entspannt sich wieder. Glauben Sie mir!“

Sie bemerkte, wie sein Griff fester wurde. Doch sie ließ es geschehen, es war angenehm. „Meinen Sie wirklich?“

„Aber ja! Es gibt heutzutage so viele Möglichkeiten zu helfen. Vielleicht ist er durch die bleischwere Belastung in eine Depression gerutscht. Die könnte man gut behandeln. Es gibt inzwischen eine Vielzahl guter Medikamente, man muss nur unter ärztlicher Aufsicht austesten, welche man am besten verträgt. Vielleicht braucht er auch nur eine Zeit lang intensive psychologische Betreuung. Oftmals reicht das schon aus.“

Verzweifelt sah sie ihn an. „Aber er macht nicht mit! Er weigert sich. Er ist nicht mehr er selbst!“

„Auch das ist zu Anfang eine normale Reaktion. Versetzen Sie sich doch mal in seine Lage. Er denkt nicht daran, dass er bald wieder hier weg darf. Er sieht nur, dass er festgehalten wird, gegen seinen Willen, und will nicht erkennen, dass ihm hier fachliche Hilfe geboten wird. Aber das kommt schon noch.“

Schweigend traten sie hinaus auf den Hof. Anna hielt es nicht mehr aus. Sie musste dringend über etwas anderes sprechen.

Sie blieb stehen und betrachtete die Häuser ringsum, sie waren unterschiedlicher Bauweise.

„Wieso sehen die alle so verschieden aus?“

„Sie sind nach dem Krieg erst nach und nach wieder aufgebaut worden. Zum Teil 1956, zum Teil erst 1971. Sieht ein bisschen komisch aus, oder?“

Sie schüttelte energisch den Kopf. „Nein. Ganz und gar nicht. Ich finde es schön so.“
Er nickte.
Als ihr Taxi den Weg heraufgefahren kam, sah er sie ernst an und wollte ihr die Hand geben. Sie zögerte nur ganz kurz, dann umarmte sie ihn fest. „Ich danke Ihnen! Vielen Dank!“
Dann stieg sie, ohne sich umzusehen, rasch in den Wagen und drehte sich nicht mehr um.

*

„Mensch, Merrit, nun reicht es!“ Holger riss das Heft, das auf seinem Schreibtisch lag, erst an sich und klatschte es dann wieder auf die Arbeitsplatte. „Was ist mit dir los?“
Sie waren sich näher gekommen, sehr nah sogar, doch er hatte ihr in aller Deutlichkeit klargemacht, dass er sich von ihr trennen würde, wenn sie noch einmal Rauschgift zu sich nähme. Sie war geschockt, versuchte aber, sich an die Abmachung zu halten. Er war ihr erster Freund und bedeutete ihr sehr viel. Zudem lernte er mit ihr für die Schule, mit einer unerschütterlichen Geduld, wie sie bisher glaubte. Doch scheinbar war eben diese Geduld jetzt erschöpft. Merrits Augen waren klar. Dennoch war sie keineswegs in der Lage, sich auf die Aufgaben zu konzentrieren. Er hatte keine Lust mehr.
„Das bringt hier nichts. Echt nicht. Meine Zeit kann ich auch anders vergeuden.“
Sie stand auf und schmiegte sich an ihn. „Tut mir leid.“
Er streichelte ihr über den Rücken und stützte sein Kinn auf ihren Scheitel. „Was ist denn?“

Sie versteifte sich.
„Merrit?“
„Ich hatte Streit mit Annette.“
„Soll vorkommen.“
„Trotzdem hat sie mir ihren alten Compi geschenkt.“
„Na und? Sie hat einen neuen und so braucht sie diesen nicht zu entsorgen.“
„Er ist aber noch gar nicht alt.“
„Umso besser“, stellte er ungerührt fort.
Sie schwieg. Er legte seine Hände um ihre Arme und schob sie von sich. „Weißt du was?“
Stumm schüttelte sie den Kopf. „Wir fahren jetzt zu dir nach Hause und ich schließe dir den Computer an. Ich hab’ hier noch ein paar nette Programme, die installiere ich dann auch gleich.“
Merrit schlug das Matheheft zu und sprang auf. „Super Idee!“
Eine halbe Stunde später mühte Holger sich mit Kabeln und Steckern ab. Merrit und ihr kleiner Bruder beobachteten ihn stumm. Es sollte geraume Zeit dauern, bis alles funktionstüchtig war, doch dann war das Werk vollbracht. Grinsend bat Holger sie, Platz zu nehmen. „Meine Dame – bitte schön!“
Andächtig kam sie der Aufforderung nach. „Wow! Ich habe einen neuen Compi!“ Sie drehte sich zu ihm um. „Ich kann’s nicht fassen, ich habe einen eigenen Computer! Danke!“
Verlegen schüttelte er den Kopf. „Ich habe ihn nur angebaut!“
„Und ich hätte das nicht hingekriegt!“
„Probier ruhig erst mal alles Mögliche aus, solange ich noch hier bin.“

Das brauchte er ihr nicht zweimal sagen. Er holte sich einen zweiten Stuhl, setzte sich zu ihr und sie tippte, was das Zeug hielt. Plötzlich flimmerte der Bildschirm und wurde schwarz.
„Oh! Totalabsturz.“ Ratlos schaute Merrit auf den Schirm.
„Macht nichts. Schalt ihn mal aus und starte neu.“
Der Computer zeigte beim Hochfahren jedoch nur ein Kauderwelsch an Buchstaben und für den Normalsterblichen undefinierbaren Zeichen.
Holger runzelte die Stirn. „Sieht eher nach einem Supergau aus.“
„Das habe ich ja toll hingekriegt“, seufzte Merrit.
Er lachte. „Keine Panik, lass mich mal dran.“
Sie tauschten die Plätze und Holger arbeitete hochkonzentriert, bis zumindest wieder lesbare Buchstaben kamen und nach und nach auch die einzelnen Programme wieder erkennbar wurden.
Plötzlich neigte er sich vor. „Was ist das denn?“
Merrit beugte sich ebenfalls dicht vor den Schirm. „Oh, da sind ja noch Sachen von Annette drauf. Verstehe ich nicht. Sie hätte doch sicher alles gelöscht?“
„Scheinbar nicht richtig“, stellte er fest.
„Sieht so aus.“
Ohne sich umzuschauen fragte er: „Und nun? Weg damit?“
Sie antwortete nicht, doch auch so wusste Holger, dass sie nicht widerstehen könnten. Es ging gar nicht anders, seine Augen setzten Buchstabe für Buchstabe aneinander und plötzlich schrillte eine innere Alarmglocke. Er riss die Augen auf und hörte einen zischenden Laut dicht neben sich. Es kam von Merrit.

„Ich warne dich, du hochnäsige Tussi. Übertreib es nicht, sonst hast du bald ein großes Problem!" Wie in einer Leuchtreklame stach ihnen der Text ins Auge.
Eine weitere Nachricht lautete: „Morgen Abend, zehn Uhr, und keine Minute später." Beim Lesen des dritten Textes entfuhr Merrit ein leiser Schrei: „Mach keinen Scheiß, sonst hast du bald keine Probleme mehr. Du weißt schon, was ich meine …"
Geschockt starrten beide auf den Bildschirm und waren heilfroh, dass es ihrem Bruder zu langweilig geworden war und er sich aus dem Zimmer getrollt hatte.
Merrit umklammerte Holgers Arm. „Was machen wir jetzt?"
Er verzog den Mund. „Was schlägst du vor?"
Sie hatte keine Ahnung. „Ich weiß es nicht."
Er überlegte. „Vielleicht ist es nur ein Joke. Irgendein Spielchen oder so." Sie schüttelte den Kopf. „Annette ist kein Computerfreak. Sie ist zwar ständig im Internet und schickt E-Mails durch die Weltgeschichte, aber Kriegsspiele …" Merrit schüttelte den Kopf. „Ist eh Quatsch. Das wäre doch was für die Altersklasse meines Bruders."
„Da irrst du dich aber. Ich werde von so vielen Bekannten um Hilfe gebeten, wenn die ihre Systeme gekillt haben, und ich staune, wie viele Leute, Erwachsene wohlgemerkt, stundenlang vor diversen Computerspielen sitzen."
„Echt?"
„Ja, einige scheinen regelrecht süchtig danach zu sein."
Merrit dachte angestrengt nach. Sie kam dennoch wieder zu dem Ergebnis, dass Annette nicht zu diesen Leuten gehörte.
Ratlos saß Holger vor dem Schreibtisch, die Arme auf die

Oberschenkel gelegt. „Okay, dann gehen wir also zur Polizei."

„Zur Polizei?", schrie Merrit aufgebracht.

Verwundert über ihren Ausbruch zog er die Augenbrauen hoch und drehte sich zu ihr um. „Wohin denn sonst?"

Sie schaute ihn nicht an, sondern nestelte an einem Faden ihrer Strickjacke herum. „Weiß nicht." Er sah, dass ihre Hand leicht zitterte, und stand auf.

„Merrit, du hast doch nichts mehr zu befürchten. Im Gegenteil, es ist doch ein deinem Interesse, dass sich alles aufklärt."

Da sie keinerlei Reaktion zeigte, fragte er: „Oder gibt es da etwas, das ich nicht weiß?"

Sie antwortete nicht. Er fasste ihr unter das Kinn und zwang sie so, ihn anzuschauen. „Merrit. Was ist los?"

„Nichts."

Er packte sie an den Schultern und schüttelte sie so heftig, dass ihr Kopf hin und her wackelte. Sie schwieg. Wütend ließ er sie los.

„Weißt du was? Das ist mir langsam zu blöde! Du nimmst mich doch auf den Arm!"

Die Augen voller Tränen sah sie ihn entsetzt an. „Nein! Das stimmt nicht! Du weißt, dass es nicht stimmt!"

Er kam näher, seine Nase berührte beinahe die ihre. Leise und zornig stieß er hervor: „Das stimmt nicht? Ich habe mich echt total in dich verknallt. Weiß der Himmel, wieso. Die meiste Zeit bist du zugekifft durch die Gegend gelaufen. Und jetzt bist du endlich wieder klar in der Birne und führst dich dennoch auf, als ob der Teufel hinter dir her wäre. Du hast dich nur gewehrt, das ist doch allen klar. Oder meinst du nicht?"

„Ich weiß es doch nicht“, wimmerte sie.
Beide fuhren herum und starrten zur Tür. Merrits Bruder hatte sie einen Spalt breit geöffnet. „Was ist denn bei euch …“ Er sah die Miene seiner Schwester. „Oh, oh … sorry für die Störung“, und zog die Tür ganz langsam wieder zu.
Holger ging ebenfalls zur Tür. Er hatte schon eine Hand auf dem Griff und schluckte. „Es tut mir leid, Merrit. Ich möchte dir ja gern helfen. Aber dazu müsstest du ehrlich zu mir sein. Ich weiß nicht, was hier für eine Scheiße läuft, aber wenn du mir nichts erzählst, dann will ich damit auch nichts zu tun haben.“
Sie folgte ihm und hielt seinen Arm mit beiden Händen fest. „Geh nicht. Bitte!“
„Nur wenn du mir verrätst, wieso wir nicht die Polizei informieren.“
Sie biss sich auf die Unterlippe und schwieg.
Ganz langsam drückte er den Türgriff hinunter und ging.

Während der nächsten Tage sprachen die beiden nicht miteinander. Es war offensichtlich, dass sie wieder unter Drogeneinfluss stand. Die nächste Klassenarbeit ging daneben. Holger beobachtete sie besorgt, und nach einer Woche hielt er es nicht mehr aus. Während der Pause sprach er sie an. „Merrit! Lass uns reden!“ Sie ignorierte ihn. Er lief neben ihr her, hielt sie schließlich am Pullover fest. „Jetzt warte!“
Sie sah ihn an, ihr Gesichtsausdruck wirkte entrückt, die Pupillen waren trotz der strahlenden Sonne riesengroß. Sie hatte also wieder zum Stoff gegriffen. Flehend sah er sie an. „Merrit, lass mich dir helfen! Du gehst noch völlig kaputt!“

Sie wehrte seine Hand ab. „Du kannst mir nicht helfen. Lass mich in Ruhe!"
„Wenn du so weitermachst, fliegst du bald von der Schule!"
„Na und?"
„Merrit, hör auf, so 'ne Scheiße zu labern!"
„Dann hau du endlich ab!"
Schmerzlich getroffen kam er ihrer Bitte nach. Er wusste, sie meinte es nicht so, dennoch tat es weh.
Nina kam auf ihn zu und fragte in ihrer unverblümten Art: „Kann man ihr irgendwie helfen?"
Er kickte einen Stein weg. „Wenn ich das wüsste."
„Mensch, das kann man ja nicht mit ansehen."
„Wem sagst du das?"
Sie zögerte. „Hängt sie privat noch mit Annette 'rum?"
Holger beobachtete Merrit, wie sie apathisch an die Hauswand gelehnt vor sich hin starrte. „Ich seh' da nicht durch. Ab und zu auf jeden Fall."
„Weißt du, ob die Gerüchte stimmen?"
Erstaunt sah er sie an. „Was meinst du?"
„Annette fehlt doch seit ein paar Tagen. Es heißt, sie hätte ihr Baby verloren."
Ein Schauer lief seinen Rücken hinunter. „Ach du liebe Güte!"
Nina verzog keine Miene. „Wenn es stimmt, dann wäre das sicher das Beste. Aber tragisch wäre es natürlich trotzdem."
„Was sagt denn Julia?", fragte er interessiert.
„Nicht viel." Suchend sah Nina über den Schulhof. „Aber das heißt ja nichts. Außerdem kann man der sowieso nicht über den Weg trauen."
„Mensch, traurig hin oder her, für den Meldorf wäre das

ja ein Segen“, stellte Holger sachlich fest.
Nina nickte. „Ironie des Schicksals, oder?“
„Wenn es denn stimmt.“ Holger schüttelte den Kopf. „Hier sieht ja niemand mehr durch. Nicht mal die Mahler.“
Nina zog eine Augenbraue hoch. „Seltsam, oder? Ich habe Anita Mahler noch nie so verschlossen erlebt.“
„Vielleicht weiß sie auch nicht mehr als wir.“
„Möglich.“
Holger grinste. „Mensch, da stehen wir beiden Klassenbesten hier dämlich und untätig herum. Es kann doch nicht sein, dass uns nicht irgendwas einfällt!“
Nina verzog das Gesicht zu einer Grimasse. „Stimmt haarscharf. Lass uns überlegen.“
Er zog die Augenbrauen hoch. „Ja?“
„Erstens: Wir sammeln für einen Blumenstrauß und lassen den Herrn Meldorf schicken.“
„Ehrensache. Und zweitens?“
„Besuchen wir seine Frau.“
„Wir?“
„Du hast doch gerade selbst gesagt, wir müssen etwas tun.“
Er wand sich. „Na ja …“
Sie gab ihm einen Stoß. „Ja, ja. Morgen achtzehn Uhr. Okay?“
Er nickte gequält.
Verachtend sah sie ihn an. „Männer …“

*

Beide schauten verblüfft, als Doris ihnen die Tür öffnete. Diese blickte sie fragend an. „Ja?“

Nina streckte ihr die Hand hin. „Hi, ich bin Nina, eine Schülerin von Herrn Meldorf.“
Doris grinste. „Kommt ’rein. Ich bin Dorry.“
Sie führte den Besuch ins Wohnzimmer. „Anna ist einkaufen, sie muss aber jeden Moment zurück sein.“
Verstohlen beobachtete Holger das unbekannte Mädchen und wurde puterrot, als sie sich ihm zuwandte. Provozierend stellte sie sich vor ihn und verbeugte sich leicht. „Mein Name ist, wie schon gesagt, Dorry, ich wohne zur Zeit hier, absolviere ein Praktikum im Hotel und bin Anita Mahlers Nichte.“
„Nicht zu übersehen“, murmelte er. „Auffälliges Outfit und große Klappe.“ Alle drei lachten schallend.
Dorry trug eine ihrer schlabbrigen khakifarbenen Hosen, dazu einen breiten schwarzen Gürtel mit Nieten und ein verwaschenes lila Shirt mit großem Ausschnitt. Ein Lederband mit einem riesigen silbernen Anhänger und überdimensionale runde Ohrringe vervollständigten die Garderobe. Ihre Lippen waren dunkellila bemalt und verzogen sich zu einem spöttischen Grinsen. „Ich würde mal behaupten, ich laufe nicht ganz so farbenfroh herum wie meine Tante.“
Er legte den Kopf schief. „War nicht böse gemeint.“
„Kein Problem“, meinte sie großzügig.
Nina beobachtete die beiden leicht angespannt. „Außerdem ist Frau Mahler schwer in Ordnung“, erklärte sie rasch.
Doris zuckte mit den Schultern. „Das behaupten die Freunde meiner Mutter auch. Trotzdem komme ich nicht mit ihr klar.“
Sie holte Gläser, eine Flasche Mineralwasser und Apfelsaft, stellte alles auf den Tisch und ließ sich mit Schwung

auf das Sofa plumpsen. „Seid so nett und bedient euch selbst. Sonst komme ich mir vor, als ob ich auf Arbeit wäre."

Stimmen näherten sich aus dem Flur. „Ja, kommen Sie bitte mit."

Eine verstörte Anna erschien und alle drei sahen verblüfft, wer ihr folgte. Es war Annette. Diese erschrak ebenfalls.

„Was macht ihr denn hier?"

„Könnten wir dich ebenfalls fragen, oder?", konterte Nina.

„Dass ich meine Gründe habe, könnt ihr euch doch denken …" Sie unterbrach sich, als sie Doris sah, und erstarrte. „Wir kennen wir uns doch, oder?"

Doris sah ungerührt zu ihr auf. „Kennen wäre wohl zu viel gesagt. Ich habe Sie letztens bei uns im Hotel gesehen."

Annette kniff die Augen zusammen. „Ja."

Doris zog die Beine auf das Sofa und sah sie mit Unschuldsmiene an. „Schule geschwänzt, was?"

Sie erntete einen verächtlichen Blick.

Anna sah von einem zum anderen. Nina stand auf. „Entschuldigen Sie die Störung, Frau Meldorf. Wir wollten uns nur nach Ihrem Mann erkundigen."

„Dasselbe wollte ich auch gerade tun", warf Annette selbstbewusst ein.

„Wie nett", kam es sarkastisch von Doris. Sie hatte keine Ahnung, wer diese junge Frau war, doch im Gegensatz zu den anderen beiden war sie der unsympathischste Mensch, dem sie jemals begegnet war.

Holgers Körperhaare stellten sich auf. Er musste es einfach einsehen, er war der weiblichen Materie nicht ge-

wachsen.
Nina dagegen bohrte ungerührt nach. „Ist ja interessant, Annette. Was bitte schön machst du in einem Hotel?"
Diese hatte die Arme vor dem Bauch verschränkt. „Frühstücken."
Nina nickte ernst. „Frühstücken. Und wir dachten, du liegst krank und trauernd im Bett."
„Wieso sollte ich?"
Nina und Holger sahen sich an.
Zum ersten Mal wirkte Annette verunsichert. „Es geht euch 'nen Dreck an, was ich mache und wo ich bin!"
Ungerührt meinte Doris: „Super Auftritt. Kann ich den noch mal haben?"
Annette blitzte sie wütend an. „Blöde Tussi!"
Und an Anna gewandt. „Ich gehe. Danke, ich finde allein 'raus!" Bevor Anna etwas erwidern konnte, knallte schon die Haustür.
„Reizendes Wesen", stellte Doris mit unbewegter Miene fest.
„Ja, so ist sie", gab Nina ihr Recht.
Holger stand auf und führte die geschockte Anna zu einem der Sessel. Er füllte ein Glas Wasser und drückte es ihr in die Hand.
„Danke." Sie nahm einen kleinen Schluck und lächelte ihn an.
„Ich nehme an, Sie sind auch ein Schüler meines Mannes?"
Er nickte. „Wir wollten fragen, wie es ihm geht und ob wir etwas für Sie tun können."
„Das ist lieb von euch. Nein, im Moment kann man nicht viel tun. Er kommt in einer Woche nach Hause."
Nina beugte sich vor. „Und? Kommt er dann wieder in

die Schule?"
„Vorerst nicht. Die Polizei war gestern hier. Sie ermitteln weiterhin." Anna stellte das Glas ab und sah in die Runde. „Ich will ganz offen zu euch sein. Es ist nach wie vor unklar, ob Norbert das Medikament selber genommen hat oder ob ihn jemand vergiften wollte."
Es war Doris, die sich traute, die Frage zu stellen, die ihnen allen auf der Seele brannte. „Wie kann das unklar sein? Er muss doch wissen, ob er das Zeugs genommen hat oder nicht?"
Betrübt sah Anna auf ihre Hände. „Genau das habe ich auch gesagt. Er behauptet, er könne sich nicht erinnern."
„Ach du Scheiße!" Das kam wiederum von Doris und die anderen nickten.
„Es kommt noch dicker", fuhr Anna fort. „Der Mann, den Norbert in Tschechien angegriffen haben soll und der hier auf der Insel … umgekommen ist …" Sie holte tief Luft und alle starrten sie gebannt an. „… er ist ebenfalls an einer Überdosis Valium gestorben. Allerdings hat er es gespritzt bekommen."
Einen Moment lang war es still im Raum.
„Vielleicht war es selbst?", überlegte Nina.
Anna schüttelte den Kopf. „Es waren keinerlei Fingerabdrücke auf der Spritze. Wieso hätte er sich die Mühe machen und Handschuhe anziehen sollen? Außerdem hatte er ja eine frische Stichwunde, die ihn schon sehr geschwächt haben muss."
Sogar Doris war für einen Moment sprachlos. Holger überlegte fieberhaft. Das konnte doch kein Zufall sein. Zweimal Valium. Zweimal Messerstiche. Wie hing das alles zusammen? Die E-Mails auf Annettes Computer. Merrits Entführung. Ihm schwirrte der Kopf.

„Unsere Lehrerin Susanne Malcom ist übrigens nicht wieder an die Schule zurückgekehrt, wissen Sie das?“, fragte Nina.
Anna nickte. „Ja, Anita hat es mir gesagt. Ihre Aussage bei der Polizei belastet Norbert sehr. Sie behauptet, er hätte ihr nachgestellt und sie dann fallen lassen, da er mit einer der Schülerinnen ein Verhältnis eingegangen wäre.“
Nina glaubte, sich verhört zu haben, und haute mit der flachen Hand auf den Tisch. „Wie bitte? Diese Schlange!“
Holger starrte Anna entsetzt an.
Doris blieb unbewegt sitzen. „Euren Reaktionen nach folgere ich, dass diese Aussage zum Himmel stinkt, richtig?“
Holger räusperte sich. „Das ist einfach unglaublich. Diese verknöcherte Jungfrau, wie kann sie nur! Die ist doch nur stinkesauer, weil er sich nicht mit ihr eingelassen hat!“
Doris grinste. „Soll es geben.“
Mitfühlend sah Nina zu Anna. „Ich bitte Sie inständig, Frau Meldorf. Glauben Sie dieses böse Gerede nicht. Es ist nicht wahr!“
„Ich weiß nicht mehr, was ich glauben soll. Irgendwas muss aber doch dran sein, es tauchen immer neue Gerüchte auf.“ Annas gute Haltung fing an zu bröckeln, ihre Stimme zitterte.
Holger sah betreten zu Boden, Nina überlegte fieberhaft, wie sie der armen Frau ein wenig Mut machen konnte. Hier lief eine Riesensauerei, das war jedenfalls klar.
Doris verblüffte alle, indem sie aufstand, sich hinter Anna stellte, sie in den Arm nahm und ihr Gesicht an Annas Wange legte.

Eine Stunde später telefonierte sie mit ihrer Mutter, und zwar in der Art und Weise, wie man es von ihr gewohnt war. Kopfschüttelnd saß Anna daneben. Doris knallte den Hörer auf den Tisch und starrte diesen an, während sie weiterfluchte wie ein Bauarbeiter, der gerade vom Chef zusammengestaucht worden ist.
„Ja, Mama. Natürlich, Mama. Wenn du es möchtest, Mama!"
Eine Zornesfalte stand zwischen ihren Augenbrauen, ihre Wangen waren gerötet. Sie setzte sich und schimpfte vor sich hin. „Möchte wissen, was ich da soll? So'n Quatsch!"
Ihr fiel ein, dass sie nicht allein war. Sie atmete zweimal tief ein und aus und sah Anna trotzig an.
Diese legte den Kopf schief und meinte gleichmütig: „Ich sag' doch gar nichts."
Doris verschränkte die Arme vor der Brust. „Besser ist das auch!"
Anna nahm sich den Kugelschreiber, der auf dem Tisch lag und spielte damit herum. Doris hielt es eine halbe Minute lang aus, dann schnaubte sie: „Los! Sag's schon!"
Anna schaute auf. „Was?"
„Mensch, Anna! Jetzt tu nicht so blöd!"
Anna stand auf und ging in die Küche. Das Mädchen schaute ihr verblüfft nach und lief dann hinterher.
„Sag schon, dass ich eine dumme, freche Göre bin!"
Anna stellte die Tasse, die sie gerade aus dem Schrank genommen hatte, wieder hin. Sie drehte sich um und sah der Jüngeren in die Augen. „Wieso?"
Doris Schultern sanken nach vorn und sie verdrehte die Augen. „Weil es wohl so ist."
Anna grinste und stellte eine zweite Tasse neben die ihre. „Du kriegst einen Baldrian-Tee, meine Liebe."

„Ich weiß auch nicht, wieso, aber es dauert keine zwei Minuten und meine Mutter und ich kriegen uns in die Wolle."
Doris pulte einen Fussel von ihrer Hose. „Ich habe drei Tage frei und sie will unbedingt, dass ich nach Hause komme."
„Ist doch eine nette Idee. Was hast du dagegen?"
„Nichts. Doch … ach, keine Ahnung!" Doris tigerte mit der Tasse in der Hand hin und her. „Was soll ich da?"
„Deine Familie besuchen?"
„Toll!"
„Ja!"
„Wenn's euch denn alle so glücklich macht, okay, dann fahre ich also Mama besuchen. Da kann ich dann ja so richtig ausspannen, erst stundenlang im Zug abhängen und anschließend die Predigten meiner Mutter anhören."
Anna sandte einen Blick an die Decke. „Halleluja. Bleib besser hier."
Doris grinste. „Nein, ich fahre. Ich werde auch ganz lieb sein."
„Wer's glaubt", stöhnte Anna.

Doris fuhr am nächsten Morgen los. Sie beschloss, ihren guten Willen zu zeigen, und kaufte im kleinen Laden im Bahnhof noch einen Teddy mit einem Strickpullover für ihre Mutter. Vorn war mit blauer Schrift „Sylt" aufgestickt, lächelnd betrachtete sie ihn. Plötzlich spürte sie, wie ihre Nackenhärchen sich aufstellten. Sie drehte sich um, konnte sich ihre Nervosität aber nicht erklären. Mit einem Schulterzucken verließ sie das Geschäft, holte sich eine Fahrkarte und eilte zum Zug.

In Hamburg Altona musste sie umsteigen. Sie hatte eine halbe Stunde Zeit und beschloss, sich etwas zu essen zu holen. Sie ergatterte einen Platz und ließ sich ihr Stück Pizza schmecken. Doch im nächsten Moment beschlich sie wieder dieses ungute Gefühl. Sie beobachtete die Leute um sich herum, sah jedoch nichts Ungewöhnliches. Hunger oder Durst hatte die unterschiedlichsten Menschen zusammengetrieben: Eine stark geschminkte Frau in einem schicken Ledermantel stand am China-Tresen neben einem alten Mann in einer verbeulten Cordhose und einem mehrfach geflickten Sweatshirt. Geschäftsleute in schwarzen Mänteln verweilten neben Rentnern, die hier einen Kaffee tranken, damit sie nicht einsam zu Hause sitzen mussten. Aufgestylte Mädels warteten neben zerlumpten Bettlern, die sich ein belegtes Brötchen holten. Ein junger Mann in einer verschmutzten Jacke kam Doris irgendwie bekannt vor. Sie betrachtete ihn genauer, konnte sich dann aber doch nicht erinnern, ihn schon gesehen zu haben. In den Städten liefen viele Leute mit filzigen Haaren und verschmutzten Jacken herum.
Sie knüllte ihre Serviette zusammen, warf sie im Vorübergehen in den Mülleimer und suchte den richtigen Bahnsteig.
Wenige Stunden später wurde sie von Mutter und Bruder fest in den Arm genommen. Es überraschte sie, wie angenehm es war.
Plaudernd fuhren sie nach Hause. Die beiden waren natürlich neugierig, wie es auf der Insel so lief. Sie fragten nach dem Hotel, nach Anita, Anna und natürlich erkundigten sie sich nach Norbert. Doris erzählte freimütig, sofern sie der Meinung war, ihre Loyalität Anna gegenüber nicht zu verletzen. So ließ sie einige Details aus, was nie-

mand bemerkte, denn es war ja trotzdem ein gewaltiges Repertoire an Neuigkeiten.
Mutter und Tochter schafften es genau vierundzwanzig Stunden lang, nicht aneinanderzugeraten, was immerhin jeden Rekord der letzten Monate übertraf. Doris kam vom Joggen, wollte kurz duschen und dann eine Freundin besuchen gehen. „Leg die Sportsachen gleich vor die Waschmaschine!", rief ihre Mutter aus der Küche. „Ja, ja", murmelte Doris.
„Hast du mich gehört?", tönte Christines Stimme durch den Flur.
„Ja, hab' ich!", brüllte ihre Tochter zurück.
Christine schaute um die Ecke. „Ich wollte nur wissen, ob du mich gehört hast. Schließlich willst du die Sachen ja sauber wieder mitnehmen."
„Ja, ja!" Mürrisch zog Doris sich die verschwitzte Kleidung aus und warf sie vor die Waschmaschine.
„Mensch, ich dachte, du hättest dir auf Sylt bessere Manieren angewöhnt?"
„Auf Sylt werde ich nicht wie ein Baby behandelt!"
Enttäuscht und verletzt wandte Christine sich ab. Sie hatte sich so auf den Besuch ihrer Tochter gefreut und nun stritten sie sich schon wieder. Ihre Augen füllten sich mit Tränen.
Überrascht schaute Doris auf. Ihre Mutter reagierte sonst nie so empfindlich. Sie hatten sich schon viele harte Gefechte geliefert und noch nie hatte ihre Mutter dabei angefangen zu weinen. Es hatte immer mit Türenknallen geendet.
„Wieso heulst du?"
Wütend rieb Christine sich kurz über die Augen. „Tu ich nicht."

Sie wandte sich ab und eilte davon. Verunsichert folgte Doris ihr. „Mama, ist irgendwas nicht in Ordnung?“

„Natürlich nicht.“

Doris setzte sich. „Und was?“

Wütend blitzte Christine sie an. „Und was? Denk doch mal nach! Bist doch sonst immer so gescheit.“

„Bin zu müde dazu.“

„Witzig.“

Beide starrten sich an.

„Was hab’ ich denn jetzt schon wieder verbockt?“, fragte Doris aufsässig.

Christine verspürte den dringenden Wunsch, ihre Tochter durchzuschütteln, fürchtete jedoch, dass diese sogleich wieder abreisen würde. „Ich habe dich jetzt eine ganze Weile nicht gesehen.“

„Stimmt.“

„Und ich habe mich auf dich gefreut.“

Doris’ Augenbrauen näherten sich dem Haaransatz. „Echt?“

Christines Stimme klang zittrig. „Stell dir vor. Du bist meine Tochter und ich habe dich vermisst.“

Unbehaglich rutschte Doris auf ihrem Stuhl hin und her. So kannte sie ihre Mutter gar nicht. Da sie nicht wusste, wie sie darauf reagieren sollte, antwortete sie patzig: „Du warst doch sicher froh, dass du Ruhe vor mir hattest.“

Sie bereute ihre Worte sofort, als sie sah, dass Tränen über die Wange ihrer Mutter liefen. Was war bloß mit ihr los heute?

Christine schnäuzte sich die Nase. „Wahrscheinlich willst du gleich ganz auf der Insel bleiben.“

Doris hatte tatsächlich darüber nachgedacht, hütete sich aber, dies auszusprechen. „Wieso?“, fragte sie stattdessen.

„Wieso?", schnaubte Christine. „Du hinterlässt dein Zimmer hier wie einen Saustall. Ich finde angebrochene Schnapsflaschen, leere Zigarettenschachteln, dreckige Unterwäsche! Spitze! Wirklich!"
Doris senkte den Kopf und schwieg.
Ihre Mutter fuhr fort: „Wir hatten selbst am letzten Abend Streit, und auch jedes Mal, wenn wir telefoniert haben. Stimmt doch, oder?"
Doris nickte.
„Ich habe mir große Sorgen gemacht, dass du dich bei Anna auch so danebenbenimmst. Eigentlich müsste ich froh sein, dass es nicht der Fall ist, es sei denn, Anna erzählt mir Märchen."
„Tut sie nicht."
„Siehst du?"
Doris verstand nicht. „Was ist denn dein Problem? Ist doch gut, wenn ich mich ordentlich benehme. Was passt dir denn daran schon wieder nicht?"
Mit hängenden Schultern stand Christine da. Ihre früher so kämpferische Mutter rang schon wieder um Fassung. Wie kam das bloß?
„Es ist doch nicht so, dass ich mich nicht darüber freue. Ich bin froh, dass ihr miteinander auskommt."
„Aber?"
„Wieso klappt das denn nicht bei uns?"
„Anna meint, weil du meine Mutter bist."
Verblüfft sah Christine sie an.
„Ja, und sie hat gesagt, sie sei froh, dass sie nicht meine Mutter ist." Doris griente verschmitzt. „Ich möchte auch nicht meine Mutter sein."
Befreit lachte Christine laut auf. Die aufsässige Dorry fing an, ihre Mitmenschen zu verstehen.

Sie waren nicht gerade ein Herz und eine Seele, doch die restlichen zwei Tage verliefen relativ entspannt. Die Tatsache, dass sie in Kürze wieder getrennt sein würden, erwirkte, dass sie Machtkämpfe möglichst vermieden. Christine versuchte, noch etwas mehr aus Doris herauszubekommen, vor allem über Norbert, jedoch ohne Erfolg, was sie schließlich akzeptierte. Sie war einerseits enttäuscht, dass ihre Tochter ihr offensichtlich einiges vorenthielt, andererseits war sie sehr stolz, dass Doris keine Intimitäten ausplauderte. Bevor diese in den Zug in Richtung Hamburg stieg, sagte sie es ihr.
Wieder war Doris überrascht. Ihre Mutter lobte ihr Verhalten. Das wäre ihr vor einigen Wochen noch undenkbar erschienen. Fairerweise musste sie aber vor sich selbst zugeben, dass sie es ihrer Mutter sehr schwer machte. Seit dem Tod ihres Vaters war sie aufsässig. Während ihr Bruder Tränen vergossen hatte, bis keine mehr kamen, hatte sie ihren Kummer stets hinter einer gewissen Bockigkeit verborgen. Sie dachte immer, sie müsse sich am Riemen reißen, um es ihrer Mutter nicht noch schwerer zu machen, und tat so, als ob sie stark und cool wäre. Allmählich dämmerte es ihr, dass alles dadurch noch schwieriger geworden war, schließlich war sie kein Dummkopf. Aber Einsicht und echte Veränderungen im Verhalten waren bekanntermaßen zwei verschiedene Paar Schuhe. Eine Heilige war sie eben auch nicht.
Der Zug fuhr an und sie winkte ihrer Familie lachend zu, bis Bruder und Mutter aus dem Blickfeld entschwanden.
Diesmal hatte sie in Hamburg nur zwanzig Minuten Zeit. Sie eilte rasch in einen kleinen Kiosk, um sich etwas zu trinken zu holen. Auf dem Rückweg klingelte ihr Handy. Die Flasche in der einen Hand, Handtasche und Reise-

rucksack in der anderen, hatte sie einige Mühe, an das Telefon zu kommen. Trotzdem lief sie dabei weiter, denn durch die Lautsprecher kam die Information, dass ihr Zug in Kürze eintreffen würde, und sie wollte sich einen guten Platz ergattern. Es war Anna, die gern wissen wollte, wann Doris ankäme.
„Um einundzwanzig Uhr fünf, wenn die Bahn pünktlich ist", erklärte Doris. „Du, ich muss dich mal abwürgen, sonst kriege ich meine Sachen hier nicht getackelt. Die Züge auf dieser Strecke sind immer randvoll."
Wieder hatte Doris das Gefühl, jemand kitzelte sie im Nacken. Ein Schauer lief ihr den Rücken hinunter. Ich habe eine Hamburg-Phobie, dachte sie. Schließlich stand sie doch nicht nachts im Dunkeln allein in einer U-Bahn-Unterführung. Im Gegenteil, die Leute strömten auf den Bahnsteig, und sie ging noch ein Stück weiter nach vorn und auch dichter an die Schienen, damit sich gleich keiner vordrängeln konnte. Schließlich war sie ein Großstadtkind und ließ sich nicht beiseiteschubsen. Sie klappte ihr Handy wieder zu und wollte es in die Jackentasche stecken, verfehlte sie aber. Sie fluchte, als sie bemerkte, dass sie dazu erst den kleinen Reißverschluss an der Tasche öffnen musste. Dieser hakte. Sie nahm ihr Gepäck und die Flasche in die linke Hand und fummelte mit der anderen am Verschluss. Während sie einen Blick seitlich hinunterwarf, spürte sie plötzlich einen heftigen Ruck. Sie hatte keine Ahnung, was das zu bedeuten hatte, und wunderte sich, als sie Glas zersplittern und Menschen schreien hörte. Ein scharfer Schmerz durchfuhr ihren linken Arm. Wo war denn jetzt ihr blödes Handy abgeblieben? Sie hörte Stimmen über sich und sah erstaunt in entsetzte Gesichter. Und endlich kam auch der Zug,

deutlich hörte sie sein Rattern und – starke Erschütterungen. Da stimmte doch etwas nicht. In diesem Moment registrierte sie, wo sie war. Auf den Gleisen. Ihr Arm blutete. Jemand schrie ihr etwas zu. Die Lichter des Zuges waren schon zu sehen. Oh Gott, dachte sie, ich muss hier weg. Die Lichter kamen näher. Der Lokführer drückte wie wild auf die Hupe. Er versuchte, zu bremsen, doch obwohl er die Fahrt vor dem Bahnhof schon sehr verlangsamt hatte, war es offensichtlich, dass er nicht rechtzeitig würde halten können. Doris starrte den Lichtern entgegen, ignorierte den Schmerz, mobilisierte ihre zum Glück durchtrainierten Muskeln und sprang. Sie rutschte an der Kante ab. Das war's, dachte sie. Sie spürte schon förmlich, wie sie zwischen Waggon und Bahnsteigkante zermalmt wurde. Doch vier Arme packten sie und zerrten sie hoch. Sie fielen allesamt rückwärts, Doris spürte einen der Waggons ihre Fußsohle streifen. Kinder weinten. Jemand zog sie ein Stückchen weiter auf den Bahnsteig und einer ihrer Retter zog seine Jacke aus und legte sie unter ihren Kopf. Die andere Person, eine junge Frau, streichelte ihre Wange und lächelte zu ihr hinunter.
„Alles okay?"
Doris sah in zwei wunderschöne, besorgte Augen. „Alles bestens." Die Frau lachte. „Wunderbar! Dann können wir ja einen trinken gehen."
„Sobald ich wieder auf zwei Füßen stehen kann", murmelte Doris benommen.
„Das nenne ich Humor", kam es vom männlichen Part des Rettungsteams. „Meine Herren. Hier ist was los!"
Rasch waren sie von Schaulustigen umringt. Ein Martinshorn war immer lauter zu vernehmen. Doch die Polizei war noch vor den Sanitätern an der Unfallstelle. Mit ei-

nem Blick erkannten sie, dass die Verletzte versorgt wurde, und begannen sofort, die Umstehenden zu befragen. Die meisten waren zu geschockt, um sich an etwas zu erinnern. Mit bleichen Gesichtern starrten sie auf den Zug und schüttelten den Kopf. Plötzlich rief ein etwa zehnjähriger Junge: „Der da war es!“ Ein junger Mann mit einem blauen, schmutzigen Kapuzenpullover hatte die Szene aus einiger Entfernung beobachtet und zuckte nun zusammen. Der Polizist beugte sich zu dem Jungen hinunter. „Bist du sicher?“

„Ja. Vorhin hatte der aber die Kapuze über den Kopf gezogen. Aber er war es. Er hat nämlich diese Mega- Turnschuhe an.“

Der Kapuzenmann mit der dreckigen Kleidung und den teuren Turnschuhen, die so gar nicht zum übrigen Outfit passten, sprintete los. Er schubste jeden, der im Weg stand, rücksichtslos zur Seite. Eine alte Frau stürzte. Die Polizisten rannten hinterher und forderten ihn auf, stehen zu bleiben, was natürlich völlig sinnlos war. Das Martinshorn verstummte abrupt. Die Sanitäter rannten in Richtung Bahnsteige. Einer erfasste die Situation sofort und konnte den Flüchtling zu Fall bringen.

Später sollte sich herausstellen, dass Doris ihn nicht zum ersten Mal sah.

Sie stand inzwischen wieder auf beiden Beinen. Die Sanitäter wollten sie auf eine Trage legen, doch sie schüttelte den Kopf. Der Mann, der sie mit hochgezogen hatte, lachte. „Diese Dame ist zäh wie eine Schuhsohle.“ Und an Doris gewandt: „Kommen Sie, meine Dame. Ich bin zwar nicht im Dienst, aber Arzt ist Arzt. Lassen Sie sich einmal kurz durchchecken. Sie haben mindestens einen Schock, eine Prellung am Arm und diverse Schnittwunden. Und wenn es nicht noch mehr ist, dann hat der liebe Gott Ihnen alle Schutzengel hinuntergeschickt, die er auf die Schnelle zur Verfügung hatte."

Sie fügte sich. „Aber nur, wenn Sie mitkommen. Sonst bringen die mich sowieso ins Krankenhaus."

Einer der Sanitäter verdrehte die Augen. „Nun seinse mal froh, dasse noch leben, Mädchen."

Mit einem Blick in seine Richtung meine sie: „Bin ich."

„Na immerhin. Freut mich."

In der Tat war Doris zum ersten Mal in ihrem Leben klar geworden, wie sehr sie am Leben hing. Ihre Beine zitterten, ihr war schwindlig und wahrscheinlich hatte sie noch einige Blessuren. Doch ihre Gliedmaßen waren alle noch dran, ihr Kopf nicht zermalmt, und dies nur, weil zwei mutige wildfremde Menschen blitzschnell reagiert hatten. Ein Arzt und eine Studentin, die auf dem Weg nach Hause war. Wahnsinn. Sie meinte es sehr ernst, als sie sich vornahm, dem lieben Gott täglich dafür zu danken.

Die Polizisten nahmen ihre Personalien auf. „Liebe Reisende", ertönte es aus den Lautsprechern. „Die Abfahrt des Zuges nach Westerland verspätet sich um voraussichtlich vierzig Minuten."

Die alte Dame, die auf dem Bahnsteig umgestoßen worden war, musste ins Krankenhaus. Sie hatte sich sehr wahrscheinlich einen Bruch im Oberschenkel zugezogen. Der Lokführer hatte einen Schock.

Doris erklärte, ihr ginge es gut. „Keine Sorge, auch bei Ihnen wird noch das große Schlottern eintreten", meinte der Arzt, der sich inzwischen als Martin Jensen vorgestellt hatte.

Jemand hatte Doris' Taschen aufgesammelt und brachte sie. Das Handy allerdings lag zerschmettert auf den Glei-

sen.
Im Rettungswagen maßen sie ihren Blutdruck, machten ein EKG, klopften den Kopf ab und leuchteten in ihre Augen. Sie gaben ihr eine Spritze zur Stabilisierung des Kreislaufs, schmierten ein Sportgel auf den anschwellenden Arm und reinigten und verbanden die Schnittwunden. Ihre Jacke war vorn aufgerissen, doch ihr Körper schien tatsächlich heil geblieben zu sein. Sie beantwortete die Fragen der Polizei, bat diese, Anna zu informieren, und bestand darauf, nach Hause zu fahren. Der inzwischen eingetroffene zuständige Notarzt zögerte.
Ein weiteres Mal erwies sich Dr. Martin Jensen als Retter in der Not. Er besprach sich kurz mit seinem Kollegen, bis dieser schließlich nickte. „Okay, mein Fräulein. Ich biete mich als Ihr Zugbegleiter an. Ich fahre sowieso nach Westerland." Er zwinkerte ihr zu. „Allerdings hätte ich mir meinen Kurzurlaub ein wenig ruhiger vorgestellt."
Er griff nach ihrem Gepäck und sah sie mahnend an. „Ich stelle aber Bedingungen." Sie nickte.
„Erstens: Sobald es Ihnen in irgendeiner Form schlechter geht, bekomme ich das zu wissen. Es wird hier nicht der Held gespielt."
„Geht klar." Sie hätte ihm alles versprochen, um nicht ins Krankenhaus zu müssen.
„Zweitens: Morgen geht es noch mal zum Durchchecken zum Onkel Doc."
„Ja", kam es leise von der Seite.
„Drittens …"
„Ja?"
„Ach, das reicht mir schon." Er hakte sie ein und dann fuhren sie nach Hause.

Unterwegs wurde sie immer blasser. Prüfend beobachtete er sie. Als sie es bemerkte, gab sie zu: „Mit ist ein bisschen übel."
Er nickte. „Das ist normal. Das Geschehene dringt jetzt erst richtig durch. Ich verstehe ja, dass Sie nicht in Hamburg bleiben wollten. Aber ich wäre doch froh, wenn Sie die kommende Nacht zumindest im Krankenhaus auf der Insel bleiben würden."
„Ich war schon einmal eine Nacht im Krankenhaus."
„Sehen Sie? Es war sicherlich nicht so schlimm, oder?"
Es traf ihn bis ins Mark, als er ihre Antwort hörte. „Ich saß die ganze Nacht am Bett meines Vaters. Am nächsten Morgen ist er gestorben …"
Es beunruhigte ihn, dass sie nicht weinte. Martin setzte sich neben Doris und legte den Arm um ihre Schulter. Sie lehnte den Kopf an seine breite Brust und schlief sofort vor Erschöpfung ein.

Aufgeregt lief Anna auf dem Bahnsteig hin und her. „Gütiger Himmel! Hör auf damit!" Anita hielt sie am Arm fest. „Du machst mich total nervös."
Verwundert sah Anna ihre Freundin an. „Bist du das nicht auch so?"
„Ohne Frage. Aber du musst es ja nicht noch schlimmer machen. Was soll Christine denn erst sagen?"
Anna seufzte. „Die Arme … Na, morgen ist sie ja hier. Dann können wir uns um sie kümmern."
Gebannt starrten beide auf die Gleise vor ihnen. Der Zug fuhr ein. Sie stellten sich in die Mitte, um möglichst alles überblicken zu können. Es kam ihnen unendlich lange vor, bis sie Doris entdecken konnten. Gleichzeitig liefen

sie los und nahmen das Mädchen stumm in die Arme. Anna weinte, Doris auch und Anita murmelte immer wieder: „Meine Güte, meine Güte."
Sie lösten sich erst, als sich jemand neben ihnen räusperte.
„Frau Meldorf?"
Erstaunt sah Anna auf. „Sie?"
Anita sah von einem zum anderen. „Anscheinend habe ich was verpasst?"
Anna lachte und gab dem Mann die Hand, während sie ihn vorstellte. „Das ist Dr. Jensen, ich habe ihn in Kiel kennen gelernt. Genauer gesagt, er hat mich dort von der Wand gepflückt."
Anita bemerkte das Funkeln in seinen Augen, als er Anna lächelnd ansah. „Und nun haben Sie auch noch meine Nichte gerettet. Wer sind Sie? Ein Engel, vom lieben Gott geschickt?"
Er lachte und sein Gesicht überzog sich mit einer leichten Röte. „Ich bitte Sie, bringen Sie mich nicht in Verlegenheit. Ich war gerade zur rechten Zeit am rechten Ort. Und eine Studentin hat beherzt mit angepackt, vergessen Sie das nicht.
Anna schluckte. „Ja, ich habe mir die Telefon-Nummer der jungen Frau schon von der Polizei geben lassen."
Gemeinsam fuhren sie alle zu Anna. Doris ging zunächst ins Bad.
Anna holte eine Flasche Wein. „Herr Jensen, wie können wir Ihnen nur danken?"
Er zog seine Jacke aus und legte sie über die Sessellehne. „Gar nicht. Ich habe nichts Großartiges vollbracht. Und nach Westerland wäre ich sowieso gefahren, ich besuche regelmäßig meine Mutter und meine Freunde auf der In-

sel."
„Wo wohnen Sie denn?", fragte Anita interessiert.
„In der Nähe von Kiel. Ich arbeite in der Uniklinik. Aber nicht in der Psychiatrie, falls Sie das als Nächstes fragen wollten."
„Wollte ich."
Er nickte grinsend. Anna biss sich auf die Unterlippe, als Doris sich zu ihnen gesellte. Sie wusste, dass die Polizei dies auch schon gefragt hatte, dennoch wand sie sich, es auszusprechen. „Doris, weißt du, wer dich auf die Schienen gestoßen hat?"
Das Mädchen schüttelte den Kopf. „Keine Ahnung. Ich habe aber auch danach nicht viel mitgekriegt. Es war so ein Chaos, und ich lag ja auf dem Boden, ich konnte ihn gar nicht sehen."
Erschüttert meinte Anita: „Ob das mit dem ganzen Schlamassel hier zu tun hat?"
Anna fasste sich an den Hals. „Hoffentlich nicht!" Und an Doris gewandt: „Deine Mutter kommt schnellstmöglich. Willst du nicht lieber mit ihr zurückfahren?"
Doris schüttelte heftig den Kopf. „Nein. Warum sollte ich? Erstens ist diese ganze Malesche ja sowieso nicht hier passiert. Und zweitens sehe ich überhaupt keinen Zusammenhang mit der Geschichte rund um Norbert. Ich hab' da doch rein gar nichts mit zu tun."
Keiner widersprach. Es stimmte, dennoch waren sie höchst beunruhigt. Martin stand auf. „Wahrscheinlich war es so eine irre Wette zwischen Halbstarken nach dem Motto, du traust dich eh nicht. So etwas passiert leider gar nicht so selten."

Am nächsten Nachmittag füllte sich das Haus. Christine war gekommen, außerdem das Polizisten-Duo Sabine Held und Martin Schmehr, verstärkt durch zwei Beamten der Hamburger Polizei und Hinrich Munk von der Flensburger Mordkommission. Ausgerechnet an diesem Tage war auch Norbert nach Hause gekommen. Anna war froh, dass Doris so ein starkes Naturell hatte. Während der Nacht hatte sie Alpträume und Schweißausbrüche gehabt, doch nun beantwortete sie souverän die Fragen der Polizei, beruhigte ihre Mutter und scherzte mit dem sichtlich angespannten Norbert.
„Deine Tochter ist 'ne Wucht", flüsterte Anna Christine zu.
Diese verzog schmerzlich das Gesicht. „Ja, aber nur, wenn sie will." Sie lächelte mit Tränen in den Augen. „Haben wir nicht ein unverschämtes Glück gehabt? Und wie oft habe ich das Mädchen zum Teufel gewünscht."
Anna drückte ihre Hand. „Der Teufel hat sie nicht geholt, er wusste, du meintest es nicht ernst."
„Oder er wollte sich nicht mit ihr plagen", konterte Christine.
Einer der Hamburger Kripobeamten zog ein Foto aus der Tasche und legte es vor Doris auf den Tisch, während sie gerade etwas zu Sabine sagte. Sie hörte mitten im Satz auf zu reden und schaute gebannt auf das Foto. Sämtliche anderen Gespräche verstummten ebenfalls, alle starrten sie erwartungsvoll an. „Dieser Mann hat mich geschubst?", fragte sie leise. „Den habe ich schon mal gesehen. Und zwar auf dem Hinweg, als ich im Bahnhof etwas gegessen habe. Da kam er mir auch schon so bekannt vor." Sie überlegte fieberhaft. Angespannt schwiegen alle. Doris sah zu Anna und rief: „Na klar! Das ist der

Typ, der mit Annette bei uns im Hotel war!"
Anna legte sich die flache Hand auf den Mund. Sie wussten alle, was das bedeutete. Der Anschlag auf Doris hatte sehr wohl etwas mit Norbert zu tun. In welchem Zusammenhang auch immer. Wieder drückte Anna Christines Hand. Diese verstand. Sie tat nicht, was sie am liebsten getan hätte: ihr Kind zu packen und zu verschwinden, so weit weg wie möglich. Es fiel ihr schwer, doch wenn sie Doris näherkommen wollte, dann durfte sie jetzt nicht hysterisch werden. Tapfer schwieg sie und suchte den Blick ihrer Tochter. Doris erwiderte ihn erleichtert. Sie lächelte ihrer Mutter zu und nickte.

Zwei Tage später reiste Christine gezwungenermaßen wieder ab, da Job und Sohn warteten. Doris begleitete Anna zum Friedhof. Während sie andächtig vor Ellas Grab standen, fragte Anna leise: „Hast du Angst?"
Doris überlegte. „Angst? Nicht direkt. Ein mulmiges Gefühl. Und ich grübel und grübel. Ich meine, wieso? Was habe ich dem Typen getan? Der kennt mich doch gar nicht."
„Ja."
„Wie muss es dann erst Norbert gehen?"
Anna schaute nicht auf. „Schlecht. Das ist ja nicht zu übersehen."
„Nein."
„Christine ist sehr tapfer, findest du nicht auch? Wie schwer muss es ihr gefallen sein, dich hier zu lassen."
Doris nickte stumm. Ruhig standen sie da und schauten hinunter auf das Grab.
Anna wandte sich Doris zu. „Mach nicht den gleichen

Fehler wie ich. Nimm deine Mutter möglichst oft in die Arme, damit es dir nicht eines Tages so geht wie mir jetzt. Wie gern würde ich sie bei mir haben. Doch nun ist es zu spät."

Ihre Stimme war nur noch ein Flüstern.

„Das kannst du doch nicht vergleichen, Anna! Du bist nicht so wie ich. Bei dir war die Situation doch ganz anders."

„Nein", meinte Anna kopfschüttelnd. „Es ist immer wieder dasselbe Muster. Ausgangspunkt der Familienzwiste sind Kummer, Schmerz, Missverständnisse oder verletzter Stolz. Oder alles zugleich. Die herkömmlichen Schwachpunkte des menschlichen Wesens eben. Dann schaukelt sich alles hoch, und weil man sich eigentlich liebt, wird alles noch schlimmer. Und dann ..." Annas Schultern fingen an zu zucken. Sie suchte nach einem Taschentuch. „Und dann hat man irgendwann keine Chance mehr, etwas in Ordnung zu bringen ..." Sie schnäuzte sich die Nase. „Weil der andere plötzlich nicht mehr da ist. Eigentlich kann es doch gar nicht sein, dass jemand einfach nicht mehr da ist ..." Lautlos weinte sie. Es war das erste Mal, dass sie Gelegenheit hatte, richtig um ihre Mutter zu trauern. Und es wurde höchste Zeit. Doris legte einen Arm um ihre Taille.

Sie drehten sich nicht um, als sie Schritte über den Kies knirschen hörten. Plötzlich war es still. Anna drehte sich um und erschrak. Hinter ihr stand Rex. Er nickte den Frauen zu, bückte sich und legte eine Rose auf das Grab. Doris lag eine spitze Bemerkung auf der Zunge, doch sie schwieg. Sie zog überrascht eine Augenbraue hoch, als er Anna über den Arm streichelte, ihnen nochmals zunickte und stumm von dannen zog. Doris sah ihm nach und

schüttelte den Kopf.
Sie hakte Anna unter und meinte: „Komm! Bevor noch mehr Sachen passieren, die ich nicht verstehe.“

Sie fuhren zu Gregor. Die Haustür stand weit offen, ein kleines Mädchen kam an ihnen vorbeigestürmt, bremste, drehte sich um und rief: „Hallo!“
Dann rannte sie ins Nachbarhaus. Doris grinste. „Hat dein Vater einen Kindergarten aufgemacht?“
Anna schaute dem Mädchen irritiert nach. „Keine Ahnung. Die Kleine gehört jedenfalls nicht zu den Kindern, die nebenan wohnen.“
„Wow.“ Doris ging ins Haus und kündigte sich mit lautem Rufen an. Gregors Stimme tönte durch den Flur. „Wir sind im Wohnzimmer!“
„Was ist denn hier los?“, fragte Anna. Sie war ständig besorgt, dass ihr Vater einsam allein zu Hause saß, aber dies hier war ganz eindeutig auch nicht gesund.
Gregor sah müde aus, doch er lachte. „Keine Sorge, die Mutter kommt sie gleich holen. Sie musste nur ganz schnell etwas erledigen.“ Die Nachbarskinder hopsten auf dem Sofa und sangen dabei zum Takt ihrer Beine immer wieder einen Kinderreim. Ein etwas größeres Mädchen saß vor Gregors Sessel und hielt sich die Ohren zu. Ein weiteres kam ins Wohnzimmer gerannt. Es war die Kleine, die sie draußen getroffen hatten. Sie bremste und starrte Anna an. „Dich kenn’ ich.“
Anna lächelte sie an. „Ja?“
Das größere Mädchen schaute interessiert zu ihnen hinüber. „Ja. Ich auch. Vom Strand.“
Anna brauchte einen Augenblick, bis ihr einfiel, dass

diese beiden Mädchen zu der Frau gehörten, die Norbert so herzlich am Strand umarmt hatte. Sie schaute etwas gequält. „Ja, stimmt."
Gregor beobachtete sie mit zusammengezogenen Augenbrauen. „Sie bleiben ein paar Tage drüben."
„Sind die dann immer alle hier?", fragte Doris in ihrer unbekümmerten Art.
„Gott behüte, nein! Das hielte mein Herz nicht aus."
Der kleine Nachbarsjunge hüpfte vom Sofa und warf dabei beinahe Doris um. Sie strauchelte und kippte gegen Anna, doch beide blieben gerade noch auf den Füßen. Doris griff automatisch nach dem Kleinen, damit der nicht gegen den Tisch fiel. „Halleluja."
„Wieso sind denn die Mädchen hier?", fragte Anna.
Der Junge zog an ihrem Arm. „Hab' ich doch schon letztes Mal erzählt. Das Baby ist krank."
Anna nickte langsam und sah Gregor fragend an. „Der kleine Timo musste dringend ins Kinderkrankenhaus nach Flensburg. Es geht ihm gar nicht gut, darum ist seine Mutter mit ihm dort geblieben."
Anna kam sich ein wenig schäbig vor, sie fragte dennoch. „Wo ist denn der Vater?"
Der kleine Nachbarsjunge hüpfte schon wieder auf dem Sofa auf und ab. „Die haben keinen."
„Oh, oh …" Das kam von Doris.

Einige Minuten später wurde die ganze Bande von der Nachbarin abgeholt und so nahmen sie den völlig erschöpften Gregor mit zum Abendessen nach Hause.
Doris hielt ihm die Haustür auf und ließ ihn vorangehen. „Mensch, Anna, du hast wirklich Recht!"
„Womit?"

„Nur völlig unwissende Leute wünschen sich Kinder. Jeder sollte erst mal ein paar abschreckende Exemplare zur Ansicht bekommen."
Anna boxte sie in die Seite und lachte.
Norbert hatte liebevoll den Tisch gedeckt. Es duftete nach frischem Brot, und die hübsch dekorierte Käseplatte sah einladend aus. Doris betrachtete das Werk. „Wow, Norbert, du wirst noch der perfekte Hausmann."
Norbert reagierte nicht. Er kniff die Lippen zusammen und spielte mit seinem Messer. Alle starrten ihn an.
Doris zog die Mundwinkel nach unten, zuckte die Schultern und meinte: „Entschuldige bitte, das sollte ein Kompliment sein."
Er sprang auf. „Klar! Ein tolles Kompliment! Was anderes als ein Hausmann werde ich wohl auch nie mehr sein!"
Doris wurde blass. „Es tut mir leid. Ehrlich. Ich habe nichts anderes gemeint, als dass dieser Tisch sehr einladend aussieht." Betroffen sah sie zu Anna. „Vielleicht sollte ich doch ausziehen. Damit ihr ungestört seid und Ruhe einkehrt."
Anna sah zu Norbert. Der schluckte und setzte sich wieder. „Nein. Bitte nicht. So war es nicht gemeint."
Die Mahlzeit verlief schweigend. Gregor war todmüde, Anna wagte nicht, ihren Mann auf die alleinstehende Mutter dreier Kinder anzusprechen, und Doris hielt lieber ganz und gar den Mund.
Norbert wollte Gregor dann nach Hause fahren. „Nimmst du denn keine Medikamente mehr?", fragte Anna.
„Nein. Und selbst wenn, wäre doch wurscht."
Sie zögerte. „Wenn du Beruhigungsmittel oder Psycho-

pharmaka nehmen würdest, wäre es nur nicht so gut, am Steuer zu sitzen."
Norbert wurde hochrot. „Was soll das? Meinst du, ich dürfte kein Auto mehr fahren? Ich bin doch nicht plemplem! Und ich schlucke auch keine verdammten Scheißpillen!"
Er rannte nach oben und sie sahen ihm verblüfft nach.
„Beruhigungspillen wären aber gar nicht das Schlechteste", stellte Doris fest.
Gregor sah sie ernst an. „Das lass ihn bloß nicht hören."
„Worauf du dich verlassen kannst! Ich bin doch nicht lebensmüde."

*

Überrascht öffnete Norbert dem Fremden die Tür. Dieser stellte sich vor. „Hallo! Ich bin Dr. Martin Jensen."
Feindselig sah Norbert ihn an. „Ja?"
Sein Gegenüber blieb gelassen. „Ich wollte nur mal kurz sehen, wie es Ihrer Frau geht. Außerdem möchte ich gern schauen, ob die kleine Katastrophenlady brav war. Ist sie da?"
„Meine Frau ist noch in der Schule. Doris ist oben."
Mit einem sympathischen Grinsen bat Dr. Jensen um Einlass.
Mit leichtem Widerwillen nahm Norbert ihn mit hinein und rief Doris. Diese kam die Treppe hinuntergestürmt.
„Oh Mann, Norbert, ich fühle mich hier total offline! Soll ich euren Compi nicht mal auf den neusten Stand … Oh!"
Sie drosselte das Tempo und begrüßte Jensen. „Hallo."
Dieser lachte. „Ich sehe, es geht Ihnen gut." Wenn der

Typ lacht, sieht er noch besser aus, dachte Norbert eifersüchtig.
Ein Arzt, gut aussehend, nett...Er merkte selbst, wie unfreundlich es klang, doch er konnte sich nicht beherrschen. „Woher kennen Sie meine Frau eigentlich?"
„Wir haben uns in Kiel kennen gelernt."
„Ach, haben Sie sie getröstet?"
Jensen wählte seine Worte mit Bedacht. „Nicht so, wie Sie meinen. Aber es ging ihr tatsächlich sehr schlecht."
„Haben Sie den Unfall vielleicht inszeniert, um sich als Retter aufzuspielen, damit Sie sich hier einschleimen können?"
Doris sprang wütend auf. „Norbert!" Und an Jensen gewandt: „Da Anna glücklicherweise nicht im Haus ist, entschuldige ich mich in seinem Namen."
„Ist schon gut." Martin stand auf. „Ich nehme es nicht persönlich." Norbert tat ihm leid. Offensichtlich hatte er sehr gelitten, denn sein Auftreten passte so gar nicht zu der Beschreibung, die Anna von ihrem Mann gezeichnet hatte.
Dennoch erschrak er heftig, als Norbert ihn plötzlich anschrie: „Das sollten Sie aber! Sie haben die Situation genutzt, um sich an meine Frau 'ranzumachen. Hau'n Sie ab, Mann!"
„Was ist denn hier los?", kam es leise von der Tür. Kreidebleich stand Anna vor ihnen.
Doris eilte zu ihr. „Ist schon okay, Anna. Norbert hat da wohl was in den falschen Hals gekriegt."
„Rede nicht so ein Blech, verdammt!" Norberts Gesicht war vor Zorn gerötet. „Dieser Typ soll verschwinden."
Jensen merkte, wie er die Geduld verlor. Er war auch nur ein Mensch. „Jetzt beruhigen Sie sich doch. Ich gehe ja

schon."
Norbert wedelte mit den Händen. „Ja. Los. Dalli, dalli!"
Anna und Doris starren ihn entsetzt an.
Jensen eilte zur Tür. Im Vorübergehen legte er Anna kurz eine Hand auf die Schulter und drückte sie. „Ist nicht so schlimm. Ich verstehe schon …"
„Fassen Sie meine Frau nicht an!", schrie Norbert.
Jensen zuckte zurück, als ob er sich verbrannt hätte. Er drehte sich zu Norbert um. „Ich kann Ihnen einen guten Psychologen empfehlen, der wird Ihnen helfen, meinen Anblick zu vergessen."
„Gut gebrüllt, Löwe", entfuhr es Doris und sie krampfte sich zusammen, da sie auf einen Schlag ins Kreuz von Seiten Norberts gefasst war.
Die Tür fiel ins Schloss. Anna riss sie wieder auf und rannte Martin hinterher. Doris rechnete damit, dass Norbert hinterherstürmte, und hätte ihm gegebenenfalls einen Fuß gestellt.
Doch er blieb überraschenderweise mit gesenktem Kopf stehen und fuhr sich durch das Haar. Doris schätzte kurz ab, ob sie es riskieren konnte, ging zu ihm und legte einen Arm um seine Schulter. „Wenn du so weitermachst, bist du sie schneller los, als du gucken kannst."
Währenddessen hatte Anna Martin eingeholt. „Dr. Jensen! Warten Sie! Bitte!"
Er blieb stehen. „Frau Meldorf. Dieser Spruch eben … Es tut mir so leid. Das war ganz und gar unnötig."
Verblüfft sah sie zu ihm auf. „Sie entschuldigen sich?" Sie schnappte nach Luft. „Also wirklich. Ich möchte mich entschuldigen für das Verhalten …"
Er unterbrach sie. „Das hat Doris schon erledigt."
Sie musste trotz der Situation schmunzeln und schüttelte

den Kopf. „Dieses Mädchen überrascht mich immer wieder.“
„Sie hat Rückgrat, die Kleine.“
„Ja, allerdings. Sonst wäre sie schon längst aus unserem Haus geflohen.“
Verlegen standen sie sich gegenüber. Schließlich gab er ihr die Hand und drückte sie fest. „Er braucht dringend weiterhin professionelle Hilfe, das schaffen Sie nicht allein.“
„Ich weiß.“
Er nickte ihr noch einmal zu und stieg ins Auto.
Mit schleppenden Schritten ging sie wieder ins Haus. Dort warteten die anderen beiden und sahen ihr entgegen. Anna blieb vor Norbert stehen. „Wie kannst du nur? Was ist nur in dich gefahren?“
Er sah zum Fenster, verzog den Mund und zuckte mit den Schultern.
„Sieh mich an!“, fauchte sie.
Doris wollte sich erheben. „Ich glaube, ich störe.“
„Nein! Tust du nicht!“
Doris ließ sich wieder auf das Sofa plumpsen. „Okay.“
Anna war nicht mehr zu bremsen. „Wie kannst du mich nur so blamieren? Du hast es gerade nötig. Deine reizende Kollegin erzählt, du hättest ihr nachgestellt, anschließend aber was mit einer Schülerin angefangen. Annette ist gar schwanger von dir.“ Sie reckte das Kinn vor und wackelte damit hin und her. „Und diese Frau vom Strand, die hübsche mit den drei entzückenden Kindern, die knuddelst du in aller Öffentlichkeit. Ja, der gute Norbert, beliebt in allen Altersklassen.“ Sie stemmte die Fäuste in die Hüften. „Und ich? Ich darf mich nicht mal mit jemandem unterhalten? Großartig! Das war vielleicht

eine Show gerade!“
Doris biss sich auf die Innenseite ihrer Wange. Wenn Anna mitbekommen hätte, dass Norbert auch noch die unsinnige Bemerkung gemacht hatte bezüglich Doris’ ‚Unfalls‘, dann würde auch hier wieder ein Messer zum Einsatz kommen.
Diesmal stand sie auf. Hier war momentan nichts zu retten, außer dass sie verhindern musste, dass Anna sich im Alkohol ertränkte. Vor Scham und vor Wut. Doris hätte es gut verstanden. Die arme Anna hatte sich die ganze Zeit so gut gehalten, doch jetzt war sie an der Grenze der Belastbarkeit angekommen. Doris wusste, es wurde brenzlig.
Sie nahm Anna bei der Hand. „Komm!“
Anna ließ sich mitziehen. „Wohin?“
„Wir holen deine Sportsachen und dann gehst du mit mir joggen.“
„Ich kann nicht joggen.“
„Quatsch, jeder kann das. Und es tut supergut. Du weißt, ich spreche aus Erfahrung. Außerdem will ich nicht, dass du Norbert die Augen auskratzt, auch wenn er es verdient hätte.“
Wenige Minuten später liefen sie langsam durch den Wald. Eigentlich war es nur ein flotter Spaziergang mit einigen hundert Metern Laufpassagen zwischendurch, aber es genügte, um ihre Wangen zu röten, die Schultern zu entkrampfen und ihre Gedanken ein wenig zu beruhigen.
Auf dem Rückweg sagte Anna: „Das war eine gute Idee. Danke, Doris!“
Diese hakte sie ein. „Ich habe ständig gute Ideen. In zwei Wochen läufst du mit mir um die Insel.“

„Klar“, meinte Anna trocken. „Ich melde mich dann gleich beim Sylt-Lauf an.“
„Wie viele Kilometer läuft man da?“
„Von Hörnum nach List. Dreiunddreißig komma drei Kilometer.“
Doris machte eine wegwerfende Handbewegung. „Locker. Das kannst du schon nächste Woche.“
„Mit dir als Trainerin bestimmt.“
Doris blieb stehen. „Jetzt mal im Ernst. Willst du nicht regelmäßig mit mir laufen?“
Anna zuckte mit der rechten Schulter. „Wenn du eine Schnecke wie mich mitnimmst? Gern.“

*

Die Polizei ermittelte fieberhaft. Der Mann, der Doris auf die Gleise geschubst hatte, stritt ab, Annette zu kennen. Es hätte sich tatsächlich nur um eine Mutprobe gehandelt. Die Ermittler erwähnten vorerst nicht, dass Doris ihn im Hotel erkannt hatte.
Sabine Held und Kollege Martin Schmehr waren der Verzweiflung nahe. Sie fanden einfach keinen Zusammenhang, obwohl da definitiv einer sein musste. Sabine klebte mit der Nase fast am Bildschirm ihres Computers. „Dieser Heini streitet ab, Annette zu kennen Wieso? Was hat er davon? Die hat doch garantiert Dreck am Stecken. Das ist doch so was von offensichtlich.“
„Wenn du so weitermachst, kriegst du bald einen Strahlenschaden.“
Sie drehte sich zu ihm um. „Einen was?“
Er rührte mit dem Löffel in seiner Kaffeetasse. „Einen Strahlenschaden. Weil du so dicht vor dem Computer

hängst."
„Ja, ja."
„Das kann ich nicht mit ansehen." Er nahm den letzten Schluck aus der Tasse und griff zu seiner Jacke. „Los, komm!"
„Wohin?"
„Na, all unsere Freunde besuchen."
Sie seufzte. „Hört sich irgendwie nach Arbeit an."

Ausgerechnet heute hatte Julias Vater frei. Mit ernstem Gesicht bat er sie hinein und rief seine Tochter. Diese erschrak sichtlich.
„Was ist los?", fragte Sabine.
„Bekommt nicht jeder einen Schreck, wenn die Polizei kommt?"
Ihr Vater setzte sich. „Ich habe schon immer behauptet, die beiden Mädels seien kein gutes Gespann. Das musste ja irgendwann schiefgehen."
„Papa, was soll das? Ich habe damit nichts zu tun!"
Er ließ die Schultern sinken. „Ich bete zu Gott, dass das stimmt. Ihr hängt doch ständig zusammen. Ich weiß gar nicht, wie Annette schwanger werden konnte, ohne dass du dabei warst."
Wieder protestierte seine Tochter lautstark. „Soo viel sind wir in letzter Zeit gar nicht mehr zusammen! Annette hatte oft keine Zeit, sie hat immer nur gesagt, sie hätte Verabredungen mit einem Verehrer, mit wem, hat sie nicht einmal mir verraten."
Sabine beobachtete sie genau. „Ihre Freundin hat ein paar Mal die Schule geschwänzt. Wo war sie da?"
Julia zuckte mit den Schultern. „Ich weiß es nicht. Ich

schwör's!“
Sie sah einen kurzen Augenblick zu Boden, bevor sie leise fortfuhr: „Ihrer Mutter hatte sie nicht einmal gesagt, dass sie schwanger war. Die hat es von einer Kundin im Laden zufällig erfahren, weil diese sich erkundigt hat, wie es Annette gesundheitlich ginge.“
Wie reizend, überlegte Sabine. Kollege Schmehr konnte sich ein Grinsen nicht verkneifen und Julias Vater stöhnte auf.
Sabine merkte, dass Julia mit sich rang. „Gibt es noch etwas?“
„Ich weiß nicht …“
Ihr Vater griff nach ihrem Arm und riss daran „Hier geht es nicht darum, was du weißt, mein Fräulein. Wenn du auch nur im Entferntesten glaubst, etwas zu wissen, dann spuck's aus!“
Er erntete dankbare Blicke, denn er sprach den Beamten aus der Seele.
Julia kämpfte immer noch mit sich. „Ich will ja auch nichts Falsches sagen …“
„Etwas Falsches gibt es nicht. Unterschlagung von Informationen wird jedoch bestraft“, setzte Sabine sie unter Druck. „Es sei denn, Sie würden sich selbst belasten.“
Julia schüttelte heftig den Kopf. „Nein! Ich habe doch nichts getan!“
„Ja, dann 'raus mit der Sprache!“
„Ich bin mir nicht sicher“, gestand Julia. „Aber ich glaube … ich meine, ich halte es für möglich …“
Sabines Gesicht war ganz nah an ihrem. „Ja?“
„… dass Annette gar nicht schwanger war.“
Verblüfft starrten alle Julia an. Diese hob abwehrend die Hände. „Aber ich weiß es nicht so genau. Bitte, sagen Sie

Annette nichts, oh Gott, bitte nicht."

Draußen staunte Sabine nicht schlecht, als ihr langjähriger Kollege einen Indianertanz aufführte. „Hattest du Flachmänner in der Jackentasche?"
„Nee."
„Dann hast du einen Dachschaden."
„Ja. Den kriegt man hier. Ich muss mich irgendwie abreagieren."
Sie sah seinem Treiben noch eine Weile zu. „Du musst mal schlafen."
Er hielt inne und bedachte sie mit einem mitleidigen Blick. „Wie bist du da nur drauf gekommen?"
Sie grinste: „Ich bin bei der Kripo."
Er verdrehte die Augen und stieg ins Auto.
Bei Holger hatten sie sich angemeldet und darum gebeten, dass Merrit ebenfalls am Gespräch teilnahm.
Holger hatte auch Nina hinzugezogen. „Ich brauche dich", hatte er gebettelt. „Ich will Merrit nicht in die Pfanne hauen, aber wir können doch nicht vertuschen, dass diese komischen E-Mails im Mülleimer des Compis waren."
Nina schüttelte den Kopf. „Du hast Recht. Hast du denn gar nichts aus Merrit herausbekommen?"
Betrübt verneinte er und schaute besorgt in Richtung Badezimmer, aus dem deutlich Würgegeräusche und Husten zu vernehmen waren. „Sie ist nur noch ein Wrack."
Es klingelte. Holger stand auf. „Da sind sie schon. Bitte, holst du Merrit?"
Während die beiden Kripo-Beamten sich setzten, kehrte Nina mit der bleichen Merrit am Arm zurück. Letztere

sah erbärmlich schlecht aus. Ihre trüben Augen lagen in dunklen Höhlen, ihre Wangenknochen stachen deutlich hervor, ihr Mund schien keine Farbpigmente mehr zu enthalten. Sie presste ihre farblosen, vertrockneten Lippen zusammen und nickte den anderen kurz zu. Man brauchte nicht bei der Kripo zu sein, um zu erkennen, dass ihr Zusammenbruch kurz bevorstand.
Martin Schmehr vertraute einmal mehr auf Sabines Geschick, er überließ zunächst ihr das Wort. Sie drängte auf Erklärungen bezüglich der Entführung, doch Merrit gab nichts preis, was sie nicht schon wussten.
„Okay." Sabine setzte sich bequem hin. „Denken Sie nicht, dass ich Ihnen diese Geschichte so abnehme. Aber lassen wir das erst mal. Kommen wir zu Annette."
Merrit wurde noch eine Spur blasser. „Ich sehe sie kaum noch."
Holger kam ihr zu Hilfe. „Das stimmt. Merrit ist die meiste Zeit bei mir."
„Aber Sie waren eine Weile eng befreundet." Sabine zog das Foto des Mannes hervor, der Doris auf die Gleise gestoßen hatte. „Was hat Annette mit dieser Person zu tun?"
Merrit erschrak. Sie versuchte, es nicht zu zeigen, aber es entging den Übrigen dennoch nicht.
„Keine Ahnung."
„Dachte ich mir", meinte Sabine und schaute zu Martin.
Jetzt war er an der Reihe. Er legte ein weiteres Foto auf den Tisch. Es zeigte Rex. „Diesen Mann kennen Sie auch nicht?"
Merrit schüttelte zögernd den Kopf.
Unvermittelt brüllte Martin sie an. „Das ist doch Hühnerscheiß, verdammt!"

Merrit fing an zu weinen und wollte flüchten, doch Holger hielt sie am Arm fest. „Bleib!“, befahl er. „Schlimmer kann es nicht mehr werden.“
Nina traten ebenfalls Tränen in die Augen. Sie hatte keine Ahnung, was hier los war, dennoch sah sie, dass Merrit keine Kraft mehr hatte. Sie tat ihr so unendlich leid.
Nina schaute sich das Foto an. „Dieser Mann war auf der Beerdigung von Herrn Meldorfs Schwiegermutter.“
Sabine nickte. „Ja, das ist Rex Richards, der Halbbruder von Anna Meldorf. In einschlägigen Drogenkreisen bekannt. Genauso wie unser Täter hier aus Hamburg. Der ist nämlich die meiste Zeit hier auf der Insel.“ Sabine sah zu Merrit und erklärte leise: „Und Sie wissen das ganz genau.“
Merrit schluchzte.
„Ich verstehe nicht“, flüsterte Holger.
Sabine nahm das Foto des Täters. „Rex hat uns bestätigt, dass Ihre Freundin sich mit diesem Mann getroffen hat.“
Holger packte Merrit an den Schultern. „Von diesem Typen hast du also die Scheißdrogen, ja? Von diesem verworrenen Junkieschädel, diesem Mörder!“
Da sie nicht antwortete, schüttelte er sie. „Los! Sag!“
Ihre Augen waren verquollen und rot, Schleim lief ihr aus der Nase. Nina kramte rasch in ihren Taschen nach einem Tuch und drückte es Merrit in die Hand.
Deren Brustkorb hob und senkte sich. Ihre Hand zitterte, als sie sich die Nase putzte. „Der war der Kontaktmann. Hat mich zu dem Dealer gebracht, zu dem, der … der jetzt tot ist.“
Sie ließen ihr einen Augenblick Zeit, bevor Schmehr mit der Befragung fortfuhr. „Und der Dealer, der Marleke, hat Sie dann verschleppt, in diesen Keller in Braderup.

Stimmt's?“
Merrit nickte.
„Und er hat Sie nicht vergewaltigt.“
„Nein.“
„Warum hat er Sie dann entführt?“
Während die Tränen über ihr Gesicht strömten, sah sie ihn an. „Um mich einzuschüchtern, glaube ich. Wir hatten Streit, weil ich ihn nicht bezahlen konnte. Er meinte, er würde mich schon dazu kriegen, zu löhnen, und dann hat er mich da eingesperrt. Wenn mir nichts einfiele, das Geld aufzutreiben, dann …“
Sabine führte den Satz zu Ende.“ „Dann hätten Sie auf anderem Wege zahlen müssen.“
„Genau.“
Merrit putzte sich geräuschvoll die Nase. Ihre Stimme wurde immer schriller. „Ich wollte ihn nicht umbringen! Ich hatte nur solche Angst! Ich hatte jedes Mal Angst, wenn wir uns trafen, darum hatte ich das kleine Messer immer dabei.“
Holger drückte sie fest an sich. Nina hatte eine Hand auf Merrits Bein gelegt und streichelte ihr immer wieder über den Oberschenkel.
„Sie haben ihn nicht getötet, Merrit! Er ist nicht an den Stichen gestorben, sondern an einer Valiumvergiftung.“
„Aber ich bin doch mitschuldig!“, rief das Mädchen verzweifelt.
Inzwischen zitterte sie am ganzen Körper. Nina bot an, einen Tee zu kochen. Sabine hockte sich vor Merrit. „Beruhigen Sie sich. Sie haben in Notwehr gehandelt. Aus Angst. Es wird alles wieder in Ordnung kommen.“
„Dafür werden wir sorgen.“ Dies kam von Holger. Er hatte genug von dieser Geheimniskrämerei. „Bitte kom-

men Sie mit, ich muss Ihnen etwas zeigen, das Sie ganz sicher interessieren wird."

Als er Merrit losließ, kippte diese ein wenig zu Seite. Sie warteten einen Augenblick, bis Nina zurückkam, eine Tasse mit dampfendem Tee in der Hand. Sie setzte sich neben Merrit und flößte ihr das Getränk ein.

Währenddessen standen alle Übrigen vor Merrits Computer. Holger hatte diesen zu sich nach Hause geholt und noch ein wenig darin gestöbert. Außerdem hatte er Angst gehabt, dass Merrit die Daten löschen würde.

Nun standen sie also mit gebeugten Rücken und ernsten Gesichtern und schauten gebannt auf den Schirm. Dort erschienen die Drohbriefe, die Annette auf elektronischem Wege gesendet worden waren.

„Wir müssen den Computer natürlich mitnehmen", erklärte Schmehr.

Holger nickte. „War mir klar."

Es stellte sich heraus, dass die Drohbriefe via Internet von Susanne Malcom stammten. Martin Schmehr kratzte sich mit dem Kuli am Kopf. „Das verstehe, wer will. Wieso schickt Frau Malcom Annette solche Nachrichten? Das ergibt doch nun wirklich keinen Sinn!"

Sabine überlegte. „Sie war verliebt in Norbert Meldorf. Dieser ging aber nicht darauf ein. Später hatte er was mit dieser Annette."

„Oder auch nicht", warf Martin ein.

Sie neigte den Kopf. „Oder auch nicht. Das spielt keine große Rolle."

„Na, für den Meldorf schon", stellte Martin mit männlicher Solidarität fest.

„Ja, natürlich, ich bin ja kein Depp."
„Aber eine Frau."
„Mensch, darum geht es jetzt doch gar nicht!", schimpfte sie ungeduldig. „Natürlich ist das nicht egal!"
„Na, eben hast du noch gesagt, es spiele keine Rolle. Ist das nicht das Gleiche?"
Sie holte tief Luft und wollte gerade eine scharfe Bemerkung machen, da dämmerte es ihr, dass er sie auf den Arm nahm.
Grinsend sah er zu ihr hinunter. „Können wir jetzt mal zu Susanne Malcom zurückkommen?"
Sie versetzte ihm einen heftigen Hieb in die Rippen. „Also – die Malcom dachte …" Sie schaute mit Lehrerinnenblick zu ihm hoch und er nickte gönnerhaft. „… dass Herr Meldorf ein Verhältnis mit Annette hatte. Ist doch klar, dass sie sauer und eifersüchtig war. Die hatte eine Stinkwut. Also erzählte sie in der Schule, dass ihr Schwarm den Schülerinnen nachstellte. Und an Annette rächte sie sich, indem sie ihr diese Briefe sandte."
„Und damit diese richtig Angst hatte, sollte sie denken, die kämen von ihrem Dealer."
„Genau."
„So weit, so schön. Und woher wusste die Malcom von dem Dealer?"
„Na, die schnüffelte doch überall herum. Entweder hat sie die kleine Merrit im Drogenrausch mal ausgequetscht, oder sie hat irgendwo mal ein Gespräch belauscht."
„So ein Biest."
Wieder bedachte ihn Sabine mit einem belehrenden Blick. „So sind die Frauen."
Er schnaubte. „Stimmt."
„Also", folgerte Sabine, „war unsere Freundin Annette

ganz schön unter Druck."
Martin rieb sich die Nase. „Sie soll sich immer sehr gegen Drogen eingesetzt haben."
Sabine nickte. „Ja. Guter Schachzug, oder?"
„Das kann man wohl sagen."
„Aber was hat Doris mit dieser ganzen Geschichte zu tun? Wieso sollte auch sie sterben?"
Sabine schob ihre Unterlippe über die obere und überlegte. Dann schüttelte sie den Kopf. „Keine Ahnung."
„Sagt dir das nicht dein weiblicher Instinkt?"
„Nee."
„Streng dich an!"
Sie malte Kästchen auf die Schreibtischunterlage. „Geht nicht. Mein Kopf ist leer. Vollkommen ausgelaugt. Nix mehr drin an Substanz."
„Also der Normalzustand."
Sie drehte sich um. „Bastard! Das kostet dich ein Bier."
„Ja, aber nicht mehr heute."
„Wir müssen noch zu der süßen, kleinen Annette", erinnerte sie ihn.
„Jetzt?"
Sie nickte.
„Oh nöö", protestierte er. „Die schläft bestimmt schon."
„Oder sitzt in irgendwelchen Hotels mit bombastisch tollen Verehrern."
„Die sind doch tot oder im Gefäng…" Er schlug sich mit der flachen Hand gegen die Stirn. „Mensch! Das isses! Dieser Drogendealerverehrer, der war doch mit Annette im Hotel!"
Sie verstand. „Klar! Und da hatte Doris Dienst."
Sie nickten sich zu.
Trotzdem einigten sie sich, den Besuch auf morgen zu

verschieben. Es war inzwischen zweiundzwanzig Uhr, und sie würden für dieses Verhör ihre ganze Konzentration benötigen.

*

Lachend und schwatzend kamen Anna und Doris vom Joggen. Als sie die Haustür öffneten, schnupperte Doris.
„Hier gibt es Brandenburger."
„Was?"
„Heute gibt es Grillkohle zum Essen", stellte Doris fest.
In der Küche stand Norbert und schaute ihnen leicht gequält entgegen. Er hielt die Pfanne mit wild qualmendem Inhalt, so weit es ging, von sich.
Doris lugte aus sicherer Entfernung hinein. „Was war das denn mal?"
„Das sollte erst was werden. Pfannkuchen." Vorsichtig stellte er die Pfanne wieder auf die Herdplatte. „Tut mir leid."
„Ach, weißt du, Norbert", meinte Doris. „Du musst uns jetzt nicht beweisen, dass du kein guter Hausmann bist."
Er zog die Augenbrauen hoch. „Du bist und bleibst eine freche Göre. Obwohl du ja äußerlich richtig menschliche Züge annimmst."
„Tja, aber nur äußerlich."
Sie boxte ihn in die Taille. Er machte das Spielchen mit und boxte spielerisch zurück. Sie bewegten sich hüpfend durch die Küche und taten so, als ob sie Hiebe austauschten. Anna beobachtete die beiden kopfschüttelnd.
In den letzten Tagen hatte sich die Stimmung zu Hause ein wenig entspannt. Norbert war allerdings nach wie vor unberechenbar, mal war er empfindlich wie ein Neugebo-

renes, und genauso behandelte Anna ihn dann auch, was ihn wiederum jedes Mal wütend machte. Dann gab es Momente, da war er albern, so wie jetzt gerade. Doris war mutiger als Anna, sie riskierte ab und an einen frechen Spruch, konfrontierte Norbert regelrecht und steckte es auch bewundernswert gut weg, wenn sie ihn im falschen Moment erwischte und er sie dann anbrüllte. Nie war sie nachtragend, und wenn sie mal übertrieben hatte, entschuldigte sie sich sofort. Meistens bei Anna, die den Wortgefechten der anderen beiden Haushaltsmitglieder oft fassungslos lauschte. Norbert war ihr unheimlich. Früher war er immer gutmütig, überaus tolerant und ausgleichend gewesen. Jedes Mal, wenn sie mit ihrer Mutter gestritten hatte, was sehr oft vorkam, hatte er zwischen ihnen vermittelt. Solange sie ihn kannte, war er niemals aufbrausend oder gar ungerecht gewesen. Jedenfalls nicht, bis das Drama im Hause Meldorf seinen Lauf genommen hatte.

„Du musst ihn davon überzeugen, dass er eine Therapie macht“, drängte Anita bei jedem Treffen.

„Was soll ich denn machen? Er sperrt sich. Ich kann ihn ja nicht hintragen“, jammerte Anna. Verzweifelt versuchte sie, mit Norbert wieder ins Gespräch zu kommen. Zunächst weigerte er sich. Ließ bissige Bemerkungen fallen. Er griff sie verbal an, und viele Beschuldigungen, jedoch nicht alle, wie Anna einräumte, waren ungerechtfertigt.

Ein kleiner Satz jedoch rüttelte ihn auf.

Anna war gerade nach Hause gekommen und sie tranken eine Tasse Kaffee. Schweigend saßen sie sich gegenüber, bis Anna ihn plötzlich grübelnd ansah.

„Was ist?“, fragte er.

Ruhig erklärte sie: „Ich weiß nicht, ob ich dich noch liebe."
Betroffen sah er sie an und nickte. An diesem Nachmittag sprachen sie kein einziges Wort mehr miteinander.
Erst am Abend tasteten sie sich wieder aneinander heran. Anna erklärte, dass sie nur bei ihm bliebe, sofern er sich einem Psychologen anvertrauen würde.
Norbert versprach, sich schnellstmöglich einen Termin zu holen.
Sie nickte „Ja."
Er musterte sie eingehend. „Aber?"
„Es wird nie mehr so sein wie früher."
„Ich weiß."
Sie machten sich keine Illusionen, zu viel war geschehen. Ihre Zukunft hing auch davon ab, ob die Polizei die Verbrechen endlich aufklären würde. Wenigstens wusste Anna nun, dass er ehrlich gewesen war bezüglich Susanne Malcom. Und dass diese Norbert übel mitgespielt hatte.
Sie glaubte ihm auch, dass er Valerie, die Frau vom Strand, nicht näher kannte. Er hatte sie nur dieses eine Mal in den Arm genommen, und Susanne Malcom hatte die Chance genutzt und sie fotografiert. Sie musste ihn schon tagelang bespitzelt haben.
Von Gregor erfuhren sie, dass es Valeries jüngstem Sohn Timo bedenklich schlecht ging und dieser keineswegs in den nächsten Tagen aus der Klinik entlassen würde.
Er erzählte, dass seine hilfsbereite Nachbarin inzwischen maßlos überfordert wäre, Timos Schwestern weiterhin zu versorgen.
„Es ist ein Jammer", klagte er. „Ich sitze hier tatenlos herum, aber ich kann sie auch nicht nehmen. Dazu bin ich wirklich zu alt."

„Wieso nehmen wir sie nicht?“, schlug Doris vor.
Anna und Norbert starrten sie verblüfft an. „Wir?“, wiederholte Anna.
Mit Unschuldsmiene erwiderte Doris ihren Blick.
„Ja. Wenn sie doch sonst niemanden haben?“
„Wie soll das gehen?“, fragte Anna wenig begeistert. „Ich bin morgens in der Schule.“ Und es gab ihr immer noch einen Stich, wenn sie an das Foto am Strand dachte.
„Und ich habe momentan Frühschicht, aber um vierzehn Uhr bin ich wieder hier. Und außerdem …“
Doris sah zu Norbert. Der hob abwehrend beide Hände. „Oh nein, nein, nein! So gut kenne ich die Mädchen auch gar nicht. Die würden überhaupt nicht bei mir bleiben.“
„Das sah auf den Fotos aber ganz anders aus, mein Lieber“, stellte Doris gnadenlos fest.
Norbert versuchte mit allen Mitteln, dies abzuwehren. „Das könnt ihr nicht machen. Mir zwei kleine Kinder aufbrummen. Wo die eine auch noch total ungezogen ist. Nein! Auf keinen Fall.“
Er wehrte sich mit Händen und Füßen. Und nahm Anna somit die letzten Skrupel, diese Kinder ins Haus zu holen. Sie stellte sich auf Doris' Seite. „Norbert, wo bleibt dein Mitgefühl? Sie haben keinen Menschen, der sich um sie kümmern könnte, und sie sind doch in Schule und Kindergarten, du müsstest sie nur abholen und über Mittag versorgen, und dann kämen wir ja schon, um dir Schützenhilfe zu leisten.“
Doris änderte die Taktik. „Und außerdem“, flötete sie, „würdest du beweisen, dass du eine Menge Verantwortungsgefühl hast. Und dass man dir vertrauen kann. Wenn eine Mutter dir ihre kleinen Mädchen anvertraut, das sagt doch alles.“

Er sah sie an. „Du solltest nicht in einem Hotel versauern, sondern lieber einen Beruf ergreifen, in dem du deine Begabung ausleben kannst, Menschen zu manipulieren. Fang in einem großen Konzern an oder so!"
„Och, unterschätz mal meine Arbeit nicht. In der Tourismusbranche braucht man oft das Talent der psychologischen Kriegsführung."
Er lachte. „Dann bist du da ja tatsächlich goldrichtig."
„Sag ich ja." Sie stand auf und ging um ihn herum, wobei sie ihm kräftig auf die Schulter klopfte und Anna zuzwinkerte.
„Also abgemacht, ja?"
Er lehnte sich nach hinten, sah Anna in die Augen und meinte verzweifelt: „Was kann ich schon gegen zwei wild entschlossene Frauen ausrichten?"
Anna rief im Krankenhaus an und bat, Valerie ans Telefon zu holen. Diese war verzweifelt, Timos Zustand war unverändert schlecht. „Ich glaube, ich verliere ihn!", schluchzte sie. „Es sieht nicht gut aus. Es sieht gar nicht gut aus! Und die Mädchen! Ich muss mich doch um sie kümmern!"
Sie konnte zunächst gar nicht weitersprechen, so sehr weinte sie. Erst als Anna um ihr Einverständnis bat, Sina und Sabine zu sich zu holen, war Valerie wieder in der Lage zu sprechen. „Das würden Sie tun? Warum?"
„Warum nicht?", konterte Anna. „Wir lieben Kinder."
„Aber Sie kennen meine Mädchen doch gar nicht!"
„Haben Sie Bedenken, die beiden zu uns zu lassen?"
„Machen Sie Witze? Natürlich nicht!"
Anna hörte, dass Valerie sich die Nase putzte.
„Machen Sie sich keine Sorgen! Hier wird alles vernünftig laufen, kümmern Sie sich um Ihren kleinen Sohn!"

„Danke", kam es leise vom anderen Ende der Leitung. Anna fühlte sich, als ob sie tatsächlich die Insel umrundet hätte. Dieses Gespräch hatte sie völlig erschöpft. „Ich glaube, ich verliere ihn." Die Worte hallten in ihr nach. Wieder und wieder. Bitte nicht, lieber Gott. Bitte lass es ihn schaffen! Er ist doch noch so klein. Sie starrte auf den Hörer in ihrem Schoß.

„Was ist?", fragte Norbert. „Ist sie nicht einverstanden?"

Sie schaute nicht auf. „Doch, doch."

Prüfend sah er sie an und näherte sich zögernd. Dann umschlang er von hinten ihre Schultern und drückte sie sanft an sich. Anna schämte sich dessen, doch selbst in diesem Augenblick wusste sie nicht, ob sie ihren Mann noch liebte. Dennoch tat ihr diese Berührung gut und sie lehnte sich an ihn.

Vor dem Einzug der Neuankömmlinge wollten Doris und Anna noch einmal ihre Freiheit nutzen. Gemeinsam mit Anita brachen sie auf zum Einkaufsbummel.

In einem Geschäft in der Friedrichstraße probierte Anna eine schwarze Hose und eine rote Bluse mit Pailletten an. Prüfend betrachtete sie sich im Spiegel.

„Du siehst hinreißend aus!", stellte Anita neidlos fest.

Anna wurde rot. „Und jetzt bist du noch schöner", kam es von hinten.

„Hör auf!", protestierte Anna verlegen. Doris stellte sich neben sie. „Nein, Anita hat Recht! Schau dich doch an!"

Es stimmte. Die rote Farbe passte hervorragend zu Annas schwarzem langen Haar, und die enge Hose betonte ihre gute Figur. Erfreut stellte sie fest, dass es ihr zum ersten Mal seit langem wieder Spaß machte, sich etwas

Schönes zu kaufen.
Doris konnte sich nicht entscheiden zwischen einer weinroten Jeans mit ausgestelltem Bein und einer verwaschenen blauen. Fragend sah sie ihre Tante an. „Was meinst du?"
Diese zuckte die Schultern. „Frag Anna, die hat eindeutig den besseren Geschmack."
Am Ende trug Doris die weinrote Hose und einen schwarzen Pullover. Ihre Haare waren inzwischen nicht mehr raspelkurz und glänzten in ihrer dunkelbraunen Naturfarbe. Ihre Augen waren mit Wimperntusche betont, aber nicht mehr mit einem dicken schwarzen Strich ummalt. Doris betrachtete sich skeptisch. Anna stellte sich hinter das Mädchen, legte ihr Kinn auf dessen Schulter und schaute ebenfalls in den Spiegel. „Und?", fragte sie. „Was siehst du?"
„Eine Fremde!", kam es trocken zurück.
„Ja, sieht aus wie eine Geschlechtsumwandlung." Dies kam von Anita. „Vom monströsen Neutrum zur jungen Frau."
Doris schaute leicht verunsichert, doch Anna drehte sich lachend um. „Prima! Wir machen eine dreifache Generalüberholung. Nun bist du also an der Reihe."
„Kein Stück!" Anita stand auf. „Bei mir ist nichts mehr zu retten. Ich laufe für den Rest des Lebens wie ein …"
„… Paradiesvogel herum", beendete Doris den Satz.
Anita verzog den Mund. „Da kann ich mit leben. Kommt, ich gebe einen aus."
Sie zahlten und gingen nach nebenan in ein Café. „Hier könnte ich den ganzen Tag sitzen", schwärmte Doris. „Es ist toll zu beobachten, was hier so alles vorbeiflaniert."

Anita hatte keine Muße, andere Leute zu beobachten. Sie legte eine Hand auf Annas Arm. „Erzähl, wie läuft es?"
Diese lächelte. „Er ist einverstanden. Die Therapie ist schon beantragt."
„Ein Glück!" Anita seufzte.
Anna sah sie ernst an. „Ja, es ist unumgänglich. Ob es unsere Ehe rettet, ist allerdings eine andere Frage."
Ihre Freundinnen starrten sie entsetzt an.
Anna schaute von einer zur anderen. „Jetzt glotzt mich nicht so an!"
Doris rührte schweigend in ihrem Eisbecher herum, den die freundliche Bedienung gerade gebracht hatte. „Es ist auch nicht so einfach mit Norbert", murmelte sie.
„Deinen Senf wollte ich gar nicht hören!", fuhr Anita ihre Nichte an und jetzt war sie es, die angestarrt wurde.
Anna nahm einen Schluck Kaffee, um etwas Zeit zu schinden, damit ihre Gemüter sich erst einmal beruhigten.
„Mensch, Anna", fuhr Anita fort. „Er ist doch nicht plötzlich ein anderer Mensch. Er muss sich nur erst erholen. Gib ihm eine Chance."
„Das tu ich doch. Ich gebe ihm Zeit. So viel er braucht. Aber ich fühle nichts mehr. Auch nichts Negatives. Keine Liebe. Keinen Hass. Höchstens Mitleid." Sie zuckte mit den Schultern. Da Anna ihren Löffel nahm und langsam ihr Eis aß, anstatt hemmungslos zu weinen, wurde Anita klar, wie sehr die Freundin sich verändert hatte.

*

Martin Schmehr und Sabine Held freuten sich nicht gerade auf ihr nächstes Gespräch. Sie standen vor der

Haustür der Familie Singer und sahen sich an. Sie hatten sich angemeldet und um die Anwesenheit von Annettes Mutter gebeten. Sie waren überrascht, aber auch erfreut, als Max Singer ihnen die Tür öffnete. „Kommen Sie bitte“, forderte er sie auf. „Meine Frau … also, ich meine, meine geschiedene Frau hat mich angerufen und ich bin in den nächsten Zug gesprungen. Aber ich habe keine Ahnung, was hier los ist.“

„Das wird sich gleich ändern“, erklärte Schmehr mit unbewegter Miene.

Nora Singer eilte nervös zwischen Wohnzimmer und Küche hin und her. Sie holte Mineralwasser, Gläser und Tassen und war dankbar um jede Sekunde, die ihr Aufschub gewährt wurde. Max sah ihr besorgt nach. Nur Annette saß mit trotzigem Gesicht und scheinbar gelassen am Tisch. „Na, Daddy? Wann ziehst du wieder hier ein?“, fragte sie in schnippischem Ton. „Jetzt, wo dein Töchterlein erwachsen ist, kommst du doch sicher wieder zurück ins gemütliche Nest.“

Max' Gesicht wurde dunkelrot. „Ich bin froh, dass deine Mutter gerade in der Küche ist. Freu dich doch, dass deine Eltern sich wieder gut verstehen.“

Verächtlich spuckte sie die nächsten Worte aus. „Das ist mir so was von scheißegal! Ihr beide seid mir so was von scheißegal! Ihr passt super zusammen. Malochen, malochen. Immer nett, immer tüchtig. Zum Kotzen!“

Alle fuhren zusammen, da in einigen Metern Entfernung das Tablett mit Zucker, Sahne und Teekanne herunterfiel. Nora Singer stand da, beide Hände vor dem Mund, den sie zu einem stummen Schrei geöffnet hatte. Max stand auf und führte sie zu einem der Sessel. Sabine erhob sich ebenfalls.

Rasch eilte Max los und holte Tücher, Handfeger und Schaufel, um gemeinsam mit der Kommissarin Scherben und Tee vom wertvollen Parkettfußboden zu entfernen.
Ungerührt beobachtete Annette die beiden. Dann sah sie zu Schmehr. „Was wollen Sie?"
Wie hässlich sie jetzt aussieht, dachte Martin. Sabine hat recht, Männer brauchen manchmal etwas länger, um zu begreifen. Da er nicht gleich antwortete, meinte Annette: „Ich habe von oben den Streifenwagen gesehen. Vor der Einfahrt. Ist der für mich?"
„Vielleicht", erwiderte Martin kurz angebunden.
Provozierend blies Annette ihm den Rauch ihrer Zigarette ins Gesicht. „Sie können ihn wegschicken. Merrit hat den Typen umgebracht."
„Hat sie nicht." Sabine setzte sich wieder zu ihnen.
„Wieso haben Sie Zweifel?"
„Merrits Fingerabdrücke waren überall, nur nicht auf der Spritze und der Ampulle des Medikamentes. Es hätte keinen Sinn gemacht, die Fingerabdrücke auf der Spritze wegzuwischen, da sie sowieso auf dem Messer waren. Sie hat ja noch nicht einmal das Messer mitgenommen."
„Na und? Sie ist halt nicht die Hellste. Hat sie in ihrer Panik wohl nicht dran gedacht."
„Blödsinn! Wenn sie dran gedacht hätte, Handschuhe anzuziehen, dann hätte sie diese von Anfang an getragen."
„Vielleicht kam sie da nicht gleich zu."
Das konnte stimmen. Sabine überlegte fieberhaft.
Martin kam ihr zu Hilfe. „Kommen wir erst mal zu einem anderen Thema. Sie haben Drohbriefe per E-Mail bekommen?"
Annettes Augen verengten sich zu Schlitzen. „Wer sagt das denn?"

„Ihr Computer."
Sie lachte verächtlich. „Wie bitte?"
„In Ihrem alten Computer waren die Daten nicht richtig gelöscht. Sie haben auf Löschen geklickt und dann ist der Text in den Papierkorb gewandert. Zum Glück für uns verweilten die Daten dort noch."
Annette behielt die Nerven. „Na und? Deswegen bin ich doch kein Mörder, nur weil irgendein blöder Heini meint, mir Angst machen zu müssen. Und außerdem …", triumphierend sah sie zunächst Sabine, dann Martin an, „war ich zur Tatzeit im Fitness-Studio und in der Sauna. Da gibt es Zeugen." Sie stand auf und holte das Telefonbuch. „Bitte. Sie können gern anrufen. Meine Mitgliedskarte ist eingescannt worden, an diesem Tag war eine Vertretung da, die alles ganz genau nahm. Und bestimmt kann sich der eine oder andere auch erinnern, dass ich dort gewesen bin. Und zwar bis zweiundzwanzig Uhr. Da wurde geschlossen und ich war die Letzte."
Sabine ließ dies umgehend überprüfen. Es stimmte.
Der Inhaber des Studios erklärte, einige der Mitglieder wären ziemlich genervt gewesen. Annette trug an besagtem Abend lediglich ein sehr kurzes Top und ein Höschen, das kaum ihr Hinterteil bedeckte, so lautete die Auskunft. Schon dadurch war sie aufgefallen, nicht unbedingt positiv. Sie war ständig zwischen den Geräten herumstolziert und hatte hemmungslos mit jedem männlichen Wesen geflirtet.
Sabines Augenbrauen zogen sich zusammen. Dieses Alibi war hieb- und stichfest. Annette konnte es nicht gewesen sein.
Dies katapultierte sie mit einem Schlag wieder an den Anfang.

Sie stellten noch einige obligatorische Fragen und verabschiedeten sich. Sabine drückte fest die Hand der zitternden Nora Singer. „Es tut mir leid, Frau Singer, aber wir müssen all diese Fragen stellen."
Noras Körper war am Ende seiner Kraft, doch ihre Augen blickten fest in die der Kommissarin. „Mir tut es leid. Das Benehmen meiner Tochter ist nicht zu entschuldigen. Sie können sich gar nicht vorstellen, wie ich mich dafür schäme."
Das konnte Sabine allerdings sehr wohl.

Diesmal war sie es, die die Beherrschung verlor. Sie schaffte es noch bis ins Auto, dann hämmerte sie auf dem Lenkrad herum. „So ein verdammter Bockmist!"
Wütend und frustriert schlug sie immer wieder zu, bis Schmehr ihre Fäuste fest hielt. „Noch ein paar Schläge und sie sind hin."
Sie versuchte, sich zu befreien, doch er hielt gnadenlos fest.
Leise murmelte er: „Du hast dir so sehr gewünscht, sie wär's gewesen, oder?"
Sie nickte.
Langsam lockerte er seinen Griff. „Ich auch. Glaub mir, ich auch."
Sie beruhigte sich und startete den Wagen. „Und wenn sie jemanden angestiftet hat?"
Er seufzte. „Das müsste man erst mal beweisen. Würde aber zu ihr passen, eiskalt die Fäden ziehen und jemand anderen die Drecksarbeit machen lassen. Sie würde nicht allzu viel kriegen, sie ist noch nicht volljährig."
Sabines Blick war starr auf die Straße gerichtet, ihre

Schultern gestrafft und ihre Augen zusammengekniffen. „Ich hasse diesen Job, verdammt!"

Es war das erste Mal, dass Schmehr sie so erlebte. „Was ist los?"

„Was los ist? Sie ist nicht sauber, das wissen wir beide. Egal, wie sie es gedreht hat, sie hat es so geschickt gemacht, dass sie wahrscheinlich nicht mal die verdiente Strafe bekäme, wenn sie überführt würde. Und die anderen? Der Meldorf? Merrit? Annettes Eltern? Ihrer aller Leben sind verpfuscht!"

Wiederum hieb sie auf das Lenkrad ein, zum Glück für sie beide nur mit einer Hand.

„Mensch, Sabine, jetzt krieg dich wieder ein!"

Sie nickte und drosselte das Tempo. „Mach ich."

„Falls es dir in irgendeiner Weise gut tun sollte: Mir geht das alles genauso an die Nerven."

„Ich weiß. Tut mir leid."

„Braucht dir nicht leid zu tun."

„Noch besser."

Er klopfte sich auf die Brust. „Martin Schmehr, der Frauenversteher."

„Oh nein", stöhnte sie. „Geht das wieder los."

Er grinste sie an. „Schön beide Hände am Lenkrad lassen."

Der Gesundheitszustand des kleinen Timo verschlechterte sich. Dessen Mutter und Anna telefonierten nun zweimal täglich, und Valerie hörte sich jedes Mal etwas verzweifelter an. Anna verstand nun, dass Norbert bei ihren Spaziergängen großes Verständnis gezeigt hatte. Valerie war keineswegs hysterisch, wenn man bedachte, dass sie ihre Töchter quasi in fremde Hände gegeben hatte und ihr Baby nun sogar in Lebensgefahr schwebte.

Doch sie war am Ende ihrer Kraft und auch nicht mehr in der Lage, dies zu überspielen.
Sie berichtete, die Ärzte wären ratlos. Timo war inzwischen sehr geschwächt, hatte schon seit Tagen hohes Fieber, und sie hatten trotz aller erdenklichen Bemühungen noch nicht klären können, warum die Ärzte ihm nicht helfen konnten.
„Anna, ich verstehe es nicht“, hauchte Valerie in den Hörer. „Ich meine, natürlich ist eine verschleppte Bronchitis in so schwerer Form eine Gefahr, aber er bekommt Antibiotika, es müsste ihm doch endlich besser gehen, oder?“ Ihre Stimme war am Ende des Satzes nur noch ein Piepsen, und Anna presste den Hörer fest an ihr Ohr, um die Worte verstehen zu können.
„Valerie, beruhigen Sie sich. Sie waren bisher so tapfer. Wissen Sie was? Ich komme für einen Nachmittag und besuche Sie im Krankenhaus, wenn Sie möchten.“
„Aber was ist mit den Mädchen? Werden sie Ihrem Mann nicht zu anstrengend?“
Anna lachte. Sie versuchte gar nicht erst, etwas zu vertuschen, niemand kannte Sina und Sabine schließlich besser als ihre Mutter. „Sagen wir mal so: Er hat alle Hände voll zu tun, aber Sie brauchen wirklich keinerlei Bedenken zu haben: Das ist genau das, was er jetzt braucht. Außerdem hat er am Nachmittag ja Verstärkung von Doris.“
Da Valerie diese nicht kannte, erzählte Anna von der Tochter ihrer Freundin, die ihr während dieser kurzen Zeit sehr ans Herz gewachsen war.
Nun musste Valerie doch lachen. „Das hört sich so an, als ob die junge Dame den Laden ein paar Stunden schmeißen könnte.“
„Auf jeden Fall!“

Es stimmte, was Anna gesagt hatte. Die beiden Mädchen kosteten eine Menge Kraft, zumal die Erwachsenen in diesem Hause „völlig untrainiert mit kleinen Kindern waren“, wie Doris es ausdrückte. Besonders die fünfjährige Sina benahm sich anfangs ganz und gar unmöglich. Doch die Kleine war nicht dumm. Rasch fiel ihr auf, dass ihre große Schwester viel mehr Sympathiepunkte bei der coolen Doris hatte. Diese beachtete die freche Sina einfach nicht, wenn die sich wieder mal ungezogen benahm, was die Kleine ungemein wurmte. Ihre Mutter schimpfte in diesem Fall immer fürchterlich, Norbert verhielt sich ähnlich, doch Doris ignorierte sie. Annas Worte spukten ihr noch im Kopf herum: „Ich muss dich ja schließlich nicht erziehen.“ Genauso dachte Doris jetzt in Bezug auf Sina.

Norbert fühlte sich am meisten verantwortlich, und diese Verantwortung und das Vertrauen, das „seine Frauen“ in ihn setzten, bauten ihn ein wenig auf.

Am Samstag Nachmittag kam Anna im Kinderkrankenhaus an. Valerie wartete schon draußen vor dem Haupteingang. Sie sah abgemagert aus, ihre Wangenknochen waren eingefallen, ihr Gesicht fahl. Dennoch kam sie Anna lächelnd entgegen und drückte ihr beide Hände. „Danke“, sagte sie. „Danke, dass Sie hier sind und …“ Sie schluckte. „Einfach für alles.“

Anna schossen Tränen in die Augen und sie schämte sich für ihren Verdacht. Spontan nahm sie die fremde Frau in die Arme.

Sie gingen in die Cafeteria. Dort erfuhr Anna, dass Timo eine schwere Lungenentzündung hatte. Nachdem sie Valerie das Du angeboten hatte, fragte sie: „Ich bewundere, wie gut du die Haltung bewahrst.“

Valerie lachte verlegen. „Unsinn. Ich bin fix und fertig." Sie wischte mit dem Zeigefinger über die Tischplatte. „Ich habe ja nur einen Teil mitbekommen, doch genug, um zu wissen, dass du auch viel Stärke zeigen musstest in der letzten Zeit."
Anna schüttelte den Kopf. Sie dachte an ihre Alkoholausfälle und wie Norbert darunter gelitten haben musste. „Nein, ich war leider nicht immer so stark, wie es nötig gewesen wäre."
„Wer schafft das schon immer? Anna, mach dich nicht so klein. Du hast Bemerkenswertes geleistet und tust es gerade wieder." Valerie verdrehte die Augen. „Ich bewundere euch, dass ihr es mit Sina aushaltet!"
„Wir haben doch Doris."
Valerie lächelte. „Ach ja … welch ein Segen."
„Ich mag gar nicht dran denken, dass sie nur vorübergehend bei uns ist."
„Das Beste ist wohl, dies für den Moment zu verdrängen."
Anna nickte. Schweigend tranken sie den Rest ihres Kaffees und gingen zurück zur Krankenstation, damit Valerie in der Nähe war, falls die Ärzte sie brauchten. Kurz bevor Anna aufbrechen wollte, steckte ein junger Arzt den Kopf zur Tür herein. Valerie bat Anna, sie ins Arztzimmer zu begleiten.
„Ja …" Der Arzt sah sie ernst an. „Wir fahnden fieberhaft, denn wie Sie wissen, ist Timo inzwischen ziemlich geschwächt." Beide Frauen hingen gebannt an seinen Lippen. Anna umfasste Valeries Handgelenk, ohne es selber zu bemerken.
„Auf dem Röntgenbild sind Verschattungen zu erkennen."

„Ein Tumor?", rief Anna entsetzt, während Valerie ihn nur stumm anstarrte.
„Nein, das muss kein Tumor sein. Es sind so genannte Verdichtungen, und die zeigen nur an, dass dort ein Entzündungsherd sitzt. Wir möchten noch einmal eine Blutuntersuchung machen. Bei der vorangegangenen zeigte sich eine deutliche Erhöhung der weißen Blutkörperchen. Das bedeutet, wir haben es mit Bakterien zu tun, bei einer Infektion durch Viren erhöhen sich diese Blutkörperchen nicht nennenswert."
„Ist das gut oder schlecht?", wollte Valerie wissen.
Der Arzt atmete tief durch. „Es ist auf jeden Fall das kleinere Übel, denn gegen Viren sind wir immer noch ziemlich machtlos. Das zeigt sich ja bei jedem Schnupfen."
Völlig ausgelaugt verließen sie das Büro. Valerie wollte dabei sein, wenn sie Timo Blut abnahmen.
Wieder nahm Anna sie in den Arm. „Wenigstens haben die Ärzte jetzt einen Ansatzpunkt. Ich drücke euch ganz fest die Daumen."
Valerie konnte nicht sprechen. Sie nickte und versuchte zu lächeln, doch sie schaffte es nicht. Ihr Gesicht verzerrte sich und sie wandte sich rasch ab.

Zu Hause wurde Anna von den Mädchen stürmisch empfangen. „Wann kommt Mama wieder?", fragte Sina.
„Wie geht es Timo?", wollte Sabine wissen.
Norbert kam hinterhergelaufen. „Entschuldige den Überfall, sie waren schneller als ich."
Erschöpft zog Anna ihren Mantel aus und überlegte währenddessen, was sie den Mädchen sagen sollte. Sie suchte Norberts Blick, der ihr aber nur sagte, dass er es auch

nicht wusste. Unter normalen Umständen tobte Sina so lange durch die Wohnung, bis sie gerügt wurde, doch diesmal hatte sie sich vor Anna gesetzt und hielt ihre Beine umschlungen.
Mit unschuldigen, aber klugen Kinderaugen sah sie zu Anna hinauf. „Sag!"
Anna strich ihr über das Haar. Es gab kein Entrinnen.
Die Mädchen und auch Norbert warteten atemlos.
„Was soll ich euch sagen?", erklärte sie hilflos. „Eure Mama weiß noch nicht, wann sie wieder nach Hause kommen kann. Denn … denn Timo geht es noch nicht besser."
„Wird er sterben?", flüsterte Sabine. Sina fing an zu weinen.
Anna schüttelte entschieden den Kopf. „Nein, das glaube ich nicht." Sie hätte es ihnen gern versprochen, doch das wagte sie nicht.

Es klingelte. Es waren die beiden Polizeibeamten, Schmehr und Held.
Sie wollten wissen, ob Rex sich bei ihnen gemeldet hätte.
Verwundert verneinte Anna die Frage. „Wieso sollte er?"
Sabine zuckte die Achseln. „Er ist weg. Wir wollten ihn noch einmal verhören, doch er ist nicht auffindbar."
Annas Arme bekamen eine Gänsehaut. „Denken Sie, er war es?"
„Wir wissen es nicht. Es könnte aber sein, dass er uns zumindest weiterhelfen könnte, da er in der Drogenszene kein Fremder ist."
Dann klärten sie Anna und Norbert über den Stand der Ermittlungen auf. Doris hatte sich währenddessen mit

ihren kleinen Lieblingsungeheuern, wie sie die Mädchen nannte, in der Küche verschanzt.
Als das Gespräch auf Annette kam, blieb Anna seltsam unberührt. Wie traurig, dachte sie. Es trifft mich nicht. Liebe ich Norbert nicht mehr? Oder sind wir einfach zu abgelenkt durch die Kinder? Vielleicht habe ich mir auch einen Panzer zugelegt?
„Hast du dafür Töne!", rief Norbert aus.
Anna zuckte zusammen. „Was?"
Sabine wiederholte ihre letzten Worte. „Annette war gar nicht schwanger. Sie hat uns alle getäuscht."
Erschüttert wurde Anna klar, dass es keine Rolle mehr spielte. Denn ob sie die Liebesnacht auch nur erfunden hatte, würden sie vermutlich nie erfahren.
Schmehr seufzte. „Sie hat auch der Malcom von angeblichen Treffen mit Ihnen, Herr Meldorf, ausführlich berichtet. So lange, bis diese von Eifersucht getrieben Annette die Drohbriefe via Internet sandte. Sie sollte glauben, sie würde erpresst."
Norbert sah zu seiner Frau. „Anna, du musst mir glauben. Ich habe nicht einmal im Entferntesten daran gedacht, mich mit Susanne einzulassen!"
Sie nickte mit unbewegter Miene. Es war doch inzwischen sowieso egal.
Sabine fuhr auf und zog ihren Kollegen am Ärmel mit sich. „Komm!" Völlig überfahren folgte er ihr. Sie entschuldigte sich. „Verzeihung. Wir melden uns wieder. Mir ist gerade etwas eingefallen."
Schmehr stolperte hinter ihr her. „He, hast du 'ne Macke?"
„Nein, einen Geistesblitz! Nun komm schon!"
„Was ist denn los?"

„Wir haben das gar nicht zu Annette gesagt."
„Was haben wir ihr nicht gesagt?"
„Na, dass die Drohbriefe von der Malcom waren!"
„Bist du sicher?"
„Ganz sicher."
Er schüttelte den Kopf. „Hast du ein Elefantenhirn?"
„Ja", bestätigte sie trocken. „Ich bin eine Frau."
Minuten später klingelten sie im Hause Singer. Nora öffnete und erschrak. Höflich bat sie die beiden hinein und rief ihre Tochter.
„Ich kann jetzt nicht. Muss mich fertig machen!"
„Du kommst sofort!", brüllte Nora Singer.
Mürrisch tapste Annette barfuß und mit nassen Haaren über den Flur. „Was ist denn?"
Sie blieb auf der Stelle stehen, als sie die bekannten Kripo-Gestalten erblickte. „Was gibt es denn noch?"
Sabine lehnte lässig am Türrahmen, die Arme in den Ellenbogen verschränkt. „Wir hätten noch einige Fragen."
„Okay, aber bitte beeilen Sie sich. Ich bin verabredet."
„Es dauert nicht lange. Erstens: Wir suchen Rex Richards. Er ist verschwunden."
„Was habe ich damit zu tun?"
„Haben Sie etwas damit zu tun?"
„Natürlich nicht." Annette wirkte sehr selbstsicher.
„Und haben Sie eine Erklärung, warum Herr Meldorf vollgepumpt war mit einer Überdosis Valium, kurz nachdem er hier war?"
Annette sah die beiden mitleidig an. „Das liegt doch wohl auf der Hand. Wenn man so in der Scheiße sitzt … Er wollte sich das Leben nehmen."
„Weil er keinen Ausweg wusste? Weil Sie ihn fertigmachten, indem Sie behaupteten, ein Kind von ihm zu

bekommen?“
„Okay, das war nicht die feine Art. Aber ich wollte ihn haben.“
Schmehrs Kopf ruckte nach vorn. Sabine krallte ihre Finger in die Oberarme, um nicht laut loszuschreien. „Sie wollten ihn haben“, bestätigte sie mit aller Selbstbeherrschung, die sie aufbringen konnte. „Wieso?“
„Wieso?“ Annette schaute verblüfft. „Weil ich in ihn verknallt war.“
„Verknallt“, murmelte Schmehr. Mehr sagte er nicht, das hier war weibliches Terrain.
„Und Sie meinten, so kriegen Sie ihn.“
Annette zuckte mit den Schultern. „Ich musste mich halt anstrengen. In Tschechien habe ich ihn getröstet, dafür gesorgt, dass mein Vater Norbert aus dem Gefängnis holte, und was war? Der undankbare Klotz ließ mich trotzdem hängen. Ich meine, das gibt es doch nicht! Er hatte die Wahl, wie konnte er sich da für seine langweilige, ältliche Frau entscheiden?“
Schmehr entfuhr ein Schnaufen.
„Nun“, meinte Sabine immer noch ruhig. „Das stand ihm frei. Sie ist seine Ehefrau.“
„Das stand ihm nicht frei, verdammt!“, brüllte Annette.
Völlig unvermittelt schoss Sabine die entscheidende Frage ab. „Haben Sie eine Ahnung, wieso Frau Malcom Ihnen die Erpresser-Mails geschickt hat? Ich meine, Sie hatten ihr doch so viel anvertraut, und das war dann der Dank?“
Fassungslos starrte Annette sie an. „Was?“
Sabine stieß sich von der Wand ab und machte einen Schritt vor. „Die Drohbriefe kamen nur von Susanne Malcom. Sie selbst haben ihr doch so viel erzählt, und

den Rest hat sie aus der armen Merrit herausgequetscht, während diese mit Drogen voll gepumpt war. Auch kein feiner Zug. Und so was ist Lehrerin …"
Annette unterbrach sie. „Die kamen von der Malcom?", schrie sie. Zum ersten Mal verlor sie ihre Haltung. „Das kann doch wohl nicht wahr sein. Ich bring sie um, die dumme Schnepfe! Und ich bin fast gestorben vor Angst, diese erbärmliche Junkiekreatur würde mich verpfeifen. Dabei war es nur eine dumme, eifersüchtige Frau." Annettes Stimme wurde immer schriller, sie verlor ganz und gar die Kontrolle. „Dann war alles umsonst!" Ihre Miene verzerrte sich, feuchte Haarsträhnen klebten an ihren Wangen. „Ich glaub' es einfach nicht! Verdammt, verdammt, verdammt!"
Martin warf Sabine einen wissenden Blick zu. Diese ließ Annette nicht aus den Augen. „Was war umsonst?"
Hasserfüllt erwiderte Annette ihren Blick. „Tun Sie nicht so blöd! Sie wissen doch eh, was los ist."
„Ja", bestätigte Sabine. „Sie haben Herrn Marleke umbringen lassen. Quasi von seinem Kumpel. Weil Sie davon ausgehen mussten, er würde Sie verraten."
„Dieses Drecksschwein wollte immer mehr Geld, dem hätte ich alles zugetraut! Das fing schon in Tschechien an. Dieser Bastard!"
Annettes Mutter weinte, ihr ganzer Körper zitterte. Max eilte zu ihr und hielt sie fest. Dies brachte Annette noch mehr in Rage. Sie stampfte mit dem Fuß auf und blickte verächtlich zu ihren Eltern. „Zum Kotzen seht ihr aus. Wisst ihr was? Ich habe das alles inszeniert, als wir auf Klassenfahrt waren. Norbert kommt in den Knast und ich rette ihn. Nicht schlecht, oder?" Triumphierend fuhr sie fort. „Niemand hat das gecheckt, nicht mal mein ach

so kluger Daddy. Es lief alles ganz gut, bis dieser Depp alias Norbert Meldorf sich für seine dämliche Anna entschieden hat. Der Blödmann!“ Ihre Stimme wurde ruhiger. „Ich hatte alle Möglichkeiten ausgeschöpft, doch ich bekam ihn nicht ’rum.“ Sie schüttelte den Kopf und sah auf den Boden. „Nichts zu machen.“
„Und dann sollte ihn auch keine andere haben“, ergänzte Sabine.
„Genau. Ich hab’ ihm das Valium in den Tee gemischt. Er war so angespannt, er hat es nicht mitbekommen.“ Sie schniefte. „Er war so süß …“
„Und der Marleke, der musste also auch weg“, hakte Sabine noch einmal nach.
Annette sah wieder hoch und Schmehr beobachtete fasziniert, wie ihre Stimme wieder fester und lauter wurde und ihr Körper sich wieder aufrichtete. „Ja, ich dachte, er war es, der mir drohte, zur Polizei zu gehen. Hätte gut sein können, schließlich hat er mich oft genug abgefangen und jedes Mal mehr Geld gefordert. Dieser Bastard!“ Ihre Stimme wurde schrill.
Sabine fuhr fort. „War es Rex?“
„Quatsch! Rex ist ein Weichei geworden.“
„Dann also der Mann, mit dem Sie im Hotel frühstücken waren.“
Annette nickte langsam und fing hysterisch an zu lachen. „Wer sonst? Natürlich war es Fetti! Ihr seid alle solche Blindfüchse!“
„Fetti?“, fragte Schmehr stirnrunzelnd.
Annette sah ihn an wie den größten Dummkopf aller Zeiten, erklärte dann aber in gönnerhaftem, leicht genervtem Ton: „Ja, diese ausgemergelte Figur wird von allen so genannt.“

Ihre Mutter schluchzte laut und klammerte sich an Max fest.
Annette schielte kurz hinüber, wollte etwas sagen, ließ es dann aber sein. Sie wandte sich wieder Sabine zu.
„Fetti macht alles. Der würde mir auch die Füße küssen."
Wieder lachte sie.
Schmehr telefonierte.
„Oder junge Frauen auf die Schienen stoßen", fuhr Sabine fort.
„Auch das. Kein Problem."
„Aber warum?"
Annette zuckte die Schultern. „Ich war mir nicht sicher, wie viel sie von unserem Gespräch mitbekommen hatte. Wer denkt denn auch, dass in dem Hotel eine Tussi arbeitet, die zu den Meldorfs gehört? Das habe ich ja erst später erfahren, und es wurde mir dann zu heiß."
Sabine sah sie mit unbewegter Miene an. „Also musste sie auch weg."
„Ja."
Annette stand dicht am Fenster. Sie konnte sehen, wie ein Streifenwagen vorfuhr. „He, was soll der Scheiß?", brüllte sie. „Ihr glaubt doch wohl nicht im Ernst, dass ich mitkomme?"
Mit gehetztem Blick sah sie von einem zum anderen.
„Annette! Bitte. Mach es nicht noch schlimmer!", flehte ihre Mutter.
Annette machte ein paar Schritte zur Seite. Ging in die Knie, mit dem Rücken an eine Kommode gelehnt. Es sah aus, als ob ihre Kräfte sie verlassen hatten. Ihre Augen waren voller Zorn. Ganz ruhig meinte sie: „Ich muss euch etwas zeigen." Alles, was sie hinter dem Mädchen entdecken konnten, war ein Stapel Kataloge und Fotos.

Da sprang Annette unterwartet auf und zog eine Pistole aus dem Schrank.
„Bleibt schön alle, wo ihr seid!" Sie fuchtelte wild mit der Waffe herum, zielte mal auf Sabine, mal auf Schmehr. Ihr Gesicht war verzerrt. Plötzlich sprang ihr Vater nach vorn. „Annette! Nein!"
Erschrocken richtete sie die Waffe auf ihn und drückte ab. Nora ließ sich neben ihn fallen. „Max! Nein! Bitte nicht!" Ein großer dunkelroter Fleck breitete sich neben Max aus.
Schmehr machte einen Schritt auf Annette zu.
„Wagen Sie es nicht!", warnte sie ihn.
Er stoppte. „Annette! Es ist vorbei. Sehen Sie es doch ein. Selbst wenn Sie uns alle erschießen, kommen Sie hier nicht weg. Unsere Kollegen sind draußen und Verstärkung ist unterwegs. Sie haben keine Chance mehr."
Mit großen Augen sah sie ihn an und nickte ganz langsam.
„Sie haben Recht."
Ehe Schmehr bei ihr war, hatte sie sich die Pistole an die Schläfe gesetzt und schoss.
Nora brach auf dem schwer verletzten Vater ihrer Tochter zusammen, Sabine bedeckte ihr Gesicht mit beiden Händen, und Schmehr stand fassungslos vor Annettes leblosem Körper. Er hockte sich hin, um ihr den Puls zu fühlen, drehte sich zu den anderen um und schüttelte den Kopf.
Sabine zog wie ferngesteuert ihr Handy aus der Tasche und tippte den Notruf ein. Die Zeit schien stillzustehen, bis das schrille Martinshorn durch die Straße hallte und vor dem Haus abrupt verstummte.
Einen Augenblick später zog einer der Sanitäter Nora

von Max weg. Als sie, von dem jungen Mann gestützt, aufrecht stand, sah sie zu ihrer Tochter. Ihr Gesicht blieb starr. Langsam schob er sie aus dem Zimmer.
Max wurde vom Notarzt versorgt. Sabine schaute hinunter. „Wird er es schaffen?“, fragte sie leise.
Ohne aufzublicken murmelte der Arzt. „Er hat viel Blut verloren. Aber es sind scheinbar keine lebenswichtigen Organe getroffen. Er hat gute Chancen.“
Der Sanitäter, der Nora in den Rettungswagen gebracht hatte, kam zurück. Erschüttert sah er sich um. „Das ist ja echt der Wahnsinn hier.“ Prüfend blickte er zu den Polizisten. „Sind Sie okay?“
„Ja“, sagte Sabine. „Sofern man das hier sein kann.“
Wenig später verließen sie diesen Ort des Schreckens. Martin hatte den Arm um seine Kollegin gelegt und führte sie hinaus.
Schweigend fuhren sie in die Wache.

*

Anna, Norbert und Doris wurden umgehend informiert. Und saßen nun betroffen zusammen im Wohnzimmer. Anita kam wenige Minuten nach der Polizei.
Doris schüttelte immer wieder den Kopf. „Der Hammer! Das ist der Hammer!“
Anita eilte zu ihr und presste sie fest an sich. „Mensch, Mädel! Beinahe hätte diese Irre dich ins Jenseits befördern lassen.“
Annas Magen hob und senkte sich, doch sie versuchte, mit aller Macht dagegen anzukämpfen.
Norbert seufzte resigniert. „Und wir? Was fangen wir jetzt mit dem Rest unseres Lebens an?“

Anita warf Anna einen viel sagenden Blick zu, doch diese wandte rasch den Blick ab.
Doris' jugendlich starke Konstitution half ihr, sich als Erstes wieder unter Kontrolle zu kriegen. Sie schaute in die Runde. „Na, wir tun, was man so macht, wenn man ein normales Leben führt. Man geht zur Arbeit, freut sich auf zu Hause, Anna und ich gehen joggen und dann besorgen wir ein neues Outfit für meine liebe Tante."
„Letzteres entfällt!", ertönte sofort der Protest.
Norbert lehnte sich im Stuhl zurück und sah Anna an. „Ich werde schnellstmöglich meine Rückkehr in die Schule beantragen."
Anna nickte.
„Und die Mädels?", fragte Doris.
Verstört sah Norbert sie an. Da Sina und Sabine schlummernd in ihren Betten lagen, hatte er sie im Moment des Schocks ganz vergessen.
„Ich werde ja nicht gleich morgen wieder anfangen", begann er zögernd.
„Fauler Knecht!", warf Doris ein.
„Bist du wirklich mit mir verwandt?" Anita schüttelte den Kopf.
„So reden die beiden immer miteinander", klärte Anna sie auf. Sie wünschte, dass es ihr auch möglich wäre, so unbefangen mit ihrem Mann umzugehen. Gerade jetzt, wo bewiesen war, dass er keine Schuld trug. Außer in der einen Nacht während der Klassenfahrt. Vielleicht. Vielleicht war auch gar nichts vorgefallen.
Das Telefon schreckte sie auf.
Anna nahm ab und formte mit den Lippen das Wort „Valerie". Angespannt sahen alle zu ihr. „Ja", sagte sie atemlos. „Wirklich? Das gibt es doch gar nicht!"

Doris gab hektische Zeichen, sie möge sagen, was los war, doch Anna winkte unwirsch ab. „Wie soll man denn auch auf so was kommen?“ Plötzlich lachte sie laut auf und Tränen liefen ihr wie Sturzbäche über die Wangen. Dann legte sie auf.
„Wenn du nicht sofort etwas sagst, kriegst du einen über den Schädel!“, drohte Doris.
„Er wird gesund! Er wird tatsächlich wieder gesund!“
Norbert stand langsam auf, ging zu Anna und nahm sie behutsam in den Arm. Sie legte ihren Kopf an seine Brust. Wiederum verglich sie ihr Leben mit einer Achterbahnfahrt. Sie hatten immer und immer wieder in den Abgrund geblickt, waren dann aber doch jedes Mal zurück in die richtige Bahn gekommen, wobei ihre Körper und ihre Seelen kräftig durcheinandergeschüttelt wurden. Doch plötzlich war die Wahnsinnsfahrt vorbei, alles war still. Sie waren noch benommen, doch sie waren am Ziel. Allerdings waren sie nicht dort wieder angekommen, wo sie losgefahren waren.
Denn alles war anders.

Einige Tage später fuhren Norbert und Anna los, um Valerie und ihren kleinen Sohn aus dem Krankenhaus zu holen. Doris hatte sich angeboten, auf die „Ungeheuer“ aufzupassen, die sich an diesem Tage jedoch ungewöhnlich brav verhielten.
Während der Rückfahrt klärte Valerie ihre neuen Freunde auf. „Es ist nicht zu glauben, oder? Die Ärzte waren ratlos, wieso sie die Infektion nicht in den Griff bekamen. Es war wirklich knapp!“ Sie drückte Timo an sich. „Und eine kleine popelige Erdnuss hatte schuld. Eine Erd-

nuss!“

Sie erfuhren, dass die Schleimhäute des Jungen durch die anhaltende Bronchitis stark angegriffen waren. Und dann hatte er auch noch versehentlich eine Erdnuss eingeatmet.

„Sina isst mit Vorliebe Erdnüsse“, fuhr Valerie fort. „Und natürlich liegen die dann immer überall herum, so ungestüm, wie sie ist. Irgendwo hat Timo dann wohl eine aufgefischt, er hat die kleine Nuss versehentlich eingeatmet. Die Ärzte sagen, das kommt bei kleinen Kindern schon ab und zu mal vor, und dann ist diese in die Atemwege gelangt und hat schließlich eine Lungenentzündung ausgelöst.“

„Das ist ja verrückt“, warf Norbert kopfschüttelnd ein. „Einfach unglaublich!“

Valerie lächelte. „Aspirationspneunomie nennt man das. Dieses Wort werde ich mein ganzes Leben lang nicht vergessen.“

„Ich könnte mir das keine zwei Minuten merken“, gab Norbert zu.

Valerie lehnte sich vor und hatte nun den Kopf zwischen die beiden Kopfstützen der Vordersitze gelegt. Übermütig gab sie Norbert einen kleinen Schlag gegen den rechten Oberarm. „Und so was sagt ein Lehrer!“

„Wenn ich bloß wieder einer wäre“, seufzte er.

Valerie lehnte sich zurück und meinte ernst: „Dem steht doch jetzt nichts mehr im Wege, oder?“

Er schüttelte den Kopf. „Ich hoffe nicht. Es sei denn, meine angeknackste Seele hält dem Druck der halbwüchsigen Wilden nicht stand.“

Annas Kopf ruckte überrascht zu ihm herum, doch Norbert schmunzelte.

Valerie dagegen meinte ganz unbedarft: „Unsinn! Wer es mit meiner Sina aushält, der kriegt jedes Kindermonster in den Griff." Doch dann wurde ihre Stimme vor Rührung zittrig, als sie leise hinzufügte: „Ich weiß gar nicht, wie ich das jemals wiedergutmachen kann."
Anna drehte sich um. „Da ist nichts gut zu machen. Es war okay so! Für uns alle."

Am nächsten Tag reiste Doris' Mutter an. Als sie ihre Tochter sah, starrte sie diese einen Augenblick lang sprachlos an, dann legte sie den Kopf schief und fragte mit hochgezogenen Augenbrauen: „Bist du es wirklich?"
Diese grinste spitzbübisch und umarmte sie stürmisch, womit sie ihre arme Mutter noch mehr verwirrte.
„Du warst beim Friseur", stellte Christine erfreut fest.
Doris drehte eine Pirouette. „Gefällt's dir?"
Christine ließ sie keine Sekunde aus den Augen. „Ich kann's nicht glauben! Bei wem warst du? Wenn ich dich so sehe, und höre, und überhaupt … also, ich würde sagen … waschen, föhnen, Hirnimplantat."
Anna stöhnte auf. „Und ich dachte, sie hätte ihr derbes Mundwerk von ihrer Tante geerbt."
Christine lachte laut auf. „Hat sie auch. Bei mir bricht es nur selten durch."
Fassungslos lauschte sie dann, während die anderen ihr die ganze schreckliche Geschichte erzählten.
„Der Teufel lauert überall. Welch ein Horror!"
Doris zögerte einen Augenblick, beschloss dann aber, ihr Anliegen nicht noch weiter hinauszuzögern.
„Mama …"
„Oh nein! Diesen Tonfall kenne ich genau. Hört sich an,

als hättest du etwas angestellt?“
„Ich möchte hier bleiben.“
Christine verstand nicht. „Du hast doch noch eine Woche.“
„Ich meine ganz.“
„Wie, ganz?“
„Ich möchte hier eine Lehre machen.“
Annas Herz hüpfte auf und ab. Niemand würde sich mehr freuen als sie, wenn Doris auf der Insel bliebe. Ihre Freude bekam allerdings einen heftigen Dämpfer, als sie sah, wie Christine die Tränen in die Augen schossen.
„Ist es so schlimm mit mir, dass du nicht zurückwillst?“
„Mama! Hör auf! Das ist doch Quatsch!“
„Wenn du hier eine Lehre machst, dann kommst du hinterher doch nicht zurück nach Hannover!“
„Es gefällt mir hier eben! Hier kannst du alles haben. Remmidemmi oder Ruhe, Vertrautheit unter den Einheimischen und gleichzeitig immer wieder Trubel durch die Touristen. Und die Arbeit im Hotel gefällt mir auch!“
Christine schniefte. „Eigentlich müsste ich mich ja freuen. Ich hätte dir das gar nicht zugetraut.“
Doris grinste. „Das hast du mir vor gar nicht langer Zeit auch gesagt, und ich musste dir doch wie immer das Gegenteil beweisen.“
Anna hatte eine Idee. „Komm du doch auch zurück.“
Christine starrte sie an. „*Ich*? Und dann?“
„Annettes Mutter geht von der Insel. Würde wohl jeder an ihrer Stelle machen. Sie sucht jemanden für den Laden.“
„Hmm … ist eine Überlegung wert.“
Doris sprang auf. „Eine Überlegung wert? Das wäre das Optimum!“

Christine hob abwehrend beide Hände. „Langsam, langsam, mein Fräulein! So einfach geht das ja nun auch nicht!“

*

Norbert hatte seine alte Klasse wieder übernommen. Er sprach sehr offen über die Geschehnisse. Es huschten so viele Gerüchte und Halbwahrheiten über die Insel, dass er es für besser hielt, alles wahrheitsgemäß zu berichten, ohne etwas wegzulassen oder abzuschwächen.

Merrit stand noch ein Gerichtsverfahren in Niebüll bevor. Doch zunächst musste sie in eine Klinik, um sich einer Sucht-Therapie zu unterziehen. Es würde eine Weile dauern, bis sie wieder fähig wäre, ein normales Leben zu führen. Wie lange sie brauchen würde, konnte zu diesem Zeitpunkt noch niemand einschätzen. Holger versprach, für sie da zu sein, in jeder Beziehung. In ihre Klasse würde sie aber nicht wieder zurückkehren, da sie den Unterrichtsstoff nicht mehr schaffen konnte.

Der mit „Fetti“ betitelte Dealer saß noch in Hamburg in Untersuchungshaft. Sein Verteidiger würde später auf Strafminderung plädieren und ein psychiatrisches Gutachten anfordern, da er unter Drogeneinfluss gestanden hatte und zudem von Annette angestiftet worden war.

Trotzdem drohten ihm geschätzte acht Jahre Haft wegen Mordes an seinem „Kollegen“ Marleke und wegen versuchten Mordes an Doris.

Dies alles erklärte Norbert und bemühte sich, seine Stimme fest und sachlich klingen zu lassen.

Julia saß stumm allein am Tisch. Sie tat sich schwer damit, sich anderen jungen Mädchen anzuschließen. Und sie grübelte oft darüber nach, ob sie dieses Unheil hätte verhindern können. Doch selbst sie hatte Annette nicht durchschaut, obwohl sie immer gedacht hatte, ihre engste Vertraute zu sein.

Keiner der Schüler hatte sich gedrückt, die gesamte Klasse war geschlossen zur Beerdigung gekommen. Auch darüber sprachen sie nun. Und wie das alles hatte geschehen können.

Ernst sah Norbert in den Klassenraum. „Es sind wohl einige unglückliche Umstände zusammengekommen."

Nico warf ein, nur weibliche Wesen seien kompliziert genug, um so ein Wirrwarr in ihrem Kopf entstehen lassen zu können, was ihm einen kräftigen Hieb von Seiten Ninas einbrachte.

Julia schlug sich die Hände vors Gesicht und fing an zu weinen.

Langsam stand Nina auf, ging zu ihr und setzte sich stumm neben sie.

Außer Julias leisem Schluchzen war kein Laut zu vernehmen.

Norbert schlug die Augen nieder und verharrte einen Augenblick. Dann straffte er die Schultern, sah auf und holte tief Luft. „Wir werden Annette nicht vergessen. Sie hat trotz allem ihren Platz in unserer Mitte gehabt."

Er machte eine kurze Pause und sah sie alle an. Wie jung sie sind, dachte er.

„Doch nun, meine Lieben müssen wir versuchen, wieder in den Alltag zu finden. Wenn ich mich recht entsinne, waren wir vor der Klassenfahrt beim Thema ‚Albert Einstein'. Da machen wir jetzt weiter. Wem fällt dazu etwas ein?"

Holger hatte den rechten Ellenbogen aufgestützt und hob

nun langsam zwei Finger in die Höhe. „Mir fällt dazu etwas Passendes ein, eines seiner Zitate.“

Norbert nickte. „Leg los!“

„Manche Männer bemühen sich ein Leben lang, das Wesen einer Frau zu verstehen. Andere befassen sich mit weniger schwierigen Dingen. Zum Beispiel der Relativitätstheorie.“

Epilog

Anna, Anita, Marek und Norbert fuhren gemächlich den Berg hinauf. Sie waren auf dem Weg nach Karlsbad.
Anita seufzte. „Nichts gegen die weiße Pracht, aber mir gefällt die Fahrt ohne Schnee weitaus besser."
Rechts konnten sie die Ski-Piste sehen. Lediglich die Seilbahn ließ erkennen, dass sich im Winter die Ski- und Snowboardfahrer hier vergnügten. Der Hang zeigte sich in sattem Grün und die Aussicht war auch jetzt herrlich.
Sie lehnte sich vor. „Marek, ist das da vorn die Stelle, wo wir damals stecken geblieben sind?"
Er nickte. Beide dachten an die Schreckensfahrt vor wenigen Monaten und es wurde still im Auto. Dann ging es eine ganze Weile wieder bergab, sie passierten ein paar kleine Dörfer und waren diesmal rasch am Ziel. Langsam schlenderten sie durch die Stadt.
„Weißt du eigentlich, dass es eine Anna-Torte gibt?", fragte Marek.
Anna zog die Augenbrauen zusammen. „Du nimmst mich mal wieder auf den Arm, oder?"
Mit übertriebener Unschuldsmiene sah er zu ihr hinunter. Er war einen Kopf größer als sie und schmunzelte. Dann packte er sie und hob sie hoch. „Jetzt nehme ich dich auf den Arm."
Lachend liefen sie weiter. Norbert begleitete sie mit gemischten Gefühlen. Böse Erinnerungen zogen hin und wieder durch seine Gedanken und er war froh, dass Marek so locker daherplauderte und dafür Sorge trug, dass keine schwermütige Stimmung aufkam.
Marek schubste Anna. „Du glaubst mir nicht? Ich zeige

dir nachher das Rezept. Meine Mutter hat es in einem Kochbuch stehen."
Sie kamen an einem Delikatessengeschäft vorbei. Draußen lagen in einem Glaskasten mehrere große Hummer. Ihre Scheren waren zusammengebunden.
Anita blieb abrupt stehen. Marek drehte sich um. „Oh nein! Das Thema hatten wir doch schon einmal."
Anna sah ebenfalls mitleidig auf die Tiere. „Das ist ja wie lebendig begraben", flüsterte sie schaudernd.
Marek wollte weitergehen, doch Anita hielt ihn am Ärmel seiner Jacke fest. „Ja, mein Lieber. Damals hattest du Recht, wir konnten nur einen der Knastbrüder retten und Norbert hatte Priorität." Sie zwinkerte Norbert zu, was diesen zu einer tiefen Verbeugung trieb. „Vielen Dank. Das war wirklich lieb von euch."
„Was Anita euch sagen will, ist, dass wir jetzt diese gefesselten Kreaturen retten", führte Anna das Gespräch entschlossen fort.
„Und wie?", fragte Marek leicht gereizt.
Ratlos schauten sie auf die Tiere hinunter.
Empört stampfte Anita mit dem Fuß auf. „Es ist zum Hirnrausreißen, verdammt! Die Europäische Union, zu der ihr inzwischen ja auch gehört", sie warf einen kurzen Blick auf den staunenden Marek, „hat allein vierundfünfzig Seiten Vorschriften zur Lebensmittelhygiene erlassen. Die Flut der Regelungen wächst und wächst. Von der Zusammensetzung der Buletten bis zum Bau neuer Straßen oder Wohnsiedlungen schreiben sie alles vor. Die EU-Gesetze umfassen rund 80 000 Seiten …"
„Woher weißt du das alles so genau?", unterbrach Marek sie bewundernd.
Sie machte eine wegwerfende Handbewegung, ohne den

Blick von den gefesselten Tieren abzuwenden. „Unterbrich mich nicht, ist gerad' Thema in der Schule …“ Sie holte tief Luft. „Was ich sagen wollte, für alles gibt es Vorschriften, für jeden Scheiß, warum gibt es keine Verordnung, die so etwas verhindert?“

Norbert spürte, wie viel Mitleid und Kummer sich hinter ihrer Wut verbarg. Und er war Anita etwas schuldig.

Er war ihr sogar eine ganze Menge schuldig.

„Wir kaufen sie“, beschloss er.

Marek sah seinen Freund zweifelnd an. „Und setzen sie in freier Wildbahn aus“, lästerte er.

Anna wiederum setzte ihren Rehaugenblick ein und bettelte: „Bitte, Marek! Du bist Koch. Du kannst sie töten und zubereiten. Alles ist besser als diese Quälerei.“

Heftig schüttelte Marek den Kopf. „Natürlich kann ich sie zubereiten, ja …“

„Aber?“

Ein breites Grinsen überzog Norberts Gesicht.

„Denk nicht mal dran!“, zischte sein Freund ihn an.

Das Grinsen verstärkte sich. „Wieso muss ich da nur an Oscar denken“, säuselte Norbert.

Anita und Anna sahen die Männer fragend an, doch Marek verschränkte die Arme vor der Brust und sah bockig auf seine Fußspitzen.

„Nun?“, drängte Anita. „Und wer ist Oscar?“

Norbert stellte sich aufrecht hin, spannte die Schultern und erklärte mit ernster Miene: „Oscar ist ein Hummer. Und die teuerste Leiche, die je in Mareks Gefriertruhe schlummerte. Gott habe ihn selig.“

„Du Verräter! Nach allem, was ich für dich getan habe!“ Marek blieb immer noch ernst, doch seine Mundwinkel zuckten. „Ich wollte den Hummer für das Silvesterbüffet, doch ich dachte, er ist tot, wenn er hier ankommt. Ich kann doch kein Tier lebendig ins kochende Wasser schmeißen! Er … er hat mich so angeschaut …“

Die anderen drei nickten andächtig mit hochgezogenen Brauen.

„Ja, ja! Veräppelt mich ruhig! Jedenfalls haben wir ihn Oscar getauft und ihn gepflegt. Doch er war von der Reise zu sehr unterkühlt und ist dann doch gestorben.“

„Und ihr gabt ihm ein Begräbnis in der Truhe. Amen.“ Das kam von Anita. „Wo er wahrscheinlich heute noch liegt, weil niemand einen Hummer mit Namen Oscar essen mochte, habe ich Recht?“

Marek errötete. „Ja, herrje!“

Anita gab ihm einen Stoß in die Rippen. „Ach nee!“

„Gibt es hier nicht ein Aquarium oder so?“, fragte Norbert.

„Du willst sie kaufen und in ein Aquarium setzen?“

Marek blieb der Mund offen stehen. „Weißt du, wie teuer die Dinger sind?“

„Ja“, sagte Norbert mit Nachdruck und dieses eine kleine Wort wärmte Annas Herz.

Entschlossen ging er in den Laden und die anderen folgten ihm. Marek zog die Stirn in tiefe Falten und murmelte tschechische Flüche, was seine Begleiter unbeeindruckt ließ, also ging er mit.

Norbert drückte dem leicht verwirrten Händler die geforderte Summe Kronen in die Hand und sie vereinbarten, die Tiere auf dem Rückweg abzuholen.

„In einem Aquarium gibt es Fische, kleine und große, schwarze und bunte Fische!“, protestierte Marek. „Wenn wir mit den Hummern kommen, werden die denken, wir haben ’ne Macke.“

„Egal. Ist ja für 'nen guten Zweck." Anita legte ihm einen Arm um die Hüfte. „Wir übernehmen die Patenschaft. Du musst zwischendurch kontrollieren, ob die Viecher gut behandelt werden. Und ich zahle den Unterhalt." Ernst fügte sie hinzu: „Du darfst sie auch taufen."
Marek blieb stehen und sah sie verblüfft an. Dann fing er schallend an zu lachen. „Wir sind also verrückt!"
Immer noch feixend warf er beide Arme in die Luft.
„Herrje, wir sind verrückt geworden! Kein Wunder. Das musste ja so kommen. Aber macht ja nix. Macht gar nix! Das hilft zu überleben."
Norbert betrachtete seinen Freund, als ob dieser tatsächlich den Verstand verloren hätte. Marek spürte seinen Blick, hielt abrupt mit den Kaspereien inne und sah Norbert fest in die Augen. Dieser nickte kaum merklich. Sie verstanden sich auch ohne Worte. Ganz langsam zogen sich Norberts Mundwinkel nach oben und formten sich zu einem schelmischen Grinsen.
Sie standen da wie zwei Schuljungen, die einen üblen Streich ausgeheckt haben und sich nun diebisch freuen, nicht erwischt worden zu sein. Sie liefen weiter, stießen sich die Ellenbogen in die Rippen und redeten dummes Zeug.
Plötzlich hakte Marek die beiden Frauen links und rechts ein, zog sie in eine offene Halle und zwinkerte Anita zu.
Fragend warf sie hinter Mareks Rücken einen Blick zu Anna, doch diese zuckte mit den Schultern und verzog das Gesicht zu einer Grimasse. Marek dagegen schaute übertrieben ernst drein und beschleunigte seine Schritte.
„Kommen Sie, meine Damen! Nun kommen Sie schon! Da vorn sehen Sie die typischen Karlsbader Quellen, die hier überall sprudeln. Traditionell trinkt man hier aus den

typischen Porzellan-Schnabeltassen. Dieses edle Getränk belebt den Körper und macht den Geist klar …“

Anna-Torte
(aus „Schwejks Böhmisches Kochbuch“)

Zutaten:

7 Eier
140 g Puderzucker
1 EL Rum
140 g geriebene Mandeln
100 g Johannisbeerkonfitüre

für die Tortenform:
10 g Butter
1 EL geriebene Mandeln

für die Creme:
200 g Butter
140 g Puderzucker
70 g Schokolade, erweicht
1 EL Vanillezucker
1 Ei

Zubereitung:

Backofen auf 190 Grad vorheizen. Rost auf die unterste Schiene des Backrohres schieben.
Zwei Rührschüsseln herrichten. Eier trennen. Eiweiß zu Eischnee schlagen. Eigelb mit Puderzucker und Rum

sehr schaumig rühren. Vorsichtig mit Mandeln, Schokolade und Eischnee vermengen.
Masse in die Tortenform füllen und bei 190 Grad ca. 50 Minuten backen. Dann mit einer Nadel eine Garprobe durchführen. Den Backofen zwischendurch nicht öffnen!

Torte in der Form auf Backpapier stürzen und mehrere Stunden auskühlen lassen. Danach aus der Form nehmen und einmal durchschneiden.

Creme:

Butter mit Puderzucker und Vanillezucker cremig rühren. Schokolade und Ei einrühren. Tortenboden mit Konfitüre bestreichen, zwei Drittel der Creme aufbringen und mit der zweiten Tortenhälfte bedecken.

Zum Schluss die Torte rundum mit der restlichen Creme überziehen und mit gerösteten Mandeln bestreuen.

Autorenbiografie

Bettina Dethloff lebt auf der Insel Sylt. Dort ist sie als Journalistin tätig, ebenso aber auch als Pharmazeutisch-technische Assistentin in der Apotheke. Sie schrieb das Kinderbuch „Guli Ghost" und produziert regelmäßig Kurzgeschichten, die oftmals von ihrem eigenen turbulenten Leben erzählen.